教育部人文社会科学研究青年基金项目成果（10YJC751097）

浙江省哲学社会科学规划课题研究成果（11JCZW14YB）

杭州市哲学社会科学重点研究基地项目资助出版（2015JD09）

中国文学故事讲唱形态研究

徐大军·著

浙江大学出版社
ZHEJIANG UNIVERSITY PRESS

目 录

引　言

宋代郑樵谈及《诗经》歌诗文本的属性时指出:"古之诗,今之辞曲也,若不能歌之,但能诵其文而说其义,可乎?"因为上古之诗、乐关系,是"乐以诗为本,诗以声为用,八音六律为之羽翼耳",即使孔子编诗,乃"为燕享祀之时用以歌,而非用以说义也",但后世腐儒"各为序训而以说相高,汉朝又立之学官,以义理相授,遂使声歌之音湮没无闻"①。也是基于这种认识,后世学者多会论析《诗经》于歌诗与乐舞、文词与曲唱、书面与口头之间,并以此歌诗文本,寻绎其口头唱诵形态,推演其乐舞表演体制。但应加注意的是,这种与《诗经》歌诗的生成、传播相关联的韵语唱诵形态,并不是《诗经》之"诗"独有的表述手段、独享的表现体制,而是当时口头创作、文献保存、文献传播的普遍方式和必要手段,它不具有文体的专属性,亦非某一文体的独享表述方式。

韵语唱诵格式在《诗经》时代的社会生活中是具有普遍性和必要性的,这缘于书记物质的不便,清人阮元在《文言说》中就指出"古人无笔砚纸墨之便,往往铸金刻石,始传久远。其著之简策者,亦有漆书刀削之劳,非如今人下笔千言、言事甚易也"。所以"古人以简策传事者少,以口舌传事者多;以目治事者少,以口耳治事者多。故同为一言,转相告语,必有愆误。是必寡其词,协其音,以文其言,使人易于记诵,无能增改。……古人歌诗箴铭谚语,凡有韵之文,皆此道也"②。章炳麟《文学总略》亦有相类观点:"古者简帛重烦,多取记忆,故或用韵文,或用耦语,为其音节谐适,

---

① 郑樵:《通志二十略》,王树民点校,中华书局 2009 年版,第 883 页。
② 阮元:《揅经室三集》卷二,《丛书集成初编》第 2204 册,商务印书馆 1936 年版,第 567 页。

易于口记，不烦记载也。"①不独当时那些爱情歌唱、英雄传说、历史事件、祠庙巫祝②会以韵语唱诵出之，就是兵家、医家、农家的一些著述也以韵语唱诵的方式出之、传之，清人章学诚《文史通义·诗教上》即有"古初无著述，而战国始以竹帛代口耳"这样的论断。

> 兵家之有《太公阴符》，医家之有《黄帝素问》，农家之《神农》《野老》，先儒以谓后人伪撰，而依托乎古人；其言似是，而推究其旨，则亦有所未尽也。盖末数小技，造端皆始于圣人，苟无微言要旨之授受，则不能以利用千古也。三代盛时，各守人官物曲之世氏，是以相传以口耳，而孔、孟以前，未尝得见其书也。至战国而官守师传之道废，通其学者，述旧闻而著于竹帛焉。中或不能无得失，要其所自，不容遽昧也。以战国之人，而述黄、农之说，是以先儒辨之文辞，而断其伪托也；不知古初无著述，而战国始以竹帛代口耳，实非有所伪托也。③

所以，《诗经》出现前后的那个时期，是一个口头创作的时代，也是一个口头传承的时代。而韵语唱诵作为一种表述方式，实是当时口头创作、文献传播、文献保存的一种通用、普遍、必要的手段和格式，并无体类之分，亦无体类之限。所谓体类之分，就是韵语唱诵没有体类的分别；所谓体类之限，就是韵语唱诵并不必然属于某一文体，它可满足社会生活中的各种表达需要。《春秋公羊传》何休注即描述了当时乡民的生活状态："男女有所怨恨，相从而歌，饥者歌其食，劳者歌其事。"④而叙事就是韵语唱诵方式展现其效力的一大用武之地。

---

① 章太炎：《国故论衡》，商务印书馆2010年版，第77页。
② 刘师培《文学出于巫祝之官说》指出："韵语之文，虽匪一体，综其大要，恒由祀礼而生。"《刘师培中古文学论集》，中国社会科学出版社1997年版，第217页。
③ 叶瑛：《文史通义校注》，中华书局1985年版，第63页。
④ 何休解诂，徐彦疏：《春秋公羊传注疏》卷一六，"宣公十五年"之"什一者，天下之中正也，什一行而颂声作矣"何休注，上海古籍出版社2014年版，第679页。

　　即以《诗经》歌诗为限梳理，就有针对民间的故事传说，或者官方的历史事件的韵语唱诵之作。比如《大雅·生民》这样对部族英雄成长故事和辉煌业绩的唱诵，《卫风·氓》这样的切近民众现实生活的故事唱诵，还有《豳风·鸱鸮》这样的虚拟母鸟受恶鸟欺凌以刺现实的虚构故事唱诵。

　　虽然《诗经》是当时一次集中、有序地采集、改造韵语故事唱诵的活动，但并不是书面落实口头故事唱诵的唯一行动。除了《诗经》采集、收录的歌诗文本之外，仍有大量的韵语故事唱诵活跃于当时的民间，流播于后世口耳相传的路径中。如果我们看到《卫风·氓》这样的第一人称叙事之作，《郑风·女曰鸡鸣》这样的对话体叙事之作，认识到《豳风·鸱鸮》这个虚构之作或是来自于一个长篇的韵语故事唱诵，它只是抽取了这个故事唱诵之作的部分内容而组合成篇，那么，它们所关联的更为丰富的韵语唱诵就应该有像战国时期的《宋王见神龟》、汉代的《神乌赋》、唐代敦煌遗书中的《燕子赋》那样的长篇故事唱诵了。

　　与民间的韵语故事唱诵相呼应，官方历史事件的韵语故事唱诵同样丰富多彩，它多是付于当时的史官，他们即以口头韵语唱诵的方式保存、传播历史事件和传说故事，以此为王侯提供资政服务。

　　据刘知幾《史通·史官建置》[①]，黄帝有两个著名的史官，一个叫仓颉，一个叫沮诵[②]。"沮诵"何为？我们可以联系一下《庄子·大宗师》中提到的"洛诵"：

　　　　南伯子葵曰："子独恶乎闻之？"（女偊）曰："闻诸副墨之子，副墨之子闻诸洛诵之孙，洛诵之孙闻之瞻明，瞻明闻之聂许，聂许闻之需役，需役闻之于讴，于讴闻之玄冥，玄冥闻之参寥，参寥闻之疑始。"

---

① 刘知幾：《史通》卷一一《史官建置》，浦起龙通释，上海古籍出版社 2008 版，第 216—217 页。
② 范晔：《后汉书》卷九《献帝纪》李贤注引应劭《风俗通》，中华书局 2005 年版，第 250 页。

对于"洛诵"之称，成玄英解释："临本谓之副墨，背文谓之洛诵。"①他将副墨与文字记录联系起来，将洛诵与口头诵读联系起来。王先谦《庄子集解》肯定了成玄英的解释："成云罗洛诵之，案谓连络诵之，犹言反复读之也。洛、络同音借字。对古先读书者言，故曰洛诵之孙。古书先口授而后著之竹帛，故云然。"②王先谦是从"古书先口授而后著之竹帛"的角度来阐释"洛诵"之"诵"的。日本的内藤湖南更加明确肯定了这种说法，他指出，"诵"，"在古时候是讲述、传授往事的意思"，《国语·楚语》"瞍不失诵"的"诵"即此意；而《庄子·大宗师》中提到的"副墨之子闻诸洛诵之孙"一语，"这里的'副墨'是记录的意思，说的是洛诵口传之事"，"由于'诵'是口传的意思，所以黄帝时有关名叫沮诵之史官的传说，与其认为是有关记录官不如说是对口传官的传说"③。

关于先秦时的这种口传的史官，我们见到更多的是关于"瞽史"的文献记载。当时这方面的职官种类比较发达，帝王周围聚集着瞽史职官的各种分化类别，如《国语·周语上》的"瞽献曲""师箴""瞍赋""矇诵"。王树民指出，"瞽史"是在乐师和太史之外的一个相当重要的官职，"瞽者的听力和记忆力比普通人都要强些，最适宜做音乐和演述故事的工作，古代还没有文字的时候，或已有文字而书写条件十分困难，那时要想保存历史事件的具体情节，惟有利用瞽者这一特长，这样瞽和史就自然地结合起来了"④。瞽史的口头唱诵是何形态呢？徐中舒把瞽史看作太史和瞽矇两种职官，瞽矇是乐官，同时也传诵历史或歌唱史诗，后来瞽矇失职，他们还要以说史方式在民间说唱故事；在传述历史的时候，是以瞽矇为主，而太史则是辅助瞽矇的人，帮助记录和记诵，因之而得名为瞽史；史官所记录的，是像《春秋经》这样的简短的历史，还需要通过瞽矇以口头传诵的方式逐渐补充和丰富起来，而瞽矇传诵的历史再经后人记录下来就称为"语"，

① 郭庆藩：《庄子集释》，中华书局1961年版，第256页。
② 王先谦：《庄子集解》卷二，中华书局1978年版，第42页。
③ ［日］内藤湖南：《中国史学史》，马彪译，上海古籍出版社2008年版，第1页。
④ 王树民：《瞽史》，见《中国史学史纲要》，中华书局1997年版，第212—213页。

如《周语》《鲁语》之类,《国语》就是记录各国瞽矇传诵的总集。①

上古时期的历史事件、传说故事能够流传下来,应该归功于瞽史口头记诵的文献保存职能。当时各国皆有自己立场的瞽史讲诵,《国语》就是记录各国瞽矇传诵的总集,《左传》的编成亦参照了各国瞽史传诵的内容并予以书面落实。

以先秦时期民间唱诵、瞽史唱诵为起始的韵语故事唱诵,是故事讲唱形态发展的两条线脉,连绵延续,或有间歇,但从未断绝。只是由于记录工具的限制,它们的口头唱诵形态未能留存,我们现在能看到的是它们落实于书面的口演内容,包括故事情节、表述形态,即使是韵语唱诵形态,也是落实于书面的韵语唱诵形态。这里面包含着两个值得思考的重要问题:一是从口头形态到书面形态的口演内容落实,就带来了韵语故事唱诵的文本化问题;二是韵语故事唱诵从口头形态到书面形态的转换,就留下了文本化了的韵语故事讲唱形态。

从口头形态到书面形态的口演内容落实,则要按照书面规范来呈现口演内容,这里面有一个文本化的过程,必然要面对的问题就是口演内容在口头形态、书面形态之间的生存状态的变化,以及口演语境的内容与书面呈现的体例之间的矛盾冲突。因为那些韵语故事唱诵的口演因素,是因口头创作而出现,因口头讲唱而存在的,不是因为书面呈现而存在的。而书面呈现的规范则是按照书面语言的表述规范而形成的,它不会天然地与口头表演的格式、体制相调适、相融合。所以,在口演内容落实于文本的过程中,口演内容不可能一步到位地适应书面领域的各种呈现规范、文本体例,其间有对口演语境的内容的排斥、接纳、改造过程,那些形态杂乱不一的文本就是这种口演内容与书面呈现规范相互调适的结果,其间存在着口演内容从口头形态转化为书面形态的矛盾冲突与碰撞调适,也就会出现各种韵语故事唱诵的文本化问题。

比如,由于口头、书面的不同呈现载体、表现体例的限制,口头与书面

---

① 徐中舒:《左传选·左传的作者及其成书年代》,中华书局 2009 年版,第 252—253 页。

呈现之间存在着无法对应、融合的冲突，如此一来，韵语故事唱诵的口演内容在落实于书面时，必然会按一个书面呈现的体例、规范予以编订、删削、改造。《周颂·敬之》是一首来自于乐舞表演的歌词，它在文本化的过程中被剥离了乐舞体制的因素，比如"乱曰"这个乐舞术语，而完全以徒歌的形态呈现了。

而由于这种文本化过程中的内容改造，口传韵语故事唱诵的文本化，便会因口传渠道的不同而有不同的版本，也会因记述者的不同而有不同的版本。

先秦时期楚地民歌《渔父歌》，是伍子胥逃离楚国时的口头创作。据赵晔《吴越春秋》卷三所录，计有三章：

> 日月昭昭乎，寝已驰，与子期乎，芦之漪。
> 日已夕兮，予心忧悲，月已驰兮，何不渡为？事寝急兮，将奈何？
> 芦中人，芦中人，岂非穷士乎？

但《越绝书》卷一《越绝荆平王内传第二》所载《渔父歌》只有两章："日昭昭侵以施，与子期甫芦之碕。""心中目施，子可渡河，何为不出？"分别对应了上面的第一、二章，其文字与《吴越春秋》所记亦大不同。这说明《渔父歌》在流传过程中有不同的版本，或是书录者在文本化时作了改造。

东晋时期的乐府歌诗《陇上歌》是后世七言体韵语故事唱诵的优秀先导。据现存文献，《陇上歌》文本呈现的版本不一，如《乐府诗集·杂歌谣辞》收录的版本与《晋书》卷一〇三所记录的版本明显不同，而同是《太平御览》收录的引自《赵书》的版本，卷三五三、卷四六五两篇在篇幅长短、文词使用上也存在着明显的差异。这可能是当时口头唱诵的版本原本就错落不同，由此造成了不同文献采集、记录的文词不同，也可能是各家文献在对口头唱诵作书面落实时做了文词上的改动。而《太平御览》所载者，最后两句是"阿呵呜呼奈子何，呜呼阿呵奈子何"，这应该更接近民间歌唱的原始面貌。

《优孟歌》则有韵文、散文的不同版本。此歌诗关联着一个社会扮演：优孟装扮着孙叔敖衣冠，以扮演、唱诵的方式向楚庄王进谏。其歌辞见于汉桓帝延熹三年(160)刻立于汝南郡期思县之《楚相孙叔敖碑》(文见《古文苑》卷一九，或宋洪适《隶释》卷三)，碑文明确称作《忼慨歌》，歌辞为杂言，有韵调，是一首杂言的歌唱。而《史记·滑稽列传》所记优孟向楚庄王进谏虽也有"歌"，但文字迥异，而且无韵，像是一段论说文。这明显是此口传歌唱在文本化过程中的不同呈现，《忼慨歌》是接近于口头歌唱原貌的歌辞形态，而《史记》版则是对口头韵语歌唱的散文化形态。明代杨慎的《风雅逸篇》认为司马迁取优孟衣冠之事入《滑稽列传》，是为了强调这些诙谐调笑之人"谈言微中，亦可以解纷"的作用，并不是为了传录口诵歌辞，"史不能述其音，但记其义也"①，因而就失去了原境中的口诵歌辞的韵音韵语形态了。

此外，由于后世的文本体类划分、文本属性认定皆着眼于书面呈现形态，故而同一格式的韵语故事唱诵在不同的时期被文本化，便会出现属性认定、体类划分的不同。比如同是四言的故事讲唱，有的被认为是诗，有的被认为是赋，有的被认为是乐府。而作为同一时代的韵语故事唱诵，《宋王见神龟》《卫风·氓》都是四言体韵语唱诵，都是歌诗，区别就是前者未被采入《诗经》，后者被采入《诗经》。但就是这样的区别，在后代看来，它们的性质、类属就不一样了，比如按照《汉书·艺文志》的"诗赋略"来划分，《卫风·氓》被归为诗，而《宋王见神龟》被归为赋，这是辞赋时代的文类观念对二者属性的判定。这种着眼于口传作品的书面呈现形态予以文类划分上的追认，在韵语故事唱诵的文本化过程中是常见现象。

只是这些韵语故事唱诵的口演形态，具体的情况我们现在已无法知晓，留下来的就是落实到书面作品的这些内容。如果要探讨韵语故事唱诵形态，我们最直接面对的文献材料就是这些文本化了的韵语故事讲唱形态，这就带来了韵语故事唱诵从口头形态到书面形态的转换问题。

---

① 　杨慎：《风雅逸篇》卷六，《丛书集成初编》本，中华书局1985年版，第37页。

首先是剥离原境。由于口头唱诵体制与书面呈现规范的冲突,这个文本化不可能对韵语故事唱诵的口演内容予以全部、整体的书面落实,而是难免要削减、剥离其韵语唱诵的原境。一种情况是,有些歌诗文本是在韵语故事唱诵形态中抽离出来的,因此我们看到的歌诗文本已是剥离了其口演形态所依存的故事唱诵原境了。比如《豳风·鸱鸮》叙述了一个虚构故事,它以第一人称歌唱,但四段歌唱表述的内容在情节上不连贯,这当是从一个较长篇幅的故事唱诵中抽离出被鸱鸮欺凌的母鸟的四段歌唱以组成此篇。《周南·卷耳》也反映出这种从长篇韵语故事唱诵中抽离片断歌辞而组构成篇的现象,那些在口演征夫远行、妻子守望的场景展现,人物各自抒怀的话语转换,以及那些故事情节、人物动作的描述,都在口头唱诵文本化的过程中被删削、剥离了,这使得这个歌诗文本只留有这个简洁的人物话语组合了。

另一种情况是剥离了歌诗表演所相依相伴的乐舞体制因素。比如《诗经》中的歌诗文本原出于民间口头表演的歌唱,陆侃如、冯沅君《中国诗史》在谈到《诗经》的分类时指出:《诗经》内分南、风、雅、颂四类,“'颂'是原始的舞曲祭歌,'雅'是西周土乐,'风'是黄河流域各地的土乐,而'南'是长江流域的土乐”①。所以,《诗经》之歌诗在口头呈现时原本是韵语唱诵的,并且关联着一些乐舞因素,有的配合着音乐演奏,有的配合着舞蹈动作,也就是说这些歌诗原非单纯的口头唱诵,而是关联着丰富的乐舞因素。但是,这些原出于口头表演的乐舞歌诗在被采入《诗经》后就有了孔子“编诗”之类的文本化行动,最明显的就是适用于口头歌唱的一些词语的被剥离、删削,如衬词、语气词以及乐舞格式语等。

其次是添加场景。有些前代的韵语故事唱诵,后人在进行文本化时,会加入散文表述的背景交代或情节框架,把韵语表述的人物话语串联起来以成篇。比如先秦时期的楚地民歌《渔父歌》是伍子胥逃离楚国时的口头歌唱,据各种诗歌文献记录,有三章、两章两种版本,这是当时口头传唱

---

① 陆侃如、冯沅君:《中国诗史》,百花文艺出版社 2008 年版,第 8、48 页。

的歌诗,无故事场境唱诵的依托。但赵晔《吴越春秋》和袁康《越绝书》所记,则用散文描述了《渔父歌》产生的场景,用传说故事的情节勾连了这些零散词章的原境。

再次是对韵语故事唱诵的散文化转换。在对口头韵语唱诵作文本化时,有些情况下不但没有保留口头唱诵的格式因素,还改变了韵语表述的形态面貌。比如楚地民歌《优孟歌》《接舆歌》,有的文献记述了它们作为歌诗的面貌,但有些文献在记述时则破坏了它们作为歌诗的韵唱面貌,而是在书面记述时作了散文语体的转化。具体说来就是:《优孟歌》在《忼慨歌》中是韵文呈现,而在《史记·滑稽列传》则是散文呈现;《接舆歌》在《论语·微子》中是韵文呈现,在《庄子·人间世》则是散文呈现。

这些留存下来的文本化了的韵语故事讲唱形态,如果我们不是以书面文体来对它们进行切分归类,而是以它们共同秉有的故事呈现目的、韵语唱诵形态来融通考察,则它们之间的勾连,就有着贯通前后的一条线脉,展示了文本化了的韵语故事讲唱形态,虽然这条线脉不能完全呈现出口头形态的故事讲唱面貌,但它与口头形态的故事讲唱一样丰富,一样展示了中国文学的叙事能力和叙事成就;更为重要的是,这条线脉不但关联着一个丰富的口头形态的故事讲唱传统,也呈现着一个同样丰富的书面形态的故事讲唱传统,在一个个具体的历史时段,这个传统都以来自过去的惯性力量,作用于当时,指向于未来。

第一章 《诗经》时代的故事讲唱形态

在《诗经》时代，存在着大量的口头唱诵，不只民间有，官方也有，因为这是当时最主要的创作形态，也是文献传播、文献保存的重要方式。比如《左传》宣公二年记载的华元与筑城者的当场即兴对歌，就表现出口头创作的属性；《说苑·善说》所载录的《越人歌》本是越地口头传唱的方言歌辞，鄂君子皙听到后，转换为"通语"而记录下来；而当时的官方历史则是靠瞽矇用韵文口头记诵，这是当时传事活动的主要方式①。这些口头唱诵中即有大量的故事讲唱，而在这些口头故事唱诵的流播过程中，也出现了一些书面落实行动，《诗经》就是这种行动的结果，它关联了当时一次集中、有序的采集、改造口头韵语唱诵而作书面落实的行动，当然并不是唯一的书面落实行动。这是故事唱诵的生存状态由口头形态转变为文本形态的开始。

一 《诗经》歌诗文本化的故事唱诵形态

《诗经》是一次大规模采诗行动的结果，其采录的诗歌绝大部分是流传于北方十五个地区的口头唱诵歌词，即清人桂馥所言："诗有采有陈，……采之于每岁之孟春，陈之于五载巡守四仲之月，是《国风》所自来也。"②这种采诗活动在当时已是一种有着官府制度性质的常规工作，《汉

---

① 王小盾：《中国韵文的传播方式及其体制变迁》，《中国社会科学》1996年第1期。
② 桂馥：《说文解字义证》"远"字条，上海古籍出版社1987年版，第399页下。

书·艺文志》所谓"古有采诗之官,王者所以观风俗,知得失,自考正也"①。至于这些人如何采诗,《尚书·胤征》云:"每岁孟春,遒人以木铎徇于路,官师相规,工执艺事以谏。"②《汉书·食货志》说得更清楚:"孟春之月,群居者将散,行人振木铎徇于路,以采诗,献之大师,比其音律,以闻于天子。故曰王者不窥牖户而知天下。"③又《春秋公羊传》何休注讲到市井乡民的生活状态:"男女有所怨恨,相从而歌,饥者歌其食,劳者歌其事。男年六十、女年五十无子者,官衣食之,使之民间求诗,乡移于邑,邑移于国,国以闻于天子,故王者不出牖户,尽知天下所苦;不下堂,而知四方。"④可以想见,面对着当时大量的口传唱诵,采诗者可作选择的材料非常丰富,其中就有故事歌唱。采诗之后则有编诗这一环节,《诗经》的编订成集是在春秋时期,大约经过了三个阶段:第一阶段是在公元前 7 世纪中期,只收"二南"、《邶》、《鄘》、《卫》及《小雅》部分;第二阶段在公元前 6 世纪,增加了《诗经》其他部分的作品;第三阶段是由孔子做了订正调整的工作⑤。这个"采诗"活动先有一个口传歌诗的选择阶段,选择之后则进入了书面形态的编诗阶段,如此则出现了如何把口传歌诗文本化的问题。

"诗三百"在文体性质上来说属于"歌诗",它们关联着形态丰富多样的故事唱诵,"诗人歌其大事,制为大体;述其小事,制为小体,体有大小,故分为二焉。……诗体既殊,乐音亦殊。《国风》之音,各从水土之气,述其当国之歌而作之。《雅》《颂》之音,则王者遍览天下之志,总合四方之风而制之"⑥。因此,说它们是歌诗,乃着眼于其来自于歌辞这一属性,但它们的口头呈现形态并非只是徒歌,而是姿态纷呈、多种多样的。《墨

---

① 班固:《汉书》卷三〇,中华书局 2005 年版,第 1355 页。

② 孔颖达:《尚书正义》,黄怀信整理,上海古籍出版社 2007 年版,第 270 页。

③ 班固:《汉书》卷二四上,中华书局 2005 年版,第 947 页。

④ 何休解诂,徐彦疏:《春秋公羊传注疏》卷一六,"宣公十五年"之"什一者,天下之中正也,什一行而颂声作矣"何休注,上海古籍出版社 2014 年,第 679 页。

⑤ 赵逵夫:《诗的采集与〈诗经〉的成书》,《文史》2009 年第二辑。

⑥ 孔颖达:《毛诗正义》卷一《毛诗序》"政有小大,故有小雅焉,有大雅焉"之孔颖达疏,《十三经注疏》(3),中华书局 1980 年版,第 50 页。

子·公孟》言："诵《诗》三百，弦《诗》三百，歌《诗》三百，舞《诗》三百。"①此语意指"诗三百"是可以弦歌、唱诵、配舞的，后人也一再指出这一点，《郑风·子衿》之"毛传"有言："古者教以诗乐，诵之、歌之、弦之、舞之。"孔颖达疏："古者教学子以诗乐，诵之谓背文暗，诵之、歌之谓引声长，咏之弦之谓以琴瑟，播之舞之谓以手足舞之。"②宋代郑樵在《通志·乐略》之《乐府总序》中更为强调了先秦歌诗的唱诵功用：

> 自后夔以来，乐以诗为本，诗以声为用，八音六律为之羽翼耳。仲尼编诗，为燕享祀之时用以歌，而非用以说义也。古之诗，今之辞曲也，若不能歌之，但能诵其文而说其义，可乎？不幸腐儒之说起，齐、鲁、韩、毛四家，各为序训而以说相高，汉朝又立之学官，以义理相授，遂使声歌之音湮没无闻。然当汉之初，去三代未远，虽经生学者不识诗，而太乐氏以声歌肄业，往往仲尼三百篇，瞽史之徒例能歌也。③

所以，《诗经》之歌诗在口头呈现时原本是韵语唱诵的，并且关联着一些乐舞因素，有的配合着音乐演奏，有的配合着舞蹈动作，也就是说这些歌诗或是乐舞中的韵语唱诵，如此则关联的成分、因素就比较丰富了，并非单纯的口头唱诵。当这些包裹着咏唱甚至表演成分的故事唱诵在落实到文本时，其乐舞成分是很难被呈现的，遂使唱诵的歌辞内容在编订过程中也会被改变、削减，甚至去除，其原因就是文字呈现能力的局限，或者文本体例的限制。所以，在采诗、编诗这一过程中，乐舞伎艺的因素会被逐渐削弱、删除，口传形态的故事唱诵也就失去了它们作为"歌诗""舞诗"的本真面貌了。

所以，我们虽然承认《诗经》是歌之辞，但这些歌辞并非口头形态的原

---

① 毕沅校注：《墨子》卷一二，吴旭民校点，上海古籍出版社2014年，第238页。

② 孔颖达：《毛诗正义》卷四，《十三经注疏》(3)，中华书局1980年，第435页。

③ 郑樵：《通志二十略》，王树民点校，中华书局2009年，第883页。

貌,而是经过了"编诗"的过程,其间有了编辑,有了改造,才呈现出书面文本形态上语言、体例的统一。也就是说,这些口头形态的歌辞,在经过了文本化过程的统一改造之后,才有了我们所看到的相同相近的文本形态。即以《诗经》中最明显的那些四言体制作品来说,就是采诗者、编诗者面对丰富、繁杂的口头唱诵,予以选择、改造的结果:或是采诗时作了限定,只选取四言唱诵者;或是编诗时作了规范,对于纷杂形态的歌辞按照四言体制进行了加工改造。

我们首先考察一个典型的个案,战国竹简《周公之琴舞》与今本《周颂·敬之》篇的比较。战国竹简《周公之琴舞》包括周公和成王所作两组诗篇,其开篇曰:

> 周公作多士儆毖,琴舞九卒。元纳启曰:无悔享君,罔坠其孝,享惟慆帀,孝惟型帀。
>
> 成王作儆毖,琴舞九卒。元纳启曰:敬之敬之,天惟显帀,文非易帀。毋曰高高在上,陟降其事,卑监在兹。乱曰:遹我夙夜不逸,儆之,日就月将,教其光明。弼持其有肩,示告余显德之行。①

此篇先是周公所作的四句诗,然后是成王所作的一组诗,皆以警诫为内容,其中第一篇即今本《诗经》之《周颂·敬之》的内容,但二者存在着表述上的明显差异。《敬之》一篇的文辞如下:

> 敬之敬之,天维显思,命不易哉。无曰高高在上,陟降厥士,日监在兹。维予小子,不聪敬止。日就月将,学有缉熙于光明。佛时仔肩,示我显德行。②

---

① 李学勤主编:《清华大学藏战国竹简(叁)》,中西书局 2012 年版,第 133 页。
② 高亨:《诗经今注》,上海古籍出版社 2009 年版,第 499 页。

　　同是周成王所作歌辞的书录,但以战国竹简本与《周颂·敬之》本对勘,我们不但可以看到战国竹简所保存的战国传本的文本面貌,也知道二者同是一种乐舞表演内容的文本化结果,只是对表演内容的书录侧重点、文字表述详略各有不同。

　　其一,以战国竹简所示成王所作诗篇与《周颂·敬之》比较,可知,《诗经》在编订过程中作了文字上的改造,使得文字表述上整齐有序,并且删除了"乱曰"这个乐舞术语。"《周公之琴舞》中周公和成王所作两组诗篇从内容讲,与今本《诗经》之'颂'诗并无本质区别。至于篇中'乱曰'等乐舞术语的存留,是先秦诗家未将乐工标记语全部剥离所致。"①这提示我们,《诗经》中的歌诗文本所关联的口头歌唱形态应该大量存在着乐舞术语,比如"乱曰"。当然,今本《诗经》并无"乱辞",但从文献记载来看,春秋及其以前所传"诗"之文本中多有"乱辞",比如《国语·鲁语下》载有闵马父答景伯问曰:"昔正考父校商之名《颂》十二篇于周大师,以《那》为首,其辑之乱曰:'自古在昔,先民有作。温恭朝夕,执事有恪。'"韦昭注:"辑,成也。凡作篇章,义既成,撮其大要以为乱辞。诗者,歌也,所以节僦者也。如今三节僦矣,曲终乃更,变章乱节,故谓之乱也。"②语中言"商之名《颂》十二篇"校之于周太师,则其为乐歌文本无疑。又如《论语·泰伯》记:"子曰:'师挚之始,《关雎》之乱,洋洋乎盈耳哉。'"郑玄注:"师挚,鲁大师之名。始,犹首也。……鲁大师挚识《关雎》之声,而首理其乱,有洋洋盈耳,听而美之。"③《史记·孔子世家》亦记:"《关雎》之乱以为《风》始。"④据此而言,鲁大师师挚所演奏有"《关雎》之乱",即《关雎》之乐有作为乐的结束部分的"乱";《关雎》篇原亦有"义既成,撮其大要"的"乱辞",只是今本在编订时作了删削。

　　① 姚小鸥、孟祥笑:《试论清华简〈周公之琴舞〉的文本性质》,《文艺研究》2014年第6期,第51页。
　　② 徐元诰:《国语集解》,王树民、沈长云点校,中华书局2002年版,第205页。
　　③ 何晏注、邢昺疏:《论语注疏》卷八,《十三经注疏》(10),中华书局1980年版,第184页。
　　④ 司马迁:《史记》,中华书局1982年版,第1936页。

其二,战国竹简《周公之琴舞》虽然书录了乐词,但也叙述了周公、成王参与乐舞表演的简单过程,"琴舞九紽""启曰""乱曰"等即是标志。在伎艺表演中,琴舞乐词即是这个乐舞表演的内容,它不需要对何人舞何人歌予以标识,但在它被文本化以成篇时,则需要对这个伎艺表演的过程作文字表述,如此一来,在文本中就有简单的故事情节,或者说,这些乐词就被置放于一个简单的故事框架中了。但《诗经》的编订则把这些情节过程的提示语句剥离了,只留下乐词,于是,我们只看到了作为歌辞的《诗经》。由此,我们可以推想,《诗经》中也有一些原本处于一个故事讲唱框架中的乐词,后来在文本化过程中因为《诗经》的采诗编诗目的和文本统一原则而只留下诗句,而那个故事讲唱框架的内容则全部被剥离了。同样是记言的文本,《尚书》保留了"某某说"的字样,以此领起口讲的内容,而这些"某某说"之类的信息就可以勾连起来构出一个简单的情节框架,使得人物语言的文本呈现具有一定的故事性。

其三,《周公之琴舞》所示的"琴舞九紽""启曰""乱曰"等乐舞术语,显示了《周公之琴舞》所具有的乐歌特征。《周公之琴舞》又或者名为《周公之颂诗》,姚小鸥等认为:"称其为'琴舞',着重表明它的伴奏乐器为'琴';称其为'颂诗',重在言其舞容。'颂'谓之舞容,'颂诗'除文辞外,还包括乐、舞等艺术形式",而"《周公之琴舞》系未经汉儒整理的诗家传本早期形态,故保存有若干关于乐舞的术语。在诗家的传承历史中,这些乐舞术语逐渐被剥离,最终在汉代定型为今本《诗经》"①。由此,我们知道《周颂·敬之》是一首来自于乐舞表演的歌词,它在文本化的过程中被剥离了乐舞体制的因素,而完全以徒歌的形态呈现了。

所以,虽然战国竹简《周公之琴舞》与今本《周颂·敬之》都是同一乐舞表演内容的文本化,但却走了完全不同的文本化道路,前者对这个乐舞表演内容采取了相对整体的记录,包括了乐词以及伎艺程式、格式,而后者则是抽离了这个乐舞表演的部分内容,即成王的歌词。今本《周颂·敬

---

① 姚小鸥、孟祥笑:《试论清华简〈周公之琴舞〉的文本性质》,《文艺研究》2014 年第 6 期,第 44、53 页。

之》的文本化,就是在这个乐舞表演内容的基础上进行了《诗经》统一文本编订规范的改造,而不是对《周公之琴舞》所记录内容的再次改编、整理。

战国竹简《周公之琴舞》的文本化情况,提示我们一个问题,面对当时大量的口头歌唱内容、乐舞表演内容,《诗经》是如何选择而作书面落实、文本呈现的呢? 由上面针对战国竹简《周公之琴舞》与今本《周颂·敬之》篇的三个方面的比较、分析,大致可作如下三种情况的概述。

(一)《诗经》中的歌诗原出于民间口头表演的歌唱,在"编诗"过程中因文本化而进行了文字上的改造,最明显的就是适用于口头歌唱的一些词语的被剥离、删削,如衬词、语气词以及乐舞格式语等。由此,对于那些叙事的歌诗,如《大雅·生民》《卫风·氓》,在落实于文本时,就会因为书面体例的原因而进行文字表述方面的改造,以求语句上的整饬统一。比如《大雅·生民》乃叙述周人的祖先后稷传说的史诗,其中有关于他出生后的奇异遭遇:

> 诞寘之隘巷,牛羊腓字之。
> 诞寘之平林,会伐平林。
> 诞寘之寒冰,鸟覆翼之。鸟乃去矣,后稷呱矣。[①]

先民的史诗都是讲述族群的英雄成长故事和辉煌业绩。这几句诗讲述了后稷在刚出生后,就被母亲抛弃,丢弃在小巷中,牛羊抚庇他生长;丢弃在树林里,樵夫又把他收养;丢弃在寒冰上,鸟儿用翅膀把他护佑。诗歌表意跳跃,但语句整齐,并无口头歌唱的各种语气拟声表音词汇。另外,前文所述《周颂·敬之》,则是在作书面落实时,对口头歌唱时的"乱曰"等乐舞术语予以删削,以求文字表述上的体例统一。

(二)有的民间歌唱,原是有口头唱诵程式的,或者有对话语境的,比如故事唱诵中的人物对话的转换,这在口头歌唱中并不需要各种交代性

---

① 高亨:《诗经今注》,上海古籍出版社 2009 年版,第 400—401 页。

质的提示语"某某说"之类，或者一个对话语境的提示语你说他说之类的。但在书面表述时，为了呈现这个对话语境，需要有此类提示语，如战国竹简《周公之琴舞》在书录乐词时，也交代了周公、成王参与乐舞表演的简单过程，"启曰""乱曰"等即是标志。而这些程式标志在《诗经》中一些对话性质的歌诗中都被删除了。比如《周颂·有客》一篇：

> 有客有客，亦白其马。
> 有萋有且，敦琢其旅。
> 有客宿宿，有客信信。
> 言授之絷，以絷其马。
> 薄言追之，左右绥之。
> 既有淫威，降福孔夷。①

高亨认为此篇是"诸侯或其大臣来朝，将要回国，周王设宴饯行时所唱的乐歌"②。而陈多、谢明《先秦古剧考略》则推想出这个乐歌表演的场境，认为此歌诗所关联的口头表演有两位好客的主人物，全用对话体，并推演如下：

> 主人甲：客来啦，客来啦，身骑大白马。
> 主人乙：模样真庄重，随从也堪夸。
> 主人甲：（对客人）恭请贵宾留宝驾。
> 主人乙：（对客人）恭请贵宾来下榻。
> 主人甲：（对客人）给他马缰绳。
> 主人乙：（对客人）让我来牵马。
> （以上为迎客诗，以下为送客诗。）
> 主人甲：（对客人）多多待慢，多多待慢。

---

① 高亨：《诗经今注》，上海古籍出版社2009年版，第494页。
② 高亨：《诗经今注》，上海古籍出版社2009年版，第494页。

主人乙：(对客人)一路平安，一路平安。

主人甲：(望着远去的客人)威仪多庄严，愿他福无边。

这段人物对话表演还有个简单的情节框架："第一段写夫妻二人远望客人到来，互相议论。第二段是客人已到，主人争留客人多住几天。第三段写客人辞去时，主人送行。"①但是在编改后的《诗经》中，这个情节框架没有了，对话语境也删除了，原本是一个故事歌唱，但文本化后却没有了情节呈现的语境，也没有了人物对话的转换提示语，只留下这个分不清是二人对话，还是一人独唱的歌词了。这种情况在《诗经》的歌诗文本中不在少数，《周颂·臣工》亦是如此，郭沫若《青铜时代》认为此篇亦是全部使用了对话体。

甚至有的情况是，我们看到的歌诗乃是来自于一个较长篇幅的故事唱诵表演，但这个歌诗则属于从中抽离出来的某一段内容，或者属于其中人物对话语境中某一方的歌词。那么，因为这是歌唱表演语境中抽离出的一部分内容，我们就难以看到它所关联的歌唱表演原貌了。比如《豳风·鸱鸮》，它是一个虚构故事，以第一人称歌唱，但四段歌唱表述的内容在情节上不连贯，应该是从一个较长篇幅的故事歌唱中抽离出来的歌词，原有的故事歌唱应该就好像汉代的《神乌赋》所表现的故事唱诵那样，而《诗经》歌诗只是从中剥离出了被鸱鸮欺凌的母鸟的四段歌唱以组成此篇(第二章第一节有详析)。

(三)如果某一歌诗来自于乐舞表演，那么它剥离的伎艺因素就更多了。从乐舞中摘取出来的歌诗，就会削减、删除歌舞表演的因素，而以文字形态呈现其歌词内容。上文述及的《周颂·敬之》即是一篇来自于乐舞中的韵语唱诵，只是在落实于文本时那些乐舞伎艺成分被剥离了，这是一次文学与伎艺的剥离过程。兹以《召南·野有死麕》一篇具体分析。

春秋时期，有个祭天帝和祭祖的节日，又叫"八蜡"或"大蜡"，在"蜡

---

① 陈多、谢明：《先秦古剧考略(宋元以前戏曲新探之一)》，《戏剧艺术》1978 年第 2 期，第 114 页。

祭"这种祭祀仪式上,有一些娱神亦娱人的乐舞表演。《礼记·郊特牲》是现知较为详细记述"蜡祭"祭祀仪式的文字,其中有这样一段描述:

> 黄衣黄冠而祭,息田夫也。野夫黄冠,黄冠,草服也。大罗氏,天子之掌鸟兽者也,诸侯贡属焉。草笠而至,尊野服也。罗氏致鹿与女,而诏客告也,以戒诸侯曰:"好田好女者亡其国。"①

对于此段"蜡祭"祭祀仪式的描述,陈多、谢明《先秦古剧考略》一文认为这是一个演出"大罗氏"的节目:"大罗氏是替天子管鸟兽的人。扮演者戴着野人的草笠就来表演,这是因为今天'息田夫',特别允许他们参加活动。演出的内容是罗氏把一头鹿送给姑娘,还对姑娘说:'一次好运道的狩猎呀,我亲爱的好姑娘!'"据此,此文进一步认为这段演出"大罗氏"的节目"是祭祀典礼结束后的演出之一",而"就这故事的主要情节而言,和《诗·召南·野有死麕》是基本吻合的,所以我们以为《野有死麕》可能就是蜡祭中这个节目经过文人整理加工后的演出本之一"②。按此说法,《野有死麕》这首歌诗就是来自于一个爱情题材的歌舞表演,它表现了一个"吉士"向一位少女求爱的故事。

> (郊外,一位少女,跳着采摘野菜的舞蹈。她时而停下来四处张望,象是在等待什么人。)
> 青年头戴草笠,身背弓矢,手持狩猎来的野鹿上场。
> 青年:(唱)打到了小麋鹿满心欢快,
> 　　　　用白茅仔细地包裹起来。
> (少女远远地看到青年,会心地唱。)
> 少女:(唱)女儿家心意里春潮澎湃,

---

① 陈澔注:《礼记》卷五,上海古籍出版社1987年版,第147页。
② 陈多、谢明:《先秦古剧考略(宋元以前戏曲新探之一)》,《戏剧艺术》1978年第2期,第118页。此文另把《关雎》《击鼓》《静女》《谷风》等二十多个篇目视为歌舞剧目。

    好一个青年人逗引女孩。

  青年:(唱)森林里有袅袅小树,

     野地里打来了一头麋鹿。

     用白茅将它们好好包住,

     姑娘你好一似美玉明珠。

  (青年将鹿送与少女。欲拥抱少女,她羞涩地避开。)

  少女:(唱)慢慢啊,缓缓呀,

     别把我的围腰拉,

     小心狗叫惹人家。

  (二人携手歌舞下。)

  如此,这首歌诗关联了一个有着连贯情节、人物动作的歌舞表演,而且歌诗是人物对话的语境。但是,作为情节、动作呈现的舞蹈,作为青年男女间递相歌唱的交代,都是属于伎艺体制的范畴,是负载于表演者的身上的。当这个歌舞表演内容被落实于文本时,那些伎艺体制的因素就被剥离出去了,或者说,歌词就被从整个的表演内容中抽离出来了,成为我们看到的《诗经》中的《野有死麕》:

    野有死麕,白茅包之。

    有女怀春,吉士诱之。

    林有朴樕,野有死鹿。

    白茅纯束,有女如玉。

    舒而脱脱兮,无感我帨兮,无使尨也吠。①

  依据这个歌诗文本,即使我们承认它是祭祀歌舞表演的唱词,是场上之作,但它已经失去了本来生存的原境。我们看到的是一个叙述体的歌

---

① 高亨:《诗经今注》,上海古籍出版社 2009 年版,第 31 页。

唱,而不是一个有着乐舞表演体制的歌舞表演了,那些歌舞伎艺的体制因素就在这个文本化过程中消失了,同时,原来能够在动作表演中呈现的情节流动、人物关系也丢失了。因为文字的呈现能力无法满足伎艺表演因素的书面落实,这就是口头演唱内容文本化的结果,如此一来,我们也就无法由此而确定它原本的歌舞表演形态的原貌了。

由上面的梳理、分析,我们可以看到《诗经》的歌诗虽然关联着丰富的口头表演内容,但在口头表演形态与文本呈现形态二者之间,却有着因为表现方式的不同而存在的删减、剥离现象。那些有着对话语境的唱诵,那些有着动作表演的乐舞,都关联着伎艺性质的体制因素,这些因素是属于伎艺表演的,不属于文字的、文本的表述体例规范。即使是对这些口头表演内容全部地、整体地进行文本化的呈现,也会因为文字表达的能力局限、文本呈现的体例限制而不得不删削、改造,更何况那些只是抽离其中的一段歌唱呢。在采诗、编诗的过程中,这种从口头歌唱表演、乐舞表演中摘取部分内容,以作文字的改造,文本的编订,就不得不把伎艺因素与歌词内容进行剥离。所以,我们看到的文本形态的歌诗,就失去了它在口头表演时的原貌了。据此而言,这个文本化过程,实际隐含着一次文学与伎艺的剥离过程,这是对口头唱诵、歌舞表演的专注于文学属性的改造,而把伎艺表演的因素、成分留给了伎艺范畴,让它们在口头伎艺中继续保存、流播下去,留待后代书面文学的发现、接受和呈现。

二 楚地民歌故事唱诵的文本化走向与形态

《诗经》是一次集中、有序地采集、改造口头韵语唱诵而作书面落实的行动,这里面关联着口头唱诵和《诗经》文本这两端。站在《诗经》文本一端,我们看到了当时丰富多样的口头唱诵的一种书面落实形态——《诗经》歌诗文本,它让我们看到了它所关联的一些故事唱诵的形态,以及这些形态在文本化过程中的改造情况。这是从文本化的结果来做考察的路径,由此我们看到了丰富多样的故事唱诵形态在《诗经》这次集中的采诗、编诗行动中,到底进行了哪些文本化操作,才有了《诗经》这一个文本化的结果。

但是,在那些繁杂、丰富的口头唱诵的流播过程中,肯定不会只有《诗经》这一种"采诗"的书面落实行动,也不是只有《诗经》这样一个文本化的结果。因此,如果我们站在口头唱诵这一端,从纷繁复杂的故事唱诵形态来考察,通过它们被采入、编入、落实于不同的书面载体,就可以看到它们呈现出的不同的文本化形态,表现出的不同的文本化结果。

考虑到当时口头唱诵流播的地域杂多,而留存的资料缺少,我们即选取楚地这个区域的民间歌唱,来具体考察、分析其口头唱诵在空间维度、时间维度上的文本化走向和形态。

楚地民歌自周初至春秋,持续不断地发展演变,至战国后期则已有七八百年的时间。以现在所见的文本来看,楚地民歌在形式上是比较自由的,有四言、五言,或者杂言,当然在这漫长的七八百年时间里,它们的形态应是有一个不断丰富、演进的过程的。比如周初时多是四言,后来渐次出现了五言或杂言;但即使后来有了五言、杂言的出现,早期的四言形式也仍然一直存在着。如此,到了后期,楚地民歌就有了四言、五言、杂言等形态,表现出口头唱诵形态的渐趋丰富、自由。

而在楚地民歌的口头创作过程中,以及共时、历时的口传过程中,会不断出现被采集、改造、编入书面载体的行为,此即口头唱诵形态的文本化,其间,这些口传的楚地民歌有所改造,有所删削,皆以不同时期的书面文本体例为呈现形态,并作不同的文类划分,归入《诗经》歌诗、杂体歌诗、楚辞、杂赋、乐府等。而以它们被采集、编入的书面载体来看,其文本化的走向主要有三:一是编入《诗经》,二是采入不同时期的零散文献,三是融入后世各种文类作品。下面予以分别论述。

一是被编入《诗经》中,主要见于"二南"。《诗经》作为一次对口传歌唱的有组织的文本化结果,所采集的歌诗来自当时各地的民间唱诵,其中即有楚地民歌。学者们认为楚诗之较早者,当推《诗经》中的"二南",其中的《汉广》《汝坟》(见《周南》)、《江有汜》(《召南》)等篇最为重要,因其明确写到了江、汉、汝等楚地河流。清康熙间何天宠《楚风补序》指出:"楚之风'江永汉广',《周南》已载之。楚何以无风,后儒以为删诗不录楚风,非通论也。"清乾隆间夏之蓉《楚风补序》亦认为:"楚故有风,《甘棠》《汉广》其选也。孔子存诗而不存其国,其削之也,诗存则'风'存,'风'存则国亦存。"①陆侃如、冯沅君:《中国诗史》在谈到《诗经》的分类时指出"《诗经》内分南、风、雅、颂四类","'颂'是原始的舞曲祭歌,'雅'是西周土乐,'风'是黄河流域各地的土乐,而'南'是长江流域的土乐"②。而在谈到"二南"时明确指出,"南"指诗体,是"楚风"在《诗经》中之所在——

> "周南""召南"之称犹"邶风""鄘风",下一字为诗体,上一字为地点,其例与近代"昆曲""京腔"正同。不过周、召二地不指陕西而指江汉流域,至少在东周时是如此,因为"二南"本身就是个铁证。……《二南》不是周初的北方的诗,而是东周的南方的诗。③

虽然我们不能确定"二南"即是"楚风",但其中有采自楚地的民歌却是可以确定的,比如《汉广》《江有汜》。

> 南有乔木,不可休思。汉有游女,不可求思。汉之广矣,不可泳思。江之永矣,不可方思。
> 翘翘错薪,言刈其楚。之子于归,言秣其马。汉之广矣,不可泳思。江之永矣,不可方思。
> 翘翘错薪,言刈其蒌。之子于归。言秣其驹。汉之广矣,不可泳思。江之永矣,不可方思。

---

① 廖元度:《楚风补校注》,湖北人民出版社 1998 年版,第 20、14 页。
② 陆侃如、冯沅君:《中国诗史》,百花文艺出版社 2008 年版,第 8、48 页。
③ 陆侃如、冯沅君:《中国诗史》,百花文艺出版社 2008 年版,第 47 页。

江有汜,之子归,不我以。不我以,其后也悔。

江有渚,之子归,不我与。不我与,其后也处。

江有沱,之子归,不我过。不我过,其啸也歌。①

"二南"中的这些作品是来自于楚地民歌,这是周初时期的事,后经过了改纂加工,与《诗经》整体的文本体例相同。这些楚地民歌当时可能就是四言形式,或者是以四言为主的杂言形式,而《诗经》的采集者在选材时,或是主动选择了四言的民歌,或是把非四言的民歌改造成整齐的四言体式,就如战国竹简《周公之琴舞》与《周颂·敬之》篇之间的差异所反映的书面文本对口传歌词的改造情况。

二是被采入到不同时期的零散文献中。《诗经》的采编并不能穷尽当时楚地的民间唱诵,《诗经》所收之外,仍有大量的民间歌诵活跃在民众的口耳之间,又被不同时期的有心者采集、落实于书面载体中。这些文本化的楚地民歌则较接近于口头形态的原貌,因为采编者无须如《诗经》那样按照统一的文本体例来对口头唱诵予以编订,所以他们采录而作文字表述的楚歌就形态各异。据逯钦立辑校的《先秦汉魏晋南北朝诗》、姜书阁编写的《先秦楚歌叙录》②,先秦时期楚地民歌被书录者有以下十首。

(1)《子文歌》(见刘向《说苑》卷一四《至公》)

子文之族,犯国法程。廷理释之,子文不听。恤顾怨萌,方正公平。

(2)《楚人为诸御己歌》(见刘向《说苑》卷九《正谏》)

薪乎,莱乎! 无诸御己,讫无子乎!

---

① 高亨:《诗经今注》,上海古籍出版社 2009 年版,第 11、30 页。

② 姜书阁:《先秦辞赋原论》,齐鲁书社 1983 年版,第 3—12 页。

莱乎,薪乎！无诸御已,讫无人乎！

(3)《申包胥四歌》(见《吴越春秋》卷四《阖闾内传》)

吴为无道,封豕长蛇,以食上国,欲有天下,政从楚起。寡君出在草泽,使来告急。

(4)《优孟歌》。汉桓帝延熹三年(160)刻立于汝南郡期思县之《楚相孙叔敖碑》,碑文作《忼慨歌》(见洪适《隶释》卷三,或《古文苑》卷一九)。

贪吏而可为而不可为,廉吏而可为而不可为。贪吏而不可为者,当时有污名;而可为者,子孙以家成。廉吏而可为者,当时有清名;而不可为者,子孙困穷,披褐而卖薪。贪吏常苦富,廉吏常苦贫。独不见楚相孙叔敖,廉洁不受钱。

(5)《河上歌》(《吴越春秋》卷四《阖闾内传》)

同病相怜,同忧相救。惊翔之鸟,相随而集。濑下之水,因复俱流。

(6)《接舆歌》(见《论语·微子》)

凤兮凤兮,何德之衰？往者不可谏,来者犹可追。已而,已而,今之从政者殆而。

(7)《孺子歌》(又名《沧浪歌》,见《孟子·离娄上》)

沧浪之水清兮,可以濯我缨;沧浪之水浊兮,可以濯我足。

（8）《徐人歌》（见《新序·节士第七》）

延陵季子兮，不忘故，脱千金之剑兮，带丘墓。

（9）《越人歌》（刘向《说苑》卷一一《善说》）

今夕何夕兮，搴舟中流。今日何日兮，得与王子同舟。蒙羞被好兮，不訾诟耻。心几顽而不绝兮，得知王子。山有木兮木有枝，心说君兮君不知。

（10）《渔父歌》（见《吴越春秋》卷三《王僚使公子光传》）

日月昭昭乎，侵已驰，与子期乎，芦之漪。

日已夕兮，予心忧悲，月已驰兮，何不渡为？事寝急兮，将奈何？

芦中人，芦中人，岂非穷士乎？

《越绝书》卷一《越绝荆平王内传》所载《渔人歌》："日昭昭侵以施，与子期甫芦之碕。""心中目施，子可渡河，何为不出？"仅此二章，文字与《吴越春秋》所录版本不同。

上面十首楚地民歌的文本，前五种为四言或四言为主者，后五者为杂言。

由这些文本来看，当时楚地民歌的口头唱诵形式是比较自由的，并没有整齐划一的格式。又因为记述者、编写者不必按《诗经》整体的书面体例而对这些口传民歌进行改造，这就使得这些楚地民歌的文本较接近于口传形态的原貌。后来的屈、宋即模仿、学习这种形式而有了所谓"楚辞"之新体，这是直接模拟、借鉴楚歌形式的早期楚辞作品。

三是被融入后世各种文类作品中。除了上面两类文献所展示的楚地民歌的文本化情况,还有大量的楚地民歌在以口头形式流传于民间的口耳传播渠道中,因为它们杂乱不一的语体形态有符合相关文类者,即被改造而融入这些文类作品之中,有的被归于楚辞,有的被归于杂赋,有的被采入乐府,如此,又会按照当时的书面体例或文类规范对这些口传民歌的内容进行改造,继而以楚辞、杂赋、乐府的形态出现了,屈、宋的模仿、学习之作即可资参照,故而学界普遍认为,楚辞乃源自楚地民歌,而有些学者则认为楚辞的上源就是《诗经》中《周南》《召南》中的部分作品①。其实,楚辞与《诗经》"二南"都是源自楚地民歌,只不过《诗经》"二南"更早地把一部分楚地民歌落实于文本,作了统一体例的编改,而后来出现的楚辞则是在继续口头流传的楚地民歌中模仿、发展出自己的体制,成为一种新型的书面文体、作家文体。因此,更准确的说法,对于楚辞与《诗经》"二南"关系是"《楚辞》和《诗》三百篇,即使只就其与《二南》中确属'楚诗'间的关系而言,也只是间接的,而非直接的承传关系";对于楚辞、《诗经》"二南"与楚地民歌的关系,"《诗·国风》或者只说《二南》是采自西周至春秋中期民间的歌谣,经过'王官'或太师之类的乐官合乐、传唱、编集、篡改而成,形式大体相同,或者极其相近。楚辞则是摹拟春秋、战国以来,特别是战国后期的楚国民间歌曲形式,从而加工创作成的新体。是《二南》与楚辞的关系,在于它们都是来自楚地民歌,亦即同源,但却不是同流。详言之:《二南》取自周初楚地民歌,经过改篡加工,遂成定型,而为基本上是四言诗的形式,这是一条线;楚地民间歌谣自周初至春秋、战国,仍旧继续不断地发展变化,到战国后期已七八百年,遂逐渐形成五、六、七言长短错落的比较更为自由的形式,而早期楚辞的作者屈原、宋玉等则是直接采用这已发展了的楚歌形式而创制新体的,这是另一条线。打个通俗的比喻:楚辞

① 程千帆认为:"二南之诗,则诗骚之骑驿,亦楚词之先驱也。"见程千帆《先唐文学源流论略·诗三百篇与楚辞第一》,《武汉师范学院院报》(哲社版)1981年第1期,第68页。赵逵夫《作为楚辞上源的民歌与韵文剖辨》一文认为,作为楚辞上源的早期抒情诗主要包括《诗经》中《周南》《召南》中的部分作品,《陈风》及一些佚诗(见《屈骚探幽》,巴蜀书社2004年,第119—142页)。其他如蔡靖泉《〈诗经〉"二南"中的楚歌》,《上海大学学报》1994年第3期;苏慧霜《二南、楚歌、乐府》,《第九届海峡两岸先秦两汉学术研讨会论文集》。

和楚地民歌是嫡系血亲关系,是直接的;它和《诗》三百篇(主要指《二南》)则只是间接的旁系宗族关系罢了"①。

综上所述,楚地民歌的流传走向计有三条脉络——

一是被编入《诗经》,并按《诗经》歌诗整体的文本规范进行选择(选择四言的楚地民歌)、改造(改造那些非四言的楚地民歌)。

二是被采入到一些零散文献中,这种情况下,由于没有《诗经》采集时的选择、编订原则,楚地民歌得以以较接近口头演唱原貌的形态在书面文本中呈现。

三是被融入后世各种文类作品中。这是由于那些以口头形式继续流传于民间的唱诵,进一步演化、发展,被后世新兴文类采纳,或被后世作家模拟,由此而以其他文类的名称、形态融入各种文类作品之中。屈宋的早期楚辞就是模仿、借鉴这种格式的文本作品。这是楚地民歌跨越了"诗经时代"的文本化结果。比如,那些未被采入《诗经》或其他文献而以先秦歌诗形态呈现者,即会在后世流播的过程中被采入杂赋或乐府,并按照那个时代时兴、强势的文类规范、书面体例(如杂赋、乐府)予以改造、归类。

需要指出的是,在这个口头唱诵的文本化过程中,口头唱诵形态的书面落实,除了因书面体例的原因而被改造,还有因为方言的原因而不得不改造的情况,比如由楚地方言改为中原雅言、通言。刘向《说苑》卷一一《善说》记述了一段故事:

> (鄂君子皙泛舟于新波之中)乘青翰之舟,极萹芘,张翠盖而
> 擒犀尾,班丽裼衤会,会钟鼓之音毕,榜枻越人拥楫而歌。歌辞曰:
> "滥兮抃草滥予,昌枑泽予,昌州州,堪州焉乎,秦胥胥,缦予乎,
> 昭澶秦逾,渗惿随河湖。"鄂君子皙曰:"吾不知越歌,子试为我说
> 之。"于是乃召越译,乃楚说之曰:"今夕何夕兮,搴舟中流。今日
> 何日兮,得与王子同舟。蒙羞被好兮,不訾诟耻。心几顽而不绝

---

① 姜书阁:《先秦楚歌叙录》,见《先秦辞赋原论》,齐鲁书社1983年版,第2页。

兮,得知王子。山有木兮木有枝,心说君兮君不知。"于是鄂君子
皙乃揄修袂行而拥之,举绣被而覆之。①

这段记载言及公元前 6 世纪楚国的襄成君听到舟人用越地方言所唱
的歌曲,即令译为楚地方言,因有此歌词文本。从口传的越歌来看,以方
言、口语表述的内容在落实于书面文本时,会作书面语言的转换,因此而
有语汇、句式、内容的改变。而从书面记述的《越人歌》来看,从越歌到楚
歌的转译,对照越歌、楚歌的字句,明显不相对应,因为他时他地的口头唱
诵,在当时当地被采集、记录时,会按当时楚地民歌的格式进行转化、改
造。这也说明,《越人歌》这种格式正是当时楚地民歌流行、典型的唱诵
形态。

如果我们不限于楚地这一区域,上述所言楚地民歌的文本化走向和
形态,在当时所有民间韵语唱诵由口传而书面的转化过程中皆是存在的。

三 《诗经》时代韵语故事唱诵文本化的散文转换

《诗经》时代,口头唱诵是一种创作的重要方式,也是一种文献传播、
保存的重要方式。当时,为了记诵的方便,口头唱诵讲究节奏整齐、声色
优美,多使用韵语齐言。因此,民间的故事,官方的历史,都会使用口头唱
诵来表述;民间的爱情歌唱,官方的瞽史传事,都呈现出韵语唱诵的形态。

先秦时期有"瞽史"这种职官,如《国语·周语下》中记单襄公言:"吾
非瞽史,焉知天道。"而"瞽史"的职责是:"大师,掌知音乐风气,执同律以
听军声,而诏吉凶。史,大史,掌抱天时,与大师同车,皆知天道也。"②瞽
史除了被当成"知天道"者之外,还要以口传的记诵方式来保存、传播历史
事件和传说故事。比如《国语·晋语四》记载重耳在齐国,齐姜劝他远行:

① 赵善诒:《说苑疏证》卷一一,华东师范大学出版社 1985 年版,第 311 页。
② 徐元诰:《国语集解》,王树民、沈长云点校,中华书局 2002 年版,第 83 页。

吾闻晋之始封也，岁在大火，阏伯之星也，实纪商人。商之缩国三十一王，瞽史之纪曰："唐叔之世，将如商数。"今未半也。乱不长世，公子唯子，子必有晋。

后来，重耳为秦穆公所收纳，董因迎之于河，又述其事曰：

公问焉，曰："吾其济乎？"对曰："岁在大梁，将集天行。元年始受，实沈之星也。实沈之虚，晋人是居，所以兴也。今君当之，无不济矣。君之行也，岁在大火。大火，阏伯之星也，是谓大辰。辰以成善，后稷是相，唐叔以封。瞽史记曰：'嗣续其祖，如穀之滋。'必有晋国。臣筮之，得泰之八，曰：'是谓天地配亨，小往大来。'今及之矣，何不济有？且以辰出而以参入，皆晋祥也，而天之大纪也。济且秉成，必伯诸侯。子孙赖之，君无惧矣。"①

上文中所谓"唐叔之世，将如商数"，"嗣续其祖，如穀之滋"，即是瞽史记诵的韵语演述故事的内容。

当然，后人能看到先秦的这些口头唱诵，乃得益于当时那些口头唱诵的内容经过了文本化后而以书面语言的形态呈现。古人所说的"瞽史之纪"，就是瞽史依靠口头唱诵的演述方式传播、保存下来的民间传说、历史故事的情节或纲目，后来又经过笔录而留存下来的。所以，口头唱诵内容的传播、保存，有口传的方式，有书面的方式，二者的出现有先后次序，即清人王先谦所说的"古书先口授而后著之竹帛"②。而对于口头唱诵内容的传播、保存来说，书面记述方式的出现是一个重要的阶段，它使得口头唱诵内容的生存方式发生了变化——由口头方式到书面方式，由此也使得口头唱诵内容的呈现形态不可避免地发生了变化：表述内容的变化，则有了不同的故事版本，如简本、繁本；表述语体的变化，则有了不同语体版

① 徐元诰：《国语集解》，王树民、沈长云点校，中华书局 2002 年版，第 325、344—345 页。
② 王先谦：《庄子集解》卷二，中华书局 1978 年版，第 42 页。

本,如韵文、散文、文言、白话。比如上文引录"瞽史之纪"的韵语唱诵,《国语》把它落实于书面时即以韵文形态予以呈现。

此外,口传韵语唱诵的文本化,会因为口传渠道的不同而有不同的版本,也会因为记述者的不同而有不同的版本。比如本章第二节提到的《渔父歌》,这是伍子胥逃楚途中所遇渔父的口头创作。据赵晔《吴越春秋》卷三记:

> 伍员与胜奔吴。到昭关,关吏欲执之。伍员因曰:"上所以索我者,美珠也。今我已亡矣,将去取之。"关吏因舍之。与胜行去,追者在后,几不得脱。至江,江中有渔父乘船从下方溯水而上。子胥呼之,谓曰:"渔父渡我!"如是者再。渔父欲渡之,适会旁有人窥之,因而歌曰:"日月昭昭乎,侵已驰,与子期乎,芦之漪。"子胥即止芦之漪。渔父又歌曰:"日已夕兮,予心忧悲,月已驰兮,何不渡为?事寖急兮,将奈何?"子胥入船,渔父知其意也,乃渡之千浔之津。子胥既渡,渔父乃视之,有其饥色。乃谓曰:"子俟我此树下,为子取饷。"渔父去后,子胥疑之,乃潜身于深苇之中。有顷,又来,持麦饭、鲍鱼羹、盎浆,求之树下,不见,因歌而呼之曰:"芦中人,芦中人,岂非穷士乎?"如是至再,子胥乃出芦中而应。[1]

据此所记,渔父之歌,计有三章:

> 日月昭昭乎,侵已驰,与子期乎,芦之漪。
>
> 日已夕兮,予心忧悲,月已驰兮,何不渡为?事寖急兮,将奈何?
>
> 芦中人,芦中人,岂非穷士乎?

---

[1]　赵晔:《吴越春秋》卷三,江苏古籍出版社1999年版,第19—20页。

清人沈德潜《古诗源》卷一选录此《渔父歌》,亦作三章。但《越绝书》卷一《越绝荆平王内传》所载《渔父歌》只有两章:"日昭昭侵以施,与子期甫芦之碕。""心中目施,子可渡河,何为不出?"①分别对应了上面的第一、二章,但其文字已与《吴越春秋》所记大不同。这说明《渔父歌》在当时的口传过程中已有不同的版本,或者是因为书录者在文本化时对其作了不同的改造所致。

(一)民间歌诗韵语唱诵文本化过程中的散文转换

《渔父歌》在文本化过程中的被改造情况并不确切,只是现有文献资料表明了它的口传唱诵内容在文本化时已经出现了不同的版本,而有些口传唱诵作品的文本化改造痕迹就非常明显、明确了,因为它们是被当作了散文化的文本呈现。

《论语·微子》记《接舆歌》曰:

> 楚狂接舆歌而过孔子曰:"凤兮凤兮,何德之衰? 往者不可谏,来者犹可追。已而,已而,今之从政者殆而。"孔子下,欲与之言,趋而避之,不得与之言。②

《史记·孔子世家》亦载此事,楚狂接舆所歌除中间一句作"往者不可谏兮,来者犹可追也",其余皆与《论语》同。而《庄子·人间世》对此事的记述内容则不同。

> 孔子适楚,楚狂接舆游其门曰:"凤兮凤兮,何如德之衰也!来世不可待,往世不可追也。天下有道,圣人成焉;天下无道,圣人生焉。方今之时,仅免刑焉。福轻乎羽,莫之知载;祸重乎地,

---

① 袁康:《越绝书》卷一,上海古籍出版社1985年版,第6页。
② 杨伯峻:《论语译注》,中华书局2006年版,第218页。

莫之知避。已乎已乎,临人以德! 殆乎殆乎,画地而趋! 迷阳迷阳,无伤吾行! 吾行却曲,无伤吾足!"①

《论语》为孔子弟子所记,比较可靠,且明确记"楚狂接舆歌而过孔子",而《庄子》所记则不言"歌",好像楚狂接舆专门到孔子门口啰嗦地诉说一通,并无飘然而过的狂狷形象。如此,《庄子》版记述已非《接舆歌》的原貌,而是对歌词内容作了散文化的改造。

这种情况在《优孟歌》的文本化过程中亦存在。《优孟歌》关联的是楚庄王时事,楚庄王在位时间是公元前 613—公元前 591 年,此时,四言的歌唱仍然大量、普遍地存在。《优孟歌》的歌辞见于汉桓帝延熹三年(160)刻立于汝南郡期思县之《楚相孙叔敖碑》(文见《古文苑》卷一九,或宋洪适《隶释》卷三),碑文明确称作《忼慨歌》,其歌辞为杂言,有韵调,是一首杂言的歌唱:

> 贪吏而可为而不可为,廉吏而可为而不可为。贪吏而不可为者,当时有污名;而可为者,子孙以家成。廉吏而可为者,当时有清名;而不可为者,子孙困穷,披褐而卖薪。贪吏常苦富,廉吏常苦贫。独不见楚相孙叔敖,廉洁不受钱。②

但《史记·滑稽列传》所记则与此不同,明显是其口传歌唱文本化过程中的不同呈现。

> 优孟者,故楚之乐人也。……楚相孙叔敖知其贤人也,善待之。病且死,属其子曰:"我死,汝必贫困。若往见优孟,言我孙叔敖子也。"居数年,其子穷困负薪,逢优孟,与言曰:"我,孙叔敖子也。父且死时,属我贫困往见优孟。"优孟曰:"若无远有所

---

① 郭庆藩:《庄子集释》,中华书局 1982 年版,第 183 页。
② 逯钦立:《先秦汉魏晋南北朝诗》,中华书局 1983 年版,第 20 页。

之。"即为孙权敖衣冠,抵掌谈语,岁余,像孙权敖,楚王及左右不能别也。庄王置酒,优孟前为寿,庄王大惊,以为孙权敖复生也,欲以为相。……(优孟)因为歌曰:"山居耕田苦,难以得食,起而为吏。身贪鄙者余财,不顾耻辱。身死家室富,又恐受赇枉法,为奸触大罪,身死而家灭。贪吏安可为也! 念为廉吏,奉法守职,竟死不敢为非。廉吏安可为也! 楚相孙权敖持廉至死,方今妻子穷困负薪而食,不足为也。"于是庄王谢优孟,乃召孙叔敖子,封之寝丘四百户,以奉其祀。①

优孟妆为孙叔敖衣冠,以扮演、唱诵的方式向楚庄王进谏,其行其相被古来学者视为做戏剧,任二北即主张优孟是化装表演②,清代钱谦益指出优孟之为孙叔敖衣冠而进谏楚庄王的表演,"此盖优孟登场扮演,自笑自说,如金元院本、今人弹词之类耳"③,即是说优孟当时的表演有韵语唱诵,这与《史记》言优孟作"歌"的记载相符。但比照于《忼慨歌》,《史记》所记此"歌",不但文字迥异,而且无韵,像是一段论说文。这不应该是司马迁的记载有误,而应是此歌词在口传过程作书面落实时的不同呈现形态,《忼慨歌》是接近于口头歌唱原貌的歌辞形态,而《史记》版则是对口头韵语歌唱的散文化形态。明代的杨慎在《风雅逸篇》中就指出这一点:"此无音韵章句,而史以为歌者,不可晓。岂当时隐括转换,借声以成之欤? 史不能述其音,但见其义也。"④司马迁取优孟衣冠之事入《滑稽列传》,是为了强调这些诙谐调笑之人"谈言微中,亦可以解纷"的作用,并不是为了转录口诵歌辞,况"史不能述其音",于是就着眼于"见其义"而对优孟的口诵歌辞进行了改写,因而失去了原境中的口诵歌辞的韵音韵语形态了。

---

① 司马迁:《史记》卷一二六,中华书局 1982 年版,第 3200—3202 页。
② 任二北:《优语集》,上海文艺出版社 1981 年版,第 7 页。
③ 钱谦益:《有学集》卷四一《为柳敬亭募葬地疏》,《钱牧斋全集》(6),上海古籍出版社 2003 年版,第 1418—1419 页。
④ 杨慎:《风雅逸篇》卷六,《丛书集成初编本》,中华书局 1985 年版,第 37 页。

民间歌唱在文本化过程中存在的这种散文化现象,在"诗经时代"的"讲史"文本化过程中亦颇为普遍。

(二) 瞽矇历史唱诵文本化过程中的散文转换

在"诗经时代",故事唱诵有两个口头传承的系统:各地民间传诵的歌唱,职业讲史人的唱诵。也就是说,当时的故事唱诵,分为来自于民歌的和来自于讲史的。民歌没有特定的传承人,属于民间共同群体的口头传诵行为,而讲史则是由专职的讲史人唱诵并由此传承下来的,所以,讲史在一开始就负有特殊的职责,由专门记录和讲述历史的职业讲史人唱诵,并为王侯贵族服务。这种职业讲史人,就是瞽矇之辈,他们专门唱诵、传承前朝历史事件和传说故事。

春秋战国时期,瞽史职官种类比较发达,王侯周围聚集着各种瞽史职官,如《国语·周语上》记:"故天子听政,使公卿至于列士献诗,瞽献曲,史献书,师箴,瞍赋,矇诵,百工谏,庶人传语,近臣尽规,亲戚补察,瞽、史教诲,耆、艾修之,而后王斟酌焉,是以事行而不悖。"[1]又《左传》襄公十四年记:"自王以下,各有父兄子弟,以补察其政。史为书,瞽为诗,工诵箴谏,大使夫人规诲,士传言,庶人谤,商旅于市,百工献艺。"[2]上面所述的"瞽献曲""师箴""瞍赋""矇诵",都是瞽史职官的各类职能分化。他们能参与"天子听政"的活动,向天子提供一些资政信息或建议。而他们之所以能如此,就是因为他们执掌了相应的职责,也拥有了相应的能力。他们拥有这个能力的方式,是依靠口头记诵。他们向天子提供谏诚的方式,也是依靠口头记诵。而这类瞽矇之辈之所以能充任此职,乃是因为瞽者的听力和记忆力比普通人都要强,最适宜做演述故事的工作,在文字书写条件不具备的情况下,保存历史事件的需求就利用了瞽者这一特长[3]。远古时

---

[1] 徐元诰:《国语集解》,王树民、沈长云点校,中华书局2002年版,第11—12页。

[2] 杨伯峻:《春秋左传注》,中华书局1990年版,第1017页。

[3] 王树民:《瞽史》,见《中国史学史纲要》,中华书局1997年版,第212—213页。

期的历史事件以及传说故事能够流传下来,应该归功于瞽史口头记诵的文献传播、保存作用。

韵语唱诵,是当时重要的创作方式,更是文献传播、文献保存的重要方式,先秦时的瞽矇之类史官都是以口头唱诵的方式来保存、传播历史事件、传说故事的。当然,当时民间还存在着大量的自由形态的故事唱诵,那是自然状态的民间唱诵活动,而瞽矇之辈的史官诉诸口耳的韵语唱诵,则是经过了礼仪规范后的仪式性唱诵活动,表现出仪式性故事唱诵的形态。这些口头唱诵的讲史在传播过程中,也渐而出现了落实于书面的情况,此即瞽矇口头唱诵内容的文本化。

《国语·楚语上》记楚左史倚相之言,有"史不失书,矇不失诵"。徐中舒认为其中所说的"史""矇",是指当时的两种史官:太史与瞽矇。瞽矇是乐官,同时也传诵历史或歌唱史诗;后来瞽矇失职,他们还要以说史方式在民间说唱故事。"他们所传述的历史,原以瞽矇传诵为主,而以太史的记录帮助记诵,因而就称为瞽史。所谓'史不失书,蒙不失诵',即史官所记录的简短的历史,如《春秋》之类,还要通过瞽蒙以口头传诵的方式,逐渐补充丰富起来。"①

另外,《周礼》是记载周王朝制度的书,据其《春官宗伯》篇及郑玄的注释,周王朝及各诸侯国都设有负责记录历史事件的史官,同时设有称为"瞽矇"的盲人乐师来从事吟诵,其中也会吟诵史官记录的历史事件。

> 瞽矇,掌播鼗、柷、敔、埙、箫、管、弦、歌。讽诵诗,世奠系,鼓琴瑟。掌九德、六诗之歌,以役大师。
>
> 大史,掌建邦之六典,以逆邦国之治。
>
> 小史,掌邦国之志,奠系世,辨昭穆。若有事,则诏王之忌讳。②

---

① 徐中舒:《左传选·左传的作者及其成书年代》,中华书局 2009 年版,第 252—253 页。
② 郑玄:《周礼注疏》卷二七、三〇《春官宗伯下》,上海古籍出版社 2010 年版,第 891—893、997、1005 页。

对于瞽矇与大小史所司职责的关系，杜子春解释："小史主次序先王之世，昭穆之系，述其德行。瞽矇主诵诗，并诵世系，以戒劝人君也。故《国语》曰'教之世，为之昭明德而废幽昏焉，以怵惧其动'。"①据此而言，瞽矇的职责是口诵，太史的职责是记录。太史的"记"，矇诵的"诵"，是对同一内容的不同呈现形态。这说明当时是书、诵并行，即书写与口传并行。"诵"是一种文献保存的方式，"书"也是文献保存的方式。书、诵，皆为口头唱诵内容的转述、记录，并非后世文人秉笔构思而作者。

但是，在以口传作为主要创作、传播方式的口头传诵时代，"书"只是转述、记录的一个选项，其载体是用竹木等材质，远不如口头传述丰富、普遍，但后来渐成为文化的核心，于是，口诵这种方式就失去了官方政事活动的意义，渐渐地只是以民间的姿态存在着，这就是徐中舒认为的瞽矇失职，他们只能以讲史方式在民间说唱故事。当然，口头唱诵这种创作、传播、保存历史文献的方式从未断绝过，它只是不在官方政事活动中存在了，而是退回到民间以各种讲唱伎艺的形式存在着。当然，它们今天能为我们所知，乃因为文人的记载、书录、模仿。我们能知道春秋战国时期的瞽矇以口诵方式传承历史，也是得益于后人的记录成书或载述于书。于是，口传的故事讲唱形态就有了从口头生态到书面生态的转化。比如《国语》《尚书》《春秋左氏传》就是当时口头唱诵的文本化结果。

先秦时期，各国官方都有自己立场的故事讲诵。李斯劝谏秦始皇焚书的理由就是："古者天下散乱，莫能相一，是以诸侯并作语，皆道古以害今，饰虚言以乱实，人善其所私学，以非上所建立。"②其中的"诸侯并作语"就是《国语》类典籍中所载录的内容。《国语》大体上是当时各国的史官，为了陈述自家的某种主张而引用各种前代事实，以为君主的谏诫，由此而有了对这种陈述故事的汇集。徐中舒即认为《国语》来自于瞽矇的唱诵：瞽矇是春秋时代重要的乐官，同时也有口头传诵历史或歌唱史诗的职责，"瞽矇传诵的历史再经后人记录下来就称为'语'，如《周语》《鲁语》之

---

① 郑玄：《周礼注疏》卷二七《春官宗伯下》，上海古籍出版社 2010 年版，第 892 页。
② 司马迁：《史记》卷八七，中华书局 1982 年版，第 2546 页。

类,《国语》就是记录各国瞽矇传诵的总集"①。内藤湖南则是把《国语》一书认定为儒家说客们对各国君主的故事讲述:这是春秋末至战国初,儒家一派列举各种前代事实,为了以故事的形式来说服君主,所巧妙创作的一种体例,于是形成了一种文体②。当然,因为"诸侯并作语",各国讲史都按照自己立场对事件予以讲述,讲述中负载着不同的意识,这种意识、立场上的混乱"道古以害今,饰虚言以乱实",这对于秦国的统一来说是不利的。

当然,我们在此更看重的是他们讲述的内容与方式。一是他们的讲述故事是为了达到表意目的;二是所讲故事的呈现方式是口头讲诵,而非书面撰写,这种口头讲诵方式是当时传播、保存文献的重要方式。《国语》记载的各国史实、故事,就是作为一种"语"而存在的,或者说是作为口头讲诵故事而被史官们传述着,至于书面落实则是后来的事了。

《左传》所载录的历史材料亦有这样一个口头传诵的阶段。《左氏春秋》是在《春秋》基础上的重述,它的编写是以《春秋》为纲领,而资料则充分地利用了当时所能获得的一切文献,除了书面载体的《春秋》,还有大量的口头文献。《春秋》来自于太史的记录,口头文献来自于瞽矇的传诵。瞽矇的口头传诵较为详细,而太史的记录较为简略。这些口头文献是由瞽矇以口头唱诵的方式保存下来的,瞽矇的唱诵被记录就有了文字形态的各种史著,《国语》即是记录各国瞽矇历史传诵的总集,《左传》一书也是基于当时瞽史所传诵的大量口头文献而落实于书本而成编的。杨宽即指出"春秋时代有一种瞎眼的贵族知识分子,博闻强记,熟悉历史故事,又能奏乐,善于传诵历史或歌唱史诗,称为瞽史,也称瞽矇,他们世代相传,反复传诵,不断加工,积累了丰富的史实内容,发展成生动的文学作品";"《左传》作者就是根据各国瞽史所传诵的各国《春秋》加以整理编辑而成,用以作为《鲁春秋》的一种传的"③。阎步克也有相似的说法:"古史传承

---

① 徐中舒:《左传选·左传的作者及其成书年代》,中华书局 2009 年版,第 252 页。
② [日]内藤湖南:《中国史学史》,马彪译,上海古籍出版社 2008 年版,第 60—61 页。
③ 杨宽:《战国史(增订本)》,上海人民出版社 1998 年版,第 664—665 页。

本有'记注'和'传诵'两种形式,二者相辅相成;对于一件史实,史官记其大略于简册之上,其详情则有瞽矇讽诵。孔子《春秋》和左丘明《左传》的相为表里关系,我想就由此而来,《左传》不过是把昔日瞽矇所讽诵者,也化为了书本而已。"①我们说《左传》为失明的左丘明所作,应指他对于此书的传诵史料之功,就如荷马之于《荷马史诗》。徐中舒为我们描述了《左传》成书的这个唱诵—笔录—编写的过程:

> 左丘明出身贵族,博闻强记,既熟知统治阶级的历史,又习闻瞽蒙先辈的诵说,他就在这样环境中积累了丰富的史实,成为当时最有修养的瞽史。同时他又必须经常将这些史实融会贯通起来在瞽蒙中传诵下去,使这些史实不至湮灭。当他一年又一年地反复传诵,又使他的文学技能不断提高;因而,他所传诵的历史,可以说在内容方面是丰富的,组织方面是严密的,修辞方面是动人的。《左传》文章优美就是以这样传诵作为蓝本的。而这个蓝本后来笔录成"语",又经过一番加工。最后,《左传》作者又在子夏门下长期讲习中,由子夏一再传弟子搜集更多的文献,排比整理,剪裁润色,编写成书。②

《左氏春秋》是瞽史以鲁国《春秋》所记历史为线索,专为君王讲述春秋三百多年兴亡成败故事的底本,既以历史的基本事实为框架,事件、人物、地点、时间有所依据,而叙述描写细节上又表现出瞽史唱诵伎艺的创造才能。可以说,正是由于瞽史唱诵作为历史传说的主要载体,才有了《春秋左氏传》这样一部叙事完整的著作的出现。

当然,我们今天所见到的《春秋左氏传》中并没有遗留瞽矇口头唱诵格式的痕迹,但从故事叙事富于戏剧性、适于口头讲述来看,该书是在瞽矇诵史的基础上编写而成的。而称为"春秋外传"的《国语》则保留了许多

---

① 阎步克:《乐师与史官》,生活·读书·新知三联书店 2001 年版,第 94 页。
② 徐中舒:《左传选·左传的作者及其成书年代》,中华书局 2009 年版,第 262 页。

讲史人的语气，《史记·太史公自序》言"左丘失明，厥有《国语》"，也认为有了左丘明口述的"讲史"内容，才会有《国语》一书的编成。或许《国语》就是这些"瞽矇"盲人乐师的讲史人口头叙述的"讲史"内容的记录。其一，现今我们所看到的《国语》文章里语句富有节奏感和音韵感，这说明早在春秋时代，就有专职的瞽矇之类的讲史人。"讲史"的记录文本一般保留有讲史人的口吻语气，具有独特的节奏感。其二，《国语》的语言表达通俗又具有口语化倾向，这从《晋语》中史苏在晋献公面前列举历代国君宠幸敌国美女而致国家毁灭的教训一段可见。其三，《国语》全书21卷，各卷文体风格有所不同，因此有人认为是由几个讲史人共同编成的。《国语》中的很多精彩铺陈，是左丘明及其以后的瞽史或者宫廷中以讲诵为职能的瞽矇之辈收集加工传下来的。瞽史收集的这些材料代代相传，在讲诵中自然会有所修改润饰，使得表述语言更为生动有表现力，《国语》中这些文字表述特征的形成同瞽矇的口头传诵之功有很大关系。所以，《国语》虽是编成于春秋末年之书，但其中也杂有战国时的词语、地名。这就是《左氏春秋》和《国语》二书虽集结、编成于春秋末年，而有的学者却据其中某些文字确定其最后编定于战国之时的原因。

需要注意的是，由"诵"到"书"的文本化，必然要面临着表述语言、书面体例等因素的转换及其所带来的尴尬甚至混乱。

《国语》《左传》的成书都是基于当时瞽史所传诵的大量口头讲述故事。那么，瞽史的口头唱诵是何形态呢？《国语》的零散材料可以透露些信息。

前文提到《国语·晋语四》记载重耳之事时，引录了"瞽史之纪"的韵语唱诵，比如"唐叔之世，将如商数"，"嗣续其祖，如榖之滋"，即是瞽史记诵的内容。《国语》把它们落实于书面时即以韵文形态予以呈现，我们由此知道"瞽史之纪"的韵语唱诵形态，但这只是零星片羽，更多的情况下，瞽史记诵的韵语演述内容都是以散文形态呈现于书面载体中的。

《尚书》一书即表现出口头韵语唱诵被文本化时，所遭遇到的书面文字翻述口诵内容而难以对应的尴尬。

《尚书》是一部载录官方策令（官方号令和行政决策）之书，是语—文转化的典型之一,中间有转述,有照录。它所收录的内容应是由史官以口头传诵方式来存在的,而不是以执笔书写的方式来传承的,我们可以从时代最早的《盘庚》一篇看到史官口头传诵记言记事的卓越能力。在周初时,《尚书》的一些口诵内容就已经付诸书面文字记载,并以文本形式纳入文献保存、传播的渠道,这就面临着口诵内容的文本化问题。作为初期的使用书面文字来记录、翻述口诵内容的编写活动,书面文字与口讲语言之间难免有不对应之处,书面文字难以准确翻述口讲的内容,这是由口传到书写转换过程中的无奈,于是,就出现了书面表述上的风格混乱现象。有的地方由于使用书面文字转换而表述得较为顺畅,有的地方则未作书面文字的转换而直接据口讲语音直录,由此,口头唱诵内容在文本化后就出现了文意易解与难解的混杂。明代的徐师曾就指出:《尚书》"其文或平正而易解,或佶屈而难读;平正者经史官之润色,佶屈者记矢口之本文:乃文之辞,非文之体也。"①之所以如此,就是因为它所采用的口传内容在由口头形态到书面形态的转换过程中,必然要面临着语、文转换的冲突和妥协,由此而最终在书面文本表述上有了这种"平正"与"佶屈"混杂的呈现形态。

《尚书》所表现的这种口头唱诵文本化中的语、文转换问题,在当时是普遍存在的。春秋战国时期是口诵与书记并行的过渡阶段,口诵传播的语体有谣、歌、谏、祷、诔等,书记传播的书体有策、牒、简、铭、箴等。《尚书》是记言之史,其所记内容,皆来自于当时的口头语体。刘知几把《尚书》分为六体:"盖《书》之所主,本于号令,所以宣王道之正义,发话言于臣下,故其所载,皆典、谟、训、诰、誓、命之文。"②明代徐师曾《文体明辨序》说:"夫文章之体,起于《诗》《书》。《诗》三百十一篇,其经纬各三(风雅颂

---

① 徐师曾:《文体明辨序》,《文章辨体序说 文体明辨序说》,人民文学出版社1962年版,第77—78页。

② 刘知几:《史通》卷一《六家》,浦起龙通释,上海古籍出版社2008年版,第4页。

为经,赋比兴为纬);《书》体六,今存者三。"①按其说法,这"存者三"指的是诰、誓、命,而另三体典、谟、训则无存了。这些留存下来的诰、誓、命之文,即是当时口诵内容的记述。比如《金縢》一篇,其叙事艺术相当出色,完整地交代了事件的始末,并且已有虚构的痕迹。但即使是叙事,其书面记录的内容肯定不会如口诵那样丰满、详细,因为当时负载文字的物质条件非常困难,比如书写材质的不易得,书写能力的不发达,故而文字表述力求简约②。相比较而言,那些口诵者的语言表述能力则是相对丰富繁复的,故而后来书录口诵内容的书面文本就相对要骨肉丰腴些。如此一来,按口诵内容书录,故内容丰富,而若执笔书写,则力求简约,一开始肯定不如口头唱诵那么成熟发达。

(三) 简帛文献中韵语故事唱诵文本化的散文转换

除了上面说的这些文献集中体现了韵语故事唱诵的文本化,还有其他讲史类的韵语唱诵被零散地落实于一些书面文献上,比如出土的战国简帛文献,韵文呈现者如《太子晋》《宋王见神龟》(第二章详析),而散文呈现者如《赤鹄》《师春》,这也是当时韵语故事唱诵在文本化过程中转换为散体的例证。

清华简《赤鹄》篇,见李学勤主编《清华大学藏战国竹简(叁)》第八篇简文,整理者命名为《赤鹄之集汤之屋》,简称为《赤鹄》。其叙述了商汤射获赤鹄,命小臣作羹,商汤的妻子纴巟以及小臣本人相继偷尝鹄羹,小臣因惧怕商汤的责罚而逃走;在逃亡路上,小臣因受到商汤的诅咒而昏迷在

---

① 徐师曾:《文体明辨序》,《文章辨体序说 文体明辨序说》,人民文学出版社 1962 年版,第 77 页。

② 钱锺书《管锥编(一)》谈及《左传》之《杜预序》时指出春秋时期撰作的物质条件要求"文不得不省,辞不得不约",提到章学诚《乙卯劄记》所言:"古人作书,漆文竹简,或著缣帛,或以刀削,繁重不胜。是以文词简严,取足达意而止,非第不屑为冗长,且亦无暇为冗长也。后世纸笔作书,其便易十倍于竹帛刀漆,而文之烦冗芜蔓,又遂随其人之所欲为。作书繁衍,未必尽由纸笔之易,而纸笔之故,居其强半。"中华书局 1986 年版,第 163 页。

路边,获得巫乌的救助,并来到了夏王处;而在这个时候,夏王因为帝命神怪灵异作祟而生病,小臣得到巫乌的提示,帮助夏王治愈了因神灵作祟而得的怪病。在叙述结构上,本篇以小臣在汤、在逃亡路上、在夏的地点转换顺序展开,清晰有条理。其相关情节不见于史籍,可能是流传于战国时期的有关伊尹的一种传说。《赤鹄》篇由十五简组成,整理者公布的释文如下(为情节连贯顺畅计,不录原疑难字,径录释文字词):

曰古有赤鹄,集于汤之屋,汤射之获之,乃命小臣曰:"旨羹之,我其享之。"汤往□。小臣既羹之,汤后妻纴巟谓小臣曰:"尝我于尔羹。"小臣弗敢尝,曰:"后其杀我。"纴巟谓小臣曰:"尔不我尝,吾不亦杀尔?"小臣自堂下授纴巟羹。纴巟受小臣而尝之,乃昭然,四荒之外,无不见也;小臣受其余而尝之,亦昭然,四海之外,无不见也。

汤返廷,小臣馈。汤怒曰:"孰调吾羹?"小臣惧,乃逃于夏。汤乃□之,小臣乃昧而寝于路,视而不能言。

众乌将食之。巫乌曰:"是小臣也,不可食也。夏后有疾,将抚楚,于食其祭。"众乌乃讯巫乌曰:"夏后之疾如何?"巫乌乃言曰:"帝命二黄蛇与二白兔尻句后之寝室之栋,其下舍后疾,是使后疾疾而不知人。帝命后土为二陵屯,共尻后之床下,其上刺后之体,是使后之身疴蓋,不可及于席。"众乌乃往。

巫乌乃歠小臣之喉胃,小臣乃起而行,至于夏后。夏后曰:"尔惟谁?"小臣曰:"我天巫。"夏后乃讯小臣曰:"如尔天巫,而知朕疾?"小臣曰:"我知之。"夏后曰:"朕疾如何?"小臣曰:"帝命二黄蛇与二白兔,尻后之寝室之栋,其下舍后疾,是使后梦梦眩眩而不知人。帝命后土为二陵屯,共尻后之床下,其上刺后之身,是使后昏乱甘心。后如撤屋,杀黄蛇与白兔,必发地斩陵,后之疾其瘳。"夏后乃从小臣之言,撤屋,杀二黄蛇与一白兔;乃发地,有二陵屯，乃斩之。其一白兔不得，是始为陴丁诸屋，以御白兔。①

此篇如何而来？从它以竹简为载体的文本来看，此篇属于史传的叙述体制。其简文以"曰"字发端，即显示该篇系以讲史的方式叙述故事。简文整理者注："曰，《说文》：'词也。'故，《楚辞·招魂》注：'古也。'曰故，见于史墙盘（《集成》一〇一七五）'曰古文王'、楚帛书'曰故……包戏'等。"②李学勤在解读长沙东郊子弹库楚墓帛书《四时》篇时曾指出，以"曰"开端，"是古人追述往史的常用体裁"，表明其所述内容可追溯至遥远的口传历史时期③。故而此篇应是对当时口头故事唱诵的文本化的结果，而且是经过了散文化的文字转换，所以，此简文并非是这个故事的口头唱诵形态的原貌。

汲冢《师春》是战国早期的志怪故事，来自于西晋初年汲冢出土的竹书《古文周书》，它与《穆天子传》同出汲冢，系杂史类志怪书。《古文周书》已经散佚，严可均《全上古三代文》卷十五辑录二则，其中一则记载有这样一段故事：

周穆王姜后，昼寝而孕，越姬嬖窃而育之，毙以玄鸟二七，涂以彘血，置诸姜后，遽以告王。王恐，发书而占之，曰："蜉蝣之羽，飞集于户。鸿之戾止，弟弗克理。重灵降诛，尚复其所。"问左史氏，史豹曰："虫飞集户，是曰失所。惟彼小人，弗克以育君子。"史良曰："是谓关亲，将留其身，归于母氏，而后获宁。册而藏之，厥休将振。"王与令尹册而藏之于椟。居三月，越姬死，七日而复，言其情曰："先君怒予甚，曰：'尔夷隶也，胡窃君之子，不

---

① 李学勤主编：《清华大学藏战国竹简（叁）》，中西书局2012年版，第167页。
② 李学勤主编：《清华大学藏战国竹简（叁）》，中西书局2012年版，第168页。
③ 李学勤：《简帛佚籍与学术史》，江西教育出版社2001年版，第47—48页。

归母氏,将置而大戮,及王子于治。'"①

严可均的这个辑本乃据李善《文选·思玄赋》的注引,明代梅鼎祚《文纪》则引此作汲冢《师春》,但未注明出处。《师春》的这段文字讲述了周穆王姜后生下王子,越姬妒忌,趁其不备,用"涂以鷃血"的玄鸟更换了王子,并立即报告给穆王。穆王请太师占卜,史豹和史良用隐语解释占辞,并说如果将占辞书写后藏之于梀,可保平安。三个月之后,得宠的越姬突然死去,七天后又复活,讲述她生前更换王子的真相,以及在阴间遭到先王怒斥;若不将王子归还其母,将会受到严厉惩罚。由此,她以玄鸟换王子的隐情得以昭然于世。

汲冢《师春》的故事写定的时间难以考定,但根据它乃讲述周穆王故事的情况来看,其产生时间当与《穆天子传》同时②。《晋书》卷五一《束晳传》记:太康二年(281),汲郡有人盗发魏襄王墓,有的说是安釐王冢,"得竹书数十车",其中有"《师春》一篇,书《左传》诸卜筮,'师春'似是造书者姓名也"③。因汲冢竹书出于魏襄王墓,这里的"师春"应当是名为"春"的魏国乐师,负责乐舞唱诵表演。这说明《师春》所述故事是在经过很长时间的乐师口头讲诵之后,到了战国初年被魏国乐师讲诵、编写的。根据我们看到的这个文本,其叙事散韵结合,记叙的部分用散文,对话用四言韵文,这是口头韵语唱诵的传播形式在书面文本上留下的痕迹。即此故事在口头唱诵时就是全以四言韵语表述,这从人物语言全以四言韵语可知,但在文本化时,编写者以实录的宗旨保留了人物语言的四言韵语形态,而把故事情节以散文形态叙述出来,并以此串联那些来自口头唱诵的四言韵语的人物对话。从文体上讲,它应当是与《逸周书·太子晋》同类的早期民间讲唱文学。

---

① 严可均:《全上古三代文》卷一五,清光绪二十年黄冈王氏刻本。
② 伏俊琏:《战国早期的志怪小说》,《光明日报》2005 年 8 月 26 日第 6 版《文化周刊》。
③ 《晋书》卷五一《束晳传》,中华书局 1974 年版,第 1432—1433 页。

四　小结

《诗经》时代,存在着大量的口头故事唱诵形态,至于诗、史的分类则是后人对其文本化后的内容归纳。口头唱诵的形态,是当时重要的创作方式,也是文献传播、文献保存的重要方式。以《诗经》的采诗、编诗为主,当时出现了一次官方主导的对于口头唱诵的书面落实行动,一些口传形态的故事唱诵就由此被记录、编入书面载体。这就带来了口传故事唱诵的文本化问题,随之带来了口传内容落实于书面载体的形态变化问题。

首先,从故事唱诵的文本化走向来看,如果我们着眼于一个具体地域的民间歌诗——楚地民歌,它的文本化结果大致有四种形态:一是《诗经》的采集,并被编诗者按《诗经》的体例改造;二是其他零散文献的采集,由于没有统一的书面规范以作改造,故而比较接近于口诵形态的原貌;三是在文本化过程中作了散文,在语体形态、表述格式上改变了口诵形态的面貌;四是在民间口头传诵转换后世,被辞赋所吸引、化用,进入到辞赋作品的类属中。在这个文本化过程中,口诵形态会因时因地而出现相应的书面落实规范,比如有的要书录其口诵形态的面貌,有的想转述其口诵形态的简略内容,其间有方言、仪式、乐舞等非书面表述因素的消除与剥离。比如《越人歌》原来是越地方言的歌唱,它被记录时就被以楚地民歌的形式呈现出来了,如此,相对于原来的歌唱,已经有了"去语境化"的程序了。如果一个原属于乐舞表演中的歌唱,它在被文本化时,那些属于乐舞的伎艺因素就不得不面临着削减、删除的问题,因为书面落实是要以文字呈现的,而伎艺因素不适合书面载体的体例,无法得以全面呈现。有时候,对于口头唱诵的文本化,会改变其口诵、表演的伎艺形态,《越人歌》原来的越地方言歌唱形态就是在楚语的翻译过程中以及转换成楚地民歌样式的过程中被改变了。这种情况在后世的讲唱伎艺文本化中更为典型。

其次,对于故事唱诵的文本化走向,如果我们从楚地民歌放大到整个

《诗经》时代的口头唱诵,也会看到如楚地民歌那样的四种文本化走向:一是《诗经》的采集,既有民间的歌诗,也有官方的史诵;二是其他各类文献的采集,如战国竹简《周公之琴舞》那样近于原貌的呈现,也有《宋王见神龟》那样在后世被归于故事赋的唱诵;三是在文本化过程中被散文化,如战国竹简《赤鹄之集汤之屋》那样的对韵语唱诵的散体呈现;四是当时未被文本化,仍然在民间口传,在后世被采集而有书面落实,因时赋类而归于杂赋、乐府之中,并被改造成杂赋、乐府的文本形态。如果我们梳理历代文献表现出的《诗经》时代口头唱诵的文本化结果,就会看到这个时候口头唱诵的丰富形态,并非诗、史所能涵盖。

再次,从故事唱诵的文本化结果来看,由于表述语言、格式从口传到书写的转换,那些口头唱诵形态的伎艺因素不得不面临着削减、删除的问题。综合而言,《诗经》时代故事唱诵的文本化方式大致有下面三种。

(一)削减、剥离口头唱诵的格式因素。在口头唱诵的文本化过程中,由口传而书记的形态转换,肯定会因为载体媒介的变化而出现表述形态的变化。比照战国竹简《周公之琴舞》与《周颂·敬之》篇,二者都是同一乐舞唱诵的文本化结果,《周公之琴舞》保留了韵语歌辞表演的原境,更近于原貌,而《周颂·敬之》是经过了书面体例的改造,剥离了这个原境,消除了乐词原本生存所要依赖的乐舞格式因素。这就提示我们,在《诗经》的采诗、编诗这一文本化过程中,或者存在着对于口头唱诵的内容不做改造的直接采入,但这种情况是很少的,更多的是如《周颂·敬之》篇那样对于民间口头唱诵内容的改造,由此,那些口头唱诵的格式因素就被削减、剥离了。

(二)适当保留了口头唱诵的格式因素。《诗经》对口头歌唱的编改体现了它的文本化体例,无论是四言的还是杂言的,不但要消除口头唱诵的格式因素,还要按照四言格式做统一、整齐的改造。但这并不是当时口头唱诵文本化的唯一形态,《诗经》之外的一些文献载录则反映了对口头唱诵格式的遗留,《周公之琴舞》即是一例,《越人歌》的表现更为典型、明确。《越人歌》是按照楚地民歌的唱诵体制对异地歌唱的改造,可以说,这是一次以当时当地的歌唱形态对异时异地歌唱内容的改造行为。如果我们把这个"异时"的时间段拉长一些，就会出现按照当时的书面文本体例来改造前代的口传唱诵，进而予以归类赋体的情况，并且要归属于新兴文类，比如汉代的杂赋、魏晋六朝的乐府就采入了前代流传下来的口头唱诵。

（三）对口头韵语唱诵进行散文转换。在对口头韵语唱诵作文本化时，有些情况下不但没有保留口头唱诵的格式因素，还改变了韵语表述的形态面貌。比如楚地民歌《优孟歌》《接舆歌》，有的文献记述了它们作为歌诗的面貌，但有些文献在记述时则破坏了它们作为歌诗的面貌——不是韵唱，而是在文字表述时作了散文语体的转化。比如《优孟歌》在《忼慨歌》中是韵文呈现，而在《史记·滑稽列传》中则是散文呈现；《接舆歌》在《论语·微子》中是韵文呈现，在《庄子·人间世》中则是散文呈现。这也是口头韵语唱诵的文本化常见的一种方式。

口传与书写，是两种重要的创作方式，也是文献传播的两种重要方式。在口传时代，受书写能力的限制，书面编写肯定不如口头讲诵成熟，秉笔书写需力求简约，创作如此，记录亦然。同时，对于口头唱诵内容的书录，也必然会出现语体转换上的矛盾，必然会出现口诵格式因素的剥离。当然，书面文字的叙事，虽在当时不如口头唱诵成熟，但它的形态、体例作为一种先导性实践，肯定对后来口头唱诵的文本化形态有一定的示范、制约作用，影响到口头故事唱诵文本化的方式和结果。

第二章　辞赋时代的故事讲唱形态

　　韵语唱诵在口传过程中的文本化，我们可从一个地域的民间歌唱看到它有不同形态的文本化结果，如楚地民歌，有的以《诗经》中的歌诗形态呈现。有的以接近口头唱诵原貌的形态呈现，有的则以散文体形态呈现。相对于口头唱诵形态的原貌，《诗经》的歌诗文本，是楚地民歌文本化因语言转换需要、地域文化不同而被改造的结果，我们可称之为"因地赋体"。如果我们从一个较长的时间段来考察，也可看到同一类韵语唱诵在文本化过程中存在着不同时期的赋类现象，可称之为"因时赋类"，比如从《诗经》时代到辞赋时代，一些原先归为歌诗的韵语唱诵，就被归为"杂赋"了。

　　《诗经》时代的口头唱诵，除了因文本化而为我们所看到之外，还有大量以口传方式存在着，在当时以及后代民众的口耳之间流传着。即以楚地民歌为例，除了被《诗经》采入而改造为四言体歌诗，被其他零散文献采入而保留口头唱诵原貌或转换为散文体叙述之外，还有大量的楚地民歌继续在民间口传着。据此而知，楚地民歌的口传形态呈现着多姿多彩的样式，但那些口头唱诵的格式因素并不符合文本化的需要，故而《诗经》编诗因有统一的规范而改造了它的歌唱样式。另有一些书面文献因只想见其义、不想述其音而把它的歌唱内容散文化了，当然它的歌唱形态的原貌也被有些书面文献记录下来了，但更多的仍然在口传领域里继续顽强地生存着，发展着，如《越人歌》，它所表现出的独特的韵语唱诵形态，是《诗经》所不需要的，但正是这些格式后来被屈、宋等人模拟、借鉴，拓展出一片新的文学舞台。当然，在《诗经》那个时代，无论韵语唱诵多么丰富多样，都归于诗，《卫风·氓》如此，《越人歌》如此；而到了屈、宋时代，那些

《诗经》时代口传至此的韵语唱诵形式，就会有另外地选择了，比如被归为赋，具体的是"杂赋"。

那么，从纵向的发展进程来看，同样的一篇口头唱诵，在《诗经》主导的文本化时，需要以一种规范被改造，被呈现，它不符合规范的格式就会被删除，而在屈、宋时代，就会以另一种规范被改造，被呈现，它在《诗经》时代要被删除的格式却被保留，被强调。与此同时，在类别归属上，它在《诗经》时代的文本化结果会被归为诗，而在屈、宋时代的文本化结果则会被归为赋。这种因时赋类的文本化现象，如果在一个更长的时间段内纵向考察，可以看得更清楚。

一 《诗经》时代韵语唱诵叙事能力的延续

《诗经》时代，韵语唱诵，无体限，无体分，没有规定何者是叙事所用，何者是抒情所用，什么是用于叙事的，什么是用于抒情的，所以，什么样的题材都可以付于韵语唱诵，什么样的形式都可以用于韵语唱诵，而四言体的韵语唱诵是此时最具代表性的样式，《诗经》所改造、编订的歌诗文本最能体现这一成就。由于口头唱诵在这个时代不但是创作的方式，也是文献保存、传播的方式，所以，《诗经》所体现的四言体韵语唱诵的作品是这个时代的主流，不只有《诗经》所示的文本呈现者，还有大量的口头传诵者。仅就《诗经》所示，我们即能看到这种四言体韵语唱诵的叙事能力和成就了。

首先，出现了能够充分叙事的作品，如《卫风·氓》《邶风·谷风》《豳风·东山》。尤其是《卫风·氓》一篇，故事叙述首尾完整，细致而周详，流畅而连贯，以第一人称视角展示了一个婚变故事的全过程，显示了韵语唱诵在叙事能力上的成就。

> 氓之蚩蚩，抱布贸丝。匪来贸丝，来即我谋。送子涉淇，至

于顿丘。匪我愆期，子无良媒。将子无怒，秋以为期。

乘彼垝垣，以望复关。不见复关，泣涕涟涟。既见复关，载笑载言。尔卜尔筮，体无咎言。以尔车来，以我贿迁。

桑之未落，其叶沃若。于嗟鸠兮！无食桑葚。于嗟女兮！无与士耽。士之耽兮，犹可说也。女之耽兮，不可说也。

桑之落矣，其黄而陨。自我徂尔，三岁食贫。淇水汤汤，渐车帷裳。女也不爽，士贰其行。士也罔极，二三其德。

三岁为妇，靡室劳矣。夙兴夜寐，靡有朝矣。言既遂矣，至于暴矣。兄弟不知，咥其笑矣。静言思之，躬自悼矣。

及尔偕老，老使我怨。淇则有岸，隰则有泮。总角之宴，言笑晏晏。信誓旦旦，不思其反。反是不思，亦已焉哉！①

《诗经》中的许多作品是第一人称的咏唱，往往关注于某一个或几个细节、片段而重章叠句，回环往复，重情的抒发而轻事的叙述。而《卫风·氓》并不如此，它是按情节发展而递进唱诵，依事件顺序向前推进，有头有尾，而不是就几个不连续的片段重章叠句、回环往复地咏唱。比较于《诗经》中其他的短制篇章，《卫风·氓》是长篇唱诵；比较于《诗经》中的咏事篇章，《氓》是叙事之作，唱诵形式自由，不重章叠句。《诗经》中能够叙事充分的篇章并不多，而《卫风·氓》所表现的流利晓畅的叙事，体现了那个时代四言体韵语唱诵的叙事能力，以及民间故事讲唱的叙事成就。

其次，出现了对话体的叙事作品。比如《郑风·溱洧》的记行与记言相互配合，而《齐风·鸡鸣》《郑风·女曰鸡鸣》则全以男女对话成篇，尤其是《女曰鸡鸣》一篇还有"女曰""士曰"的人物对话提示词来领起对话。

女曰鸡鸣，士曰昧旦。子兴视夜，明星有烂。将翱将翔，弋凫与雁。

---

① 高亨：《诗经今注》，上海古籍出版社 2009 年版，第 84—86 页。

弋言加之,与子宜之。宜言饮酒,与子偕老。琴瑟在御,莫不静好。

知子之来之,杂佩以赠之。知子之顺之,杂佩以问之。知子之好之,杂佩以报之。①

诗中有两个人物,女和士,时间是凌晨,场景先后有二:一是女催促士起床去打猎,二是士出门打猎时的二人对话。我们可以对此文本稍作编辑,如下:

女曰:"鸡鸣。"

士曰:"昧旦。子兴视夜,明星有烂。"

(女曰:)"将翱将翔,弋凫与雁。"

(女曰:)"弋言加之,与子宜之。宜言饮酒,与子偕老。琴瑟在御,莫不静好。"

(士曰:)"知子之来之,杂佩以赠之。知子之顺之,杂佩以问之。知子之好之,杂佩以报之。"

这是一首极富生活情趣的对话体叙事诗,随着歌唱的推进,人物对话由短而长,节奏由缓而促,情感也随之由平静而热烈,女与士的形象也在迷蒙的晨曦中随着这段对话由隐约而明晰。女催促士起床打猎,而士因贪睡而辩解此时还是夜空,满天明星还闪着亮光(子兴视夜,明星有烂)。此场景颇具生活情趣,钱锺书即指出:"'子兴视夜'二句皆士答女之言;女谓鸡已叫旦,士谓尚未曙,命女观明星在天便知。女催起而士尚恋枕衾,与《齐风·鸡鸣》情景略似。"②而第二个场景则写士出门打猎前,女对士的鼓励,她告诉士:"你射下野鸭大雁,我为你烹调做好菜。"士也回应了女的情意:"知道你对我好,关怀、体贴我,这个杂佩送给你,表达我的爱。"

---

① 高亨:《诗经今注》,上海古籍出版社 2009 年版,第 115 页。
② 钱锺书:《管锥编》,中华书局 1979 年版,第 104 页。

　　由此来看,这个对话体诗所反映的内容,是通过第三人称的叙述表现出来的,而士与女二人的对话则反映了这个对话所关联的情节和人物动作。但《诗经》中的这个歌诗文本则只有对话,而勾连起这个对话的情节和动作则被剥离了。然而,如果我们认识到《诗经》的歌诗文本是来自于乐舞、仪式中的歌辞,则会意识到这些简单的歌诗文本是从这些乐舞、仪式的表演内容中抽离出来,并重新编辑、组合而成的。所以说,如果我们想到《郑风·女曰鸡鸣》是从一个长篇韵语唱诵中抽离出来的人物对话片段而组合成篇的,就会理解这种叙述和场景的跳跃了。

　　这种情况也表现在《周南·卷耳》篇中,而且更能反映出这种由长篇韵语唱诵抽离而成篇的现象。

　　　　采采卷耳,不盈顷筐。嗟我怀人,寘彼周行。
　　　　陟彼崔嵬,我马虺隤。我姑酌彼金罍,维以不永怀。
　　　　陟彼高冈,我马玄黄。我姑酌彼兕觥,维以不永伤。
　　　　陟彼砠矣,我马瘏矣,我仆痡矣,云何吁矣。[①]

　　《卷耳》共有四章,每章都有"我"字,这表明本篇是诗中人物"我"的自我抒怀。但仔细分辨,四章中的"我"并非一个人,而是两个,一个是采卷耳的思妇,一个是登上高高山冈的征夫。具体来看,可以作以下编辑。

　　　　思妇:"采采卷耳,不盈顷筐。嗟我怀人,寘彼周行。"
　　　　征夫:"陟彼崔嵬,我马虺隤。我姑酌彼金罍,维以不永怀。
　　　陟彼高冈,我马玄黄。我姑酌彼兕觥,维以不永伤。陟彼砠矣,
　　　我马瘏矣,我仆痡矣,云何吁矣。"

---

① 　高亨:《诗经今注》,上海古籍出版社 2009 年版,第 5 页。

第一章关联了一个场景,人物是思妇,地点是大路旁,她虽然正采摘卷耳,但心不在焉,而是一心思念着出门远行的征夫。

第二、三、四章关联了三个场景,人物都是征夫,地点是崔嵬、高冈、砠。征夫在远行途中,不断地要翻山越岭,表现出了征夫在旅途中的劳苦、忧伤,以及怀人思归的惆怅,这正与那个在大路旁满怀惆怅地眺望、思念他的思妇遥相呼应。

而诗中这些地点、情节、情感,都是以思妇、征夫二人的话语反映出来的,尤其是后三章表现征夫旅途辛劳的咏唱。征夫的疲惫身影与忧伤心思,就不断地在这三章的复沓咏唱中一次次地回荡着。所以,这思妇之辞、征夫之语的组合对举,是有着一个情节框架和人物动作来勾连起来的,正因为如此,钱锺书认为这种男女两人处两地而情事一时的对话设置,有着小说"花开两朵、各表一枝"的谋篇之旨①。只是那些故事情节、人物动作的描述都在口头唱诵文本化的过程中被删削、剥离了,使得这个歌诗文本只留有这个简洁的人物话语组合了。

再次,出现了虚构的叙事作品。《豳风·鸱鸮》是一篇明显的虚构叙事,它以一只虚拟的母鸟的口吻讲述,话语中带有情节交代和场景描摹。此歌诗设置了三个场景。

> 鸱鸮鸱鸮,既取我子,无毁我室。恩斯勤斯,鬻子之闵斯。
> 迨天之未阴雨,彻彼桑土,绸缪牖户。今女下民,或敢侮予?
> 予手拮据,予所捋荼。予所蓄租,予口卒瘏,曰予未有室家。
> 予羽谯谯,予尾翛翛,予室翘翘。风雨所漂摇,予维音哓哓。②

与《卫风·氓》一样,此诗亦非重章叠唱、回环往复的抒情咏叹,而是以一只母鸟的话语带出叙事和描摹。第一章关联了母鸟受到恶鸟鸱鸮的

---

① 钱锺书:《管锥编》,中华书局 1979 年版,第 68 页。
② 高亨:《诗经今注》,上海古籍出版社 2009 年版,第 207 页。

欺凌,第二章关联了母鸟受到卑劣"下民"的骚扰,第三、四两章关联了母鸟辛苦修巢而不幸遭遇风雨的侵袭。由此,表现出一只孤弱无助的母鸟的愤懑与哀伤。所以,此诗所述有三个场景——

第一个场景,母鸟对恶鸟"鸱鸮"的话语。鸱鸮刚刚洗劫了它的巢,掠去了它的雏鸟,并在高空得意盘旋。母鸟悲伤无奈,只能是"恩斯勤斯,鬻子之闵斯"了。

第二个场景,母鸟对卑劣"下民"的话语。天未下雨时,母鸟要趁着天晴之际,赶快修复破巢,由此对经常骚扰自己巢窝的"下民"表示了愤怒。

第三个场景,母鸟对肆虐风雨的话语。风雨侵袭时,母鸟为了辛苦修巢,爪子拘挛,喙角损坏,羽毛也失去了往日的细密和柔润而变得稀疏、枯槁,但即使如此,它仍未能修筑好自己的巢窝,恰恰在这时,"风雨"突袭,给它带来了更大的伤害,它无奈地发出了痛苦的哀号:"予室翘翘,风雨所漂摇,予维音哓哓。"

所以,《豳风·鸱鸮》一篇所展示的母鸟的这些话语,是处于三个不同场景,并关联了不同的形象、事件,它们共同构建起一个情节框架,就是一只孤弱无助的母鸟受到了来自凶恶的"鸱鸮"、可恨的"下民"、无情的"风雨"的欺凌,才勾起了母鸟的这些话语的表述。因此,这篇歌诗文本原应是依附于一个更长大的故事唱诵之中的,而此歌诗文本只是其中抽离、摘出的一部分,即母鸟的话语部分。在原故事的唱诵中,应有对母鸟这些话语的情节背景交代,就如《神乌赋》那样,比如有鸱鸮的得意、嚣张的叫喊,有"下民"的无礼的欺凌动作,然后才会有母鸟这些话语的回应、反抗。所以,这个虚构的四言体韵语唱诵,可能就是后代《神乌赋》、敦煌本《燕子赋》的叙述思路、表现方式、谋篇意旨的前导。

由上面对《诗经》歌诗文本在三个方面的叙事能力的考察,可见:《诗经》有《卫风·氓》这样的现实题材的故事唱诵,也有《豳风·鸱鸮》这样的虚构故事唱诵;有《卫风·氓》这样的第一人称叙事之作,也有《郑风·女曰鸡鸣》这样的对话体叙事之作。有长篇的叙事,有生动的对话,有情节的虚构,有形象的刻画,从形式上看,它们都是四言的整齐格式。这些因素的综合,就体现了当时四言体故事唱诵的叙事能力和叙事成就。

另外,如果我们参照这样一个事实,即《诗经》中的这些歌诗文本是来自于民间的歌唱,是经过了合目的性、合规范性的采集和改造而成的,比如我们前面提到的战国竹简《周公之琴舞》一篇,它与《诗经》的《周颂·敬之》都是同一口头唱诵的文本化结果,但竹简的简文更接近于原貌;由此我们就可以认识到,《诗经》中的歌诗文本是对相关乐舞、仪式中的歌辞的抽离、改造、编订。虽然它们是以"诗"的形式保存下来了,但这些"诗"得以存在的"原境"①信息则被剥离了。我们无法恢复、还原它们本来产生、存在的口头唱诵形态以及"原境"内容,但还是能够依据一些因素来予以推测的,即它们原本是产生、存在于一些乐舞、仪式表演之中的。所以,有些学者认为《诗经》中的《召南·野有死麕》"可能就是蜡祭中这个节目经过文人整理加工后的演出本之一",其他如《关雎》《击鼓》《静女》《谷风》等二十多个篇目也被视为是当时的歌舞剧目②。如此,则这些歌诗在落实于文本之后,必定经过了适应书面文本表述体例的改造,删除了一些口头歌唱的格式因素,以及那些支撑歌诗内容清晰、表述连贯的情节交代。据此而言,《诗经》所采集的歌诗作品,并不一定就是我们现在所见到的文本形态,它们有的是四言的,有的是杂言的,原本都有着口头唱诵的格式因素,而编订者对它们作了或多或少的改造,于是才有了现在《诗经》歌诗文本的统一体例。

因此,如果我们认识到《豳风·鸱鸮》这个短篇的对话体虚构叙事文本,是来自于一个长篇的韵语唱诵,《诗经》只是抽取了这个口头唱诵之作的部分内容,比如某一个人物的话语,某两个人物的对话,而剥离掉了勾连起它们的情节叙述内容,进而加以重新组合而成篇,那么,它们所关联

---

①　原境(contextual)一词,主要用于艺术史研究。原境研究(contextual study)是指艺术史家的注意力从单独艺术品转移到特定历史条件下对作品的制作、消费和认知。参见巫鸿《反思东亚墓葬艺术:一个有关方法论的提案》,《艺术史研究》第 10 辑,中山大学出版社 2008 年,第 4 页。

②　陈多、谢明:《先秦古剧考略(宋元以前戏曲新探之一)》,《戏剧艺术》1978 年第 2 期。

的长篇韵语唱诵就应该有像《宋王见神龟》《卫风·氓》《神乌赋》那样的长篇故事唱诵了。这就表明了在《诗经》时代，民间的四言故事唱诵是颇为发达的，除了《诗经》采集、收录的歌诗文本之外，仍有大量的韵语故事唱诵活跃在当时的民间，亦流播于后世民众的口耳之间。即使在当时，《诗经》未能采用的民间韵语故事唱诵仍有许多。它们有的被其他文献零散载录，有了文本化的形态；有的则在民间以口传方式长期流播着，仍然是口头唱诵的形态。在当时，它们与《诗经》作品一样都归为诗，基本的区别就是一被《诗经》采入，一未被《诗经》采入。而在此后的辞赋时代，这些仍然活跃在口头的韵语故事唱诵在进入书面领域之后，就多被归为杂赋了。

二　辞赋时代韵语故事唱诵的叙事成就

辞赋时代被认为是书面创作的开始。早在 20 世纪 40 年代，万曼即指出："辞赋这文学形式，便是由口语文学转移到书面文学的一个主要枢纽。在辞赋的时代以前，文学作品多半是口语的记录。辞赋时代以后，文学作品才完全是书面写作。"[1]当然，辞赋作为书面创作的文体，是学习、借鉴楚地民间歌唱的结果。需要注意的是，在书面创作出现之后，口头创作并未消失，而是口头创作与书面创作并存，这是中国文学发展演变的两条线脉。辞赋时代的人们在进行辞赋这种书面文体的创作之时，也在把前代口头创作并流传下来的韵语唱诵落实于书面载体，这就是辞赋时代口传唱诵的文本化。比如《吕氏春秋》记载的伊尹为庖说汤的故事。

伊尹为庖说汤的故事，是战国时流行的传说，言伊尹见商汤，为其陈说天下至味，以阐发圣王之道。《吕氏春秋·本味》篇述之最详。

有侁氏女子采桑，得婴儿于空桑之中，献之其君。其君令烰

---

① 万曼：《辞赋起源：从语言时代到文字时代的桥》，《国文月刊》第 59 期（1947 年）第 19 页；亦见《万曼文集》，河南大学出版社 2007 年版，第 619 页。

人养之，察其所以然。曰：其母居伊水之上，孕，梦有神告之曰："臼出水而东走，毋顾。"明日，视臼出水，告其邻，东走十里，而顾其邑尽为水。身因化为空桑。故命之曰伊尹，此伊尹生空桑之故也。长而贤，汤闻伊尹，使人请之有侁氏。有侁氏不可。伊尹亦欲归汤，汤于是请取妇为婚。有侁氏喜，以伊尹为媵送女……

汤得伊尹，祓之于庙，爝以爟火，衅以牺豭，明日设朝而见之，说汤以至味。汤曰："可对而为乎？"对曰："君之国小，不足以具之，为天子然后可具。夫三群之虫，水居者腥，肉玃者臊，草食者膻。臭恶犹美，皆有所以。凡味之本，水最为始。五味三材，九沸九变，火为之纪。时疾时徐，灭腥除膻，必以其胜，无失其理。调合之事，必以甘酸苦辛咸，先后多少，其齐甚微，皆有自起。鼎中之变，精妙微纤，口弗能言，志不能喻。若射御之微，阴阳之化，四时之数。故久而不弊，熟而不烂，甘而不哝，酸而不酷，咸而不减，辛而不烈，澹而不薄，肥而不膑。"

肉之美者，猩猩之唇，獾獾之炙，隽燕之翠，述荡之擘，旄象之约；流沙之西，丹山之南，有凤之丸，沃民所食。

鱼之美者，洞庭之鱄，东海之鲕；醴水之鱼，名曰朱鳖，六足，有珠百碧；藿水之鱼，名曰鳐，其状若鲤而有翼，常从西海夜飞，游于东海。

菜之美者，昆仑之蘋；寿木之华；指姑之东，中容之国，有赤木、玄木之叶焉；徐督之南，南极之崖，有菜，其名曰嘉树，其色若碧；阳华之芸，云梦之芹，具区之菁；浸渊之草，名曰士英。

和之美者，阳朴之姜，招摇之桂，越骆之菌，鳝鲔之醢，大夏之盐，宰揭之露，其色如玉；长泽之卵。

饭之美者，玄山之禾，不周之粟，阳山之穄，南海之秬。

水之美者，三危之露，昆仑之井，沮江之丘，名曰摇水；白山之水；高泉之山，其上有涌泉焉；冀州之原。

果之美者，沙棠之实；常山之北，投渊之上，有百果焉，群帝所食;箕山之东,青鸟之所,有甘栌焉;江浦之橘;云梦之柚;汉上石耳。

所以致之,马之美者,青龙之匹,遗风之乘。非先为天子,不可得而具。天子不可强为,必先知道。道者,止彼在己,己成而天子成。天子成则至味具。故审近所以知远也,成己所以成人也。圣人之道要矣,岂越越多业哉!①

伊尹是商汤之相,先秦典籍记其事甚夥。《汉书·艺文志》小说家类著录十五家小说,其中有《伊尹说》二十七篇,班固注曰"其语浅薄,似依托也"②,说明民间假托伊尹而附会的传说故事不在少数,伊尹为庖说汤的传说故事即是流行颇广的一篇。《史记·殷本纪》记:"伊尹名阿衡。阿衡欲奸汤而无由,乃为有莘氏媵臣,负鼎俎,以滋味说汤,致于王道。或曰,伊尹处士,汤使人聘迎之,五反然后肯往从汤,言素王及九主之事。汤举任以国政。"③即可说明伊尹初见商汤,是"言素王及九主之事",还是"以滋味说汤,致于王道",各有传说。当然,我们更关心的是此篇作品来自前代民间唱诵的性质。

其一,四言韵语的表述方式。《吕氏春秋·本味》篇所述伊尹故事娓娓动听,表述通俗有韵,人物话语以长篇的四言韵语不断推进,自然又有气势,显示出它的口头唱诵性质。《汉书·艺文志》班固所谓"其语浅薄"之论,除指其事荒诞不经,还应指其表述语言的口头唱诵性质。

其二,人物对话驰骋铺陈的风格。此篇以人物拜会、相见为架构,对话中驰骋韵语,排比夸饰,这是当时民间故事韵语唱诵的常规风格。比如《逸周书》中的《太子晋》,记述春秋时晋国乐师师旷谒见太子晋,反复问难以试其才,太子晋对答如流;《韩诗外传》卷一的《阿谷处女》,叙孔子见处女而教子贡以微词三挑之。它们共同的特征是,整个故事以主客问答的

---

① 高诱注:《吕氏春秋》卷一四,上海书店 1986 年版,第 139—143 页。
② 班固:《汉书》卷三○,中华书局 2005 年版,第 1377 页。
③ 司马迁:《史记》卷三,中华书局 1982 年版,第 94 页。

框架展开，但其宗旨并不是叙述情节的进展，而是为了表现人物的才智见识，故而描写情节发展的文字很少，而人物话语则以四言韵语为主，排比推进，这正是它们来自口头唱诵的属性。

其三，不同版本的记述。伊尹为庖说汤的传说故事在民间流传甚广，有不同文本的记述，见于《孟子》《墨子》《庄子》《韩非子》《战国策》等，它们都是来自口头唱诵的简略转述。而《说文解字》还记录了这个口诵故事的韵语片段，如木部"栌"字引《伊尹》曰："果之美者，箕山之东，青凫之所，有甘栌焉，夏孰也。"又禾部"秏"字引《伊尹》曰："饭之美者，玄山之禾，南海之秏。"①《吕氏春秋·本味》篇对应的表述是"果之美者，……箕山之东，青鸟之所，有甘栌焉"；"饭之美者，玄山之禾，不周之粟，阳山之穄，南海之秬"。这说明这个韵语唱诵的故事在民间广泛、长期流传着，不同时期的人们根据各自的意图对它进行了记录，由此而出现了关于这个口诵故事的不同形态的版本，有的是零散的文字片段，有的是情节叙述的散片。

相对于战国末期书面落实伊尹为庖说汤这样的故事唱诵，辞赋时代最具代表性的文本化成果就是当时人们所学习、借鉴的前代民间口头唱诵。这里有两个典型的例子，一是《宋王见神龟》，一是《神乌赋》。

《史记·龟策列传》中记载有宋元王与神龟的一段故事。故事大致是这样的：宋元王二年，江神派神龟使于河，行至泉阳，却被渔者豫且网得，置于笼中。于是神龟就托梦宋元王说："我为江使于河，而幕网当吾路。泉阳豫且得我，我不能去。身在患中，莫可告语。王有德义，故来告诉。"元王醒后，就召博士卫平询问。卫平建议应先找到神龟，于是元王急忙使人求得之。下面是宋元王初见神龟的一段叙述：

> 　　使者载行，出于泉阳之门。正昼无见，风雨晦冥。云盖其上，五采青黄。雷雨并起，风将而行。入于端门，见于东箱。身如流水，润泽有光。望见元王，延颈而前，三步而止，缩颈而却，

---

① 段玉裁：《说文解字注》，凤凰出版社 2007 年版，第 447、564 页。

复其故处。元王见而怪之，问卫平曰："龟见寡人，延颈而前，以何望也？缩颈而复，是何当也？"卫平对曰："龟在患中，而终昔囚，王有德义，使人活之。今延颈而前，以当谢也，缩颈而却，欲亟去也。"元王曰："善哉！神至如此乎，不可久留；趣驾送龟，勿令失期。"①

《龟策列传》一篇不是司马迁所作，而是西汉成帝时的博士褚少孙所作，但这段"宋元王见神龟"故事也并非褚少孙所撰。篇中散布有几处"褚先生曰"，其一称："臣往来长安中，求《龟策列传》不能得，故之大卜官，问掌故文学长老习事者，写取龟策卜事，编于下方。"②然则此故事来自何处？清梁玉绳《史记志疑》指出褚少孙乃演绎现成故事："'余至江南'以下尤义支辞弱，但衍《庄子·外物篇》宋元君得龟事，二千八百余言皆用韵语，奇恣自喜，亦必当时旧文，而褚述之。惟语多悖谩，不可以训。"③如此则此故事已见于《庄子·外物》篇。

《庄子·外物》篇记有宋元君杀神龟的一段寓言故事，以说明"知有所困，神有所不及"的道理。

宋元君夜半而梦人被发窥阿门，曰："予自宰路之渊，予为清江使河伯之所，渔者余且得予。"元君觉，使人占之，曰："此神龟也。"君曰："渔者有余且乎？"左右曰："有。"君曰："令余且会朝。"明日，余且朝，君曰："渔何得？"对曰："且之网得白龟焉，其圆五尺。"君曰："献若之龟。"龟至，君再欲杀之，再欲活之。心疑，卜之，曰："杀龟以卜吉。"乃刳龟，七十二钻而无遗筴。仲尼曰："神龟能见梦于元君，而不能避余且之网；知能七十二钻而无遗筴，不能避刳肠之患。如是，则知有所困，神有所不及也。虽有至

---

① 司马迁：《史记》卷一二八，中华书局 1982 年版，第 3230 页。
② 司马迁：《史记》卷一二八，中华书局 1982 年版，第 3226 页。
③ 梁玉绳：《史记志疑》，中华书局 1981 年版，第 1458 页。

知,万人谋之。鱼不畏网而畏鹈鹕。去小知而大知明,去善而自善矣。婴儿生无石师而能言,与能言者处也。"①

　　这表明在《史记》之前,宋元王见神龟的故事已流传很久了,先秦时期即已存在,被演绎为一篇用四言韵语写成的故事唱诵,长期在社会上口头传播着,《庄子》是把它的情节简略以散体形态落实于书面载体,而汉代的褚少孙则是据其口头唱诵的原貌录入《史记》中。《庄子》因拟以此故事论理,故简略改写能见其义即可;褚少孙因要"写取龟策卜事",故而按照故事唱诵的原貌予以记述。正因为这一属性,明凌稚隆辑《史记评林》卷128眉批征引杨慎之言指出:"宋元王杀龟事,连类衍义三千言,皆用韵语,又不似褚先生笔。必先秦战国文所记,亦成一家,不可废也。"②这与梁玉绳《史记志疑》所言"必当时旧文而褚述之"同义。

　　《宋王见神龟》能够以连类衍义三千言的四言韵语、间杂少量散句来叙述一个故事,可见当时口头唱诵的叙事能力和叙事成就。司马贞言其"叙事烦芜陋略,无可取"(《史记索隐》),张守节称其"言辞最鄙陋,非太史公之本意也"(《史记正义》)③,梁玉绳言其"语多悖谩,不可以训"(《史记志疑》),皆语多指摘排斥,但也实际上指出了它的民间文艺性质,即褚少孙所取所编乃来自于韵语唱诵的口传故事。

　　《宋王见神龟》这一来自战国时期的四言体故事唱诵,在汉代有其继承者,最为著名者是至晚西汉末年的《神乌赋》,它们之间能够勾连起四言体故事唱诵在口头领域的发展线脉。

　　我们现在所看到的《神乌傅(赋)》,是民间长期口头流传的四言韵语唱诵的文本化结果。1993年考古工作者在江苏省东海县尹湾6号西汉墓发现了一批竹简,其中有宽简21支,上有一篇基本完整的《神乌赋》,共

---

① 郭庆藩:《庄子集释》卷九上,中华书局1961年版,第933—934页。
② 凌稚隆辑:《史记评林》卷一二八,天津古籍出版社1998年影印版。
③ 司马迁:《史记》卷一二八,中华书局1982年版,第3223页。

664 字,用第三者的语气讲述了一对乌鸟夫妇被盗乌伤害的故事①。它先以倒叙的手法交代了"其(性)好仁,行义淑茂"的雌乌被害这一结果,然后再追述雌乌遭难的过程:一对雌雄乌鸟为避祸求安,飞到官舍构筑新巢,不料辛苦得来的筑巢材料却被盗鸟强掠而去,雌乌回来时恰与盗鸟相遇,百般劝阻未果,不得已与盗鸟相拼,结果被抓得遍体鳞伤,生命垂危。雄乌归来见状后悲痛欲绝,誓与雌乌同生死,但雌乌劝雄乌另择佳偶,好好抚养他们的子女,好好生活下去,不要让孤子在后母那里受屈;最终雌乌为了不拖累雄乌,自缚两翼,投入污厕。雄乌涕泪纵横,投诉无门,只得离开了这个伤心之地。兹列雌乌与盗鸟相遇相斗、雄乌在雌乌死后高翔而去的两节文字:

> 道作官持,雄行求材。雌往索菆,材见盗取,未得远去,道与相遇。见我不利,忽然如故。□□发忿,追而呼之:"咄! 盗还来! 吾自取材,于颇深莱。止行胱腊,毛羽随落。子不作身,但行盗人。唯就官持,岂不怠哉?"
>
> 盗乌不服,反怒作色:"□□汩涌,家姓自□。今子相意,甚泰不事。"
>
> 亡乌曰:"吾闻君子,不行贪鄙。天地刚纪,各有分理。今子自已,尚可为士。夫惑知反,失路不远。悔过迁臧,至今不晚。"
>
> 盗乌溃然怒曰:"甚哉! 子之不仁。吾闻君子,不意不信。今了□□,毋□得辱。"
>
> 亡乌沸然而大怒,张目阳麋,愤翼申颈,襄而大……乃详车薄。"女不亟走,尚敢鼓口。"遂相拂伤,亡乌被创。
>
> ……
>
> 其雄大哀,踯躅非回。尚羊其旁,涕泣纵横。长炊泰息,忧

---

① 滕昭宗:《尹湾汉墓简牍概述》,《文物》1996 年第 8 期,第 36 页。又,连云港市博物馆(滕昭宗执笔)《尹湾汉墓简牍释文选》有《神乌傅(赋)》简牍释文,《文物》1996 年第 8 期,第 31 页。

逸嘄呼，毋所告愬。盗反得免，亡乌被患。遂弃故处，高翔
而去。①

这是一篇纯粹的故事赋，而非文人赋那样的借寓言故事以言志的赋
作。比如贾谊《鹏鸟赋》、扬雄《逐贫赋》、张衡《髑髅赋》、王延寿《梦赋》等
也有虚构情节，但却是借虚拟情节来抒怀言志，其实它们的故事性并不
强，也非意在叙事，而是注重于个人情志的表达，如：贾谊借与鹏鸟对话，
表达的是自己贬至长沙后低沉的情绪和祸福同门的自我宽慰；扬雄借与
贫穷对话，表达了自己守志固穷的决心。而《神乌赋》则是以拟人的手法
客观地叙述了雌雄二乌的遭遇，在叙述结构、形象塑造、情节设置方面都
表现了有意地虚构创作意图，全篇叙事繁简有序，以对话为主推动情节演
进，雌乌、雄乌、盗乌的声容辞气各肖其身份，形象生动，显示了四言韵语
叙事的能力和成就。

此赋共六百余字，基本上用四字句，大部分句子逐句押韵，其中存在
着大量通假字、异体字，这是其作为口诵方式存在、流传的表现。正是因
为它以口诵方式流播于世，才会在被文字记录时，很难避免同字异形现象
的存在。考虑到尹湾汉墓下葬时间是西汉末年汉成帝时代，则《神乌赋》
以口传形态存在的时间要远早于此。也就是说，它原是一篇口头形态的
四言体故事唱诵，后来被落实于书面载体，汉墓出土竹简上的简文就是这
个文本化的结果。

对于《神乌赋》的价值，许多学者都看到了它在辞赋史上的意义。裘
锡圭在《〈神乌赋〉初探》一文中充分肯定它作为故事赋在汉赋文体方面的
开创意义："它具有独特的风格，在现存的汉赋里连一篇同类作品也找不
出来。"②谭家健《〈神乌赋〉源流漫论》认为《神乌赋》属于汉代俗赋，这类
禽鸟相斗相别寓言，原于《诗经》③。宗明华指出："目前文学史上的'俗

---

① 费振刚、仇仲谦、刘南平：《全汉赋校注》，广东教育出版社 2005 年版，第 344—345 页。
② 裘锡圭：《〈神乌赋〉初探》，《文物》1997 年第 1 期，第 52—58 页。
③ 谭家健：《〈神乌赋〉源流漫论》，《中国文学研究》1998 年第 2 期。

赋',主要指唐以后出现的以叙说故事为主、语言通俗的赋体文。从《神乌赋》与四言赋及徘谐文的承传关系中可以看出:赋原本来自民间,自俗赋入汉宫乃以俗为乐,所谓的'文人赋'正是汉代俗体雅化、散文诗化的结果。如果称《神乌赋》为'俗赋',那么此赋倒可谓赋体的本色、正宗。"①其实,如果不是局限于辞赋发展线索的考察,而把《神乌赋》放在口头韵语唱诵的发展线上,就会看到它的传统应该是承续了先秦的故事唱诵,而不是重个人情志抒发的屈宋辞赋。它与《宋王见神龟》同属于四言体故事唱诵,也表现出同样的虚构创作性质,这说明在民间一直存在着叙述故事的韵语唱诵之作,它们不一定要以"赋"来命名或归类,只是在汉代赋作兴盛时它们被文本化了,并以书面作品的形态被归于杂赋、汉赋或俗赋了。

因此,我们可以说,在当时的口头唱诵领域,《神乌赋》并不缺少应和者,甚至可以说应和的声音非常嘈杂,但在书面编写领域,《神乌赋》的身影还是挺孤单的,当然也有稀散的伴行者,比如西汉竹书《妄稽》。

之所以说二者是伴行者,乃因为二者唱诵行世的时间相近,落实于文本的时间相近。西汉竹书《妄稽》的抄写年代在西汉武帝时期,《神乌赋》简牍的下葬时间为西汉末年汉成帝时代,相距半个世纪,如此则二者的唱诵可能有应和的机会;更重要的是二者都是四言体韵语唱诵,都是篇幅长大的虚构叙事作品。

西汉竹书《妄稽》,其抄写年代当在汉武帝时期,现存竹简 107 枚,推测应近 3000 字,现存约 2700 字②。简文讲述了在西汉时期一个士人家庭中,男主人"周春"与妻"妄稽"、妾"虞士"之间发生的故事。故事的梗概是:荥阳一位出身望族名叫周春的年轻人,有很好的品行和相貌,却娶了一位又丑又恶的妻子,名叫妄稽。周春厌恶妄稽,向父母请求买妾。虽然

---

① 宗明华:《论赋之"俗"与"俗赋"(兼论尹湾汉简〈神乌赋〉文体上的承传及性质)》,《烟台大学学报》2002 年第 1 期。

② 北京大学出土文献研究所《北京大学藏西汉竹书概说》言:"我们推测这批竹简的抄写年代多数当在汉武帝时期,可能主要在武帝后期,下限亦应不晚于宣帝。"《文物》2011 年第 6 期,第 53—54 页。

妒稽反对、阻挠，但父母和周春还是买了一位叫作虞士的美妾。周春很爱这位美妾，妒稽却十分妒恨虞士并虐待她。虞士欲躲避妒稽，没有成功，反遭妒稽的恶意辱骂和残酷折磨。最终妒稽身患恶疾，临死之前对自己的"妒"行表示了深深的忏悔①。

就其具体情节叙述来看，《妒稽》先交代了男主人公周春的情况：

> 荥阳幼进，名族周春。孝悌慈诲，恭敬仁逊。乡党莫及，于国无伦。辞让送揖，俗节理义。行步周还，进退矜倚。颜色容貌，美好姱丽。精洁贞廉，不肯淫议。血气齐疾，心不怒暴。力劲决骼，不好手抚。勇若孟贲，未尝色挠。

可惜，他却娶了一位丑妻妒稽。然后是极尽夸饰地描写了妒稽相貌之丑陋：

> 妒稽为人，甚丑以恶。肿胅广胇，垂颡折额。臂胅八寸，指长二尺。股不盈拼，胫大五揆。……目若别杏，蓬发颁白。年始十五，面尽鲐腊。足若悬姜，胫若枝株。身若狷棘，必好抱躯。口臭腐鼠，必欲钳须。

看到如此丑恶的妒稽将要成为自己的妻子，还要朝夕相伴，周春顿感痛不欲生：

> 周春见之，憎弗宾视。坐兴太息，出入流涕。遍告乡党，父母兄弟：必与妇生，不若早死。

于是周春父母在市场上为他买来美妾虞士。然后是极尽夸饰地铺叙

---

① 何晋：《北大汉简〈妒稽〉简述》，《文物》2011 年第 6 期，第 75 页。

了虞士之美：

> 靡曼白皙，长发诱绐。驳遝还之，不能自止。色若春荣，身
> 类缚素。赤唇白齿，长颈宜顾。……手若阴蓬，足若揣卵。丰肉
> 小骨，微细比转。眺目钩折，蚁□□管。廉不签签，教不勉兖。
> 言语节检，辞令愉婉。好声宜笑，靥辅之有选。发黑以泽，状若
> 蔀断。臂胫若蒻，奇牙白齿。姣美佳好，至京以子。发黑以泽，
> 状若纤缁。问其齿字，名为虞士。其姑卒娶之，以为子妾。①

关于《妄稽》的文体属性，在其被发现之后，先是被视作一篇现知时代
最早、篇幅最长的"古小说"②，但后来又被视为一篇俗赋，归为汉赋，"这
是一篇长篇叙事的汉赋，以四言为主，且有韵"③。

所谓"古小说"、俗赋，都是以后世的文体划分体系对其的追认。如果
搁置这种文体归类，它就是一个四言体韵语故事唱诵作品，一如先秦以来
常见的故事唱诵，《卫风·氓》《宋王见神龟》，还有当时仍然以此体制唱诵
的《神乌赋》。

首先，它基本上四言一句，隔句为韵，以此体制构建了一个长篇叙事
之作，讲述了一个家庭纠葛的世俗故事。

---

① 《妄稽》：《北京大学藏西汉竹书（四）》，上海古籍出版社 2015 年版。何晋：《文学史上的
奇葩——北京大学藏西汉竹书〈妄稽〉简介》，《文汇报·文汇学人》2015 年 12 月 18 日第 10 版。

② 北京大学出土文献研究所：《北京大学藏西汉竹书概说》，《文物》2011 年第 6 期。何
晋：《北大汉简〈妄稽〉简述》，《文物》2011 年第 6 期。

③ 何晋：《文学、家族和女性（以〈妄稽〉和〈孔雀东南飞〉的比较为例）》，《浙江学刊》2014
年第 1 期，第 25 页。另外，何晋《文学史上的奇葩——北京大学藏西汉竹书〈妄稽〉简介》亦有
同样观点："这是一篇长幅叙事的汉赋，基本上四言一句，隔句为韵；有时也用韵较密，连续几句
押韵。"《文汇报·文汇学人》2015 年 12 月 18 日第 10 版。

其次，它有自己的题名"妄稽"，这并不是后人的拟题①。所谓"妄稽"就是无稽，意指此人物、此故事都是乌有之人、无稽之事，这与汉赋中常见的虚拟人物"乌有先生""无是公"的设置思路相同。因此，此篇乃一关注现实生活的虚构叙事，故事首尾完整，篇幅长大。

其三，它属于民间口头创作，而非文人创作。简文通篇所用的四言韵语体制，就指示了它的民间文艺属性。一者，此篇竹书大约抄写于西汉武帝时期，虽比西汉成帝元延年间墓葬中的《神乌赋》要早，但故事编创时间并不会早于《神乌赋》，因为《神乌赋》应该早有民间口传存在了。二者，它有民间口头唱诵惯常的夸饰、夸张手法。比如对虞士之美、妄稽之丑的极尽能事的形容与夸饰，对周春看到丑陋妻子后痛苦心情的夸张描写，"坐兴太息，出入流涕"，"必与妇生，不若早死"。然后是对妄稽的悍妒描写，她对美妾虞士的残酷折磨，凶悍无比，令人恐惧。她会当着周春之面打骂虞士，完全不把丈夫放在眼里；还会趁周春外出之时，抓来虞士对她鞭笞折磨，"柘修百束，竹笞九秉。昏笞虞士，至旦不已"，并且恐吓周春赶紧卖掉虞士，否则诉诸官司，"速鬻虞士，毋羁狱讼"。故事最后写妄稽大病，在痛苦不堪、呼号不已之中死去，可是她的父母却对此没有丝毫痛苦，反而举杯相庆："其父母闻之，言笑声声。举杯而为酬，亦毋累两亲。"三者，篇中的人物描写有一些是民间口头唱诵的套语，故而有前后逻辑相矛盾、抵触之处。比如说周春不仅"颜色容貌，美好姱丽"，而且勇猛有力，"力劲决觡，不好手抚。勇若孟贲，未尝色挠"，然而面对妄稽的丑陋却只能"坐兴太息，出入流涕"，当心爱的美妾被妄稽凶悍地折磨时，虽为之恐惧，但也只是唯唯诺诺，默默忍受。这与"勇若孟贲，未尝色挠"的品质完全不相符。

---

①　何晋《北大汉简〈妄稽〉简述》指出："这些竹简的物理保存情况还算良好，刚清理完的竹简表面一般呈黄褐色，给人'崭新'的感觉。竹简上的文字书写在竹黄一面，书写字体为隶书，抄写工整，书法精美。其中有一枚竹简，除了竹黄一面书写文字外，在竹青一面的上端，刮削了一小段青皮书写有'妄稽'2字，这就是这篇简文的篇题应该没有疑问。"《文物》2011年第6期，第75页。

所以，对于西汉竹书《妄稽》的文本属性、文体属性，应该放在四言韵语唱诵的发展线脉上，视为一篇贴近西汉世俗生活题材的长篇口头唱诵的虚构叙事之作。

上述四篇来源于口头韵语唱诵的四言体故事讲唱作品，《伊尹为庖说汤》《宋王见神龟》来源于战国时期的口传故事，《神乌赋》《妄稽》来源于西汉时期的口传故事，其实如果看到先秦时期的口头韵语唱诵的发达程度，《神乌赋》的故事也有可能远源于更早的春秋战国。这四篇韵语故事唱诵之作，即使置放于辞赋的框架，也让我们意识到了它们所牵涉的庞大丰富的口头唱诵传统。因为相对于汉代文人的赋作，《宋王见神龟》《神乌赋》这种四言的故事唱诵乃属民间的口头创作，它们所表现出的叙事能力，向我们指示了其背后所牵连的四言体韵语唱诵的丰富和发达。这个渊源要早得多，因为《宋王见神龟》确定是战国时的故事唱诵，而与它同时代的经过书面编辑的《诗经》，也在整体上表现出四言体的韵语唱诵，而且表现出了四言体韵语唱诵的优秀叙事能力。

三 辞赋时代故事唱诵文本化的因时赋类现象

在《诗经》时代，口头韵语唱诵并无体制的限制和类分，区别就是被采入《诗经》的和没有被采入《诗经》的；对于那些落实于书面载体者，区别就是被编入《诗经》的和被编入其他书面文献的。其实，任何的韵语唱诵都是歌诗，都可归为歌诗，并不是说长篇的、虚构的就不是诗，不可以被采入《诗经》。比如，作为同时代的韵语故事唱诵，《宋王见神龟》《卫风·氓》都是四言体韵语唱诵，都是诗歌，基本的区别就是前者未被采入《诗经》，而后者被采入《诗经》了。但就是这样的区别，在后代看来，它们的性质、类属就不一样了，比如按照《汉书·艺文志》的"诗赋略"来划分，《卫风·氓》被归为诗，而《宋王见神龟》被归为赋。这是辞赋时代的文类体系对二者属性的判定。

我们先来看《越人歌》的文本化情况。刘向《说苑》卷一一《善说》记述了一段"越人歌"故事：

> （鄂君子皙泛舟于新波之中）乘青翰之舟，极芘芘，张翠盖而
> 犕犀尾，班丽袿衽，会钟鼓之音毕，榜枻越人拥楫而歌。歌辞曰：
> "滥兮抃草滥予，昌枑泽予，昌州州，堪州焉乎，琴胥胥，缦予乎，
> 昭澶秦踰，渗惿随河溯。"鄂君子皙曰："吾不知越歌，子试为我说
> 之。"于是乃召越译，乃楚说之，曰："今夕何夕兮，搴舟中流。今
> 日何日兮，得与王子同舟。蒙羞被好兮，不訾诟耻。心几顽而不
> 绝兮，得知王子。山有木兮木有枝，心说君兮君不知。"于是鄂君
> 子皙乃揄修袂行而拥之，举绣被而覆之。①

这段记载涉及了《越人歌》的来历。此歌乃公元前 6 世纪楚国的襄成
君听到舟人用越地方言所唱，再由楚人译为楚地方言，因而有此歌词文
本。从口传的越歌来看，以方言、口语表述的内容在落实在书面文本时，
肯定要作书面语言的转换，因此而有语汇、句式、内容的改变。而从书面
记述的《越人歌》来看，从越歌到楚歌的转译，就越歌、楚歌的字句对照而
言，明显不相对应，这说明他时他地的口头唱诵，在当时当地被采集、记录
时，会按照当时当地的时兴格式进行转化、改造。这也表明《越人歌》这种
格式是当时楚地民歌流行的典型形态，传之后世，文人学习、借鉴而有屈
宋辞赋的格式。由此可见，在《越人歌》的文本化过程中，彼时彼地的口头
唱诵便会以此时此地流行的格式予以改造、呈现。《越人歌》原为越人所
唱，而"今夕何夕兮"版文本则是据楚地民歌的格式来翻译、改造的。如果
此越歌当时被《诗经》采入、编订，则肯定会依据《诗经》的体例予以文本化
改造、呈现；如果被后代的书面文体（如乐府）落实于文本，亦会依据当时
的文本体例予以改造，按照当时的书面规范予以呈现。在这个文本化过

---

① 赵善诒：《说苑疏证》卷一一，华东师范大学出版社 1985 年版，第 311 页。

程中,由于受到文本体例的制约或局限,口头唱诵的一些体制因素会被舍弃,因为书面文本无法呈现,或者书面文本不必呈现口头唱诵的体制因素。

《越人歌》从口头形态到书面形态转化的这种现象,存在着因地域不同而呈现体制不同的问题,即彼时彼地的口头唱诵会以此时此地流行的格式予以文本化改造、呈现。这种现象如果放在一个较长的时间轴上也是如此。

对于故事唱诵的文本化来说,是先有口头的故事唱诵,再有文本化,进而有书面形态的呈现及其归类。于是,前代的故事唱诵,在当时被文本化了,便有了它的书面体制,有了它的文本归类,如《卫风·氓》在《诗经》时代被文本化了,就被归于诗。而《诗经》时代有些故事唱诵仍以口传形态存在而传播至后世,若被后代落实于文本,就会有另外的呈现体制和文本归类,比如《宋王见神龟》因为长篇的铺排叙事而被归为赋类;又如那些口头唱诵格式,在前代的文本化时被忽视,被删削,却又在后代的文本化时被重视、被采用,成为一种书面文体的标志性因素了,如“乱”辞。

那么,相对于前代对韵语唱诵的文本化,对它的赋名、归类,后代对于同类故事唱诵的文本化就会有不同的归类和称名。因为民间故事唱诵的格式采用,本无体限,谓“诗”谓“赋”皆可以。而之所以有诗、赋的类分,那是文本化过程中出现的问题,因为无论是如何作文本编订以适应书面体例,还是如何作属性认定以进行文本归类,都是以书面文本为依据的,由此就出现了韵语唱诵文本化过程中的“因时赋类”现象。

《诗经》之外的四言韵语唱诵仍然大量存在,它们在当时与采入《诗经》的那些作品一样都被称为诗、归为诗。比如《越人歌》这样的楚地民歌,荀子《成相》所关联的韵语唱诵,它们与《诗经》中的歌诗一样皆可归为“诗”。也就是说,在《诗经》时代,那些口传的、书面的韵语唱诵都可称为“诗”。

但到了辞赋时代,“诗”已作为《诗经》的专称,那些口头韵语唱诵被文本化后的作品则被归为“赋”,准确地说是“杂赋”。这是因为汉代人对

"诗"的范畴有了新的规范:"本来,诗可以弦歌之,也可以赋诵之,'赋'只是诗的一种诵读形式,并不能由此变成一种新的文体。但到了战国中叶,屈原如同一颗璀璨奇异的新星升临诗坛,情形便有了改变。……屈宋所作就其本质而言,仍然是诗(屈原也自称它们为'诗'),但它们与人们熟见的旧有诗歌形式,表现了不同的面貌。特别对于汉代人来说,'诗'这个概念几乎已经成了《诗经》中作品的专称,人们自然要用新的名称来加以区别。于是,或称为'楚辞',以其产地名;或称为'赋',取其'不歌而诵'之义。"①由此,那些《诗经》时代未被采入、编入《诗经》的口头唱诵,未被书面落实于书面文献的口头唱诵,到了辞赋时代再被书面落实时,就被归为赋类了。

比如楚地民歌这种形制的口头唱诵,文人学习、借鉴它的体制,形成了一代之文学的汉赋体制,因之,楚地民歌被视为汉赋的直接渊源。可是,这种体制的口头唱诵在《诗经》时代无论是书面形态,还是口头形态,都是可以归为歌诗一类的。

又比如《成相杂辞》,《汉书·艺文志》"杂赋类"中著录有"《成相杂辞》十一篇",惜皆无传,清人卢文弨认为它们"大约托于瞽矇讽诵之词,亦古诗之流也"②。而在汉代,这些可称为"古诗"的韵语唱诵就被《汉书·艺文志》归于"杂赋"了。《荀子·成相篇》是学习、借鉴这种"瞽矇讽诵之词"的拟作,杨倞以为它就是《汉书·艺文志》中的《成相杂辞》,"盖亦赋之流也"③,朱熹《楚辞后语》也说荀子《成相篇》"在《汉志》号《成相杂辞》"④,则亦属之于赋。伏俊琏认为,《汉书·艺文志》所列"诗赋略"中的"杂赋"就包括了大量的先秦到西汉时期的俗赋⑤。至于荀子《赋篇》,也是学习当

---

①　骆玉明:《论"不歌而诵谓之赋"》,《文学遗产》1983年第2期,第37页。

②　王先谦:《荀子集解》卷一八,中华书局1988年版,第455页。

③　王先谦:《荀子集解》卷一八,中华书局1988年版,第455页。

④　朱熹《楚辞后语》卷一:"此篇在《汉志》号《成相杂辞》,凡三章,杂陈古今治乱兴亡之效,托声诗以风时君,若将以为工师之诵、旅贲之规者,其尊主爱民之意,亦深切矣。"见朱熹:《楚辞集注》,蒋立甫校点,上海古籍出版社2001年版,第209页。

⑤　伏俊琏:《〈汉书·艺文志〉"杂赋"臆说》,《文学遗产》2002年6期。

时民间韵语唱诵的作品，这在《诗经》时代亦可归为诗歌一类。值得注意的是，《赋篇》的题名，也是辞赋时代人们的追称。

《荀子》的《赋篇》包括五篇《隐》和一首《佹诗》，这两类作品在内容上并无联系，体制上也不相同。伏俊琏认为这"显然是在某种体例原则下被归并在一起的"。其原因是，"'隐'在战国时期并不名赋，《佹诗》的'小歌'部分虽在《战国策·楚策四》中名为'赋'，但是《战国策》由刘向编辑而成，它本是战国纵横家的手札说辞，刘向编辑时根据有关史料、传说并用情理推测，用故事的形式把它们串联起来。所以《战国策》中名为赋，并不能说明战国时期就已名为赋"①。而且它们还是作于不同时期、不同地点的两组作品，前五篇是"隐"，后一篇是"佹诗"②。所以，伏俊琏认为："把五篇《隐》和《佹诗》合为一篇并以'赋'为名，是刘向按照'不歌而诵谓之赋'的原则和体例做的，《汉志》把'隐书'归入《诗赋略》，就是明证。所以，就现存材料看，文人最早用赋的形式进行创作的是荀卿，最早以'赋'名篇的是宋玉。"③

至于《诗经》时代那些口传下来的四言体韵语唱诵，也会被文本化而归为赋。《诗经》时代的韵语唱诵，有的被落实于书面载体，有了文本的呈现，也有了文类的归属；有的则继续以口传形式流播于民间。对于那些落实于文本者，可分为两类，一类是采入《诗经》者，一类是未采入《诗经》者。那些仍然以口头形态流传的韵语唱诵，如果被采入《诗经》，就会被以《诗经》的体例来改造，进而被归类于"诗"。而那些未被《诗经》采入的韵语唱诵，比如《越人歌》，如果被《诗经》采入而作文本化了，就不会以目前楚歌形态的《越人歌》面貌作文本呈现，而会以《诗经》的歌诗形态来做文本呈现了。如此一来，那些在《诗经》时代未被文本化的韵语唱诵，在辞赋时代就有了另外的文本化形态，也有了另外的文类归属。但是，它们与那些采

---

① 伏俊琏：《先秦"论辩俗赋"钩沉》，《西北师大学报（社科版）》2005 年第 1 期，第 87 页。

② 赵逵夫：《〈荀子·赋篇〉包括荀卿不同时期两篇作品考》，《屈原与他的时代》，人民文学出版社 1996 年版，第 490—500 页。

③ 伏俊琏：《先秦"论辩俗赋"钩沉》，《西北师大学报（社科版）》2005 年第 1 期，第 87 页。

入《诗经》的歌诗文本相比，并没有体制上的超越，所以，如果那些歌诗未被采入《诗经》而以口头形态流传于后世，也会在辞赋时代有另外的文本呈现、文类归属的。因为当时的文类划分是把这些韵语唱诵作品都归于"赋"的范畴，章太炎《国故论衡·辨诗》即指出："《七略》分诗赋者，本孔子删诗意：不歌而诵，故谓之赋；叶于箫管，故谓之诗。其他有韵诸文，汉世未具，亦容附于赋录。"①

《汉书·艺文志》把天下书册分为六类，其中有"诗赋略"一类，著录"赋""歌诗"作品，而"赋"中则专列"杂赋"一类，即包括前代韵语唱诵文本化的作品，《宋王见神龟》即属此类，《神乌赋》这样的故事唱诵在文本化后也以"赋"为题，而刘向按照"不歌而诵谓之赋"的原则和体例把五篇《隐》和一首《佹诗》归并在一起，并以"赋"名篇，才有了荀子《赋篇》。当时这种"杂赋"类的四言体故事唱诵作品还有以下三种。

（一）《太子晋》

《逸周书》中的《太子晋》篇记载了春秋时晋国乐师师旷谒见太子晋的故事。晋为周灵王的太子，时年十五岁，慧有口辩。师旷见太子晋，反复问难以试其才，太子晋对答如流，使得师旷颇为折服。作品开头一节叙述了师旷聘周的原因，类似于后世赋中的小序，篇末以"师旷归，未及三年，告死者至"一句收束，而主体部分则是以汉赋常用的主客问答形式结构成篇。

> 师旷见太子，称曰："吾闻王子之语高于泰山，夜寝不寐，昼居不安，不远长道，而求一言。"王子应之曰："吾闻太师将来，甚喜而又惧。吾年甚少，见子而慑，尽忘吾其度。"
> 师旷曰："吾闻王子，古之君子，甚成不骄，自晋始如周，行不

---

① 章太炎：《国故论衡》，商务印书馆 2010 年版，第 122—123 页。

知劳。"王子应之曰:"古之君子,其行至慎;委积施关,道路无限。百姓悦之,相将而远;远人来欢,视道如尺。"

师旷告善。又称曰:"古之君子,其行可则,由舜而下,其孰有广德?"王子应之曰:"如舜者天。舜居其所,以利天下,奉翼远人,皆得己仁。此之谓天。如禹者圣。劳而不居,以利天下,好取不好与,必度其正,是之谓圣。如文王者,其大道仁,其小道惠。三分天下而有其二,敬人无方,服事于商。既有其众,而返失其身。此之谓仁。如武王者义。杀一人而以利天下,异姓同姓各得之谓义。"

师旷告善。又称曰:"宣辨各命,异姓恶方,王侯君公,何以为尊,何以为王?"王子应之曰:"人生而重丈夫,谓之冑子。冑子成人,能治上官,谓之士。……"

师旷馨然,又称曰:"温恭敦敏,方德不改,闻物□□,下学以丐,尚登帝臣,乃参天子,自古谁?"王子应之曰:"穆穆虞舜,明明赫赫,立义治律,万物皆作,分均天财,万物熙熙,非舜而能谁?"

师旷东躅其足曰:"善哉! 善哉!"王子曰:"大师何举足骤?"师旷曰:"天寒足躅,是以数也。"

王子曰:"请入坐。"遂敷席,注瑟。①

《太子晋》整体结构设置了主客问答的框架,对话以四言韵语为主,并以"师旷曰""太子应之曰"之类简单的提示语领起对话,显示出简单的情节推进脉络,而叙述格调"诞而陋,与诸篇绝不类"②,谢墉《刊卢文弨校定逸周书序》云:"若《太子晋》一篇,尤为荒诞,体格亦卑弱不振,不待明眼人始辨之也。"③因此,有学者推断它代表了当时已经在民间流行的俗赋体

---

① 黄怀信、张懋镕、田旭东:《逸周书汇校集注》卷九,上海古籍出版社 2007 年版,第 1015—1026 页。

② 黄怀信、张懋镕、田旭东:《逸周书汇校集注》卷九,上海古籍出版社 2007 年版,第 1011 页。

③ 黄怀信、张懋镕、田旭东:《逸周书汇校集注》,上海古籍出版社 2007 年版,第 1198 页。

形式,刘光民即指出此篇为战国古赋,并由此认为"先秦客主赋极有可能如唐五代的俗赋,是由专职的民间艺人诵读表演的"①,程毅中《敦煌俗赋的渊源及其与变文的关系》则认为此篇是"文赋的同一类型"②,而鲁迅《中国小说史略》谓其"记述颇多夸饰,类于传说"③,胡念贻《逸周书中的三篇小说》推断此篇为小说④,诸家所论都是看到了它的特异之处。

称言《太子晋》是俗赋也罢,是小说也罢,都是以其书面形态来推论的,其实它是文人模仿民间韵语唱诵流行的客主对答形式而成篇的。这种韵语唱诵故事在先秦时期属于常见,客主对答形式亦是先秦以来韵语唱诵常见的口头创作形式。至于客主对答形式唱诵故事的归类,那是汉代人对民间口传韵语唱诵梳理之后的结果,比如《汉书·艺文志》把它置于"杂赋"之下,列"客主赋十八篇",并单列"客主赋"之目,正是着眼于民间口传的这类韵语唱诵已经颇具规模、颇有影响了。

(二)《孔子与阿谷处女》

《韩诗外传》卷一记载了一段孔子与阿谷处女相戏相谑的故事。

> 孔子南游适楚,至于阿谷之隧,有处子佩瑱而浣者。孔子曰:"彼妇人其可与言矣乎?"
> 抽觞以授子贡,曰:"善为之辞,以观其语。"子贡曰:"我北鄙之人也,将南之楚,逢天之暑,思心谭谭,愿乞一饮,以表我心。"妇人对曰:"阿谷之隧,隐曲之氾,其水载清载浊,流而趋海。欲饮则饮,何问妇人乎?"受子贡觞,迎流而挹之,奂然而弃之,促流而挹之,奂然而且溢之。坐置之沙上,曰:"礼固不亲授。"子贡以

---

① 刘光民:《〈逸周书〉中的一篇战国古赋》,《文史知识》,1996 年第 6 期。

② 程毅中:《敦煌俗赋的渊源及其与变文的关系》,《文学遗产》1989 年 1 期。

③ 鲁迅:《中国小说史略》,上海古籍出版社 1998 年版,第 9 页。

④ 胡念贻:《〈逸周书〉中的三篇小说》,《文学遗产》1981 年 2 期。

告,孔子曰:"丘知之矣。"

　　抽琴去其轸,以授子贡,曰:"善为之辞,以观其语。"子贡曰:
"嚮子之言,穆如清风。不悖我语,和畅我心。于此有琴无轸,愿
借子调其音。"妇人对曰:"我野鄙之人也,僻陋而无心。五音不
知,安能调琴。"子贡以告,孔子曰:"丘知之矣。"

　　抽绤绤五两,以授子贡,曰:"善为之辞,以观其语。"子贡曰:
"吾北鄙之人也,将南之楚。于此有绤绤五两,吾不敢以当子身,
敢置之水浦。"妇人对曰:"客之行差然乖久,分其资财,弃之野
鄙。吾年甚少,何敢受子? 子不早去,今窃有狂夫守之者矣。"①

　　关于此篇故事的性质,需要联系《韩诗外传》一书的整体属性。《韩诗
外传》所收录的故事,是韩婴为推衍《诗》义而博采诸家材料而纂成的,包
括此前书面、口头的诸多宝贵文献材料。屈守元即指出:此书"有的章节
是通俗上口的谣谚(往往有韵),为两汉著作所采用者实在不少。又有的
是娓娓动人的故事,为《列士传》《高士传》一类书取用的很多。卷十所载
蔺丘䜣的故事,宋人讲平话小说所取资的《太平广记》,也加以采录,这就
是古代的武侠小说。文章曲折波澜,实堪借鉴。此书每段故事,结束时总
引'诗曰',这就为以'有诗为证'作收场的我国古典小说树立了楷模,要探
寻具有中国特色的古典小说渊源,万万不能不提及此书"②。

　　具体到《孔子与阿谷处女》的故事属性,其一,它是一个流传很广的故
事,因为这则故事还见于《列女传》卷四,此外《北堂书钞》《艺文类聚》《太
平御览》等类书也有其节略文本。故事的立意对孔子确实不恭敬,说孔子
见了阿谷处女便露出轻薄戏弄之意,带着学生子贡一起反复陈词挑逗戏
谑,因此而受到姑娘一次次的回击和奚落。因此,《孔丛子·儒服》篇便提
到了它的真伪问题:"平原君问子高曰:'吾闻子之先君亲见卫夫人南子,
又云南游过乎阿谷,而交辞于漂女,信有之乎?'答曰:'士之相保,闻流言

① 屈守元:《韩诗外传笺疏》卷一,巴蜀书社2012年版,第4页。
② 屈守元:《韩诗外传笺疏》"前言",巴蜀书社2012年版,"前言"部分第3页。

而不信者,何哉? 以其所已行之事占之也。……若夫阿谷之言,起于近世,殆是假其类以行其心者之为也。'"①洪迈《容斋续笔》卷八"韩婴诗"条指出:"观此章,乃谓孔子见处女而教子贡以微词三挑之,以是说《诗》,可乎? 其谬戾甚矣,它亦无足言。"②

其二,它来自于一个有着口头唱诵性质的故事。分析此段文本,叙事以人物问答作为框架,同样结构的情节叙述重复三次,且每次以微小的变动以示故事推进,与《太子晋》的情节推进方式非常类似。这是民间韵语唱诵故事常用的叙述技巧。另外,同一句话在三次情节叙述中反复使用,句式整齐押韵,类似于《诗经》歌诗的重章叠唱。概而言之,这段故事意在调侃孔子,格调幽默,同样结构的情节叙述重复三次,句式整齐押韵,读来朗朗上口,而且用了很自然的韵语,显示出它的口头唱诵性质。所以,这篇故事应是当时一个口传形态的韵语故事唱诵作品,《韩诗外传》取之作了书面形态的呈现。

(三)敦煌汉简中的韩朋故事

敦煌汉简中的韩朋故事得自 20 世纪 70 年代末的一次考古发现。1979 年,甘肃省文物工作队在敦煌西北的马圈湾汉代烽燧遗址发现了一批散残木简,其中有一枚残简,上下端皆残,正面存 27 个字,正为韩朋故事。但这个敦煌汉简版本的韩朋故事文本是残缺的,《敦煌汉简》对该简的释文只有以下 27 个字的片断:

> ……书,而召鞈儰问之。鞈儰对曰:臣取妇二日三夜,去之来游,三年不归,妇……③

---

① 傅亚庶:《孔丛子校释》卷四,中华书局 2011 年版,第 297—298 页。
② 洪迈:《容斋随笔》,上海古籍出版社 2014 年版,第 125 页。
③ 甘肃省文物考古研究所:《敦煌汉简》下册,中华书局 1991 年版,第 238 页。

裴锡圭指出："靽倗即韩朋，因此，该简应该是汉代人所记的韩朋故事的一枚残简。"①这个韩朋故事残简虽然文字叙述只有 27 个字的片断，但却关联了汉代一个韩朋故事的韵语唱诵，此残简即是对这个韵语唱诵的文本化结果，而这个故事在后世仍然有着韵语唱诵的口传形态，也有着散文叙述的书面形态。口传形态者可以敦煌本《韩朋赋》为参照，书面形态者可以《搜神记·韩凭妻》为参照，这些文献信息显示了敦煌汉简韩朋故事在当时的故事属性。

《搜神记》卷一一有《韩凭妻》一篇，叙述如下：

> 宋康王舍人韩凭，娶妻何氏，美。康王夺之。凭怨，王囚之，论为城旦。妻密遗凭书，缪其辞曰："其雨淫淫，河大而深，日出当心。"既而王得其书，以示左右，左右莫解其意。臣苏贺对曰："其雨淫淫，言愁且思也。河大水深，不得往来也。日出当心，心有死志也。"俄而凭乃自杀。其妻乃阴腐其衣。王与之登台，妻遂自投台，左右揽之，衣不中手而死。遗书于带曰："王利其生，妾利其死，愿以尸骨，赐凭合葬。"王怒，弗听，使里人埋之，冢相望也。王曰："尔夫妇相爱不已，若能使冢合，则吾弗阻也。"宿昔之间，便有大梓木生于二冢之端，旬日而大盈抱，屈体相就，相交于下，枝错于上。又有鸳鸯，雌雄各一，桓栖树上，晨夕不去，交颈悲鸣，音声感人。宋人哀之，遂号其木曰"相思树"。相思之名，起于此也。南人谓此禽即韩凭夫妇之精魂。今睢阳有韩凭城，其歌谣至今犹存。②

此《搜神记·韩凭妻》所叙情节，其中未见敦煌汉简韩朋故事残文所涉内容。但据二者比对分析，敦煌汉简韩朋故事残文已叙及韩朋娶妻，此事在情节顺序上应该处于《搜神记·韩凭妻》所述内容之前。这一点我们

---

① 裴锡圭：《汉简中所见韩朋故事的新资料》，《复旦学报(社科版)》1999 年第 3 期。
② 干宝：《搜神记》，汪绍楹校注，中华书局 1979 年版，第 143 页。

可以据敦煌本《韩朋赋》推论。

敦煌遗书中有《韩朋赋》一篇，长达 2000 字左右，其故事在《搜神记·韩凭妻》中虽有涉及，但《搜神记·韩凭妻》所记未及前半部分。其情节大略是：韩朋少年丧父，独养其母，远仕前娶贤妻奉母，夫妻情投意合。韩朋仕宋，经久不归，其妻念之，致书于韩朋。韩朋得书心悲，意欲归家而无因由，不料怀书不谨，遗失殿前。宋王得书，甚爱其言，派遣大臣梁伯驰往韩朋家，带韩朋妻入宫。《韩朋赋》的后半部分与《搜神记·韩凭妻》大体相合，但叙事较之丰富细致，在细节上颇有出入。

容肇祖于 20 世纪 30 年代曾发表《敦煌本〈韩朋赋〉考》一文，指出《搜神记·韩凭妻》与《韩朋赋》二者"根本出于一个故事"，并强调《韩朋赋》并非由《搜神记》发展演变而成，而是来自唐以前的民间传说①。容文还推测在《搜神记》之前，韩朋故事传说即已产生，并一直在民间流传。《搜神记》的作者干宝是按照自己的趣味，以简洁的文笔转述了这个民间传说的梗概；而《韩朋赋》则比较朴实、详尽地记录了这个民间传说。所以，《搜神记》没有提到《韩朋赋》前半部分的情节，并非由于它所根据的传说中没有这段情节，而是由于这段情节是《搜神记》所不甚注重的，故未记述。

而且，容肇祖还据此推测，在汉魏间，民间自有讲说故事的白话赋。而裘锡圭经考证认为《神乌赋》的出土证实了容肇祖的卓见："从《神乌赋》和韩朋故事残简来看，汉代俗文学的发达程度恐怕是超出我们的预料的。敦煌俗文学作品中有不少是讲汉代故事的，如《季布骂阵词文》（即《捉季布传文》）、《王陵变》以及讲王昭君的和讲董永的变文等。我怀疑它们大都是以从汉代传下来的民间传说作为底子的。说不定将来还会发现记叙这些民间故事的汉简呢！"②裘锡圭文中提到的"韩朋故事残简"，即是敦

---

① 容肇祖：《敦煌本〈韩朋赋〉考》，见《敦煌变文论文录》，上海古籍出版社 1982 年版，第 649 页。

② 裘锡圭：《汉简中所见韩朋故事的新资料》，《复旦学报（社科版）》1999 年第 3 期。又，关于《神乌赋》的考证，可参考裘锡圭《〈神乌赋〉初探》，原载《文物》1997 年第 1 期，修改后又收入《尹湾汉墓简牍综论》（科学出版社 1999 年）。

煌汉简中的韩朋故事。《韩朋赋》叙韩朋婚后出游,"期去三年,六秋不归","其妻念之,内自发心,忽自执笔,逐(遂)自造书";"韩朋得书,意感心悲,不食三日,亦不觉饥。韩朋意欲还家,事无因缘。怀书不谨,遗失殿前,宋王得之,甚爱其言"。简文中所说的这个"书"字,应该就是指韩朋妻写给韩朋的那封书信,而"召韓儁問之"的人当是宋王。另外,《韩朋赋》提到"入门三日,意合同居",与简文所说"臣娶妇二日三夜,去之来游"文意也是基本相合的。因此,简文涉及的内容正是《韩朋赋》的前半部分,即不见于《搜神记·韩凭妻》的那段情节部分,其中肯定有《韩朋赋》所述韩朋失落家书而为宋王所得的情节内容。

就时间而言,马圈湾所出汉简中的纪年简,最早的是宣帝本始三年(公元前71年),最晚的是新莽始建国地皇上戊三年(公元22年),韩朋故事残简的抄写时代,大概不会超出西汉后期和王莽新朝的范围,最晚也是王莽新朝,这要比《搜神记》早了300年左右。这说明,至少在《搜神记》之前300年,就有韩朋故事流传,而它在民间流传的面貌可能就是敦煌本《韩朋赋》的口传内容。再参以其他文献材料,比如,《艺文类聚》卷九二"鸟部下"之"鸳鸯类"引《列异传》曰:"宋康王埋韩凭夫妻,宿夕文梓生,有鸳鸯雌雄各一,恒栖树上,晨夕交颈,音声感人。"[1]《隋书·经籍志》史部杂传类著录《列异传》,为魏文帝撰;又如《韩朋赋》在敦煌遗书中有八个抄卷[2],这些都表明韩朋故事在民间盛传,且流播深远。《搜神记·韩凭妻》和敦煌本《韩朋赋》即是此民间故事唱诵在不同时期的不同形态的文本化结果,而敦煌汉简中的韩朋故事残文由于存字太少,是否为韵语叙述体制未能确定,但即使是散文叙述体制,它也关联了当时韩朋故事的韵语唱诵,而它的散文叙述形态则是当时韵语故事唱诵的文本化结果。

---

① 欧阳询:《艺文类聚》,中华书局1965年版,第1604页。
② 张鸿勋:《说唱艺术奇葩:敦煌变文选评》,甘肃人民出版社2000年版,第91页。

四 小结

民间的韵语故事唱诵，其体制格式的采用，并无体限，谓诗谓赋谓小说皆可以，这都是对其唱诵内容文本化之后的追认。所以，韵语故事唱诵的书面呈现、形态类分，这是文本化过程中的问题，如何地文本编订以适应书面体例，然后又是如何地予以体制上的认定、归类，都是以书面文本为依据的。

对于民间故事讲唱艺术的口头形态、书面形态来说，是先有口头创作、讲唱形态，再有其口演内容的文本化，进而再有书面形态的体制呈现及其文体归类。于是，前代的民间故事讲唱，在当时被文本化了，就有了当时的书面体制，有了它的文体归类；而前代的民间故事讲唱口传至后世，被后世文本化了，就会以后世时兴、新兴的书面体制呈现，从而有了它的文体归类。比如《诗经》时代的四言体韵语唱诵甚为繁富，有的被采入《诗经》，就被归于歌诗，《卫风·氓》即如此；而那些与之相同体制的四言体韵语唱诵仍然活跃于口头，流播于后世，在此后的辞赋时代，它们才进入书面领域，被以不同于《诗经》的形态体制进行书面编订，就被归为杂赋了。所以，从一个较长时期来看，一个时代的故事讲唱形态被后世落实于文本，就有了另外的体制呈现和归类，而它的口头唱诵的体制格式可能在前代的文本化时被忽视，被删削，而会在后代的文本化时被重视，被采用，成为一种书面文体的标志性因素。

那么，对于口头韵语唱诵，相对于前代对它的文本化、赋名以及归类，后代对于它的文本化就会有不同书面呈现形态、归类和赋名。

比如在《诗经》时代，那些被零散文献采录的韵语唱诵，由于不必遵守《诗经》的体例，其书面落实后可能更接近于原貌，如战国竹简《周公之琴舞》，还有那些楚地民歌，有的是四言，有的是杂言。即以故事唱诵来看，已知文献记录者当时就有《太子晋》《宋王见神龟》这样的口传作品，它们与《卫风·氓》一样都是长篇的四言韵语故事唱诵。这些口头唱诵作品在当时并无文类、体制的归属，应与《诗经》所采录的作品一样，都是一种韵语唱诵，如果它们在当时能被《诗经》采入、编订，亦会被归于诗，称为诗。

但是，到了汉代，由于另一种文类——辞赋的兴盛，许多前代的韵语唱诵作品都被纳入辞赋的类别了。其实，赋在宽泛的意义上亦属于诗，只是在汉代人的观念中，"诗"的概念就是《诗经》中的歌诗作品，其他的韵语唱诵作品就是赋了，而那些与屈宋之作这样的文人赋不同的韵语唱诵则被笼统地归为"杂赋"①。其实，这是辞赋时代对《诗经》时代的韵语唱诵作品的一个文类上的"追认"。

因此，那些《诗经》时代以口头形态流传下来的韵语唱诵，在汉代时就以"诗赋"的类分原则被归为"赋"，当时称"杂赋"，后世又称为"俗赋"，比如《神乌赋》。此作是四言体韵语故事唱诵，如果采入《诗经》亦完全可以，经过《诗经》体例的删改、编订，就会以歌诗的形态呈现。因为《诗经》中不但有《卫风·氓》那样的四言韵语的长篇叙事之作，也有与《神乌赋》在题材、格调方面相同的《豳风·鸱鸮》一篇，按照战国竹简《周公之琴舞》一篇的情况，它可能就是一个长篇韵语故事唱诵中的一个片段，或是对整体内容予以剪裁、重组的篇章。虽然《宋王见神龟》《神乌赋》这一类作品都可能是来自于《诗经》时代的韵语故事唱诵，有的就是如《诗经》作品那样的四言体，只是篇幅更加长大，情节更加丰富，但因为它们与《诗经》歌诗是在不同时代被文本化的，就被以各自时代流行的文类赋名、归类。

而且，在辞赋时代，民间的韵语唱诵之作仍很盛行、活跃，即使许多文人创作也会以口耳相传的韵诵方式来传播，范文澜在《文心雕龙注·声律》篇的注释中有这样一段话："古代竹帛繁重，学术传授，多凭口耳，故韵语杂出，藻绘纷陈，自《易》之《文言》《系辞》以及百家诸子，大率如此。西汉盛行章句，训说一经，往往数十万言，苟以博依曼衍为高，文采声韵，殆匙措意。能文之士，类皆深湛儒术；而守经儒生，则未必能文。流至东汉，

---

① 班固《汉书·艺文志》在《诗赋略》中，把文人赋分为屈原赋之属、陆贾赋之属、荀卿赋之属，把民间赋皆归为"杂赋"一类。

儒林与文苑分途，文士制作，力有所专，制作益广。今其辞失传者众，考其篇目，固泰半有韵之文也。"①即言及此一现象。而这些口头的韵语唱诵，汉代乃至后世的学者会把它们归入"赋"的范畴，即章太炎《国故论衡·辨诗》所谓"其他有韵诸文，汉世未具，亦容附于赋录"②。这是后世文类观念对它们形态、属性的区分和归纳。

① 范文澜：《文心雕龙注》，人民文学出版社 2001 年版，第 554 页。
② 章太炎：《国故论衡》，商务印书馆 2010 年版，第 122—123 页。

第三章　乐府时代的故事讲唱形态

　　汉代"乐府"这一朝廷设立的音乐机构，又一次促进了口头韵语唱诵的集中的、大规模的文本化。说是"促进"，意指乐府机构本身并未直接进行口头歌唱的文本化，因为这个音乐机构的职能，是采集民间歌唱、改编配乐以在朝廷宴集时表演。《汉书·礼乐志》云："至武帝定郊祀之礼，……乃立乐府，采诗夜诵，有赵、代、秦、楚之讴。以李延年为协律都尉，多举司马相如等数十人造为诗赋，略论律吕，以合八音之调，作十九章之歌。以正月上辛用事甘泉圆丘，使童男女七十人俱歌，昏祠至明。"①据此，乐府机构一方面是组织文人创作诗赋，配乐演唱，另一方面是采集民间歌唱，按乐府的规则配乐或改编以做表演。对于民间的歌唱，采集后也是进行口头创作上的改编，并不以书面记录为务。所以，它们一直是以口头唱诵的形态流播、保存着，这在民间如此，在乐府机构亦如此。

　　所以，汉代没有这些乐府机构采集、编订的歌辞文本，我们看到的《汉书·艺文志》所提及二十八家"歌诗"共 314 篇，其中具有民歌性质的歌诗有：《吴楚汝南歌诗》十五篇、《燕代讴雁门云中陇西歌诗》九篇、《邯郸河间歌诗》四篇、《齐郑歌诗》四篇、《淮南歌诗》四篇、《左冯翊秦歌诗》三篇、《京兆尹秦歌诗》五篇、《河东蒲反歌诗》一篇、《杂歌诗》九篇、《雒阳歌诗》四篇、《河南周歌诗》七篇等等。惜《汉书》所记只有篇目，而无歌辞，故未能获见这些歌诗文本的具体形态。至于魏晋六朝时期有人辑录的乐府诗歌文本，则是这个时期流传下来的，有的是乐府这类音乐机构沿用的，有的

----

　　①　班固:《汉书》卷二二，中华书局 2005 年版，第 893 页。

是民间长期口传流播的。比如梁代沈约编纂的《宋书》,其《乐志》即收录两汉乐府诗众多;北宋郭茂倩编则把汉至唐的乐府诗搜集、编纂于他的《乐府诗集》中。

梁沈约《宋书·乐志一》收录汉代乐府古辞,"凡乐章古词,今之存者,并汉世街陌谣讴,《江南可采莲》《乌生》《十五》《白头吟》之属是也"①。就是说,这些乐府古辞原是口头生存于民间的歌唱,但之所以能被沈约看到,很大程度还是得益于乐府机构的采集、传播之力。正是经过乐府这一音乐机关的采集、整理并不断演唱,促进了乐府古辞的口头流传,以及被重视,最终被后世以书面文字的形式呈现、保存下来,具有了相对稳定的文本形式,于是,民间古辞便完成了从口头形态到书面形态的生存状态的转化,此即乐府古辞的文本化。

一　乐府古辞文本化的两个题材来源

有人认为,乐府机构采集民间口传的古辞,然后进行改造、整理,是要进行书面文字的整理,并有详细的乐舞指示,然后乐府的乐人们就是据此作为底本在不同场合进行演唱的。据此观点推论,记录乐府古辞的目的是方便乐人的歌唱,有本可依的歌辞及唱法正是口传古辞的文本化结果。那么,乐府乐人的演唱需要这样的底本吗? 我认为这不符合口头创作的规则。乐人对于乐舞表演的程式、格套是非常熟悉的,这是他们的基本艺能,正是因为有这样的艺能准备,他们才能根据某一歌辞口头创作出符合表演规范的乐舞来。因此,那种有格套、程式提示的歌辞文本并非乐人们所需要的底本,也就是说,这不是乐府乐人改造、整理"街陌谣讴"的工作,他们的工作都是以口头形态完成的。《宋书·志序》言:"今鼓吹铙歌,虽有章曲,乐人传习,口相师祖,所务者声,不先训以义。今乐府铙歌,校汉、

---

① 沈约:《宋书》卷一九,中华书局1974年版,第549页。

魏旧曲,曲名时同,文字永异,寻文求义,无一可了。不知今之铙章,何代曲也。"①其中所谓"乐人传习,口相师祖,所务者声",正说明了汉魏六朝乐府乐人口头传承的事实。

另外,汉魏六朝时期,当时文献记载提及的乐府古辞,都不一定是著录古辞的文本,而只是著录古辞的篇目。如《汉书·艺文志》著录有"歌诗"篇目,歌诗二十八家,三百一十四篇。如果汉代乐府机构采集口头的民间歌唱,并把经过整理后的歌辞以文本的形式保存下来,就是我们今天所见到的汉乐府古辞,那么,当时作为政府机关的乐府整理下来的歌诗文献,为何没有书面记录而只有歌诗篇目呢?这只能是当时乐府机构采集口头歌诗,仅以口传形式保存,以口头形态呈现。后来的乐府机构仍然如此对待采集来的口头歌诗,所谓的整理,就是乐人们对它们进行字句的改造,然后配乐演唱,而并无书面文本作为乐人表演的底本。因此,沈约《宋书·乐志》关联的那个乐府时代,我们现在知道的那些著录乐府古辞的文献(根据《乐府诗集》的转引资料,知道它们曾经是著录过乐府古辞),如西晋荀勖《荀氏录》(已佚)、南朝刘宋时张永《元嘉正声技录》(已佚)、南朝宋齐时王僧虔《大明三年宴乐技录》(已佚)、南朝陈时释智匠《古今乐录》十二卷(已佚,最早著录于《隋书·经籍志》),或者就如《汉书·艺文志》那样只是著录了篇目,而无具体的乐府古辞文本。在北宋郭茂倩的《乐府诗集》之前,我们现在能够看到的只有沈约的《宋书·乐志》较为详细地记载了乐府古辞的歌诗文本,它为后人留下了非常宝贵的乐府古辞的文本文献和有关表演体制方面的资料。

因此,乐府机构的采编工作是以口头形式完成的,即乐府机关采集民间的歌唱,乐人们则对歌辞做出适当的改动,以配入由不同乐器伴奏的乐调,并加以歌唱表演。而后人则基于乐府机构的这些采编工作,对这些口头流播、保存下来的乐舞歌辞予以文本化,有的是直接按民间口传歌辞的原貌书录,有的是按乐人改造后的形态来做书面呈现。这就是乐府古辞

---

①　沈约:《宋书》卷一一,中华书局 1974 年版,第 204 页。

文本化的两种题材来源,后者是经过了乐府乐人一系列的表演体制的改造,所以带有乐府演唱的套语格式、音乐体制。《乐府诗集》收录的相和歌辞楚调曲《白头吟》的"本辞"和"乐奏辞"就为我们展示了这两种文本化形态。

> 皑如山上雪,皎若云间月。闻君有两意,故来相决绝。一解
> 平生共城中,何尝斗酒会。今日斗酒会,明旦沟水头。蹀躞
> 御沟上,沟水东西流。二解
> 郭东亦有樵,郭西亦有樵,两樵相推与,无亲为谁骄? 三解
> 凄凄重凄凄,嫁娶亦不啼。愿得一心人,白头不相离。四解
> 竹竿何嫋嫋,鱼尾何离簁。男儿欲相知,何用钱刀为。龥如
> 马噉萁,川上高士嬉。今日相对乐,延年万岁期。五解
> 右一曲,晋乐所奏。
>
> 皑如山上雪,皎若云间月。闻君有两意,故来相决绝。
> 今日斗酒会,明旦沟水头。蹀躞御沟上,沟水东西流。
> 凄凄复凄凄,嫁娶不须啼。愿得一心人,白头不相离。
> 竹竿何嫋嫋,鱼尾何簁簁。男儿重意气,何用钱刀为。
> 右一曲,本辞。①

"本辞"的歌词内容是徒歌,表达了一个女子对恋人变心的愤慨。相对于"本辞","乐奏辞"进行明显的改动,比如增添了套语"今日相对乐,延年万岁期"。这明显与这首乐府歌词要表达的意思脱节,乃是乐府乐人为迎合演唱的场合而添加的,作为讨好帝王贵胄的祝福套语,这就表明这个"乐奏辞"版本的使用场合应是贵族阶层的宴乐之所。另外,"乐奏辞"还标记了"解"数。郭茂倩于"相和歌辞"后题解曰:"凡诸调歌词,并以一章

---

① 郭茂倩:《乐府诗集》卷四一,中华书局1979年版,第600页。

为一解。"此"解"是一个重要的音乐名词①，是歌辞演唱中的一个乐段。乐段重复演奏，分别配以每解歌辞随乐演唱。每首歌辞解数不一，每解的句数字数也不尽相同。在这首《白头吟》中，乐府乐人为了配乐需要，对"本辞"进行了加工改造，比如为了凑成五解，就添加了"三解"和"五解"的末四句歌辞，此之谓"晋乐所奏"的内涵。《乐府诗集》收录的这个"乐奏辞"文本就是根据乐府乐人为歌唱表演需要而改编的内容进行了书面落实。

同样的例子还有《东门行》的"乐奏辞"与"本辞"。

　　出东门，不顾归。来入门，怅欲悲。盎中无斗储，还视桁上无悬衣。一解
　　拔剑出门去，儿女牵衣啼。他家但愿富贵，贱妾与君共铺糜。二解
　　共铺糜，上用仓浪天故，下为黄口小儿。三解
　　今时清廉，难犯教言，君复自爱莫为非。行！吾去为迟，平慎行，望君归。四解
　　右一曲，晋乐所奏。

　　出东门，不顾归。来入门，怅欲悲。盎中无斗米储，还视架上无悬衣。
　　拔剑东门去，舍中儿母牵衣啼。他家但愿富贵，贱妾与君共铺糜。
　　上用仓浪天故，下当用此黄口儿。

---

①　郭茂倩《乐府诗集》卷二六"相和歌辞"题解："王僧虔云：'古曰章，今曰解，解有多少。当时先诗而后声，诗叙事，声成文，必使志尽于诗，音尽于曲。是以作诗有丰约，制解有多少，犹诗《君子阳阳》两解，《南山有台》五解之类也。'又诸调曲皆有辞、有声，而大曲又有艳、有趋、有乱。辞者其歌诗也，声者若羊吾夷伊那何之类也，艳在曲之前，趋与乱在曲之后，亦犹吴声西曲前有和，后有送也。"（中华书局1979年版，第376—377页）

今非,咄! 行! 吾去为迟,白发时下难久居。

右一曲,本辞。①

"本辞"是讲述一男子为生活所迫,欲铤而走险,出门去打劫以解生活之窘困。这显然是接近民间歌唱原貌的文本,而不适合于宫廷宴乐场合的演唱。"乐奏辞"则对这个民间歌唱进行了改造,这表现在两个方面:一是分段配乐凑成四"解",即四个音乐段落;二是改变了"本辞"的主题立意,用妻子对丈夫的规劝,来弱化"本辞"不满现实、鼓吹抗争的主题,添加了"今时清廉,难犯教言,君复自爱莫为非"这样赞颂社会清明的话语,这一改造明显不是民间歌唱的主题和格调了,不过,这也正表现了"乐奏辞"是经过乐府机构改编的事实。

我们再来看《鸡鸣》一篇,更能见出乐府机构采集前代古辞进行改造以成新篇的痕迹。

鸡鸣高树巅,狗吠深宫中。荡子何所之,天下方太平。刑法非有贷,柔协正乱名。

黄金为君门,璧玉为轩堂。上有双樽酒,作使邯郸倡。刘王碧青甓,后出郭门王。舍后有方池,池中双鸳鸯。鸳鸯七十二,罗列自成行。鸣声何啾啾,闻我殿东厢。兄弟四五人,皆为侍中郎。五日一时来,观者满路傍。黄金络马头,颖颖何煌煌。

桃生露井上,李树生桃傍。虫来啮桃根,李树代桃殭。树木身相代,兄弟还相忘。

右一曲,魏、晋乐所奏。②

据《乐府解题》:"古词云:'鸡鸣高树巅,狗吠深宫中。'初言天下方太平,荡子何所之,次言黄金为门,白玉为堂,置酒作倡乐为乐,终言桃伤而

---

① 郭茂倩:《乐府诗集》卷三七,中华书局1979年版,第550页。

② 郭茂倩:《乐府诗集》卷二八,中华书局1979年版,第406页。

李仆,喻兄弟当相为表里。兄弟三人近侍,荣耀道路,与《相逢狭路间行》同。"此古辞按内容意义可分为三个部分,但从文意上看这三个部分是不相连贯的,应是拼凑而成的。比如第二部分,乃袭自乐府古辞《相逢行》("相逢狭路间"),其第一、三部分亦当有所本。明冯惟讷《古诗纪》卷一六即在此歌辞的题解中提出疑惑:"此曲前后辞不相属,盖采诗入乐而成章邪? 抑有错简紊误也? 后多放此。"①这一现象表明,此"乐奏辞"是采集、拼凑前代乐府古辞,再经过选诗入乐、以诗配乐的综合处理而成篇的。因此,此篇"乐奏辞"若从各部分来讲,是对口传古辞的文本化,比如第二部分就是对古辞《相逢行》("相逢狭路间")的文本化;而若从整篇来讲,由于它是经过了乐府乐人的编改、配乐以成此貌的,所以,虽然各部分的古辞来自于民间的歌唱,但整篇的歌辞是乐府乐人采集古辞,入乐歌唱,不但配上音乐,而且歌词也有改造,故而它是对乐府乐人歌唱内容的文本化。在这个文本化过程中,夹杂了对民间歌唱的文本化和对乐府演唱内容的文本化,实际上同一乐府歌诗就蕴含了两个方面的题材来源。

所以,乐府时代的民间歌唱的文本化,是因为乐府这个音乐机构的促进,而有了后世人们对它所采集的、口传的歌诗的重视,兼而对其他未经乐府机构采集的民间歌唱的重视,于是有了把它们落实于书面载体的愿望,于是有了后世对其口头唱诵的文本形态的采录、整理。因此,这个乐府古辞的文本化,主要包括两类,一是对民间流播的"街陌谣讴"的文本化,二是对经乐府机构采集、整理、改造而演唱的歌诗的文本化。

二　乐府古辞故事唱诵体制的文本化形态

汉魏六朝乐府对于故事唱诵的文本化形态,由于口传故事唱诵的来源不同,有的是徒歌,有的是配乐演唱,有的是乐舞表演,所以在书面体制

---

①　冯惟讷:《古诗纪》,《文渊阁四库全书》本,台湾商务印书馆 1986 年版,第 122 页。

上呈现出多样性。姚小鸥、孟祥笑据《宋书·乐志》所载若干汉魏六朝乐府歌诗,指出其文本形态可分为以下三种:

第一种是文学文本。如《汉鼓吹铙歌十八曲》中的《上邪曲》:"上邪,我欲与君相知。长命无绝衰。山无棱,江水为竭,冬雷震震,夏雨雪,天地合,乃敢与君绝。"此种文本为公众所熟知,其性质与今传本《诗经》诸篇相类。

第二种为戏剧歌舞科仪本。这类文本中含有科范字和舞台指示字等。《宋书》《乐府诗集》所载《公莫巾舞歌行》为此类文本的代表。《公莫巾舞歌行》自晋代以后即无人知晓其义,杨公骥首先将其破译,指出它是"我们今天所能见到的我国最早的一出有角色、有情节、有科白的歌舞剧。尽管剧情比较简单,但它却是我国戏剧的祖型"①。《公莫巾舞歌行》中的唱词,显示了古乐演唱方式的特点。

第三种为乐人所传乐府歌诗曲唱本。《乐府诗集》卷一九《宋鼓吹铙歌三首》解题引《古今乐录》说:"沈约云:'乐人以音相传,训诂不可复解。'凡古乐录,皆大字是辞,细字是声,声辞合写,故致然尔。"②据《古今乐录》所言可知,乐人历来传本称"古乐录",其文本特征为"大字是辞,细字是声"。这类文本难以读通,被认为是"声辞杂写"造成的。刘宋"今鼓吹铙歌"和《汉鼓吹铙歌十八曲》中的《石留》篇是典型代表。③

这种曲唱文本是乐府歌诗的典型形态,这个典型性首先表现在它的题名方式上。在乐府古辞的题名中,以篇名在前,曲名在后的标记方式,显示出其来源于歌辞的属性。兹以《宋书·乐志三》中收录的《北上苦寒行武帝词》等四篇乐府古辞为例。

---

① 杨公骥:《西汉歌舞剧巾舞〈公莫舞〉的句读和研究》,《中华文史论丛》1986 年第 1 辑。
② 郭茂倩:《乐府诗集》卷一九,中华书局 1979 年版,第 285 页。
③ 姚小鸥、孟祥笑:《试论清华简〈周公之琴舞〉的文本性质》,《文艺研究》2014 年第 6 期,第 48—49 页。

《北上苦寒行武帝词》：

北上太＝行＝山＝，艰＝哉＝何＝巍＝巍＝。羊肠坂诘屈，车轮为之摧。一解

树木何萧＝瑟＝，北＝风＝声＝正＝悲＝。熊罴对我蹲，虎豹夹道啼。二解

溪谷少＝人＝民＝，雪＝落＝何＝霏＝霏＝。延颈长叹息，远行多所怀。三解

我心何＝佛＝郁＝，思＝欲＝一＝东＝归＝。水深桥梁绝，中道正裴回。四解

迷惑失＝径＝路＝，暝＝无＝所＝宿＝栖＝。行行日以远，人马同时饥。五解

担＝囊＝行＝取＝薪＝，斧＝冰＝持＝作＝糜＝。悲彼东山诗，悠悠使我哀。六解

《愿登秋胡行武帝词》：

愿＝登＝泰＝华＝山＝，神＝人＝共＝远＝游＝。经历昆仑山，到蓬莱。飘飘八极，与神人俱。思得神药，万岁为期。歌以言志，愿登泰华山。一解

天＝地＝何＝长＝久＝，人＝道＝居＝之＝短＝。世言伯阳，殊不知老，赤松王乔，亦云得道。得之未闻，庶以寿考。歌以言志，天地何长久。二解

明＝明＝日＝月＝光＝，何＝所＝不＝光＝昭＝。二仪合圣化，贵者独人不。万国率土，莫非王臣。仁义为名，礼乐为荣。歌以言志，明明日月光。三解

四＝时＝更＝逝＝去＝，昼＝夜＝以＝成＝岁＝。大人先天，而天弗违。不戚年往，世忧不治。存亡有命，虑之为蚩。歌以言志，四时更逝去。四解

戚＝戚＝欲＝何＝念＝，欢＝笑＝意＝所＝之＝。盛壮智

惠,殊不再来。爱时进趣,将以惠谁。泛泛放逸,亦同何为。歌以言志,戚戚欲何念? 五解

《蒲生塘上行武帝词》:

蒲＝生＝我＝池＝中＝,其叶何离离。傍能行仪仪,莫能娄自知。众口铄黄金,使君生别离。一解

念＝君＝去＝我＝时＝,独愁常苦悲。想见君颜色,感结伤心脾。今悉夜夜愁不寐。二解

莫＝用＝豪＝贤＝故＝,弃捐素所爱;莫用鱼肉贵,弃捐葱与薤;莫用麻枲贱,弃捐菅与蒯。三解

倍＝恩＝者＝苦＝栝＝,蹶船常苦没。教君安息定,慎莫致仓卒。念与君一共离别,亦当何时共坐复相对。四解

出＝亦＝复＝苦＝愁＝,入亦复苦愁。边地多悲风,树木何萧萧。今日乐相乐,延年寿千秋。五解

《西门西门行古词》:

出西门,步念之。今日不作乐,当待何时。一解

夫为乐,为乐当及时。何能坐愁怫郁,当复待来兹。二解

饮醇酒,炙肥牛。请呼心所欢,可用解愁忧。三解

人生不满百,常怀千岁忧。昼短而夜长,何不秉烛游。四解

自＝非＝仙＝人＝王＝子＝乔＝,计＝会＝寿＝命＝难＝与＝期＝。五解

人寿非金石,年命安可期。贪财爱惜费,但为后世嗤。六解①

《北上苦寒行武帝词》的题名,其中,"北上"是此乐府古辞的篇名,根

---

① 沈约:《宋书》卷二一,中华书局 1974 年版,第 611—613、617 页。

据歌辞的内容来命名；"苦寒行"是此乐府古辞的曲名，"武帝词"是指此乐府古辞来自于武帝创作。而《西门西门行古词》的题名，其中，"西门"是此乐府古辞的篇名，与歌词的内容有关；"西门行"是此乐府古辞的曲名，"古词"是指此乐府古辞来自于民间创作。其余两篇的题名格式皆如此。

另外，在这四篇乐府古辞中，都标记了音乐段落——"解"，而在歌辞正文中的"＝"标记，则表明此句要重复唱一次。

除了题名方式上的表现，汉魏六朝乐府中的曲唱文本在内容呈现上也表现出它的曲唱形态，声辞杂写即为其一，且记音之字颇为复杂，有讹变，有一字多音，有复唱记音，这是乐府曲唱文本的文字呈现的基本形态，而它作为文学叙事文本的文本化形态则有另外的表现。

其一，格式套语的遗留。

乐府古辞的套语最明显之处，是其尾句的祝福套语。如《乐府诗集》收录的相和歌辞楚调曲《白头吟》的"乐奏辞"结尾句有"今日相对乐，延年万岁期"，这明显与这首乐府歌词要表达的意思脱节，乃是乐府乐人为迎合演唱的场合添加上的祝福套语。其他还有如"增寿万年亦诚哉"（《远如期》）、"仙人下来饮，延寿千万岁"（《上陵》）、"关弓射鹄，令我主寿万年"（《临高台》）、"千秋万岁寿无极"（《上之回》）等等。这些乐府古辞中的祝福套语，是它们曾经服务于天子宴乐佐欢场合的明证。因为这些祝福套语往往在意义上与前文没有联系，所以在语义上是很突兀地出现在歌辞末尾，成为歌辞的一个组成部分。这是乐府机构采集民间歌唱并配乐改造以适应表演场合的证据，也是乐府古辞使用于宫廷官府宴乐场合的遗留痕迹。胡应麟曾指出：

> 乐府尾句，多用"今日乐相乐"等语，至有与题意及上文略不相蒙者，旧亦疑之。盖汉魏诗皆以被之弦歌，必燕会间用之。尾句如此，率为听乐者设，即郊祀延年意也。
>
> 郊祀、铙歌诸作，凡结语率以延龄益逢为言。盖主祝颂君王，荫庇神休，体故当尔。乐府诸作，亦有然者，意致率同，后学

或以为汉人套语,非也。甄后《塘上行》末言"从军致独乐,延年寿千秋",本汉诗遗意,而注家以为妇人缠绵忠厚,由不熟东西京乐府耳。①

所以,我们看到的乐府古辞文本中的这些套语,正表明了其因适应表演场合而作的内容改造。这类祝福套语还有:

圣主享万年,悲吟皇帝延寿命。(《王子乔》)

发白复更黑,延年寿命长。(《长歌行》)

陛下长生老寿,四面肃肃稽首,天神拥护左右,陛下长与天相保守。(《董逃行》)

今日乐相乐,延年万岁期。(《艳歌何尝行》)

今日相对乐,延年万岁期。(《白头吟》)

安神养性,得保遐期。(《满歌行》)

长笛续短笛,欲今皇帝陛下三千万。(《前缓声歌》)

今日乐相乐,延年寿千霜。(《古歌》)

长笛续短笛,愿陛下保寿无极。(《古歌》残句)

需要说明的是,这种祝福套语的存在并不是乐人演唱的底本所需,因为这种套语是他们表演时所熟知的程式、格套,没必要在乐人所使用的文本中标明、点出。存在这些格式套语的乐府古辞文本,一是表明民间歌唱在被采入乐府之后,便在迥异于民间格调的表演场合进行演唱了;二是表明这些乐府古辞文本是按乐府乐人改造后的表演内容进行的文本化。

其二,乐舞程式化因素的遗留。

我们知道有些乐府古辞是来自当时的乐舞表演内容,只是书录者把这乐舞表演的歌词剥离出来进行了文本化,于是便会包含有一些科范语

---

① 胡应麟:《诗薮》卷一,中华书局 1958 年版,第 18 页。

词和舞台指示内容。比如《孤儿行》一篇：

> 孤儿生，孤子遇生，命独当苦。父母在时，乘坚车，驾驷马。
> 父母已去，兄嫂令我行贾。南到九江，东到齐与鲁。腊月来归，
> 不敢自言苦。头多虮虱，面目多尘。
>
> 大兄言办饭，大嫂言视马。上高堂，行取殿下堂，孤儿泪下
> 如雨。使我朝行汲，暮得水来归；手为错，足下无菲。怆怆履霜，
> 中多蒺藜；拔断蒺藜肠月中，怆欲悲。
>
> 泪下渫渫，清涕累累。冬无复襦，夏无单衣。居生不乐，不
> 如早去，下从地下黄泉。春气动，草萌芽，三月蚕桑，六月收瓜。
> 将是瓜车，来到还家。瓜车反覆，助我者少，啖瓜者多。愿还我
> 蒂，兄与嫂严，独且急归，当与校计。
>
> 乱曰：里中一何诮诮，愿欲寄尺书，将与地下父母：兄嫂难与
> 久居。①

“乱”是古代乐舞术语，从乐曲的角度看，“乱”为曲终部分，是乐歌演
奏的高潮；从文辞的角度看，“乱”起到收束全篇，以示终结的作用。《孤儿
行》文本中的“乱曰”，就是古代乐舞术语的遗留，表明了此歌词原出于一
个乐舞表演，但从文学文本的体例来说，这个“乱曰”用于篇尾，作用类似
《楚辞》中的“乱曰”，已经成为一个文学文本的收束全篇的格式套语了。

相对于《孤儿行》一篇，《妇病行》来自于乐舞表演的痕迹更为明显。

> 妇病连年累岁，传呼丈人前一言。当言未及得言，不知泪下
> 一何翩翩。“属累君两三孤子，莫我儿饥且寒，有过慎莫笪笞，行
> 当折摇，思复念之！”
>
> 乱曰：抱时无衣，襦复无里。

---

① 郭茂倩：《乐府诗集》卷三八，中华书局 1979 年版，第 567 页。

闭门塞牖,舍孤儿到市,道逢亲交,泣坐不能起。从乞求与孤儿买饵,对交啼泣,泪不可止。"我欲不伤悲不能已"。探怀中钱持授。

交入门,见孤儿啼索其母抱,徘徊空舍中,行复尔耳,弃置勿复道。①

《妇病行》属于《乐府诗集》"相和歌辞瑟调曲"中收录的一首古辞,其中的乐舞术语"乱曰",提示我们这是一首来自于乐舞表演的歌词。而且,这个乐舞表演有比较完备的情节发展、人物动作和话语展示。从情节上来看,其故事发展有三段:病妇托孤、父求买饵、孤儿索母。在这三段情节的展示过程中,有叙述,有动作,有对话,显示了这个乐舞表演在故事叙述中的多种因素的配合。只是我们从这个古辞文本中已经看不到这些了,但以"乱曰"与人物话语为据,我们仍然能勾连出它原来所生存的乐舞表演中的乐舞程式化因素,由此显示了它所具有的指示表演的痕迹。

其三,全知、代言的唱叙形态的遗留。

叙事是汉乐府古辞非常突出的艺术追求之一。有人对汉乐府叙事性情节构思艺术的发展进行了研究②,有人探讨了汉魏乐府歌诗的叙事特征,从戏剧性特征方面考察乐府歌诗的形态③。

汉乐府古辞所关联的歌诗演唱是歌、乐综合的表演艺术,深受歌场表演体制的影响,与文人拟作的徒诗性质的乐府诗不同。在这歌诗表演中,唱演者会作人物的形象、动作、口吻的模拟,可分为三类:角色口吻的代言叙事、讲唱人口吻的全知叙事,以及全知、代言结合的叙事。汉乐府古辞有《长安有狭斜行》,后世不断有翻演,晋代"乐奏辞"版《相逢行》篇即是其一,它所关联的歌诗表演,即有全知、代言结合的唱叙形态。

---

① 郭茂倩:《乐府诗集》卷三八,中华书局 1979 年版,第 566 页。
② 潘啸龙:《汉乐府的娱乐职能及其对艺术表现的影响》,《中国社会科学》1990 年第 6 期。
③ 李伯敬、朱洪敏:《汉乐府民歌的戏剧审美创造》,《江苏社会科学》1993 年第 3 期。阮忠:《汉乐府叙事诗的戏剧性》,《南都学刊》1996 年第 1 期。

相逢狭路间，道隘不容车。不知何年少，夹毂问君家。

君家诚易知，易知复难忘。黄金为君门，白玉为君堂。堂上置樽酒，作使邯郸倡。中庭生桂树，华灯何煌煌。兄弟两三人，中子为侍郎。五日一来归，道上自生光。黄金络马头，观者盈道傍。入门时左顾，但见双鸳鸯。鸳鸯七十二，罗列自成行。音声何噰噰，鹤鸣东西厢。

大妇织绮罗，中妇织流黄。小妇无所为，挟瑟上高堂。丈人且安坐，调丝方未央。①

这首乐府古辞有三段情节：问路、夸官、三妇，即如上面引文的段落划分。从歌诗表演的角度讲，这个"乐奏辞"有两个人物，一是问路的少年，一是答者。在表演中，唱演者应作角色的分配与口吻的模拟。少年问路一节是第三人称的叙述，接下来的回答部分就是以答者的口吻对"君家"情况的代言唱叙，向听众描绘君家的富贵显要。乐舞表演时可能有身份或角色的呈现，但在文本化后，这些表演因素都被剥离了，未能在书面文本中予以呈现。

需要说明的是，这虽是一首汉乐府古辞，但却经过了晋人的改造，增加了一些内容，它的更原始的面貌应该是乐府古辞《长安有狭斜行》：

长安有狭斜，狭斜不容车。适逢两少年，挟毂问君家。

君家新市傍，易知复难忘。大子二千石，中子孝廉郎。小子无官职，衣冠仕洛阳。三子俱入室，室中自生光。

大妇织绮纻，中妇织流黄。小妇无所为，挟琴上高堂。丈夫且徐徐，调弦讵未央。②

此歌诗的叙事结构与晋"乐奏辞"版《相逢行》相同，都有问路、夸官、

---

① 郭茂倩：《乐府诗集》卷三四，中华书局 1979 年版，第 508 页。
② 郭茂倩：《乐府诗集》卷三五，中华书局 1979 年版，第 514 页。

三妇情节框架,文意亦相似,只是叙述、描绘的详略不同,《长安有狭斜行》要比《相逢行》繁富,这可能是后者经过了乐府乐人的内容增益。但是,这首乐府古辞一样地未能把角色转换的唱演因素保留下来,我们只能在文本内容的文意转换上领会诗歌表演时的全知、代言的唱叙形态变换了。

这种情况在本章前文所列述的《孤儿行》古辞、《妇病行》古辞、《东门行》古辞等故事唱诵中,也表现得比较突出和明显,尤其是《东门行》古辞:

> 出东门,不顾归。来入门,怅欲悲。盎中无斗米储,还视架上无悬衣。
>
> 拔剑东门去,舍中儿母牵衣啼。他家但愿富贵,贱妾与君共餔糜。
>
> 上用仓浪天故,下当用此黄口儿。
>
> 今非,咄!行!吾去为迟,白发时下难久居。①

其中"丈夫"与"妻子"角色话语的转换更加频繁。这种人物话语的转换在唱演中能够表现得更具有戏剧色彩,但在这个古辞文本中,我们也只能依靠文意来领会人物代言话语的转换了。

上述所析乐府古辞的文本所关联的那些歌诗唱演中的程式因素、格套成分,正是口头唱诵形态的创作、表演、保存所需要的一些技巧,这些技巧形成了相应的固定模式,对于艺人来说既便于记忆,也便于在口头创作中熟练地拿来套用、发挥,比如乐府古辞《长安有狭斜行》所示的问路、夸官、三妇情节格式、套路就可以被后来的唱演者取以进行新编作品的口头创作、发挥,晋代的"乐奏辞"版《相逢行》应该就是据此格套的发挥之作。当然,随着这些口传故事唱诵的文本化,它们在口头唱诵中因时因地的随意发挥形态,就变成了相对稳定的文本形式,我们即可由此看到乐府古辞的唱演因素所遗留下来的文本化形态了。

---

① 郭茂倩:《乐府诗集》卷三七,中华书局 1979 年版,第 550 页。

三　乐府时代故事唱诵文本化的因时赋体现象

今存"汉乐府"是汉代配乐演唱的歌曲，在宋人郭茂倩所辑《乐府诗集》中，称为"古辞"的汉代乐府歌诗文本散见于"郊庙歌辞""鼓吹曲辞""相和歌辞""杂曲歌辞"等门类。这些古辞是乐府这个音乐机构从各种乐舞中采集来的歌诗，它们的来源很广泛，有的是前代的民间歌唱，有的是乐舞中抽离出来的歌词，有的原是被列为"杂赋"的韵语唱诵，只是它们被乐府采集之后进行了乐府规范的改造、配乐，由此成为乐府机构的乐舞表演中的歌词。所以，汉乐府古辞所关联的歌诗表演是歌辞、乐舞相结合的表演艺术，深受歌场表演体制的影响，这就决定了乐府古辞与文人拟作的徒诗性质的乐府歌诗是不同的。比如汉乐府中的相和歌辞就表现出独特的叙事形态，"相和歌艺术的叙事方式应该是以'丝竹更相和，执节者歌'的唱叙为主的，同时也会辅以一定的'演'和'舞'的成分。这样的叙事，以歌舞音乐为主要的叙事'语言'，深受相和歌演唱形式和表演体制的影响，直面观听者的娱乐消费需求，以娱人为主要目的。除了故事感人、生动有趣等品质以外，歌者的声、色、开体表情，以及乐队演奏水平也都是实现其艺术价值的重要侧面"[①]。只是它们的乐舞表演形态在文本化后，很多的表演因素、伎艺成分都没有体现在文本中。但我们现在所看到的《公莫巾舞歌行》，是含有科范字和舞台指示字的文本；《汉鼓吹铙歌十八曲》中的《石留》《朱鹭》，是"声辞杂写""声、辞、艳相杂"的文本，即为乐舞表演形态的遗留痕迹；而乐府古辞中出现的"解""艳""趋""乱"等术语，也说明它们的表演形态不是徒歌，不是简单的自弹自唱，而是需要乐队、歌者甚至舞者的配合。

---

① 王传飞：《歌诗表演与汉、魏相和歌辞艺术新探》，《乐府学》2006 年第 1 辑，第 202—203 页。相关论述还可参见赵敏俐等《中国古代歌诗研究》第四章第二节《从艺术表演的角度看汉乐府歌诗的艺术形式》(北京大学出版社 2005 年)。

虽然乐府古辞有了我们现在所看到的这种文本形态,也关联了一些乐舞表演的体制因素,但这是经过了乐府乐人改造后的形态,它的原本面貌是何属性,大多数信息已经被删减、消磨掉了。虽然如此,还是有一些痕迹能够体现出它们的来源或形态,比如有的原本是赋体,归为杂赋,但在乐府时代被采集、改造、配乐以为乐府唱演之用,于是就成为乐府歌诗,归为乐府诗了。

《乐府诗集》的郊庙歌辞中收录有《灵芝歌》,是一首乐府古辞:

> 因灵寝兮产灵芝,象三德兮瑞应图。延寿命兮光此都,配上帝兮象太微,参日月兮扬光辉。①

这种语句形态就是汉代辞赋的格式,而且这首古辞本来就是汉代的郊祀歌,在祭祀场合演唱,但它被乐府采集而改造后,就成了乐府古辞,归为乐府诗的类别了。

再如,有些乐府歌诗文本中有"乱曰"这一格式,汉乐府《孤儿行》即如此。

> 孤儿生,孤子遇生,命独当苦! 父母在时,乘坚车,驾驷马。父母已去,兄嫂令我行贾。
> 南到九江,东到齐与鲁。腊月来归,不敢自言苦。……乱曰:里中一何谅谅,愿欲寄尺书,将与地下父母,兄嫂难与久居。②

《孤儿行》的"乱曰"位于篇尾,作用类似《楚辞》中的"乱曰"。它虽然继承了古代乐歌形式的某些因素,但总体上来说,其文本形态与今传本《诗经》诸篇歌诗相类,属于文学文本的性质。

----

① 郭茂倩:《乐府诗集》卷一,中华书局 1979 年版,第 9 页。
② 郭茂倩:《乐府诗集》卷三八,中华书局 1979 年版,第 567 页。

当然，更多来源于杂赋的乐府古辞并不会如《灵芝歌》《孤儿行》这样保留明显的赋体因素，这一方面是因为乐府乐人会进行改造，另一方面乐府采集的来源作品可能就不是典型的赋体，而是如《神乌赋》《宋王见神龟》那样的杂赋。《乐府诗集》收录的作品中，有些本来是杂赋，但考虑到杂赋乃是辞赋时代汉代人的文类观念，即把一些不合文人赋（《汉书·艺文志》"诗赋略"分屈原赋、陆贾赋、荀卿赋、杂赋、歌诗五类）的口头唱诵归类于杂赋，则这些后来被采入乐府的杂赋，可能有的还是来自于更早时期的口头韵语唱诵。

杂赋多为四字韵体，而非大赋之散体。但四字韵体并非必为赋体，先秦以来的民间口头唱诵多有四字韵体，乃通用之体，比如《诗经》时代的民间歌唱、官方讲史都使用四言的韵语唱诵。乐府古辞中亦有不少四言歌诗，或者以四言为主者，如《雁门太守行》《满歌行》《俳歌辞》。

《乐府诗集》卷五六所录《俳歌辞》，其题解称："一曰《侏儒导》，自古有之，盖倡优戏也。"意指这是从一段"倡优戏"表演中摘录出来的歌词：

> 俳不言不语，呼俳嗋所。俳适一起，狼率不止。生拔牛角，摩断肤耳。马无悬蹄，牛无上齿，骆驼无角，奋迅两耳。①

这段"俳歌辞"被逯钦立录入《汉诗》卷九，也把它视为汉代口传下来的歌诗。所谓"俳歌辞"，就是俳优伎人讲诵的歌词，《乐府诗集》题解引《南齐书·乐志》云："《侏儒导》，舞人自歌之。古辞俳歌八曲，前一篇二十二句，今侏儒所歌，摘取之也。"伏俊琏认为："这篇俳词是百戏演奏前或演出中穿插的致语，就像后世演出变文前的押座文一样。内容大概是对即将演出或刚刚演完的百戏内容的总结，但它不是认真严肃的总结，而是带有调侃语调的概括。大意是说：我本来不言不语，但却呼我退场。我刚站起来，那些象人就登场了。什么东西嘛，先是角抵，一场力争打斗，牛角被

---

① 郭茂倩：《乐府诗集》卷五六，中华书局 1979 年版，第 820 页。

拔出,耳朵被扯断,于是这些象人们,一个个是无蹄的马,无齿的牛,还有无角的骆驼,在不停地奔跑。"①这种四言体韵语唱诵在辞赋时代就被视为讲诵之用的杂赋,而且一直在民间的讲唱伎艺中存在着。

比如《乐府诗集》题解引《古今乐录》记:"梁三朝乐第十六,设俳技,技儿以青布囊盛竹簇,贮两踒子,负束写地歌舞。小儿二人,提沓踒子头,读俳云:见俳不语,言俳涩所。俳作一起,四坐敬止。马无悬蹄,牛无上齿。骆驼无角,奋迅两耳。半拆荐博,四角恭跱。"②这里所记录的是一篇梁代"俳歌辞",它与汉代乐府古辞《俳歌辞》体制、句式、语意相同,显然是承袭汉代的《侏儒导》而来,并且仍然传承了汉代的《侏儒导》的表演形态——边舞蹈边说唱。这说明这类俳歌表演一直在民间流传着,只是在表演形态上它被视为倡优戏,而从其表演内容中摘录出的一段歌辞《侏儒导》,剥离了乐舞表演的成分,在辞赋时代汉代人的文类观念中,就可以被归为杂赋;而在魏晋时期被乐府机构采集、编录后,就被视为乐府古辞了。

另外,《乐府诗集》卷五一《清商曲辞》收录了梁周舍的《上云乐》一篇。

> 西方老胡,厥名文康。遨游六合,傲诞三皇。西观濛汜,东戏扶桑。南泛大蒙之海,北至无通之乡。昔与若士为友,共弄彭祖扶床。往年暂到昆仑,复值瑶池举觞。周帝迎以上度,王母赠以玉浆。故乃寿如南山,志若金刚。青眼智智,白发长长。蛾眉临髭,高鼻垂口。非直能俳,又善饮酒。箫管鸣前,门徒从后。济济翼翼,各有分部。凤凰是老胡家鸡,师子是老胡家狗。陛下拨乱反正,再朗三光。泽与雨施,化与风翔。觇云候吕,志游大梁。重驷修路,始届帝乡。伏拜金阙,仰瞻玉堂。从者小子,罗列成行。悉知廉节,皆识义方。歌管愔愔,铿鼓锵锵。响震钧天,声若鹓皇。前却中规矩,进退得宫商。举技无不佳,胡舞最所长。老胡寄筐中,复有奇乐章。赍持数万里,愿以奉圣皇。乃

---

① 伏俊琏:《杂赋与乐府的关系》,《西北师大学报(社科版)》2007年第2期,第30页。
② 郭茂倩:《乐府诗集》卷五六,中华书局1979年版,第820页。

欲次第说,老耄多所忘。但愿明陛下,寿千万岁,欢乐未渠央。①

对于这段四言韵语的来源和性质,《乐府诗集》在《上云乐》解题中指出是"老胡文康辞"②。所谓"老胡文康",是一个乐舞表演,以一位名叫"文康"的西域老翁(西方老胡)为指挥调度。这个"老胡文康"自称是来自西方的神仙,兼有歌舞及俳谐的艺能,擅长胡舞,于是他带领一班门徒,以及用人扮成的凤凰、狮子、孔雀、文鹿等,进行乐舞表演。而在这乐舞表演之前,要由"老胡文康"先唱诵一段开场白,夸述其来历、形貌和伎艺,并借机颂扬圣德。因此,这篇《上云乐》就是"老胡文康"上场时自报家门的一段独白性质的韵词。对于这篇用于唱诵的叙述体词文,周贻白认为是"为着配合歌舞上场之前的一种致语"③;任半塘更明确地说"舍、白二篇与其谓之诗,不如谓之赋,实难以充合乐之唱辞",又指出"其中述西方老胡来梁瞻拜,呈技上寿,曾作胡舞,并有凤凰、狮子诸形象杂伎。乃知上文所举第四十四设之全部,实为一歌舞戏",并考证其表演的是西王母与穆天子故事的一段胡舞④。如此而言,周舍《上云乐》即是这段胡舞表演前的"老胡文康"致语词文的记录和改编,而这段"致语"词文就是从这段胡舞表演中剥离出来的书面呈现,从其文本形态上来看,就是民间艺人世代相传的杂赋,但后来它又被乐府采入"清商曲辞",归为乐府歌诗了。

除了这些四言体的韵语唱诵之外,乐府歌诗中像《陌上桑》《孔雀东南飞》《羽林郎》这样的作品,内容以叙事为主,具有一定的故事情节,语言比较通俗,杂赋的文体属性也比较明显。另外,一些乐府歌诗不是用第三者的口吻作平铺直叙,而是通过代言体对话和人物间行动以推进故事情节的发展,戏剧的因素比较明显,比如《战城南》用人与鸟的对话,《陌上桑》

---

① 郭茂倩:《乐府诗集》卷五一,中华书局1979年,第746—747页。

② 郭茂倩《乐府诗集》在《上云乐》解题中引《古今乐录》云:"《上云乐》又有老胡文康辞,周舍作,或云范云。"中华书局1979年版,第744页。

③ 周贻白:《中国戏曲论集》,中国戏剧出版社1960年版,第5页。

④ 任半塘:《唐戏弄》,上海古籍出版社1984年版,第118、1252页。

全篇用了三次对话,《孔雀东南飞》全篇用了三十次对话,《东门行》一篇前半部分集中写人物的行动,后半部分用对话来表现主题。这种叙事格式,正如《神乌赋》以乌鸟夫妇间的对话、乌鸟与恶鸟间的对话来推动故事发展,因此有人指出乐府歌诗具有戏剧性叙事特征①。这种韵语唱诵的特征说明,它们最早以口传韵诵的方式流行于民间,然后被采集进入到乐府的改编程序,进行了歌辞协律、词文改造的工作。因而它们在文字呈现和文本形态上与讲诵体杂赋很接近,有的学者甚至认为《孔雀东南飞》就是一篇文人赋②。

因此,从语言的体式、叙事的程式,到题材的风格,这些乐府古辞都与杂赋相近甚至相同,从文本形态上来讲,把它们置于杂赋中并无不可。这种情况就是因为不同时代对于民间口头唱诵的使用和归类造成的。同一篇四言体韵语唱诵,在辞赋时代的分类观念中,把它归为杂赋,以赋题名,而如果被乐府机构采集,配乐演唱,又被归为乐府古辞,并以乐府歌诗的体例来予以题篇命名、文本呈现。这就是民间口头韵语唱诵的因时赋体现象。

由此,我们需要注意一个问题,我们现在依据《乐府诗集》,说乐府歌诗有叙事功能,或抒情功能、议论功能。但笔者认为,乐府是个采录、编订歌诗的机构,当时的民间唱诵繁盛丰富,有前代流传下来的,有当时民间新创的,都属于口创口传作品;但在它们被乐府采入而文本化时,就会因为口头形态到书面形态的转化,而或多或少地被剪裁、编辑,有文字呈现的改造,有乐舞因素的剥离,最后成为当时通行的乐府歌诗的样式,纳入到乐府歌诗的类别。以这个文本化的结果来看,我们就看到了乐府中有这类书面形态的歌诗作品。

如果我们了解到这类乐府歌诗的来历,就不能以这类书面形态的乐府歌诗,来简单地逆推它们的表演形态,或者它们的功能。因为这些乐府

---

① 李伯敬、朱洪敏:《汉乐府民歌的戏剧审美创造》,《江苏社会科学》1993 年第 3 期。阮忠:《汉乐府叙事诗的戏剧性》,《南都学刊》1996 年第 1 期。

② 叶桂桐:《论〈孔雀东南飞〉为文人赋》,《中国韵文学刊》2000 年第 2 期。

歌诗本是来源于另外一种艺术样式，它们是在乐府时代被乐府采入，并改造赋体的，因而表现出这种叙事形态和叙事功能。那么，这种因文本化而归入乐府的歌诗文本所具有的叙事形态和叙事功能则原本不是乐府诗所自生的、专擅的，而是承自前代杂赋的形态和功能，或是承自《诗经》时代韵语唱诵普遍具有的形态和功能，而不是乐府歌诗特有的、本生的形态和功能。

四　小结

从伎艺角度来看，汉魏乐府歌诗是歌辞、乐舞相结合的表演艺术，所以，它的书面形态与表演形态是有相互照应关系的。从书面形态来看，人们会说乐府歌诗这种文体可以叙事，可以抒情，可以议论，所以，在文体的表达功用上，乐府歌诗这个文体可以被用于叙事，而叙事也是乐府歌诗极为突出、重要的艺术功用。但就一个故事的表述、呈现来说，它可以取用各种手段、方式，并不会拘泥于歌诗的方式、辞赋的方式、乐府的方式，凡是有益于故事叙述的文艺手段，都会被用以达成故事呈现的目的。所以，如果把乐府歌诗的叙事能力置放于故事唱诵这条发展脉线上，并认识到乐府歌诗文本来自于口传形态的歌诗表演，就会明白不是乐府歌诗选择了叙事，而是叙事选择了乐府歌诗。而从故事唱诵的伎艺形态来看，我们会看到故事唱诵有历代不同乐舞的配合，但从语体形态来看，乐府歌诗中的故事唱诵与前代那些叙述故事的民间歌唱、讲诵一样，都是韵语唱诵，只是在作书面形态的呈现时有了不同的赋类、赋体而已。

我们所说的乐府歌诗的因时赋体现象，是以其书面形态为依据的。但从其内容来源来看，则直接关联了它的口传形态，而从口传形态到书面形态，则要经过乐府乐人的改造。因此，乐府歌诗的书面呈现是基于口传形态改造过的文本形态，它在书面领域的文本形态虽与伎艺领域的表演形态有关联，但在由口头而文本的书面落实时肯定经过了书面体例规范的改造,所以,我们看到乐府歌诗具有这样的书面形态,那是经由了乐府乐人的改造而致于此,其间既有乐府表演对韵语唱诵的改造,也有书面呈现对口传形态的改造。而被乐府机构采集的口头叙事歌诗,原来就是一个故事的韵语唱诵,这是从《诗经》时代流传而来的一个故事讲唱传统,这些叙事歌诗就活跃于口头故事讲唱这一发展线脉之中。看到这一点,我们就可以认识到,乐府歌诗原本在民间长期流传,有些或者就是来自于《诗经》时代、辞赋时代。如果它们在《诗经》时代,被《诗经》采入、编订,就可能是《诗经》歌诗的体制;如果在辞赋时代,被杂赋归纳,就可能是俗赋体制;而到了乐府时代,因为它们的某些方面合乎乐府音乐机构的需要,被乐府采入、改造,就呈现为乐府歌诗,就有了乐府歌诗的体制,由此,人们就普遍以它们为依据考察乐府歌诗的体制了。

因此,在那些前代流传下来的韵语唱诵的被采入、被改造的过程中,不但有了乐府歌诗从口头到书面的呈现,也有了韵语唱诵文本化的因时赋体属性。认识到这一点,我们就可以注意到由口传形态的韵语唱诵文本化而来的乐府歌诗,与《诗经》时代、辞赋时代以来的口头韵语唱诵及其诸多文本化结果的因缘关系了。另需注意的是,当乐府机构采集、改造形态各异的韵语唱诵而归类于乐府歌诗时,它未能收纳的那些韵语唱诵仍然会以各自的形态流播在民间口耳递送的路径上,或被后世文本化而呈现出不同的书面形态,归辑于不同的文本类别。

第四章　唐前故事讲唱形态的文本化演进

后代人为追溯某一文体的渊源时，往往会寻找符合此一文体形貌特征的作品，或在前代作品中寻绎后世文体的成分要素，比如清人贺贻孙把《卫风·氓》视为"一本分出传奇，曲白关目悉备"①。其实，在《诗经》时代产生的口头唱诵作品，它的口传形态的体制是当时赋予的，而它的文本化后的体制、类属却是文本化时期赋予的。如果把它文本化的年代移到后世，就可能会被归为赋、乐府、词文等文类了。对于那些口传的故事唱诵来说，这种情况尤其如此，故而我们不能简单地、决然地据其句式形态来定其书面文本的体制、类别归属，因为往往是它在何时被文本化了，被何种书面文类收编了，才有了各自的文类分别、文体归属。

在《诗经》时代，韵语唱诵并没有被限定为抒情之用，或叙事之用。诗歌的口头表达手段是韵语，对应的书面表达手段是韵文，它在早期的创作与传播都是依赖于口头唱诵，但无论书面的韵文还是口头的韵语，都没有对诗歌的功能作抒情或叙事的限制。《卫风·氓》的成就即体现了韵语唱诵在叙事上的表现力、创造力。而要在韵文文学上划分出不同文体，然后再赋予它们不同的功用，各有分工，各作限定，那是后世文类观念的事了，但这也只是固守文体限制的管见，比如明代陆时雍《诗镜总论》就排斥诗歌的叙事功能："叙事议论，绝非诗家所需，以叙事则伤体，议论则费词也。"②其实，对于韵文、韵语来说，它们只是一种基本的表达手段，一直被

---

① 贺贻孙：《诗触》卷一，《续修四库全书》第61册，上海古籍出版社2002年版，第521页。
② 陆时雍：《诗镜总论》，周维德集校《全明诗话》第6册，齐鲁书社2005年版，第5120页。

用来叙事,尤其在民间的故事唱诵中,以及与民间故事唱诵密切相关的书面文体中。

韵语唱诵的方式,最宽泛的两大类分就是"歌"与"诵"了。"不歌而诵谓之赋",歌唱者即谓之诗。"歌"(歌唱)、"诵"(讲诵)这两种表现手段,在辞赋时代就是用来区分诗与赋类属的原则。这是以表现手段、传播方式来定其文类分别的原则,即章太炎《国故论衡·辨诗》中所说的"不歌而诵,故谓之赋;叶于箫管,故谓之诗"①。但这也不是文类划分的充分条件,比如汉代赋类中就有诵的杂赋和唱的歌诗,而且在民间的各种口传文艺中,唱诵交错并行也是常见现象;后代更有原为唱的作品,被削减而归为赋类;或者本为诵的篇章,被改造而归为乐府歌诗。

具体来看,《汉书·艺文志》的"诗赋略"分屈原赋、陆贾赋、荀卿赋、杂赋、歌诗五类,其中前三类为书面创作的文人赋,而后两类为口头创作的民间唱诵作品,杂赋为口诵体,歌诗为歌唱体。作为两种表现手法,"歌""诵"可以用来抒情、叙事、议论,用来摹物、言志、咏怀。在民间的口传文艺中,从《诗经》时代的诗歌、两汉的俗赋、汉晋的乐府,一直到唐代的变文、词文等,唱、诵都是作为核心的表现手段,而在这些口传文艺文本化后的书面作品中,也遗留有或多或少、或隐或显的唱、诵表达手段的痕迹。只是这些书面作品已经有了文类的归属,被归于不同的书面文体,并非只是依据唱、诵这两种表现手段来归于诗、归于赋了。但我们可以跨越这些文本作品所归属的文类樊篱,来看看它们在故事唱诵这条脉线上的流变情况。因此,我们不以文体为限来谈故事讲唱的形态,而是以讲唱故事的能力、实践、成就来看韵语唱诵的叙事能力的生成,以及由韵语唱诵而来的叙事文本的形态流变。

---

① 章太炎:《国故论衡》,商务印书馆 2010 年版,第 122—123 页。

一　先秦韵语故事唱诵的三种格式

《诗经》时代的韵语唱诵,是口头创作的方式,也是文献传播、保存的方式。这种韵语唱诵,本身并没有文体属性,也没有用途限制,不是为某一文体而生而存的,也不是因叙事或抒情而生而存的,所以,它可以用于任何领域,如贵族的祭祀仪式、帝王的厅堂宴乐、恋人的情感表达、英雄的事迹歌颂等等。而对于故事唱诵来说,它本身也没有体制上的限制,表述方式上的要求,只要能完成故事讲唱的目的,任何的表达手段都可以使用。在《诗经》时代,我们看到的对于故事的唱诵,有《宋王见神龟》这样的长篇,也有《豳风·鸱鸮》这样的短篇,有《卫风·氓》这样的四言体,有楚地民歌的杂言体,还有《荀子·成相》杂辞的三三七句式,但无论句式如何不同,皆表现出韵语唱诵的特性。

而且,《诗经》时代出现的这些韵语唱诵,作为一种表述方式,在后世的口传文艺中一直存在。比如《召南·江有汜》的三言体,在"汉铙歌十八首"汉乐府古辞中仍普遍使用;《越人歌》的"山有木兮木有枝,心说君兮君不知"句式,后来成为屈宋辞赋的典型句式,而到了乐府古辞《灵芝歌》①,这种句式又被用于郊庙歌辞。再比如《荀子·成相》所示民间文艺中三三七的句式组合,仍然活跃在汉乐府古辞《平陵东》中。所以,《诗经》时代的那些用于叙事的韵语唱诵格式,一直是活跃在民间的口头文艺中的,它们要比书面文体的创作丰富、繁盛,只是在不同时代被辑录、归类于不同的文类,或者在文本化后被赋以不同的书面形态,但它们同为韵语唱诵的性质,同为故事讲唱的宗旨,一直承续着,并超越了它们在不同时代被归纳的类别。

如果我们以韵语表述的句式来考察,《诗经》时代比较典型的韵语唱诵有三种格式。

---

①　《灵芝歌》曰:"因灵寝兮产灵芝,象三德兮瑞应图。延寿命兮光此都,配上帝兮象太微,参日月兮扬光辉。"郭茂倩:《乐府诗集》卷一,中华书局 1979 年版,第 9 页。

(一)四言体韵语唱诵

四言体的韵语唱诵,是《诗经》时代故事唱诵的主要格式,也是《诗经》所编订歌诗最为主要的体例。当然,这种体例的韵语唱诵并不限于《诗经》,而是在民间早已存在,也一直流传着。

《左传》"宣公二年"记述了这样一件事:

> 宋城,华元为植,巡功。城者讴:"睅其目,皤其腹,弃甲而复。于思于思,弃甲复来。"使其骖乘谓之曰:"牛则有皮,犀兕尚多,弃甲则那?"役人曰:"从其有皮,丹漆若何?"华元曰:"去之!夫其口众我寡。"①

负责筑城的主管华元在不久前的一次战斗中大败,丢盔弃甲,筑城的民众就咏唱以讽之(即"城者讴"所领起的数句),然后华元让他的部下以歌以应之(牛则有皮,犀兕尚多,弃甲则那),而筑城者进一步挖苦他,说他虽然能找到许多牛皮,但丢失的面子肯定是找不回来的(从其有皮,丹漆若何)。根据华元与筑城者对歌的这段记述,我们知道他们的对歌是当场的即兴而歌,而非对现成歌辞的背诵。

由此可见,四言体韵语唱诵是当时口头创作的重要手段。所谓"心之忧矣,我歌且谣"(《魏风·园有桃》),"男女有所怨恨,相从而歌,饥者歌其食,劳者歌其事"②。只是这些口头歌唱被文字记载者不多,而记载传世者也被剪裁、改造过甚。

另外,四言体韵语唱诵也是口头作品传播、保存的重要手段。《左传》就载录了许多当时的歌谣,如襄公三十年歌咏子产改革功绩的《舆人诵》:

---

① 杨伯峻:《春秋左传注》,中华书局1990年版,第653—654页。
② 何休解诂,徐彦疏:《春秋公羊传注疏》卷一六,上海古籍出版社2014年版,第679页。对于"宣公十五年"中"什一者,天下之中正也,什一行而颂声作矣"的何休注。

"我有子弟,子产诲之。我有田畴,子产殖之。子产而死,谁其嗣之?"①另外,《吕氏春秋》卷一二《季冬纪·士节》收录了一首介子推的《龙蛇歌》:"有龙于飞,周遍天下。五蛇从之,为之丞辅。龙返其乡,得其处所。四蛇从之,得其露雨。一蛇羞之,桥死于中野。"②此歌诗采用隐喻性叙事方式,影射晋文公重耳返国后封赏有功群臣,而独忘介子推。这些文献对于歌谣原境的描述即体现了当时四言体韵语唱诵的传播功能。

　　而当时官方历史也以口头记诵的方式保存、传播着,巫师或瞽矇采用韵记诵国家大事,这是当时传事活动的主要方式③。《国语·楚语上》所谓"史不失书,矇不失诵",虽然意指史官的记言记行活动,但也说明了当时史官有书、诵两种记录方式、叙事方式、传播方式。如此,则知官方的历史叙事是在书面、口头两条脉线上同时进行的。《史记》说"左丘失明,厥有国语",即指出了《国语》这部记言史书的形成是得益于列国瞽史的口头记诵。《宋王见神龟》可能就是当时口头流传的一段有着奇异色彩的矇诵历史,它采用四言体韵语唱诵,洋洋洒洒近三千言。此篇在《史记·龟策列传》中有载录,比如宋元王初见神龟的一段记述:

　　　　使者载行,出于泉阳之门。正昼无见,风雨晦冥。云盖其上,五采青黄。雷雨并起,风将而行。入于端门,见于东箱。身如流水,润泽有光。望见元王,延颈而前,三步而止,缩颈而却,复其故处。元王见而怪之,问卫平曰:"龟见寡人,延颈而前,以何望也? 缩颈而复,是何当也?"卫平对曰:"龟在患中,而终昔囚,王有德义,使人活之。今延颈而前,以当谢也,缩颈而却,欲

　　① 杨伯峻:《春秋左传注》,中华书局 1990 年版,第 1182 页。
　　② 高诱注《吕氏春秋》卷一二《季冬纪·士节》:"今晋文公出亡,周流天下,穷矣贱矣,而介子推不去,有以有之也。反国有万乘,而介子推去之,无以有之也。能其难,不能其易,此文公之所以不王也。晋文公反国,介子推不肯受赏,自为赋诗曰:'有龙于飞,周遍天下。五蛇从之,为之丞辅。龙反其乡,得其处所。四蛇从之,得其露雨。一蛇羞之,桥死于中野。'悬书公门而伏于山下。"上海书店 1986 年版,第 117 页。
　　③ 王小盾:《中国韵文的传播方式及其体制变迁》,《中国社会科学》1996 年第 1 期。

亟去也。"元王曰:"善哉! 神至如此乎,不可久留;趣驾送龟,勿
令失期。"①

对于这篇韵文叙事,司马贞谓其"叙事烦芜陋略,无可取"(《史记索
隐》),张守节认为"言辞最鄙陋,非太史公之本意"(《史记正义》)②,梁玉
绳则斥之以"语多悖谩,不可以训"③。他们的评述虽语多指摘排斥,但也
实际上指出了《宋王见神龟》叙事的民间文艺性质,即它是来自于民间韵
语讲诵的口传故事。

除了官方的口头唱诵的历史叙事,民间口头叙事的生存范围、作品规
模更大,不但有《卫风·氓》这样的现实题材,也有《豳风·鸱鸮》这样的拟
人虚构题材。尤其是《卫风·氓》一篇,情节完整连贯,故事篇幅长大,体
现了《诗经》所收录的歌诗作品在叙事上的最高成就,也标志着《诗经》时
代韵语唱诵在叙事能力上的特异发展。清人贺贻孙《诗触》即指出:"其列
叙事情,如首章幽约,次章私奔,三章自叹,四章被斥,五章反目,六章悲
往,明是一本分出传奇,曲白关目悉备。如此丑事却费风人极力描写,色
色逼真,所谓化工非画工也。"④此言即肯定了《卫风·氓》所代表的四言
体韵语唱诵的叙事能力和叙事成就。

(二)楚辞体韵语唱诵

在《诗经》时代,楚地民歌《越人歌》是一篇在句式上值得注意的歌诗,
因为它是后来屈宋辞赋的前导。

---

① 司马迁:《史记》卷一二八,中华书局 1982 年版,第 3230 页。
② 司马迁:《史记》卷一二八,中华书局 1982 年版,第 3223 页。
③ 梁玉绳:《史记志疑》,中华书局 1981 年版,第 1458 页。
④ 贺贻孙:《诗触》卷一,《续修四库全书》第 61 册,上海古籍出版社 2002 年版,第 521 页。

今夕何夕兮，搴舟中流。今日何日兮，得与王子同舟。蒙羞
被好兮，不訾诟耻。心几顽而不绝兮，得知王子。山有木兮木有
枝，心说君兮君不知。

这篇歌诗出自刘向《说苑》卷一一《善说》的一段记述：

（鄂君子皙泛舟于新波之中）乘青翰之舟，极萬芘，张翠盖而
揄犀尾，班丽袿衽，会钟鼓之音毕，榜枻越人拥楫而歌。歌辞曰：
"滥兮抃草滥予，昌枑泽予，昌州州，堪州焉乎，秦胥胥，缦予乎，
昭澶秦踰，渗惿随河溯。"鄂君子皙曰："吾不知越歌，子试为我说
之。"于是乃召越译，乃楚说之曰："今夕何夕兮，搴舟中流。今日
何日兮，得与王子同舟。蒙羞被好兮，不訾诟耻。心几顽而不绝
兮，得知王子。山有木兮木有枝，心说君兮君不知。"于是鄂君子
皙乃揄修袂行而拥之，举绣被而覆之。①

这段记载叙及公元前 6 世纪楚国的襄成君听到舟人用越地方言所唱
的歌诗，要求楚人译为楚地方言，因而有此歌词文本。从口传的越歌来
说，以方言、口语表述的内容在落实于书面文本时，会作书面语言的转换，
因此而有语汇、句式、内容的改变。从书面记述的《越人歌》来看，越歌到
楚歌的转译（对照越歌、楚歌的字句，明显不相对应），彼时彼地的口传唱
诵，在当时当地被采集、记录时，会按当时当地的歌诗形态进行转换、改
造。这也说明《越人歌》这种韵语表述格式乃是当时楚地民歌流行、典型
的韵语唱诵形态。

《越人歌》这种格式在当时的流行，吸引了文人们的学习、模拟，屈原
即在此基础上发展出"楚辞"这种文体，在此基础上，形成了代表一个时代
的文体——辞赋。但是，需要注意的是，这种格式虽然形成了文人创作的

---

① 赵善诒：《说苑疏证》卷一一，华东师范大学出版社 1985 年版，第 311 页。

书面文体,但在民间的口头创作中仍未消失,只是由于书面文体的光辉,民间的口头歌唱暗淡一些罢了。比如乐府古辞《灵芝歌》就使用了这种格式:

> 因灵寝兮产灵芝,象三德兮瑞应图。延寿命兮光此都,配上帝兮象太微,参日月兮扬光辉。①

《灵芝歌》这种语句形态当是汉代辞赋典型的语句表述格式,而且它本来就是汉代的郊祀歌,于祭祀场合演唱,这表明楚歌的这种语句表述格式一直在民间的口头唱诵中使用着,后来它被乐府机构采集、改造,就成了乐府古辞,归为乐府歌诗的类属,被收录在《乐府诗集》的"郊庙歌辞"中。

(三)七言体韵语唱诵

《荀子·成相篇》(《荀子》卷一八)也是一篇语句表述格式新颖的作品,其五十六节的篇目可分为四个部分(据王先谦《荀子集解》的观点),继而把政治主张、人生感慨的抒发,寓于对历史人物和历史事件的兴亡成败的讲诵之中,以达成"观往事,以自戒"的目的,因而列述了不少史事。比如第二部分讲述前代圣王尚贤授能,国运弘张:

> 请成相,道圣王,尧舜尚贤身辞让。许由善卷,重义轻利行显明。
> 尧让贤,以为民,泛利兼爱德施均。辨治上下,贵贱有等明君臣。
> 尧授能,舜遇时,尚贤推德天下治。虽有贤王,适不遇世孰知之?

---

① 郭茂倩:《乐府诗集》卷一,中华书局 1979 年版,第 9 页。

尧不德,舜不辞,妻以二女任以事。大人哉舜! 南面而立万物备。

舜授禹,以天下,尚得推贤不失序。外不避仇,内不阿亲贤者予。

禹劳心力,尧有德,干戈不用三苗服。举舜甽畞,任之天下身休息。

得后稷,五谷殖,夔为乐正鸟兽服。契为司徒,民知孝弟尊有德。

禹有功,抑下鸿,辟除民害逐共工,北决九河,通十二渚疏三江。

禹傅土,平天下,躬亲为民行劳苦,得益、皋陶、横革、直成为辅。

契玄王,生昭明,居于砥石迁于商。十有四世,乃有天乙是成汤。

天乙汤,论举当,身让卞随举牟光。□□□□,道古贤圣基必张。①

《荀子·成相篇》的语句表述格式,乃仿效民间文艺而来。"相"为乐器,"成相"意指有乐曲配合,则成相之辞乃配乐歌唱之辞。卢文弨针对唐人杨倞注有言:"成相之义,非谓'成功在相'也,篇内但以国君之愚暗为戒耳。《礼记》'治乱以相',相乃乐器,所谓春牍。又古者瞽必有相。审此篇音节,即后世弹词之祖。篇首即称'如瞽无相何伥伥',义已明矣。首句'请成相',言请奏此曲也。《汉书·艺文志》'《成相杂辞》十一篇',惜不传,大约托于瞽矇讽诵之词,亦古诗之流也。"②

这种用"相"伴奏的唱诵,是民众喜欢的伎艺,在当时社会上流播甚广,姚小鸥指出"成相"犹言"打相",以击打"相"这种乐器作为基本伴奏手

---

① 王先谦:《荀子集解》卷一八,中华书局 1988 年版,第 462—464 页。
② 王先谦:《荀子集解》卷一八,中华书局 1988 年版,第 455 页。

段的演唱形式即称为"成相","'相'作为与瞽矇关系非常密切的乐器,供吟唱时助节之用。……由于它们的演奏方式是击打,所以被称为'成相',亦即'打相'之意。而以'打相'助节的曲调也被称之为'成相',其歌辞则被称为'成相杂辞'"。①荀子模仿这种民间流行的"成相杂辞"格式,在列述史事的基础上,杂论君臣治乱之事,并用这种讲唱方式对作品予以赋名,可能当时这种演唱形式并无名称。荀子用时兴的韵语讲诵伎艺来讲说历史故事,负载他的思想,看中的是这种唱诵方式的通俗性、趣味性,应该是考虑到了所要面向的接受人群,其用意就是以民众喜闻乐见的演唱形式来讲述历史故事,普及知识,传播思想。《成相篇》第二节有"请布基,慎圣人之"一句,俞樾作"请布基,慎听之",若如此,则与明代出现的《女儿经》开篇的"女儿经,仔细听"的格式类似,这说明这种韵语唱诵方式在民间是一直存在、流播着的。

关于《荀子·成相篇》的用途,前人已经指出它是"杂论君臣治乱之事",只是托于瞽矇讽诵之词②。此语一则说明《成相篇》的内容功用,二则说明《成相篇》的形式格套。

《成相篇》论说君臣治乱之事,以达成瞽矇向君主劝谏告诫的目标。《国语·周语上》言:"故天子听政,使公卿至于列士献诗,瞽献曲,史献书,师箴,瞍赋,矇诵,百工谏,庶人传语,近臣尽规,亲戚补察,瞽、史教诲,耆艾修之,而后王斟酌焉,是以事行而不悖。"③这段话里两次提到"瞽",涉及其职责与功能。上古时期,"诗"是"乐"的一部分,而"乐"与"礼"互为表里,考诸文献可知,瞽矇所献之"曲"和"诗"一样,也是"礼乐"的有机组成部分。瞽的职责是"献曲",献曲的功能是对君主进行教诲,为君主的现实活动提供历史借鉴,其最终目的则是要"观往事,以自戒,治乱是非亦可识"(《荀子·成相篇》第三部分结尾),"以治天下,后世法之成条贯"(《荀

① 姚小鸥:《"成相"杂辞考》,《文艺研究》2000 年第 1 期,第 89—91 页。
② 王先谦:《荀子集解》之《成相篇》,杨倞注、卢文弨注,中华书局 1988 年版,第 455 页。
③ 徐元诰:《国语集解》,王树民、沈长云点校,中华书局 2002 年版,第 11—12 页。

子·成相篇》第四部分结尾）①。对此，姚小鸥指出："'成相'的用语和表述也完全符合瞽矇向王劝谏告诫的需要。其开篇所说'如瞽无相何伥伥'，显然就是瞽在吟唱'成相'时的常用套语。《成相篇》中的'请布基''请牧基''基必施'也属于这类套语和惯用表述。"又认为："《成相篇》中的'基'字是一个往往用于人君的、含有'始''俭'等合乎'礼'的要求的特定道德规范用语，在这里可以训为'德'字。'德'在一定意义上可训为'道'，故《成相篇》第十二章'请牧基，贤者思，尧在万世如见之。谗人罔极，险陂倾侧此之疑'，以尧之正道与'谗人'险陂倾侧之邪径相对。第十三章'基必施，辨贤罢，文武之道同伏戏。由之者治，不由者乱何疑为'，'施'训为'张'，言必张大文武之道，方可天下大治，否则必将导致祸乱。"②即以《成相篇》第二节为例，"请布基，慎圣人，愚而自专事不治。主忌苟胜，群臣莫谏必逢灾"，其中的"布基"即表明要发表对人主的警戒之词，而此节开头套语以"请"字领起，也是与《成相篇》整篇每章开头所用的套语"请"字、"愿"字统一的，如"请成相""请布基""请牧基""愿陈词"等。这种叙述语气的使用与其内容中强调君主谨守治乱之方以使"下皆平正国乃昌"的愿望相互照应。

至于"成相"的句式，历来也是人们注目的焦点，纷争虽多，但其为三三七四七的句式，则为学界所普遍承认。由于这种句式习惯上被人们归入"杂言体"，则其又被看作是民歌的体制特点，故论及"成相"源流者多将它和民歌相联系，上溯者追至《诗经·国风》，下探者波及乐府歌诗与隋唐五代的民间歌唱。

《荀子·成相篇》所反映的民间韵语唱诵方式，并不是孤例，我们还可以通过睡虎地秦简《为吏之道》《逸周书·周祝解》找到同类。这说明当时确有这种已经定型的韵语唱诵样式存在并流行着。

《逸周书·周祝解》是周代祝官韵诵之语的记录。祝官职掌宗庙斋敬之事，此祝之活动关涉王侯政事，要求很高。《国语·楚语下》观射父回答

---

① 王先谦：《荀子集解》，中华书局1988年版，第468、472页。
② 姚小鸥：《"成相"杂辞考》，《文艺研究》2000年第1期，第92—93页。

楚昭王之语曰："能知山川之号、高祖之主、宗庙之事、昭穆之世、斋敬之勤、礼节之宜、威仪之则、容貌之崇、忠信之质、禋絜之服，而敬恭明神者，以为之祝。"①如此，祝之告号之诵，皆以韵语出之。《周祝解》即表演出这种韵语唱诵形态。

　　故曰文之美而以身剥，自谓智也者故不足。角之美杀其牛，荣华之言后有茅。凡彼济者必不急，观彼圣人必趣时。石有玉而伤其山，万民之患在□言。时之行也勤以徙，不知道者福为祸。时之徙也勤以行，不知道者以福亡。

　　故曰费豕必烹，甘泉必竭，直木必伐。地出物而圣人是时，鸡鸣而人为时，观彼万且何为求。

　　故天有时，人以为正，地出利而民是争。人出谋，圣人是经。陈五刑，民乃敬。教之以礼，民不争，被之以刑，民始听，因其能，民乃静。

　　故狐有牙而不敢以噬，獭有蚤而不敢以撅。势居小者不能为大。特欲正中，不贪其害。凡势道者，不可以不大。故木之伐也而木为斧，贼难而起者自近者。二人同术，谁昭谁暝？二虎同穴，谁死谁生？故虎之猛也而陷于获，人之智也而陷于诈。叶之美也解其柯，柯之美也离其枝，枝之美也拔其本。俨矢将至，不可以无盾。

　　故泽有兽而焚其草木，大威将至不可为巧。焚其草木则无种，大威将至不可以为勇。

　　故天之生也固有度，国家之患离之以故。地之生也国有植，国家之患离之以谋。

　　故时之还也无私貌，日之出也无私照。时之行也顺至无逆，为天下者用大略。火之煇也固定上，为天下者用牧。水之流也

---

① 徐元诰：《国语集解》，王树民、沈长云点校，中华书局 2002 年版，第 513 页。

固走下,不善故有桴。

故福之起也恶别之,祸之起也恶别之?

故平国若之何,须国、覆国、事国、孤国屠皆若之何。

故日之中也仄,月之望也食,威之失也阴食阳,善为国者使之有行。定彼万物必有常,国君而无道以微亡。

故天为盖,地为轸。善用道者终无尽。地为轸,天为盖,善用道者终无害。天地之间有沧热,善用道者终不竭。陈彼五行必有胜,天之所覆尽可称。

故万物之所生也性于从,万物之所反也性于同。

故恶姑幽?恶姑明?恶姑阴阳?恶姑短长?恶姑刚柔?

故海之大也而鱼何为可得?山之深也虎豹貔貅何为可服?人智之邃也奚何为可测?跂动哕息而奚为可牧?玉石之坚也奚可刻?阴阳之号也孰使之?牝牡之合也孰交之?君子不察福不来。

故忌而不得是生事,故欲而不得是生诈。欲伐而不得深斧柯,欲鸟而不得生网罗,欲彼天下是生为。维彼幽心是生包,维彼大心是生雄,维彼忌心是生胜。

故天为高,地为下,察汝躬奚为喜怒?天为古,地为久,察彼万物名于始。左名左,右名右,视彼万物数为纪。纪之行也利而无方,行而无止,以观人情。利有等,维彼大道,成而弗改,用彼大道知其极,加诸事则万物服。用其则,必有群;加诸物,则为之君。举其修,则有理;加诸物,则为天子。①

对于《周祝解》的韵诵表述形态,唐大沛视为"奇绝",给予很高的评价:"此篇作于周祝,故以名篇。祝即春官太祝,掌王诰命者也。古人垂戒之文不一体,此篇似箴似铭,尤为奇绝。……文笔古奥瑰奇,陆杂斑驳,似

---

① 黄怀信、张懋镕、田旭东:《逸周书汇校集注》卷九,上海古籍出版社 2007 年版,第1051—1071 页。

诗之比兴,似易之象象,其义则若断若续,若合若离,骤读之莫辨其端倪,莫穷其归宿,有望洋而叹已耳。"①

关于此《周祝解》的出现,潘振认为:"武王遂以为有天下之号。臣下作解,设为王训民之辞,祝官读之以讽王也。"则其出现的时间应是在西周,在老子《道德经》之前。清人陈逢衡即指出:"此周祝垂戒之语,义与《史记解》同。……通篇悉为韵语,似铭、似箴,盖直开老氏《道德》之先,匪特作荀子《成相》之祖。"②现代学者更把它出现的时间框定在战国中期③。但无论何种观点,它都与《荀子·成相篇》是同一时代的,而且关系密切,比如陈逢衡认为它是"荀子《成相》之祖"。这说明,这种七言韵语唱诵不但民间用以抒发情志,王侯政事活动也用以为仪式祝辞,如果《周祝解》是先导,则这种韵诵体制在《周祝解》是用以作垂诫之语,而在《荀子·成相篇》则已开始用以作叙事之语了。

相对于《周祝解》,睡虎地秦简《为吏之道》在韵语表述格式上更能体现出与《荀子·成相篇》的亲缘关系。1975 年 12 月,在湖北省云梦县睡虎地 11 号墓出土了大量的秦代竹简,经整理,编为《睡虎地秦墓竹简》一书,收录了出土竹简八种,其中第八种为韵文八首,此即为通常所说的出于睡虎地秦墓的战国晚期竹简《为吏之道》(拟题)一篇。它由五十一支竹简组成,分上下五栏书写,其第五栏有韵文八首,可能不是完篇,因为有的地方文意并不完整顺畅。据其语句表述格式来看,它应是来自于当时以"相"这种民间曲调伴奏的"成相歌辞"。其释文如下:

> 凡治事,敢为固,谒私图,画局陈卑以为楮。肖人聂心,不敢徒语恐见恶。

> 凡戾人,表以身,民将望表以戾真。表若不正,民心将移乃难亲。

---

① 黄怀信、张懋镕、田旭东:《逸周书汇校集注》卷九,上海古籍出版社 2007 年版,第 1048 页。

② 黄怀信、张懋镕、田旭东:《逸周书汇校集注》卷九,上海古籍出版社 2007 年版,第 1048 页。

③ 黄怀信:《逸周书源流考辨》,西北大学出版社 1992 年版,第 124 页。

操邦柄,慎度量,来者有稽莫敢忘。贤鄙溉薜,禄立(位)有续孰瞽上?

邦之急,在膿(体)级,掇民之欲政乃立。上毋间陕,下虽善欲独可(何)急?

审民能,以赁(任)吏,非以官禄夬助治。不赁(任)其人,及官之瞽岂可悔。

申之义,以击畸,欲令之具下勿议。彼邦之謽(倾),下恒行巧而威故移。

将发令,索其政,毋发可异史(使)烦请。令数囚环,百姓榣(摇)贰乃难请。

听有方,辩短长,困造之士久不阳。①

这篇简文整体上以规则的韵文铺排、推进,其三三七四七的句式组合与《荀子·成相篇》相同,当是流传于秦汉间的"成相杂辞"的一种。《荀子·成相篇》第四部分所言大体是为君之道与治国之术,《为吏之道》这个"成相杂辞"的内容与其极为相似。这表明"成相杂辞"应是当时民间流行的一种唱诵形式,其属性当即清人卢文弨针对《荀子·成相篇》所说的"大约托于瞽矇讽诵之词,亦古诗之流也"。

上述三种韵语唱诵格式,是《诗经》时代最为典型的口头讲唱形态,也是当时口头叙事的常见格式,对于后世书面文体的形态产生了直接的影响,对于后世叙事能力的成长发展也具有深远的影响。一些学者即指出了这些韵语唱诵格式在当时叙事、传事上的普遍性和必要性,比如阮元《文言说》指出:"古人无笔砚纸墨之便,往往铸金刻石,始传久远。其著之简策者,亦有漆书刀削之劳,非如今人下笔千言、言事甚易也。……古人以简策传事者少,以口舌传事者多;以目治事者少,以口耳治事者多。故同为一言,转相告语,必有愆误。是必寡其词,协其音,以文其言,使人易

---

① 睡虎地秦墓竹简整理小组:《睡虎地秦墓竹简》,文物出版社1990年版,第173页。

于记诵，无能增改。且无方言俗语杂于其间，始能达意，始能行远。"①章炳麟《文学总略》亦有相类观点："古者简帛重烦，多取记忆，故或用韵文，或用耦语，为其音节谐适，易于口记，不烦记载也。"②虽然这些韵语唱诵格式都可用于叙事、传事，但当时还是有一定的等级差别的，"诗"为"公卿至于列士"所献，"曲"为"瞽"所献，虽然"成相"被后人目为"古诗之流"，但它与《诗经》在礼制的框架内还是存在着区别的。当然，在叙事这个宗旨上，它们都是当时常见的、流行的口头表述格式，并无体制之分，如果说有区别，那就表现在是否被《诗经》采入而致的文类归属。

有人追溯后世文艺的渊源，会探至先秦，如《卫风·氓》被视为传奇之祖，《荀子·成相篇》被视为弹词之祖，甚至宋代的讲史伎艺，也溯至先秦，称言先秦早有讲史之伎，当然先秦并无此名称的文艺活动或叙事活动，此乃后人以今律古的追认、追称。

如果我们立足于后世，会对这些韵语唱诵的内容做出各种属性上、体制上的划分和归类，但在当时来说，它们都属于韵语唱诵。《卫风·氓》是按情节发展而递进唱诵的，而不是如《诗经》中的大多诗篇那样重章叠句、回环往复地咏唱。相较于《诗经》的其他篇章，《卫风·氓》是一个长篇叙事，唱诵形式自由，不重章叠句。照此而言，如果《荀子·成相篇》或此类"成相杂辞"被采入《诗经》亦无不可，但"成相杂辞"在汉代被归于杂赋；如果《卫风·氓》并非被《诗经》采入而流播于后世，亦可归于杂赋，因为它相比于《神乌赋》的韵语叙事格式并无体制上的超越。所以，如果当时没有《诗经》作文类范围的框定，它们都是同样的韵语唱诵作品，并以不同的韵调节奏活跃于人们的叙事、传事活动之中。

另外，后世追称的先秦讲史，在当时属于一种政事活动，用于讲述国家、部族、宗族中的历史事件和英雄传奇，非是宋元伎艺"讲史书"的性质。因为是一种政事活动，它有一定的仪式，并未娱乐化、伎艺化，其叙事形态应该是《宋王见神龟》的样式。学术界普遍把此篇归于俗赋，其实它就是

---

① 阮元：《揅经室三集》卷二，《丛书集成初编》第2204册，商务印书馆1936年版，第567页。
② 章太炎：《国故论衡》，商务印书馆2010年版，第77页。

当时的民间故事唱诵,如果不是篇章太长,纳入《诗经》中亦无不可,因为《诗经》也有虚构的《豳风·鸱鸮》,也有篇幅长大的《卫风·氓》。

　　由此看来,在先秦时期,于"诗"之外,还有大量的韵语唱诵存在,形式非只《诗经》所反映的那些格式、那样形态。对于民间的故事唱诵来说,这些口传形式的韵语唱诵是一直存在的,只是不同时期人们对它们的体制归类、属性认定各有不同而已,尤其对于文本化之后的书面作品而言。而从韵语唱诵的格式来说,它们本身是没有文体限制的,都可以用来作为叙事之用。任何一种韵语唱诵格式的出现、存在都没有功能限制,没有限定某一种韵语唱诵格式不能叙事或不能抒情。

二　四言体韵语故事唱诵的文本化演进

　　虽然后世有人会把《诗经》时代的韵语唱诵作品视为传奇、弹词,但那是根据后世的文类观念进行的追溯,在当时来说,这些韵语唱诵没有体制的限制和类属,都是一种可唱可诵的歌诗,区别就是被采入《诗经》和未被采入《诗经》。虽然这也会带来相关韵语唱诵作品的品位等级之别,但在故事呈现这个层面上,它们都是为达成叙事目的而使用的一种表达方式。可也正因为是否被《诗经》采入的这个区别,它们在后世的文类归属以及书面形态也有了分别。

　　比如《卫风·氓》与《宋王见神龟》同是四言体的韵语故事唱诵,前者被《诗经》采入而有此文本化结果,后者未被《诗经》采入而口传至后世,在汉代落实于书面文本而呈现于《史记》中。

　　　　氓之蚩蚩,抱布贸丝。匪来贸丝,来即我谋。送子涉淇,至
　　于顿丘。匪我愆期,子无良媒。将子无怒,秋以为期。
　　　　乘彼垝垣,以望复关。不见复关,泣涕涟涟。既见复关,载

笑载言。尔卜尔筮，体无咎言。以尔车来，以我贿迁。(《卫风·氓》)①

　　使者载行，出于泉阳之门。正昼无见，风雨晦冥。云盖其上，五采青黄。雷雨并起，风将而行。入于端门，见于东箱。身如流水，润泽有光。望见元王，延颈而前，三步而止，缩颈而却，复其故处。(《宋王见神龟》之神龟初见宋王一节)②

　　从书面叙事文本上看，二者的四言体叙事形态并无差别，如果考虑到《卫风·氓》是来自于民间的韵语歌唱，它与《宋王见神龟》一样都是那个时代口头传播的韵语唱诵，都是对一个故事的完整叙述，都体现了那个时代的韵语唱诵的叙事能力。但《宋王见神龟》并未在《诗经》时代被落实于书面载体，更重要的是未被《诗经》采入、编改成篇，而是以口传方式流播到了后来的辞赋时代，并依据辞赋时代的文类观念被归于杂赋之属。

　　前代的四言韵诵在辞赋时代被列为杂赋的，《宋王见神龟》并非个例，荀子《赋篇》之被列于赋类，并以赋题名，也是辞赋时代对它的认定。

　　爰有大物，非丝非帛，文理成章。非日非月，为天下明。生者以寿，死者以葬。城郭以固，三军以强。粹而王，驳而伯，无一焉而亡。臣愚不识，敢请之王。

　　皇天隆物，以示下民，或厚或薄，常不齐均。桀纣以乱，汤武以贤。涽涽淑淑，皇皇穆穆。周流四海，曾不崇日。君子以修，跖以穿室。大参乎天，精微而无形，行义以正，事业以成。可以禁暴足穷，百姓待之而后宁泰。臣愚不识，愿问其名。

　　有物于此，居则周静致下，动则縩高以钜，圆者中规，方者中矩，大参天地，德厚尧禹，精微乎毫毛，而大盈乎大寓。忽兮其极

---

① 高亨：《诗经今注》，上海古籍出版社 2009 年版，第 84 页。
② 司马迁：《史记》卷一二八，中华书局 1982 年版，第 3230 页。

之远也,䡾兮其相逐而反也,卬卬兮天下之咸蹇也。德厚而不捐,五采备而成文,往来惛憊,通于大神,出入甚极,莫知其门。天下失之则灭,得之则存。弟子不敏,此之愿陈,君子设辞,请测意之。

有物于此,儢儢兮其状,屡化如神,功被天下,为万世文。礼乐以成,贵贱以分,养老长幼,待之而后存。名号不美,与暴为邻。功立而身废,事成而家败。弃其耆老,收其后世。人属所利,飞鸟所害。臣愚不识,请占之五泰。

有物于此,生于山阜,处于室堂。无知无巧,善治衣裳。不盗不窃,穿窬而行。日夜合离,以成文章。以能合从,又善连衡。下覆百姓,上饰帝王。功业甚博,不见贤良。时用则存,不用则亡。臣愚不识,敢请之王。①

《荀子·赋篇》在表述格式、体例上并没有超越于《诗经》时代的四言韵语唱诵,与《成相篇》一样也是学习当时民间韵语唱诵而成篇,在《诗经》时代亦是歌诗的一种。但值得注意的是,《赋篇》的题名,并非荀子自己的创造,而是辞赋时代人们的追称。荀子的《赋篇》包括五篇《谜》和一首《佹诗》,这两类作品在内容上并无联系,体制上也不相同,而且,它们还是作于不同时期、不同地点的两组作品②。伏俊琏认为这"显然是在某种体例原则下被归并在一起的",另外,"'谜'在战国时期并不名赋,《佹诗》的'小歌'部分虽在《战国策·楚策四》中名为'赋',但是《战国策》由刘向编辑而成,它本是战国纵横家的手札说辞,刘向编辑时根据有关史料、传说并用情理推测,用故事的形式把它们串联起来。所以《战国策》中名为赋,并不能说明战国时期就已名为赋",所以,"把五篇《隐》和《佹诗》合为一篇并以'赋'为名,是刘向按照'不歌而诵谓之赋'的原则和体例做的,《汉志》把

---

① 王先谦:《荀子集解》卷一八,中华书局 1988 年版,第 472—479 页。

② 赵逵夫:《〈荀子·赋篇〉包括荀卿不同时期两篇作品考》,《屈原与他的时代》,人民文学出版社 1996 年版,第 490—500 页。

'隐书'归人《诗赋略》,就是明证。所以,就现存材料看,文人最早用赋的形式进行创作的是荀卿,最早以'赋'名篇的是宋玉"。①

所以说,荀子的《赋篇》是辞赋时代被以"赋"题名,并归属于赋类的。与此类似,《诗经》时代那些口传下来的四言体韵语唱诵,也会在此时期被文本化而归为赋,《宋王见神龟》即是其一。由此可见,《诗经》时代的韵语唱诵,有的被落实于书面载体,有了文本的呈现,也有了文类的归属;有的则继续以口传形式流播于世。

对于那些落实于文本者,可分为两类,一类是采入《诗经》者,一类是采入非《诗经》者。那些仍然口头形态流传的韵语唱诵,如果被采入《诗经》,也会被以《诗经》的体例来改造,被归类于"诗"。而那些没有被《诗经》采入的韵语唱诵,如果被《诗经》文本化了,就不会以目前的面貌作文本呈现,而会以《诗经》的歌诗形态来呈现。那些在《诗经》时代未被文本化的韵语唱诵,在辞赋时代就有了另外的文本化形态,也有了另外的文类归属。其实,它们相比采入《诗经》的歌诗作品并非有体制的超越,假如这些作品未被采入《诗经》而继续以口头形态流播于后世,也可能会在辞赋时代落实于书面作品而有另外的文本呈现。因为当时的学界把这些韵语唱诵都归于"赋"的范畴,此即章太炎所指出的情况:"《七略》分诗赋者,本孔子删诗意;不歌而诵,故谓之赋;叶于箫管,故谓之诗。其他有韵诸文,汉世未具,亦容附于赋录。"②

具体来看,《汉书·艺文志》专列"杂赋"一类,包括来自前代口传的故事唱诵作品,《宋王见神龟》即属此,《神乌赋》这一口头唱诵的故事在文本化后也以"赋"为题。除了这些民间口传的四言体韵语唱诵故事,汉魏时许多文人也有这种格式的拟作,如赵壹的《穷鸟赋》,曹植的《鹞雀赋》《蝙蝠赋》,皆是以四言韵语呈现的虚构故事。

但这样的四言体韵语唱诵并非必为"赋",因为这种格式是自《诗经》时代以来民间唱诵的通体,大量存在于民间的口头唱诵中。即使在它们

---

① 伏俊琏:《先秦"论辩俗赋"钩沉》,《西北师范大学学报(社科版)》2005年第1期,第87页。
② 章太炎:《国故论衡》,商务印书馆2010年版,第122—123页。

被归为赋、题为赋的同时,仍然有大量的四言体韵语唱诵以口头歌唱形态流传于民间,这就是被《汉书·艺文志》称为"歌诗"的乐府古辞。

《汉书·艺文志》载有二十八家歌诗共三百一十四篇,其中具有民歌性质的歌诗有:《吴楚汝南歌诗》十五篇、《燕代讴雁门云中陇西歌诗》九篇、《邯郸河间歌诗》四篇、《齐郑歌诗》四篇、《淮南歌诗》四篇、《左冯翊秦歌诗》三篇、《京兆尹秦歌诗》五篇、《河东蒲反歌诗》一篇、《雒阳歌诗》四篇、《河南周歌诗》七篇、《河南周歌声曲折》七篇、《周谣歌诗》七十五篇、《周谣歌诗声曲折》七十五篇、《周歌诗》二篇、《南郡歌诗》五篇。①

这些源于民间口传的歌唱,有许多四言韵语者,它们被乐府这个国家音乐机构采集、配乐,进而表演于上层社会的厅堂宴会中。

> 来日大难,口燥唇干。今日相乐,皆当喜欢。经历名山,芝草翻翻。仙人王乔,奉药一丸。自惜袖短,内手知寒。惭无灵辄,以报赵宣。月没参横,北斗阑干。亲交在门,饥不及餐。欢日尚少,戚日苦多。以何忘忧,弹筝酒歌。淮南八公,要道不烦。参驾六龙,游戏云端。(《善哉行》古辞)

> 孝和帝在时,洛阳令王君,本自益州广汉蜀民。少行官,学通五经论。明知法令,历世衣冠。从温补洛阳令。治行致贤,拥护百姓,子养万民。外行猛政,内怀慈仁。文武备具,料民富贫。移恶子姓。篇著里端。伤杀人,比伍同罪对门,禁鍪矛八尺,捕轻薄少年,加笞决罪,诣马市论。无妄发赋,念在理冤。敕吏正狱,不得苛烦。财用钱三十,买绳礼竿。贤哉贤哉,我县王君。臣吏衣冠,奉事皇帝。功曹主簿,皆得其人。临部居职,不敢行恩。清身苦体,夙夜劳勤。治有能名,远近所闻。天年不遂,早就奄昏。为君作祠,安阳亭西。欲令后世,莫不称传。(《雁门太守行》古辞)②

---

① 班固:《汉书》卷三〇,中华书局 2005 年版,第 1382—1383 页。
② 郭茂倩:《乐府诗集》卷三六、三九,中华书局 1979 年版,第 535、573 页。

　　其实,如果这些民间歌唱的古辞不是被乐府机构采集,它们完全可以被称为"赋",列于杂赋一类。实际上,乐府古辞中就有不少是来自于杂赋的歌诗文本。俗赋多为四字韵体,非大赋之散体。但四字韵体并非必为赋体,民间的口头唱诵即如此,乃通用之体。这些文本化后的民间俗赋,未必在民间被视为"赋",题为"赋",但在落实于书面载体,被文本化之后,则被以"赋"命名,并以当时之赋体作了书面的编辑、改造,比如在书面呈现时增加了某某曰这种叙述框架,这在口头呈现时本无必要加这样的提示语,因为口头表演时的唱诵可以用歌者自己的语调变化或不同歌者的承接来体现人物话语的转换。

　　同样的情况也存在于汉魏乐府诗中。伏俊琏《杂赋与乐府的关系》一文认为,汉代的一些杂赋,本以韵诵的方式流行于下层,后被采入乐府,进行歌辞协律的工作,成为乐府诗的一部分①。据此而言,一些被古人收录并定名的"乐府诗",实质上原是用来讲诵的杂赋,因为自西汉设立乐府机构以来,许多本是用于讲诵的谣谚也被采入乐府,进行了合诸管弦的改造工作,甚至不惜削足适履。所以说,汉魏乐府诗中应该包括不少原属于杂赋的口传故事唱诵作品,而汉以及汉前韵语杂出,这些韵语唱诵作品多被当时学术界归于赋类,《汉书·艺文志》即专列"杂赋"一类,用来归纳那些不能容于文人赋的口头韵语唱诵作品。比如《乐府诗集》卷五一《清商曲辞》所收录的梁周舍《上云乐》。

　　　　西方老胡,厥名文康。遨游六合,傲诞三皇。西观濛汜,东戏扶桑。南泛大蒙之海,北至无通之乡。昔与若士为友,共弄彭祖扶床。往年暂到昆仑,复值瑶池举觞。周帝迎以上度,王母赠以玉浆。故乃寿如南山,志若金刚。青眼睅睅,白发长长。蛾眉临髭,高鼻垂口。非直能俳,又善饮酒。萧管鸣前,门徒从后。济济翼翼,各有分部。凤凰是老胡家鸡,师子是老胡家狗。陛下

---

①　伏俊琏:《杂赋与乐府的关系》,《西北师范大学学报(社科版)》2007年第2期。

拨乱反正,再朗三光。泽与雨施,化与风翔。睍云候吕,志游大梁。重驱修路,始届帝乡。伏拜金阙,仰瞻玉堂。从者小子,罗列成行。悉知廉节,皆识义方。歌管愔愔,铿鼓锵锵。响震钧天,声若鹓皇。前却中规矩,进退得宫商。举技无不佳,胡舞最所长。老胡寄箧中,复有奇乐章。赍持数万里,愿以奉圣皇。乃欲次第说,老耄多所忘。但愿明陛下,寿千万岁,欢乐未渠央。①

　　对于这段四言韵语的来源和性质,《乐府诗集》在《上云乐》解题中指出是"老胡文康辞"②。所谓"老胡文康",作为一个表演节目的名称来说,就是一个乐舞表演;作为一个人物的名称来说,就是一个叫文康的西域老翁。在这个乐舞表演中,文康自称是来自西方的神仙,兼具歌舞及俳谐的技能,而以胡舞最为擅长,于是他带领一班门徒,以及用人扮成的凤凰、狮子、孔雀、文鹿等,进行乐舞表演。在正式表演之前,这个老胡文康先诵一段开场白,夸述其来历、形貌和技艺,并借机颂扬圣德,所谓"但愿明陛下,寿千万岁,欢乐未渠央"。因此,这篇《上云乐》就是"老胡文康"上场时自报家门的一段独白韵诵词。对于这篇用于讲诵的叙述体词文,周贻白认为是"为着配合歌舞上场之前的一种致语"③;任半塘更明确地说"舍、白二篇与其谓之诗,不如谓之赋,实难以充合乐之唱辞",并考证其正式内容是演西王母与穆天子故事的胡舞④。由此可知,周舍《上云乐》就是对老胡文康致语词文的记录和改编,而"老胡文康"这个乐舞表演是盛行于汉代并由民间艺人世代相传的,《上云乐》就是从这个乐舞表演中抽离出来的赋诵类词文。

　　我们现在依据《乐府诗集》,看到了乐府古辞有这样的形态,但应注意

　　①　郭茂倩:《乐府诗集》卷五一,中华书局 1979 年版,第 746—747 页。
　　②　郭茂倩《乐府诗集》卷五一在《上云乐》解题中引《古今乐录》云:"《上云乐》又有老胡文康辞,周舍作,或云范云。"《乐府诗集》,中华书局 1979 年版,第 744 页。
　　③　周贻白:《中国戏曲论集》,中国戏剧出版社 1960 年版,第 5 页。
　　④　任半塘:《唐戏弄》,上海古籍出版社 1984 年版,第 118、1251 页。

的是,乐府是个采录歌诗的机构,当时的韵语唱诵作品非常丰富,有前代流传的,也有当时口创的,都属于口传作品;但当它们被乐府机构改造时,都会在文字上、音乐上被或多或少地剪裁、编辑、改造,以为当时通行的乐府歌诗样式,并纳入到乐府歌诗之中。如果我们了解到这类乐府诗的来历,就不能由我们现在所看到的乐府歌诗来简单地逆推它们本来就是这样的形态,本身就有这样的功能。因为这类乐府诗可能来源于另外一种艺术样式,比如杂赋、俗赋,甚至《诗经》时代的歌诗,那么,它们所表现出的形态、功能可能就是那些艺术样式的形态、功能,如此一来,这类文本化而归入乐府的歌诗作品所具有的形态、功能,就并非出于乐府诗的独创独造,它或者是俗赋的形态、功能,或者就是前代歌诗的形态、功能,而不是乐府诗特有的、本生的形态和功能了。

如果我们把唐前的四言韵语唱诵汇通纵览,就会发现,对于民间一直流传的这些韵语唱诵,不同时代的文本化造成了它们的文类归属的不同,甚至是书面呈现体例的不同,因为每个时代都会按照当时的书面体例对口传韵语唱诵加以编订、改造。那些被采入《诗经》者自然是"诗",被采入乐府者自然是乐府古辞,那么,其他的韵语唱诵作品都可以被归为"杂赋",并以"赋"题名,比如敦煌文献中的《韩朋赋》《燕子赋》,实际上就是前代四言体韵语故事唱诵的文本化结果,如果前置到汉魏时代,被乐府机构采集,也就是乐府古辞了。

敦煌出土的《韩朋赋》是一篇四言体故事赋,讲述韩朋夫妇双双殉情,以反抗宋王荒淫残暴的故事。这个故事在西汉后期就已出现,并在民间长期流传着,因为敦煌汉简中已有韩朋故事的片断记述,而晋干宝《搜神记》卷一一《韩凭夫妇》也记载了这个故事的情节大略:

> 宋康王舍人韩凭,娶妻何氏,美,康王夺之。凭怨,王囚之,论为城旦。妻密遗凭书,缪其辞曰:"其雨淫淫,河大水深,日出当心。"既而王得其书,以示左右,左右莫解其意。臣苏贺对曰:"其雨淫淫,言愁且思也。河大水深,不得往来也。日出当心,心

有死志也。"俄而凭乃自杀。其妻乃阴腐其衣，王与之登台，妻遂自投台，左右揽之，衣不中手而死。遗书于带曰："王利其生，妾利其死。愿以尸骨，赐凭合葬。"王怒，弗听，使里人埋之，冢相望也。王曰："尔夫妇相爱不已，若能使冢合，则吾弗阻也。"宿昔之间，便有大梓木生于二冢之端，旬日而大盈抱，屈体相就，根交于下，枝错于上。又有鸳鸯，雌雄各一，恒栖树上，晨夕不去，交颈悲鸣，音声感人。宋人哀之，遂号其木曰"相思树"。相思之名，起于此也。南人谓此禽即韩凭夫妇之精魂。今睢阳有韩凭城，其歌谣至今犹存。①

此段记述中的主人公韩凭，就是《韩朋赋》中的韩朋，凭、朋乃出于口头传播中的记音差异。相较于《搜神记》的叙述，《韩朋赋》更为曲折详细，字数长达二千字左右，情节也较《搜神记》多出了前半部分：韩朋少年丧父，独养其母，远仕前娶妻奉母；后韩朋仕宋远行，经久不归，其妻念之，便寄信于韩朋；韩朋得信，非常思念，意欲还家而事无因由，不料怀书不谨，遗失殿前，被宋王得到；宋王甚爱其言，便派臣下梁伯至韩朋家，带韩朋妻入宫。《韩朋赋》所述情节的后半部分则与《搜神记》大体相合，但叙事较繁富，细节亦颇有出入。

　　昔有贤士，姓韩名朋，少小孤单，遭丧遂失其父，独养老母，谨身行孝。用身为主意远仕。忆母独住，故娶贤妻，成功素女，始年十七，名曰贞夫。已贤至圣，明显绝华，形容窈窕，天下更无。虽是女人身，明解经书，凡所造作，皆今天符。入门三日，意合同居，共君作誓，各守其躯。君亦不须再娶妇，如鱼如水；妾亦不再改嫁，死事一夫。
　　韩朋出游，仕于宋国，期去三年，六秋不归。朋母忆之，心中

---

　　① 干宝：《搜神记》，中华书局1979年版，第141—142页。

烦惚。其妻念之,内自发心,忽自执笔,遂字造书。其文斑斑,文辞碎锦,如珠如玉。意欲寄书与人,恐人多言;意欲寄书与鸟,鸟恒高飞;意欲寄书与风,风在空虚。书若有感,直到朋前;书若无感,零落草间。其书有感,直到朋前。韩朋得书,解读其言。书曰:"浩浩白水,回波如流。皎皎明月,浮云映之。青青之水,冬夏有时。失时不种,禾豆不滋。万物吐化,不违天时。久不相见,心中在思。百年相守,竟好一时。君不忆亲,老母心悲。妻独单弱,夜常孤栖,常怀大忧。盖闻百鸟失伴,其声哀哀;日暮独宿,夜长栖栖。太山初生,高下崔嵬。上有双鸟,下有神龟,昼夜游戏,恒则同归。妾今何罪,独无光晖。海水荡荡,无风自波,成人者少,破人者多。南山有鸟,北山张罗,鸟自高飞,罗当奈何。君但平安,妾亦无他。"韩朋得书,意感心悲,不食三日,亦不觉饥。韩朋意欲还家,事无因缘。怀书不谨,遗失殿前。宋王得之,甚爱其言。即召群臣,并及太史:"谁能取得韩朋妻者,赐金千斤,封邑万户。"梁伯启言王曰:"臣能取之。"宋王大喜,即出八轮之车,爪骝之马,前后仕从,便三千余人。从发道路,疾如风雨。三日三夜,往到朋家。

……

贞夫曰:"韩朋已死,何更再言。唯愿大王有恩,以礼葬之,可不得利后人?"宋王即遣人城东,轹百丈之圹,轹三公葬之礼也。贞夫乞往观看,不敢久停。宋王许之。令乘素车,前后侍从,三千余人,往到墓所。贞夫下车,绕墓三匝,嗥啼悲哭,声入云中,临圹唤君,君亦不闻。回头辞百官:"天能报此恩。盖闻一马不被二安鞍,一女不事二夫。"言语未讫,遂即至室,苦酒浸衣,遂脆如葱,左揽右揽,随手而无。百官忙怕,皆悉捶胸。即遣使者,走报宋王。

王闻此语,甚大嗔怒,床头取剑,煞臣四五。飞轮来走,百官集聚。天下大雨,水流圹中,难可得取。梁伯谏王曰:"只有万死,无有一生。"宋王即遣人探之。不见贞夫,唯得两石,一青一白。宋王睹之,青石埋于道东,白石埋于道西。道东生于桂树,道西生于梧桐。枝枝相当,叶叶相笼,根下相连,下有流泉,绝道不通。宋王出游见之,问曰:"此是何树?"梁伯对曰:"此是韩朋之树。""谁能解之?"梁伯对曰:"臣能解之。枝枝相当是其意,叶叶相笼是其思,根下相连是其气,下有流泉是其泪。"宋王即遣人诛伐之。三日三夜,血流汪汪。二札落水,成双鸳鸯,举翅高飞,还我本乡。唯有一毛羽,甚好端正。宋王得之,遂即磨拂其身,大好光彩,唯有项上未好,即将磨拂项上,其头即落。生夺庶人之妻,枉杀贤良。未至三年,宋国灭亡。梁伯父子,配在边疆。行善获福,行恶得殃。①

　　容肇祖于 20 世纪 30 年代曾发表《敦煌本〈韩朋赋〉考》一文,在指出《搜神记》中的《韩凭夫妇》与《韩朋赋》二者"根本出于一个故事"的同时,强调《韩朋赋》并非由《搜神记》发展演变而成,而当来自于唐以前的民间传说;并推测在《搜神记》之前,韩朋传说即已产生,一直在民间流传②。据此而言,《搜神记》对韩朋故事的记述,只是编写者按照自己的趣味,以简洁的文笔记录了这个民间传说的梗概,而《韩朋赋》则比较朴实、详尽地转述了这个民间传说。所以,《搜神记》没有提到《韩朋赋》前半部分的情节,并非由于它所根据的传说中没有这个情节,而是由于《搜神记》版的编写者对这个情节并不看重,故而未做详述。

　　所以说,《搜神记·韩凭夫妇》的记述也是当时口传故事的文本化,只不过是作了文言语体的转换。我们可以从敦煌汉简中的韩朋故事,看到这个时期民间故事讲唱对这个故事的唱诵。

　　1979 年,甘肃省文物工作队在敦煌西北的马圈湾汉代烽燧遗址发现了一批散残木简,其年代当为西汉后期,其中一枚残简上所记,正为韩朋

---

①　项楚:《敦煌变文选注》,中华书局 2006 年版,第 346—360 页。
②　容肇祖:《敦煌本〈韩朋赋〉考》,《敦煌变文论文录》,上海古籍出版社 1982 年版,第 649 页。

故事片断,惜仅存 27 个字。《敦煌汉简》对该简的释文如下:

> 书,而召𪐸偏问之。𪐸偏对曰:"臣取妇二日三夜,去之来
> 游,三年不归,妇……"①

对照《韩朋赋》的叙述,此简文之意可明。《韩朋赋》言及韩朋婚后仕宦远游,"期去三年,六秋不归";"其妻念之,内自发心,忽自执笔,遂自造书";"韩朋得书,意感心悲,不食三日,亦不觉饥。韩朋意欲还家,事无因缘。怀书不谨,遗失殿前,宋王得之,甚爱其言"。参照这情节,则知简文开头的"书"字,即指《韩朋赋》中韩朋妻"遂自造书"、韩朋"怀书不谨"的"书"。再根据前文所析《韩朋赋》的故事叙述较《搜神记》多出了前半部分,则知残简所示的情节正是《韩朋赋》的前半部分,即不见于《搜神记·韩凭夫妇》的那段情节。

容肇祖认为敦煌本《韩朋赋》来自于唐以前的民间传说:"从音韵去考察,可定为初唐以前,或者为晋至萧梁间的作品。"②而裴锡圭以这枚残简上的简文,印证了容肇祖的这一论断。裴锡圭指出:"𪐸偏"即韩朋,因此,该简应该是汉代人所记的韩朋故事的一枚残简③。简文中所说之"书",就是指韩朋妻写给韩朋的那封书信,召韩朋询问的当是宋王。而《韩朋赋》提到"入门三日,意合同居",与简文所说"臣娶妇二日三夜,去之来游"也基本相合。因此,该简所记涉及的内容正是《韩朋赋》的前半部分情节,即韩朋妻所寄家书被韩朋失落而为宋王所得的情节叙述。

至于此敦煌汉简所示韩朋故事的出现时间,可参照同址出土的汉简来推定。马圈湾所出汉简中的纪年简,最早的是宣帝本始三年(公元前71 年),最晚的是新莽始建国地皇上戊三年(公元 22 年),韩朋故事残简

---

① 甘肃省文物考古研究所:《敦煌汉简》下册,中华书局 1991 年版,第 238 页。
② 容肇祖:《敦煌本〈韩朋赋〉考》,《敦煌变文论文录》,上海古籍出版社 1982 年版,第 649 页。
③ 裴锡圭:《汉简中所见韩朋故事的新资料》,《复旦学报(社科版)》1999 年第 3 期,第109—113 页。

的抄写时代,大概不会超出西汉后期和王莽新朝的范围,最晚也是王莽新朝,这要比《搜神记》早 300 年左右。这说明,至少在《搜神记》之前 300 年,就有韩朋故事流传,而它在民间流传的内容可能就是敦煌本《韩朋赋》所记述的口传故事赋。而《搜神记·韩凭夫妇》和《韩朋赋》皆是此民间故事赋在不同时期的不同形态的文本化结果而已。

四言体故事赋《燕子赋》①与《韩朋赋》同属于敦煌出土的文献,但不同于《韩朋赋》来源于前代口头唱诵,《燕子赋》则是唐代韵语唱诵的文本化。敦煌本《燕子赋》讲的是一个燕雀争巢的故事,它与《神乌赋》同属于"禽鸟夺巢"的故事类型,讲述的都是勤劳善良的善鸟(神乌或燕子)筑巢,巢成之后遭遇恶鸟(盗鸟或雀儿)的掠夺巢窝,善鸟在抗争失败后无奈之下诉诸官府。不同的是,《燕子赋》中的凤凰是个廉洁公正的官吏,他严惩了强盗形象雀儿,为燕子讨回了公道,最后雀儿、燕子握手言和,而《神乌赋》则是一个悲剧结局。

> 仲春二月,双燕翱翔,欲造宅舍,夫妻平章。东西步度,南北占详,但避将军太岁,自然得福无殃。取高头之规,垒泥作窟,上攀樑使,藉草为床。安不虑危,不巢于翠幕;卜胜而处,遂托弘梁。铺置才了,暂往坻塘。
>
> 乃有黄雀,头脑峻削,倚街傍巷,为强凌弱,睹燕不在,入来皎掠。见他宅舍鲜净,便即兀自占着。妇儿男女,共为欢乐,自夸楼㑢:"得伊造作,耕田人打兔,蹥履人吃臛,古语分明,果然不错。硬努拳头,偏脱胳膊。燕若入来,把棒撩脚。伊且单身独手,喽我阿莽矍矸,更被唇口嗫嚅,与你到头尿却。"
>
> 言语未定,燕子即回,踏地叫唤。雀儿出来,不问好恶,拔拳

---

① 敦煌文献中有题名相同而内容不同的《燕子赋》两种,一为四言体,一为五言体。四言体《燕子赋》在敦煌遗书中有九个写卷。其中,伯 2491 号,全,题作"燕子赋一卷";伯 3666 号,末尾残缺,题作"燕子赋一卷";伯 4019 号写本《书仪》后,残存《燕子赋》后半一段,自"故纸"起,至末尾"燕子赋一卷曹光晟写记"止。

即差,左推右耸,剜耳捆腮。儿捻拽脚,妇下口龉。燕子被打,可笑尸骸。头不能举,眼不能开。夫妻相对,气咽声哀:"不曾触犯豹尾,缘没横罹鸟灾?"遂往凤凰边,下牒分析:"燕子单贫,造得一宅,乃被雀儿强夺,仍自更着恐吓,云'明敕括客,标入正格。阿你浦逃落籍,不曾见你厝王役,终遣官人棒脊,流向担崖象白。云野鹊是我表丈人,鹁鸠是我家伯,州县长官,瓜萝亲戚。是你下牒言我,共你到头并亦。火急离我门前,少时终须吃掴'。燕子不分,以理从索。遂被撮头拖曳,捉衣揞擘。辽乱尊拳,交横秃剔。父子数人,共相敲击。燕子被打,伤毛堕翮,起止不能,命垂朝夕。伏乞检验,见有青赤,不胜冤屈,请王科责。"

凤凰云:"燕子下牒,辞理恳切,雀儿豪横,不可称说。终须两家,对面分雪,但知臧否,然可断决。"专差鹚鹈往捉。①

此篇《燕子赋》中的雀儿,是一个强盗恶霸式的形象。他强占了燕子辛苦营造的巢舍,当燕子夫妇据理力争时,便"不问好恶,拔拳即差,左推右耸,剜耳捆腮。儿捻拽脚,妇下口龉",表现得十分无赖、凶狠。在与恶霸雀儿交涉的过程中,我们看到燕子夫妇是一种拘谨、老实的形象。他们在营造巢舍时,"东西步度,南北占详,但避将军太岁,自然得福无殃",仔细地步度、占卜,希望能避开一切可能招灾惹祸的太岁凶方,尽力稳妥处置,不想有什么差池纰漏。可是结果仍难预料,就在他们"铺置才了,暂往坻塘"的时候,辛勤营造的新巢舍就被恃强凌弱的恶棍雀儿霸占,当他们上前交涉时,还遭到雀儿的一顿毒打,以至于"伤毛堕翮,起止不能,命垂朝夕"。燕子夫妇、恶棍雀儿的双方形象就在这争夺巢舍的矛盾斗争中得到了鲜明的展示,而且此篇赋作在故事叙述上首尾完整又起伏流畅,显示了四言体韵语唱诵的叙事能力。

裴锡圭曾在讨论敦煌汉简的韩朋故事残文时指出汉魏间作为民间故

---

① 项楚:《敦煌变文选注》,中华书局 2006 年版,第 488—496 页。

事讲唱的白话赋的发达："从《神乌赋》和韩朋故事残简来看,汉代俗文学的发达程度恐怕是超出我们的预料的。敦煌俗文学作品中有不少是讲汉代故事的,如《季布骂阵词文》(即《捉季布传文》)、《王陵变》以及讲王昭君的和讲董永的变文等。我怀疑它们大都是有从汉代传下来的民间传说作为底子的。说不定将来还会发现记叙这些民间故事的汉简呢。"①其实,关于汉代民间韵语唱诵的故事赋,现知当时的文人赋作中也有类似者,如扬雄的《逐贫赋》、张衡的《髑髅赋》等,《神乌赋》的发现,无疑为我们研究这类文体的发展演变提供了更有力的线索和证据。

四言体韵语唱诵,从先秦的《卫风·氓》《宋王见神龟》《荀子·赋篇》,到汉代《神乌赋》、乐府古辞,再到魏晋六朝时的《上云乐》《韩朋赋》,以至唐代的《燕子赋》,由此我们可以看到,这种故事讲唱的体制一直继承、延续下来。在它们以口头形态流播期间,有些作品被文本化而有了书面呈现,被归为诗,归为赋,归为乐府。实际上,它们之间并未有体制上的超越,如果不是因为这些书面呈现形态的不同,以及不同时代的文类观念对它们的不同归属,它们在故事唱诵格式上可被视为同类,都在各自的类属中体现着韵语唱诵的叙事能力和叙事成就,也共同推进着韵语唱诵的叙事能力的发展。如果不考虑各自口头表演的方式,如诗是唱,赋是诵,乐府是配乐歌舞表演,那么,在文字形态的书面呈现上,它们是有着明显的源流承续脉络的。

三　五言体韵语故事唱诵的文本化演进

五言体韵语唱诵是在四言体韵语唱诵之后发展起来的,也是故事讲唱常用的语句表述格式,在汉魏乐府、俗赋中表现得最具典型。相较于四

---

①　裘锡圭《汉简中所见韩朋故事的新资料》,《复旦学报(社科版)》1999 年第 3 期。又,关于《神乌赋》的考证,可参考裘锡圭《〈神乌赋〉初探》,原载《文物》1997 年第 1 期,修改后又收入《尹湾汉墓简牍综论》(科学出版社 1999 年)。

言体来说,五言体"指事造形、穷情写物,最为详切",所以"五言居文词之要,是众作之有滋味者也"①。因而,五言体便在"文繁而意少"的四言体之外,为民众所喜爱,渐趋在世俗社会中流行开来。

这种五言体韵语唱诵在《诗经》时代的口头歌唱中就已存在了,无论是那些《诗经》收录的歌诗,还是那些未被《诗经》采录的民间歌唱。

> 谁谓雀无角,何以穿我屋?谁谓女无家,何以速我狱?虽速我狱,室家不足。
> 谁谓鼠无牙,何以穿我墉?谁谓女无家,何以速我讼?虽速我讼,亦不女从。(《召南·行露》)

> 投我以木瓜,报之以琼琚,匪报也,永以为好也。
> 投我以木桃,报之以琼瑶,匪报也,永以为好也。
> 投我以木李,报之以琼玖,匪报也,永以为好也。(《卫风·木瓜》)

> 七月流火,九月授衣。一之日觱发,二之日栗烈,无衣无褐,何以卒岁?三之日于耜,四之日举趾。同我妇子,馌彼南亩,田畯至喜。……九月筑场圃,十月纳禾稼。黍稷重穋,禾麻菽麦。嗟我农夫,我稼既同,上入执宫功。(《豳风·七月》)

> 知子之来之,杂佩以赠之。知子之顺之,杂佩以问之。知子之好之,杂佩以报之。(《郑风·女曰鸡鸣》)②

如果考虑到《诗经》中的这些歌诗乃采集自当时的民间歌唱,那么,这样的五言体唱诵应该数量不小,可惜口头流传的那些歌唱未能更充分地

① 吕德申:《钟嵘〈诗品〉校释》之《诗品序》,北京大学出版社 2000 年版,第 14 页。
② 高亨:《诗经今注》,上海古籍出版社 2009 年版,第 21、94、199、115 页。

落实到书面载体上,但我们还是看到了楚地民歌有一些五言歌唱被落实于文本,散落在不同的书面文献之中。比如《孺子歌》(又名《沧浪歌》,见《孟子·离娄上》)和《接舆歌》(见《论语·微子》)。

沧浪之水清兮,可以濯我缨;沧浪之水浊兮,可以濯我足。(《孺子歌》)①

凤兮凤兮,何德之衰?往者不可谏,来者犹可追。已而,已而,今之从政者殆而。(《接舆歌》)②

上面所列这些五言体韵语唱诵,只是当时口头民间歌唱的一部分,由于这种格式并不是当时的主流,所以书面落实者较少,它们在抒情言志、故事表达上的能力与潜力还有待于后世的发现,但民众从未放弃对这种格式的使用,它一直是民众口头创作的常用格式,相关的唱诵之作也在民众口耳间传播着。比如秦始皇时的民歌《长城谣》:"生男慎勿举,生女哺用脯。不见长城下,尸骸相支拄。"就是使用五言表述。而到了汉代,这种五言体唱诵就非常发达了,已经成为汉乐府古辞的代表性体制,而且已经用于较长篇的故事讲唱。比如《艳歌何尝行》、《艳歌行》、《上陵》、《东光》、《悲歌行》、《鸡鸣》、《相逢行》、《长安有狭斜行》、《陌上桑》(《艳歌罗敷行》)、《豫章行》(《古白杨》)、《陇西行》、《步出夏门行》等等。

相逢狭路间,道隘不容车。不知何年少,夹毂问君家。君家诚易知,易知复难忘。黄金为君门,白玉为君堂。堂上置樽酒,作使邯郸倡。中庭生桂树,华灯何煌煌。兄弟两三人,中子为侍郎。五日一来归,道上自生光。黄金络马头,观者盈道傍。入门时左顾,但见双鸳鸯。鸳鸯七十二,罗列自成行。音声何噰噰,

---

① 杨伯峻:《孟子译注》卷七,中华书局1960年版,第170页。
② 杨伯峻:《论语译注》,中华书局2006年版,第218页。

鹤鸣东西厢。大妇织绮罗,中妇织流黄。小妇无所为,挟瑟上高堂。丈人且安坐,调丝方未央。(《相逢行》)

默默施行违,厥罚随事来。末喜杀龙逢,桀放於鸣条。祖伊言不用,纣头悬白旄。指鹿用为马,胡亥以丧躯。夫差临命绝,乃云负子胥。戎王纳女乐,以亡其由余。璧马祸及虢,二国俱为墟。三夫成市虎,慈母投杼趋。卞和之刖足,接舆归草庐。(《折杨柳行》)

飞来双白鹄,乃从西北来。十十五五,罗列成行。妻卒被病,行不能相随。五里一反顾,六里一徘徊。吾欲衔汝去,口噤不能开;吾欲负汝去,毛羽何摧颓。乐哉新相知,忧来生别离,踌躇顾群侣,泪下不自知。念与君离别,气结不能言,各各重自爱,远道归还难。妾当守空房,闭门下重关。若生当相见,亡者会黄泉。今日乐相乐,延年万岁期。(《艳歌何尝行》)①

除此之外,乐府诗中《陌上桑》《孔雀东南飞》《羽林郎》这样的作品,更能代表五言体韵语唱诵的成就。它们以故事叙述为宗旨,情节首尾完整,叙述起伏流畅,人物形象丰满,语言比较通俗,场景描写、人物对话铺排生动细致,具有明显的辞赋特征。而有些乐府诗不是用第三者的口吻作平铺直叙,而是通过第一人称的对话和动作予以推进故事情节的发展,具有明显的戏剧因素。比如《战城南》用人与鸟的对话,《陌上桑》全诗用了三次对话,《孔雀东南飞》全诗用了三十次对话,《东门行》一诗前半部分集中写人物的行动,后半部分用对话表现主题。这种叙事格式正如《神乌赋》的叙述构思和情节架构,有

---

① 郭茂倩:《乐府诗集》卷三四、三七、三九,中华书局1979年版,第508、547、576页。

的学者即明确指出了汉乐府诗的戏剧性叙事特征[①]，有的学者认为《孔雀东南飞》就是一首文人赋[②]。乐府歌诗的叙述中所具有的这些辞赋、戏剧的属性特征，表明它们所关联的口传形态或者就是当时流播于民间的杂赋、俗赋，然后被采入乐府，进行歌辞协律、词文改造的工作，因而它们在形式上与讲诵体杂赋很接近。

因此，从语句表述的格式、情节叙述的程式，到故事题材的格调，这些乐府古辞都与杂赋相近或相同。况且乐府诗中本就有许多采自"杂赋"的作品，只不过在采入乐府之后重新作了歌辞协律、词文改造的编订，比如《乐府诗集》卷五一《清商曲辞》所收《上云乐》就是这样的作品。从文本呈现的形态上来讲，把它们置于杂赋中并无不可。所以，像《陌上桑》这样的五言体故事唱诵，在汉魏时期的民间歌唱中数量应该不会太少，只不过被发现、被记录而有书面呈现者太少了。而且《陌上桑》这样的五言体故事唱诵在被文本化之后是以乐府古辞的名义存在的，至于那些仍在民间口头唱诵的作品传至后世则会以赋的名义被接受，比如敦煌遗书中的五言体《燕子赋》。

　　此歌身自合，天下更无过，雀儿和燕子，合作开元歌。

　　燕子实难及，能语得喽罗。一生心快健，禽里更无过。居在堂梁上，衔泥来作窠。追朋伴亲侣，滥鸟不相过。秋冬石窟隐，春夏在人间。二月来投丛，八月却归山。口衔长命草，余事且闲闲。经冬若不死，今岁重回还。游飏云中戏，宛转在空飞。还来归旧室，各自本窠依。丛中逢一鸟，称名自雀儿。摇头径野说，语里事哼呃。[③]

　　① 李伯敬、朱洪敏：《汉乐府民歌的戏剧审美创造》，《江苏社会科学》1993 年第 3 期；阮忠：《汉乐府叙事诗的戏剧性》，《南都学刊》1996 年第 1 期。

　　② 叶桂桐：《论〈孔雀东南飞〉为文人赋》，《中国韵文学刊》2000 年第 2 期。

　　③ 项楚：《敦煌变文选注》，中华书局 2006 年版，第 538 页。

　　五言体《燕子赋》在敦煌遗书中仅存一个写卷,编号为伯 2653,通篇为五言诗体,与另一篇同题的四言体《燕子赋》形式迥异。五言体《燕子赋》开篇即道:"此歌身自合,天下更无过,雀儿和燕子,合作开元歌。"则知此赋的编写年代,可能是开元末年或天宝初年。另外也表明这种俗赋是可以歌唱与讲诵的,属于说唱伎艺的范畴。这种五言体的俗赋也是唐前故事唱诵的一种主要的、典型的体制,比如晋刘谧之《庞郎赋》的开篇即道:"座上诸君子,各各明君耳。听我作文章,说此河南事。"这与敦煌本五言体《燕子赋》的开篇格式一样,都表明了这种俗赋的说唱文学属性,而它们的书面成篇则是来自于这种伎艺口头韵语唱诵内容的文本化结果。

　　现存《庞郎赋》并无全本,只有残句,散见于不同文献,如《初学记》卷一九、《太平御览》卷三八二皆有零散著录,清人严可均《全晋文》即据之辑录:

　　　　坐上诸君子,各各明君耳。听我作文章,说此河南事。(《初学记》卷十九引刘谧之《庞郎赋》)

　　　　其头也,则中胳而上下锐,额平而承枕四起。(《初学记》卷十九引刘谧之《庞郎赋》,又《御览》卷三百八十二引《宠郎赋》)

　　　　庞郎居山中,稀行出朝市。暂来到豫章,因便造人士。东西二城门,赫奕正相似。向风径东征,直去不转耳。(《御览》卷四百九十,题为《迷赋》)

　　　　头戴鹿心帽,足着狗皮靴。面傅黄灰泽,髻插芜菁花。男女四五人,皆如烧虾蟆。(《御览》卷六百八十七,题为《下也赋》)①

　　此篇虽是文人作品,但有着明显的民间通俗故事唱诵的格调,表明当时的文人创作的赋作,也如乐府诗一样,五言体唱诵已是其主要的体制格式了。同类作品的还有晋代朱彦时的《黑儿赋》和刘思真的《丑妇赋》。

----

　　① 严可均辑:《全晋文》卷一四三,商务印书馆 1999 年版,第 1546 页。

世有非常人，实惟彼玄士。禀兹至缁色，内外皆相似。

卧如骊牛骧，立如乌牛跱，忿如鹓䳆斗，乐如鸡鹅喜。（《初学记》卷十九，《御览》卷三百八十二）

人皆得令室，我命独何咨。不遇姜任德，正值丑恶妇。

才质陋且俭，姿容剧嫫母。鹿头猕猴面，椎额复出口。

折颊厌楼鼻，两眼顤如臼。肤如老桑皮，耳如侧两手。

头如研米槌，发如掘扫帚。恶观丑仪容，不媚如铺首。

暗钝拙梳髻，刻画又更丑。妆颊如狗舐，额上偏独厚。

朱唇加踏血，画眉如鼠负。傅粉堆颐下，面中不遍有。

领如盐豉囊，袖如常拭釜。履中如和泥，爪甲长有垢。

脚皴可容箸，熟视令人呕。（《初学记》卷十九，《御览》卷三百八十二）①

通过以上的梳理，可以看到，民间口头歌唱自《诗经》时代以来一直有五言者，汉晋的乐府歌诗、故事赋更多以五言唱诵，成为当时韵语故事唱诵的主要表述体制。汉晋时期有一种以四言为诗歌正宗的观点，比如挚虞《文章流别论》即认为：“古之诗有三言、四言、五言、六言、七言、九言。古诗率以四言为体，时有一句二句杂在四言之间，后世演之，遂以为篇。……五言者，‘谁谓雀无角，何以穿我屋’之属是也，于俳偕倡乐多用之。……七言者，‘交交黄鸟止于桑’之属是也，于俳偕倡乐多用之。……夫诗虽以情志为本，而以成声为节。然则雅音之韵，四言为正；其余虽备曲折之体，而非音之正也。”②此语即把五言唱诵之作排斥为俳优所唱的歌辞，这是文人的囿见，但不可否认，民间的乐舞表演、歌唱词文对五言的使用是比较普遍的。如《陌上桑》《孔雀东南飞》《羽林郎》等，都是民间的韵语故事唱诵之作，被乐府机构采集后又经过词文改造而归于

①　严可均：《先唐文》，商务印书馆 1999 年版，第 422 页。

②　郁沅、张明高编：《魏晋南北朝文论选》，人民文学出版社 1996 年版，第 180 页。

乐府诗类了。《陌上桑》一篇,《宋书·乐志》归入"大曲",《乐府诗集》归入"相和歌辞",这说明乐府采集后是把它配以乐歌舞表演的。《孔雀东南飞》一篇,属于杂曲歌辞,叶桂桐从演唱方式上考察,认为"《孔雀东南飞》是很难入乐的,它可能只是念诵体",进而认为它是"文人拟作演唱之俗赋"①。

据此而言,乐府古辞中的这些五言故事唱诵之作,即是来源于民间口传的五言唱诵,它们在未被采入乐府歌诗及配乐表演之前,就是民间口头传诵的唱诵伎艺作品,并无文类体制上的区别或划分。但在被文本化而作书面呈现后,或有以赋成篇者,即以赋为题,归于杂赋;或有采入乐府配乐表演,即以歌诗形态呈现,归入乐府歌诗。

四 七言体韵语故事唱诵的文本化演进

荀子《成相篇》是一篇评述历史人物和历史事件的韵语唱诵之作,这是一篇摹仿民间讲唱伎艺的文人拟作,说明当时民间存在着这样的韵语唱诵形式。"相"为乐器,所谓"成相"就是指有乐曲配合,则成相之辞乃指配乐歌唱之辞。所以,荀子《成相篇》的格式,乃是仿效民间韵语唱诵伎艺之作。

请成相,世之殃,愚暗愚暗堕贤良。人主无贤,如瞽无相何伥伥。

请布基,慎圣人,愚而自专事不治。主忌苟胜,群臣莫谏必逢灾。

论臣过,反其施,尊主安国尚贤义。拒谏饰非,愚而上同国必祸。

① 叶桂桐:《论〈孔雀东南飞〉为文人赋》,《中国韵文学刊》2000 年第 2 期。

　　曷谓罢？国多私，比周还主党与施。远贤近谗，忠臣蔽塞主执移。

　　曷谓贤？明君臣，上能尊主下爱民。主诚听之，天下为一海内宾。

　　主之孽，谗人达，贤能遁逃国乃蹶。愚以重愚，暗以重暗成为桀。

　　世之灾，妒贤能，飞廉知政任恶来。卑其志意，大其园圃高其台。

　　武王怒，师牧野，纣卒易乡启乃下。武王善之，封之于宋立其祖。

　　世之衰，谗人归，比干见刳箕子累。武王诛之，吕尚招麾殷民怀。

　　世之祸，恶贤士，子胥见杀百里徙。穆公任之，强配五伯六卿施。

　　世之愚，恶大儒，逆斥不通孔子拘。展禽三绌，春申道缀基毕输。

　　请牧基，贤者思，尧在万世如见之。谗人罔极，险陂倾侧此之疑。

　　基必施，辨贤罢，文武之道同伏戏，由之者治，不由者乱何疑为？

　　凡成相，辨法方，至治之极复后王。慎墨季惠，百家之说诚不详。[①]

　　"成相"的语句表述格式历来是民间文艺、讲唱文学研究者注目的焦点，纷争虽多，但其三三七的句式，则为学界所普遍承认。由于这种句式习惯上被人们归入"杂言体"，又被看成是民间唱诵的句式特点，故论及

---

① 王先谦：《荀子集解》卷一八，中华书局 1988 年版，第 457—460 页。

"成相"源流者多将它和民间讲唱伎艺相联系。当然,它所反映的民间唱诵方式,也不是孤例,我们还可以通过睡虎地秦简《为吏之道》《逸周书·周祝解》得以参证,这说明当时确有这种已经定型的韵语唱诵样式存在并流行于社会。

荀子《成相篇》反映的民间伎艺的韵语唱诵格式,有两个方面值得注意,一是三三七的语名组合格式,二是七言体韵语唱诵格式。兹先谈前者。

班固《汉书·艺文志》将赋分为"屈原赋""陆贾赋""孙卿赋"和"杂赋"四大类。前三者属于文人赋,而民间赋皆归于"杂赋"一类,《文心雕龙·诠赋》称"秦世不文,颇有杂赋。汉初词人,顺流而作"①。"杂赋"下列"成相杂辞十一篇""隐书十八篇"。"成相杂辞"和"隐书"乃是谐隐戏谑的通俗赋。归类于"杂赋"中的作品或来自于民间,或来自于文人的拟作,其作品规模已然可观,故得以类标举。"成相杂辞"是一种民间文艺形式,先秦以来一直在民间流传,并且影响了文人的创作,荀子《成相篇》即是文人的拟作。

《汉书·艺文志》所列的"成相杂辞十一篇",可惜没能流传下来。清人卢文弨称其"大约托于瞽矇讽诵之词,亦古诗之流也"②。这种用"相"伴奏的说唱,是民众喜欢的韵语唱诵伎艺,在当时社会上流播甚广。"成相"犹言"打相",以击打"相"这种乐器作为基本伴奏手段的演唱形式即称为"成相"。而以"打相"助节的曲调也被称之为"成相",其歌辞则被称为"成相杂辞"。唐人杨倞认为《荀子·成相篇》就是《汉书·艺文志》中所说的"成相杂辞","盖亦赋之流也"③;朱熹《楚辞后语》也说荀子《成相篇》"在《汉志》号《成相杂辞》"④。荀子即模仿这种民间流行的"成相杂辞"格式,在列述史事的基础上,杂论君臣治乱之事,并用"成相"这种讲唱方式

---

① 范文澜:《文心雕龙注》,人民文学出版社 2001 年版,第 134 页。
② 王先谦:《荀子集解》卷一八,中华书局 1988 年版,第 455 页。
③ 王先谦:《荀子集解》卷一八,中华书局 1988 年版,第 455 页。
④ 朱熹:《楚辞后语》卷一,见朱熹《楚辞集注》,蒋立甫校点,上海古籍出版社 2001 年版,第 209 页。

予以赋名,这表明当时这种韵语唱诵的伎艺或说方式在民间并无体类名称。荀子即用这种时兴的韵语唱诵方式来讲说历史故事,负载他的思想,在此,他看中的就是这种唱诵方式的通俗性、趣味性,应该也考虑到了《成相篇》的面向人群,故而要用民众喜闻乐见的表述形式来叙述历史故事,普及知识,传播思想。

如此而言,荀子《成相篇》所体现的这种三三七语句组合的韵语唱诵形式,在先秦、汉代的民间伎艺中是广泛存在的,睡虎地秦简《为吏之道》就是一个例证,而汉乐府古辞也有这种格式的韵语唱诵。比如《乐府诗集》卷二八《平陵东》一篇。

> 平陵东,松柏桐,不知何人劫义公。劫义公,在高堂下,交钱百万两走马。两走马,亦诚难,顾见追吏心中恻。心中恻,血出漉,归告我家卖黄犊。①

据解题引崔豹《古今注》曰:"《平陵东》,汉翟义门人所作也。"则此篇是采自汉代的乐府古辞,它呈现出与《荀子·成相》完全相同的三三七语句组合格式。这样的韵语唱诵形式在乐府歌诗中并非仅见,如汉乐府《战城南》开头就是"战城南,死郭北,野死不葬乌可食",而整篇的运用当是上文所列举的《平陵东》一篇,另外还有《乐府诗集》卷二八"相和歌辞"的《陌上桑》(楚辞钞)一篇。

> 今有人,山之阿,被服薜荔布女萝。既含睇,又宜笑,子恋慕予善窈窕。乘赤豹,从文狸,辛夷车驾结桂旗。被石兰,带杜衡,折芳拔荃遗所思。处幽室,终不见,天路险艰独后来。表独立,山之上,云何容容而在下。杳冥冥,羌昼晦,东风飘飖神灵雨。风瑟瑟,木楼楼,思念公子徒以忧。②

---

① 郭茂倩:《乐府诗集》卷二八,中华书局1979年版,第410页。
② 郭茂倩:《乐府诗集》卷二八,中华书局1979年版,第411—412页。

　　此篇《宋书·乐志》亦收录，其内容完全是对《楚辞·九歌·山鬼》的改写，当是汉魏人采集楚歌古辞配乐而成，但句子组合的格式则完全承自"成相杂辞"。同一时期的魏武帝、魏文帝也各有《陌上桑》，皆如乐府古辞《平陵东》那样的三三七句式组合。

　　　　驾虹霓，乘赤云，登彼九疑历玉门，济天汉，至昆仑见西王母谒东君。交赤松，及羡门，受要秘道爱精神。食芝英，饮醴泉，挂杖挂枝佩秋兰。绝人事，游浑元，若疾风游欻飘翩。景未移，行数千，寿如南山不忘愆。

　　　　弃故乡，离室宅，远从军旅万里客。披荆棘，求阡陌，侧足独窘步，路局笮。虎豹噪动，鸡惊，禽失群，鸣相索。登南山，奈何蹈盘石，树木丛生郁差错。寝蒿草，荫松柏，涕泣雨面霑枕席。伴旅单，稍稍日零落，惆怅窃自怜，相痛惜。①

　　同一种韵语唱诵形式，从《荀子·成相篇》到《汉书·艺文志》中的"成相杂辞"，再到"相和歌辞"中的乐府古辞，体现了它在韵语唱诵演变脉络中的持续性和认同度。这是因为这种三三七的语句组合格式能达成一种节奏鲜明、跌宕起伏的效果，能更好地表现那种慷慨激昂的情绪，或深忧绵邈的情思，故而《诗经》时代以来民间、文人的唱诵作品多用之。但采用这种三三七语句组合格式的韵语唱诵作品在文类归属上却并不一致，在《诗经》时代，一切韵语唱诵之作皆可称为诗，但到了汉代的文类观念中，它们就被归为"杂赋"，因为"诗"被限定于指代《诗经》了，然而，同时的乐府机构也采集这类民间的歌唱，它们又被归为乐府古辞，并被文人拟作。从上面所列述的作品来看，同样的"成相杂辞"，有的被归为杂赋，有的被采入乐府，虽然采入乐府者可能与杂赋存在着配乐歌唱上的不同，但它们

---

　　① 郭茂倩：《乐府诗集》卷二八，中华书局 1979 年版，第 412 页。

在文本化而书面呈现的表述体制上并无不同,这同样体现了民间韵语唱诵的因时赋类规则。

另外,荀子《成相篇》所反映的民间伎艺的韵语唱诵格式,还反映了七言体韵语唱诵格式的发展状况。荀子《成相篇》的杂言体韵语唱诵有着规律性的七言句式,这种七言韵文到《汉书·艺文志》"杂赋"类的"成相歌辞"时一直存在。另外,先秦时的楚地民歌中也有七言体的韵语唱诵句式,如《越人歌》(刘向《说苑》卷一一《善说》):

> 今夕何夕兮,搴舟中流。今日何日兮,得与王子同舟。蒙羞被好兮,不訾诟耻。心几顽而不绝兮,得知王子。山有木兮木有枝,心说君兮君不知。①

当然,这些口头歌唱虽有七言韵语,但都是间于杂言体中存在的,并不是全篇整齐的七言体韵语唱诵。而在汉代的民间歌谣中,这种七言体韵语句式则渐趋整齐,如见于《后汉书·五行志一》的《小麦谣》《城上乌》。

> 小麦青青大麦枯,
> 谁当获者妇与姑。
> 丈人何在西击胡。
> 吏买马,君具车。
> 请为诸君鼓咙胡。

> 城上乌,尾毕逋。公为吏,子为徒。一徒死,百乘车。车班班,入河间。河间姹女工数钱,以钱为室金为堂。石上慊慊舂黄粱。梁下有悬鼓,我欲击之丞卿怒。②

---

① 赵善诒:《说苑疏证》卷一一,华东师范大学出版社1985年版,第311页。
② 范晔:《后汉书》志第一三,中华书局2005年版,第2233页。

《后汉书》记《小麦谣》曰:"桓帝之初,天下童谣曰……案元嘉中,凉州诸羌一时俱反……"记《城上乌》曰:"桓帝之初,京都童谣……案此皆谓为政贪也。"这两首东汉桓帝时的民间歌唱后来被采入乐府,列入《乐府诗集·杂谣歌辞六》,前者被题为《后汉桓帝初小麦童谣》,后者被题为《后汉桓帝初城上乌童谣》①。而乐府古辞中能体现出七言体韵语故事唱诵成就者,则要看《王子乔》一篇。

> 王子乔,参驾白鹿云中遨。参驾白鹿云中遨,下游来,王子乔。参驾白鹿上至云,戏游遨。上建逋阴广里践近高。结仙官,过谒三台,东游四海五岳,上过蓬莱紫云台。三王五帝不足令,令我圣明应太平。养民若子事父明,当究天禄永康宁。玉女罗坐吹笛箫。嗟行圣人游八极,鸣吐衔福翔殿侧。圣主享万年。悲吟皇帝延寿命。②

这篇乐府古辞当是采自汉代的民间歌唱,只是又被乐府机构采集而重新作了词文改造、配乐歌唱了,所以它是一首魏晋间的"乐奏辞"。它讲述的是王子乔成仙事,据刘向《列仙传》记述:"王子乔者,周灵王太子晋也。好吹笙作凤鸣。游伊、洛之间,道人浮丘公接以上嵩高山。三十余年后,求之于山上,见桓良曰:'告我家,七月七日待我于缑氏山头。'至时,果乘白鹤驻山头,望之不得到,举手谢时人,数日而去。为立祠于缑氏山下及嵩高之首焉。"③

魏晋时期,这种七言体韵语故事唱诵之作更有成就者是《陇上歌》。据现存文献,《陇上歌》文本呈现的版本不一,可能是当时口头唱诵的版本原来就错落不同,由此造成了不同文献采集、记录的文词不同。比如同是《太平御览》收录的引自《赵书》的版本,卷三五三、卷四六五两篇在篇幅长

---

① 郭茂倩:《乐府诗集》卷八八,中华书局 1979 年版,第 1236—1237 页。

② 郭茂倩:《乐府诗集》卷二九,中华书局 1979 年版,第 437 页。

③ 王叔岷:《列仙传校笺》,中华书局 2007 年版,第 65 页。

短、文词使用上即有明显差异。

　　　　陇上健儿曰陈安,爱养将士同心肝。
　　　　骢骢马,铁镂鞍,丈八蛇矛左右盘。
　　　　百骑俱出如云浮,追者十万骑修修。
　　　　战始三交失蛇矛,十骑俱荡九骑留。

　　　　陇上健儿曰陈安,躯干虽小腹中宽,爱养将士同心肝。
　　　　骢骢驳马铁瑕鞍,七尺大刀配齐镶,丈八蛇矛左右盘,十荡
　　十决无当前。
　　　　百骑俱出如云浮,追者千万骑悠悠。
　　　　战始三交失蛇矛,十骑俱荡九骑留。
　　　　弃我骢骢攀岩悲,天降雨,追者休。
　　　　阿呵呜呼奈子何,呜呼阿呵奈子何。①

　　此篇歌诗讲述了东晋时西州氐羌首领陈安的故事。据《晋书》,刘曜是匈奴人,但其族早已迁居今山西省中部、南部一带。西晋末年,各种势力裂地自雄,割据自治,陈安也于纷乱之际,自称凉王。陈安一度反复于晋与匈奴族政权前赵刘曜之间,后坚决拥戴晋室,于是,刘曜率部亲征陈安,陈安被围于陇城,屡战屡败,后突围南奔,终兵败而死。由于陈安平时善于抚慰士卒,与部下同甘共苦,在当地甚得民心,故其死后陇上民众为之感伤而歌。

　　这首歌又见于《晋书》卷一〇三《刘曜传》:东晋明帝太宁元年(323),刘曜亲征陈安,围安于陇城,陈安率骑数百突围而出,南走陕中,终被俘获。"安善于抚接,吉凶夷险与众同之,及其死,陇上歌之曰:'陇上壮士有陈安,驱干虽小腹中宽,爱养将士同心肝。骢骢父马铁瑕鞍,七尺大刀奋

---

　　①　李昉:《太平御览》卷四六五引《赵书》,中华书局 1960 年版,第 1625 页下、2140 页上。

如湍,丈八蛇矛左右盘,十荡十决无当前。战始三交失蛇矛,弃我骢骢窜岩幽,为我外援而悬头。西流之水东流河,一去不还奈子何。'曜闻而嘉伤,命乐府歌之"①。

《晋书》载录此歌,或有少许改动,或是来自于当时口头唱诵的不同版本。比如《乐府诗集·杂歌谣辞》收录的版本也与之不相同。

> 陇上壮士有陈安,驱干虽小腹中宽,爱养将士同心肝。
>
> 骢骢父马铁锻鞍,七尺大刀奋如湍,丈八蛇矛左右盘,十荡十决无当前。
>
> 战始三交失蛇矛,弃我骢骢窜岩幽,为我外援而悬头。
>
> 西流之水东流河,一去不还奈子何。②

这个版本文字上与《晋书》《太平御览》皆不同,尤其是无《太平御览》之最后两句,应是在采集后作了词文上的改动。而《太平御览》所载者,最后两句是"阿呵呜呼奈子何,呜呼阿呵奈子何",这应该更接近于民间歌唱的原始面貌。

作为乐府歌诗的《陇上歌》,它所体现的七言体故事唱诵形态,是后世七言体故事讲唱的优秀先导。而七言体韵语唱诵是后世讲唱伎艺的重要格式,如敦煌遗书中就有《大汉三年季布骂阵词文》《董永》《百鸟名》这样的全篇整齐的七言体韵语故事唱诵作品,颇能显示出对七言体唱诵格式的发展,即如《季布骂阵词文》所示:

> 昔时楚汉定西秦,未辨龙蛇立二君。
>
> 连年战败江河沸,累岁相持日月昏。
>
> 汉下谋臣真似雨,楚家猛将恰如云。
>
> 各佐本王争社稷,数载交锋未立尊。

---

① 房玄龄:《晋书》卷一〇三,中华书局 2000 年版,第 1800—1801 页。
② 郭茂倩:《乐府诗集》卷八五,中华书局 1979 年版,第 1200 页。

后至三年冬十月，沮水河边再举军。

楚汉两家排阵讫，观风占气势相吞。

马勒銮珂人系甲，各忧胜败在逡巡。

楚家季布能词说，官为御史大夫身。

写奏霸王夸辩捷，称"有良谋应吉辰。

臣见两家排阵讫，虎斗龙争必损人。

臣骂汉王三五口，不施弓弩遣抽军。"

霸王闻奏如斯语："据卿所奏大忠臣！

戈戟相冲犹不退，如何闻骂肯抽军？

卿既舌端怀辩捷，不得妖言误寡人！"

季布既蒙王许骂，意似狞龙拟吐云。

遂唤上将锺离末，各将轻骑后随身。

出阵抛旗强百步，驻马攒蹄不动尘。

腰下狼牙碇四羽，臂上乌号挂六钧。

顺风高绰低牟帜，公箭长垂锁甲裙。

遥望汉王招手骂，发言可以动乾坤。

高声直唠呼刘季："公是徐州丰县人。

……

何不草绳而自缚，归降我王乞宽恩。

更若执迷夸斗敌，活捉生擒放没因。"

……

季布得官而谢敕，拜舞天阶喜气新。

密报先从朱解得，明明答谢濮阳恩。

敲镫讴歌归本去，摇鞭喜得脱风尘。

若论骂阵身登贵，万古千秋祇一人。

具说《汉书》修制了，莫道词人唱不真。①

---

① 项楚：《敦煌变文选注》，中华书局 2006 年版，第 183—184、244 页。

《季布骂阵词文》,亦题作《捉季布传文》,据最后一句"具说《汉书》修制了,莫道词人唱不真",知道它是根据《汉书》卷三七《季布传》编唱的韵语故事唱诵作品,但其中又吸收了不少民间传说,增益夸饰。而在七言体韵语唱诵艺术上,它足可代表当时七言体唱诵的叙事能力和发展成就,通篇为一韵到底的七言诗歌,长达三百二十韵,四千四百多字,是唐前最长的七言体故事唱诵作品。由此可以看出,自《诗经》时代作为杂言体韵语唱诵中依附的七言体格式,经过了汉代民间歌诗的发展,到唐代已经成为一种可以独立支撑长篇故事唱诵的重要格式了。

五 小结

早期的民间韵语唱诵伎艺,并无体制、类别的限定,日常的吟者、伎艺的歌者不会考虑到这个时候文人们喜欢什么体制而要取以为自己的口头创作之用,反而是文人们喜欢学习、摹拟民间文艺的体制以为自己的情志表达服务。了解了这一书面编写领域、口头伎艺领域互动的规律,我们就不能简单地在分析民间文艺、讲唱伎艺的体制时,说它们吸收了各体文学的体制成分、格式因素,因为这些体制成分、格式因素是以文人作品、书面文体为立场的区分、认定,实际上它们原本源自于民间文艺。

其实,在民间文艺中,本无各体书面文学的体制因素的限定与界分。比如韵语故事唱诵,歌诗《卫风·氓》、俗赋《神乌赋》都是四言体,乐府诗《孔雀东南飞》、俗赋《燕子赋》都用五言体,还有乐府诗《上云乐》、敦煌俗赋《燕子赋》(四言体版)都是四言为主、间有六言的语句组合格式。所谓《诗经》歌诗、乐府诗、俗赋,只是基于书面文本形态的称名上的不同,对于民间韵语故事唱诵来说,它们都是用以呈现故事的表述格式,甚至是相同的表述格式,并无体制的超越。因为当时的口头创作、传播方式都是韵语杂出,叙事、抒情、议论都可以采用这些表述格式,并没有书面创作的体制要求和格式限制,所以辞赋时代文人记述、收录这些繁杂的民间口传作品时就只好以"杂赋"归类了。如此一来,作为来自民间口头唱诵的俗赋,说它是吸收了各体文学的体制因素,一是不合实情,二是本末倒置。当然,对于民间繁杂、丰富的韵语故事唱诵,文人渐有比照的拟作,渐有体式的精严,由此而与民间口传作品表现出不同,但在民间韵语唱诵伎艺那里,对于表述体制、格式的采用仍然是开放而宽松的,虽然文人对其有采集、选录而作书面落实,进而有改造、编订和归类,但在民间口传领域,它们仍然自有其表述格式浑融、自由的承续性。

比如《诗经》采集了当时口传的歌诗并做了统一的编订,我们看到的是书面文本上的规范,这是书面领域的编写活动。而当时民间仍存在大量、繁杂的韵语故事唱诵作品,这是口头领域的创作活动,其表述格式并不一定要与《诗经》歌诗文本相同,比如荀子《成相篇》是文人拟作,说明当时民间存在着以击打"相"这种乐器作为基本伴奏手段的韵语唱诵形式,它与《诗经》所采集的有些歌诗作品一样都源于有着乐舞伴奏的口头唱诵,完全可以归于歌诗,但它后来在辞赋时代被归于"杂赋",其中有当时歌诗、辞赋文类观念变化的原因,也是它的唱诵格式无法纳入《诗经》歌诗文本的规范所致。

再看我们所说的俗赋,本也是民间的韵语唱诵,荀子《成相篇》所关联的民间"成相杂辞"即属此类。所谓"成相",是以打"相"助节的曲调,其歌辞被称为"成相杂辞",亦被认为是上古歌诗的流脉,清人卢文弨即称其"大约托于瞽矇讽诵之词,亦古诗之流也"[1],但它在《汉志·诗赋略》中被归于"杂赋"中。而在汉晋时期,许多的韵语故事唱诵的表演方式,唱、诵交错并存是常见的现象。《神乌傅(赋)》原就题名为"傅(赋)",我们才据此认为它的口头表述方式是韵诵,其实它与《卫风·氓》比较,书面呈现形态上并无多少差别。况且,在汉代,民间的韵语故事唱诵之作丰富而繁杂,即使文人的许多创作、传授活动也以口耳相传的韵诵方式来达成,即范文澜所说的"古代竹帛繁重,学术传授,多凭口耳,故韵语杂出,藻绘纷

---

[1]　王先谦:《荀子集解》卷一八,中华书局 1988 年版,第 455 页。

陈"①,当时的学界即把这些都归于"杂赋"的范畴。章太炎《国故论衡·辨诗》即指出:"其他有韵诸文,汉世未具,亦容附于赋录。"②

但是,这样的由口头到书面的文本化以及赋体归类,就会带来文本形态、表述方式上的改变,若以此简单逆推的话,难免有以今律古之失。比如有些韵语故事唱诵本来是唱诵交错并行的,在归于杂赋后,会被视为不歌而诵。而且在西汉设立乐府机构之后,许多在民间是以韵诵形式口传的篇章,又被采入乐府,按乐府的体制进行了歌辞协律的改造。如此,它在此时虽为乐府歌诗,可以配乐伴舞表演,但其实与前代的讲诵体杂赋或俗赋的口传形态是接近或相同的。实际上,有些被乐府机构收录、归类并定名的乐府歌诗,实质上是来自前代或当时的口诵俗赋。如此说来,杂赋中有歌诗,乐府中有杂赋,只是不同时期人们对其文本化后书面形态上的编订,以及由此而来的归类不同而作的定名。

据此而言,《诗经》是一次对于口头韵语唱诵大规模的、集中的文本化活动,对于历代文本化活动的演进历程来说,我们可以称之为"《诗经》时代"。当时的大量民间歌唱,被编入《诗经》就称为诗,而那些未被编入《诗经》继续口头流播着的,就其本质而言也仍然是诗,但是如果它们流传至汉代而被文本化之后,就会多被归类于"杂赋",因为汉代人对"诗"的概念已成《诗经》作品的专称了。由此,假如一个口头的韵语唱诵,它被《诗经》采集编入了,就会归为诗;它没有被《诗经》编入,而是流传到汉代而被文本化了,就会被称为赋或杂赋;如果它流传到汉魏乐府时被文本化了,就会被作歌辞协律的改造而归入乐府歌诗。于是,在唐前三个文本化集中时段——《诗经》时代、辞赋时代、乐府时代,对于口传的韵语故事唱诵,不同时段会把当时流播的口头唱诵(包括当代的和前代的)以时兴的形态、格式作书面呈现,并予以归类。这就是口头韵语故事唱诵的因时赋体赋类现象。

---

① 范文澜:《文心雕龙注》,人民文学出版社 2001 年版,第 554 页。
② 章太炎:《国故论衡》,商务印书馆 2010 年版,第 122—123 页。

第五章　敦煌变文的依相叙事思维及其形态流变

敦煌变文被发现后，学者们在惊叹其成就、总结其特性的同时，也纷纷探究其对后世通俗文艺的影响，其中的显著实绩之一就是为宋元诸多叙事性伎艺找到了渊源。比如孙楷第在考察宋代影戏、傀儡戏的形态时便涉及了其与唐代俗讲的渊源关系：

> 凡中国伎艺之以扮唱故事讲唱故事为主者，语其源皆出于唐之俗讲。唐之俗讲，其特征有二：一、其词为偈赞词，二、其音为梵奏。梵奏在唱与吟之间，故唐俗讲本注讲唱节次，于偈赞词皆注吟，不注唱。明与唱经有别也。后世讲唱故事自俗讲出者，如宋之说话、元明之词话、及今之弹词鼓儿词是。此皆以偈赞之词写梵奏之音者也。……后世扮唱故事自俗讲出者，如宋之傀儡戏影戏是。此等戏与说话较，唯增假人扮演为异，其话本与说话人话本同，实讲唱也。①

在这段话中，孙先生把俗讲、傀儡戏、影戏、说话诸伎艺放在一条联系脉络上，指出它们之间的联系点是故事讲唱，傀儡戏、影戏与俗讲、说话的不同只是增加了"假人扮演"（傀儡子或影人），"其话本与说话人话本同，实讲唱也"。也就是说，这四种伎艺皆是以故事讲唱为基础而各具形态。

---

① 　孙楷第：《傀儡戏考原》，上杂出版社1952年版，第118—119页。

　　需要指出的是，这一渊源脉络的梳理有两点不足：一是只注意故事讲唱方面，而撇开了假人辅助讲唱的形态；二是只谈到俗讲的故事讲唱格式（"其特征有二：一、其词为偈赞词，二、其音为梵奏"），而未及俗讲配图讲唱的体制特征，因此就未能注意到北宋影戏、傀儡戏与这一演述体制的渊源关系。在中国文艺史上，变文表演的配图讲唱格式是一种颇为新异的故事讲唱形态，后来学者总结变文的体制特征时，一般不会漠视此点，如张鸿勋《变文》一文即指出，唐变文在体制上有三个方面的特征：一是散韵结合，说唱兼行；二是有习用的过阶提示语；三是演唱变文往往配合图画①。前辈时贤谈到敦煌变文的文体特征时，在追索后世通俗伎艺的渊源时，在论及变文对后世伎艺的影响时，一般不会忽略变文的配图讲唱格式。

　　孙楷第由于只着眼俗讲文本所反映的形态，而未能抓住俗讲表演形态中图画与故事讲唱的配合关系，也就未看到变文表演形态中图画辅助故事讲唱的思维模式，所以对这些伎艺与敦煌变文的渊源关系的把握有失全面，不够精确、深入。如此一来，就只是关注故事讲唱来定傀儡戏与变文的渊源联系，解释影戏从变文而来还要逆推、猜想变文有装屏设像事，称说影戏、傀儡戏与说话伎艺之不同只看假人之有无。这些都是由于未能把握变文表演形态中图画与故事讲唱配合关系的深层思维所致。

　　其实，只要我们看到敦煌变文表演形态中图画与故事讲说的配合关系，把握其图画辅助故事讲唱的格式及其所蕴含的"依相叙事"思维，就能看到宋元叙事性伎艺与变文间所存在的最基本、最深层的联系基点，如此也就更能认识、理解它们与变文在故事讲唱格式、思维上的承继关系。这首先需要对敦煌变文的图画辅助故事讲唱的形态予以深层剖析。

---

　　①　颜廷亮主编：《敦煌文学》，甘肃人民出版社 1989 年版，第 240—254 页。

一　敦煌变文的依相叙事思维与格式

在中国古代文艺史上,配图讲唱是变文表演形态中重要的特征之一,变文表演中所用的这种图画被称为"变相"。变相并不因变文的故事讲唱而生,亦不仅为变文的故事讲唱所用,即使它们被普遍用于变文表演之后,亦是如此。它的产生与佛教其他圣像、仪式一样都是宗教信仰的外化物质,以唤起信徒的信仰情绪,诱导世俗,劝令向佛。变相在佛典中本指神奇变异之相(形象、情景、场面等),本来,对"神奇变异之相"进行艺术性表现的雕像、绘画等都可称为"变相"(变像、变),但在唐时由于图画在有关佛教的艺术活动中占据主导地位,"变相"遂成为表现佛教内容的图画的定称①。

变相的分类,就内容而言包括两大类:一是非情节性的人物画,二是有情节性的故事画。前者主要有各种佛祖像、菩萨像、明王像、罗汉像、天尊像及由此组合而成的曼荼罗;后者有佛本生图、说法图、菩萨本行本事图及其他经变图,乃表现佛经内容而成,多用几幅连续的画面表现故事情节②。初期的变相创作及讲经变文均较严格地按经教之要求来进行,但是随着三教合流的出现,两者都彻底世俗化了。变文由讲经文发展成俗讲,甚至社会现实生活、民间传说及历史故事也成了其讲唱的素材,相应地,变相也可以描绘世俗生活的图景,如《王昭君变文》之"上卷立铺毕,此入下卷"、《王陵变》之"从此一铺,便是变初",这说明其讲唱时所用的图画在内容上已与佛教无关,也与神奇变异有距离,然而在形体上、功能上仍与"变相"同。在此,配合故事讲唱的表现世俗生活内容的图画已无"变"之神奇变异意,但仍可与表现佛教内容的图画概而言之为"相"。"相"者,乃形象或状态之意,在变文讲唱中这"相"即指辅助故事讲唱之图画。

① 陆永峰:《敦煌变文研究》,巴蜀书社 2000 年版,第 24 页。
② 李小荣:《变文讲唱与华梵宗教艺术》,上海三联书店 2002 年版,第 102—103 页。

被称为"变相"的图画本用以配合讲经宣教,这一格式被转变俗讲所继承而形成了配图讲唱的体制。就故事讲唱的方式而言,就有了配图辅助故事讲唱的格式,笔者概之为"依相叙事"。变文的依相叙事既表现为一种故事讲唱方式,也蕴含着一种故事讲唱思维。

变文的依相叙事形态可从变文的文本叙述中获见,也可以从唐人的相关诗歌中找到证明。如唐人吉师老《看蜀女转昭君变》诗描述一女艺人表演《王昭君变文》的情景:"翠眉颦处楚边月,画卷开时塞外云。"诗中"画卷开时"之语即指蜀女讲唱变文而述及昭君出塞这一情节时,便把相关的图画展现在观众面前。图画在变文讲唱中能于情节关键处给观众以提示,便于他们方便、及时地了解讲唱的内容和进程。这一提示反映到变文的文本中,就形成了一些特定的格式套语标识,如"且看××处,若为陈说""当××时,有何言语"之类,具体如《汉将王陵变》"二将斫营处,若为陈说",《李陵变文》"李陵共单于斗战第三阵处,若为陈说",《王昭君变文》"倾国成仪,乃葬昭军(君)处,若为陈说"。它们所起的作用,即为表明此处有变相加以配合,并有提示观众注意之用。如《降魔变文》中有"且看直诉如来,若为陈说"之语,《李陵变文》中有"看李陵共单于火中战处"之语,这提示语中的"看"字,一方面联系了变相与变文的配合,一方面提示观众关注变相所反映出的关键人物、情节、场景,同时也沟通了讲唱人与观众的交流。

由此可见变文的讲唱形态:讲唱者在主要人物出场处,或关键情节、场景处展现图画,以配合情节精彩处、关键处的交代,这是利用图画的形象直观性来吸引观众,以增强其讲唱的艺术感染力。变相在变文讲唱中能于情节关键处给观众以提示,便于他们及时了解讲唱的内容和进程。这一讲唱形态反映到变文的文本呈现形态上就是:讲唱人先用散文介绍故事之进展,再用诗赞重复咏唱一遍散文所述内容。比如伯 4524《降魔变文》中描述舍利弗与外道六师争胜斗法,共有六个回合,变文在文字叙述的背面绘有六幅图画,皆与变文所述场面相应,并题有一段唱词,如述第二回合的争斗(狮子降水牛)曰:"太子乃不胜庆快处若为:六师忿怒在王前，化出水牛喊连天。……"变文叙述中多处标有"××处"字样，这是提示观众此处为故事精彩、关键情节，亦是提醒观众注意画卷所示内容的格式套语。

由以上梳理，就变文的依相叙事思维与格式，可作如下总结：

其一，"相"非为故事讲唱而生，但为故事讲唱所用。

其二，"相"与故事讲唱结合，故事讲唱为主体，"相"为辅助。

其三，在变文的表演活动中，有两个形体：一个是作为"相"的图画，负责关键人物、情节、场景的展示；一个是故事的讲唱者，负责情节的叙述和人物行动的交代。二者在形体上分离，各具功能又相互配合，且以叙事为主，图画为辅。

在文艺性质的故事讲唱中，依相叙事的格式，即用图画辅助故事讲说的格式为变文首创。图画在变文讲唱中的出现，使单纯语言表述的故事讲唱有了具体、形象的图画作为参照，这对于故事讲唱起到了有益的辅助作用，能增加叙事的形象性和趣味性，能在故事接受上产生拟幻感、形象真实感。变文讲唱的依相叙事形态在方式和思维上对宋元叙事性伎艺产生了深刻的影响，表现出种种流变形态，由此可见出宋元叙事性伎艺与变文间的血脉联系。

二　北宋影戏、傀儡戏的依相叙事形态

"说话"伎艺是在中国本土俳优唱诵的文化传统中成长起来的，其间受到了唐代变文的促进而呈现出种种变文讲唱艺术的特征。比如，受变文依相叙事思维的影响和启发，唐宋"说话"伎艺也在讲唱表演中取用图画相辅而行。这有两种表现。一是在当时被视为变文的篇目中，那些敷演世俗故事者可视为"说话"名目，孙楷第就指出："唐朝转变风气盛，故以

说话附属于转变，凡是讲故事不背经文的本子，一律称为变文。"①如此则名为变文者有不少实属"说话"，如《王昭君变文》《王陵变》《李陵变文》，它们已不是佛家的宣教讲法目的，实际上完全可视为唐代的"说话"文本，所以依相叙事方式在唐时的说话伎艺中应是存在的。二是宋元"说话"伎艺仍有个别话本留存这种配图讲唱的痕迹。1979年发现的一张元刻本《新编红白蜘蛛小说》残页，与南宋罗烨《醉翁谈录·小说开辟》所载小说家"说话"名目《红白蜘蛛》密切相关，中有"多应看罢僧繇画，卷起丹青十幅图"两句；《清平山堂话本》中《陈巡检梅岭失妻记》一篇叙及陈巡检途中宿店遭劫妻时有"多疑看罢僧繇画，收起丹青一轴画"两句。分析二篇内容，这两句诗与上下文情节皆无关连，颇显突兀，应属"说话"的格式套语，其原始作用乃为配图讲唱的提示。另外，《大唐三藏取经诗话》全篇凡十七节，各有题目（一、八节缺），其中除第三、四、五、十六节外，余皆有"处"字，如"行程遇猴行者处第二""过长坑大蛇岭处第六""到陕西王长者妻杀儿处第十七"等，其话语格式与变文配图讲唱的提示套语相同，说明在讲唱表演时每小节曾配有相关内容的画卷相辅而行。

随着唐宋之际"说话"伎艺的繁兴，在"说话"伎艺沿袭变文的依相叙事思维而配图讲唱的基础上，艺人们对"相"的形态有了变化的要求，而影人、傀儡艺术的存在和发展使得这一要求有了实现的基础和可能。于是，艺人以"说话"伎艺为基础取影人、傀儡作为故事讲唱的修饰，以美视听。

影人、傀儡早已存在，但并非为故事讲唱而生，亦不只为故事讲唱所用。谈到影戏和傀儡戏时，要涉及影人和傀儡、弄影人和弄傀儡、影戏和傀儡戏三组概念。影人、傀儡起于巫术，用于幻术，后为各种伎艺所取用，或为宗教宣传，或为逞显巧技，或为调笑逗乐，这就是弄影人、弄傀儡，然皆未用于故事讲唱，不能称之为戏剧意义上的影戏、傀儡戏。

影人曾被信为人的灵魂，汉代齐人少翁施法为汉武帝招李夫人就是

---

① 孙楷第：《中国短篇白话小说的发展》，见《沧州集》，中华书局1965年版，第75页。

源于此信仰的一种巫术,此事曾被作为影戏起源的根据,北宋神宗时人高承《事物纪原》的记载说明在宋神宗年间已有影戏起源于此的说法,但高承所说"历代无所见"一语其实是否定了此说,现代学者亦普遍摈弃此说。据《事物纪原》卷九记载:"仁宗时,市人有能谈三国事者,或采其说加缘饰作影人,始为魏、蜀、吴三分战争之像,至今传焉。"[①]这是说当时有讲唱三国故事的"说话"伎艺,有人为了使讲说形象化,便取用影人以辅助三国故事的讲说,达到增加形象性和趣味性的效果,此之谓"加缘饰"(缘饰,文饰、修饰意),即影人是用来"缘饰"故事讲唱的辅助品。如此来看,这个三国故事影戏的主体是故事讲唱,而艺人是在故事讲唱基础上使用了影人,所以宋人笔记《都城纪胜》和《梦粱录》在谈到影戏时称"其话本与讲史书者颇同",弄影戏者是"熟于摆布,立讲无差"[②]。总之是说话人取用影人来辅助故事讲唱,但影人的使用并未改变"说话"伎艺原有的叙事思维。对应于变文的"依相叙事"格式,影人就是说话人进行故事讲唱时所使用的"相"。《事物纪原》所言"加缘饰"一语,已非常清楚地表达出了"依相叙事"所寓含的"用相来辅助故事讲唱"的含义,以及"相"的功用,"相"与故事讲唱间的关系。

傀儡被用于故事讲唱的过程、形态与影人相类。它原为丧家乐,后用于嘉会,取以歌舞、调笑、杂技,意在逞显巧技。虽然有些傀儡形象是有其故事背景的,但取用的目的是逞显巧技,而真正取傀儡以辅助故事讲唱的表演形态在宋前未见。北宋时,弄傀儡伎艺除延续郭秃式的滑稽表演或劝酒胡式的杂技表演外,确有以傀儡作为叙事工具的表演,已成为一种"正式的戏剧"了[③]。耐得翁《都城纪胜》"瓦舍众伎"条说:"凡傀儡敷演烟粉灵怪故事、铁骑公案之类,其话本或如杂剧,或如崖词,大抵多虚少实,如巨灵神、朱姬大仙之类是也。"吴自牧《梦粱录》卷二十"百戏伎艺"条说:

① 　高承:《事物纪原》卷九《博弈嬉戏部》"影戏"条,《丛书集成初编》本,中华书局1985年版。

② 　孟元老等:《东京梦华录(外四种)》,古典文学出版社1956年版,第97、311页。

③ 　李家瑞:《傀儡戏小史》,见王秋桂编《李家瑞先生通俗文学论文集》,台湾学生书局1982年版,第9页。

"凡傀儡敷衍烟粉、灵怪、铁骑、公案、史书历代君臣将相故事,话本或讲史,或作杂剧,或如崖词。……大抵弄此多虚少实,如巨灵神、朱姬大仙等也。"① 可见,宋代的傀儡戏已是叙事性的讲唱了,其事全依小说家、讲史家"说话"伎艺,内容从烟粉、灵怪、铁骑、公案到讲史故事。其"话本或讲史,或作杂剧,或如崖词"一句,意指傀儡戏所用话本在体制上或如讲史般叙事,或如作杂剧般分脚色,或如崖词般韵散相间,说唱兼行。其"或讲史"之言,意指傀儡戏在故事讲唱体制上仍是叙事体,是艺人为了叙事的形象和趣味而调动了傀儡。虽然"或作杂剧"之言表明这被调动起来的傀儡已分脚色,但傀儡的语言、形貌、动作和心理都需讲唱人完成。明人陈与郊《鹦鹉洲》传奇第六出《会欢》所述一段"傀儡戏"演出,可略窥傀儡戏之分脚色及其与故事讲唱的配合关系。

　　(引戏开,众喝彩科)叵奈天公搬弄,晓夜没些闲空,临到欲眠时,又遣梦儿欢哄。小宋、小宋,唤醒荆王懵懂。这词是〔如梦令〕,单道楚襄王云雨梦一节。(众问科)这故事出在那里? (引戏)出在云梦之台、高唐之观。楚襄王与大夫宋玉同游,……那时节襄王何曾梦见朝云暮雨,宋大夫何曾导欲宣淫? 傀儡来了。

　　(扮楚襄王、宋玉上)(引)楚王、宋大夫同游云梦者。(楚演科)(引)王问者。(宋应对科)(引)大夫回奏者。(楚向宋科)(引)王命大夫作赋者。(楚下)(引)王下。(宋正立隐几科)(引)大夫归帐中安宿者。(神女登场科)(引)神女上。(宋、女演科)(引)大夫梦中与神女若远若近,若密若疏。(旦下)(引)神女下。(王又登场科)(引)王又上。(宋俯伏科)(引)大夫奏梦者。(楚演科)(引)王又命作赋者。(俱下)(引)出场了也。荒唐云雨千年后,仿佛君臣两赋中。(下)②

---

① 　孟元老等:《东京梦华录(外四种)》,古典文学出版社 1956 年版,第 97、311 页。
② 　陈与郊:《鹦鹉洲》,南京图书馆藏明刊本,见《古本戏曲丛刊》二集。

由此，我们能看到讲唱人是如何以傀儡子来辅助故事讲唱的。这段故事讲唱任务是由两组形体来完成的，一组是引戏，一组是傀儡。傀儡分扮楚襄王、宋玉和神女三个形象。引戏是宋杂剧表演体制中的一个脚色，起分付、指挥作用，不扮演特定的人物，而是交代情节（此段中"引戏"先简述了故事情节），调动傀儡上下场，并对傀儡动作予以解释说明，而傀儡则配合引戏的言语讲说上下场、表现动作。引戏在故事演述中的这些功用（对情节的讲述，对傀儡的调动和对傀儡动作的说明），表现出傀儡戏所具有的叙事架构。比如，这段傀儡戏是要表述"楚襄王云雨梦一节"故事，即是以故事讲说为中心，只是有了傀儡形象的动作配合来对故事讲说予以修饰。

虽然有人在广义上称那些杂技性质的弄影人、弄傀儡为影戏、傀儡戏，但作为狭义上的影戏、傀儡戏是敷演故事的伎艺，其目的是叙事，艺人的任务就是向观众讲说故事，而影人、傀儡是达成这个叙事目的的辅助工具。影戏、傀儡戏以影人、傀儡辅助故事讲唱的思维和方式，与变文的配画讲唱格式有着精神上的相通性。孙楷第即认为俗讲讲说时有图像设备，图像乃为讲说而设，"其由用图像改为纸人皮人者，谓之影戏"①。影人、傀儡在变文之后被艺人取用以配合故事讲唱，其间的渊源脉络应是存在的。正是由于小说家、讲史家"说话"在唐宋之际的繁兴，加以影人、傀儡已用于歌舞和杂技，在变文"依相叙事"思维的启发、促进下，艺人取其以缘饰故事讲唱，实属自然。由此，我们应相信高承在《事物纪原》中的观点，影戏起于北宋。而此前的"弄影"，是非叙事性的伎艺，影戏形成、兴盛于北宋②。

如果我们看到了北宋影戏、傀儡戏中影人、傀儡与故事讲唱的关系，以及它们与变文"依相叙事"的关联，则影人、傀儡皆可合理地被称为"相"，被视为"相"的不同形态，并且是变文"依相叙事"所用画卷的变化形态——变文讲唱所用的画卷为平面、静止形态，而北宋影戏所用之影人是

---

① 孙楷第：《傀儡戏考原》，上杂出版社1952年版，第63页。

② 杨祖愈：《论中国影戏的起源》，《戏曲艺术》1988年第4期。

平面、运动形态,傀儡戏所用之傀儡为立体、运动形态。具体来看,北宋影人是简单的剪纸①,就影人与画卷的关系看,影人可视为从叙事画卷上剪下来而独立于画卷的形态,它虽与图画一样是平面形态,但可以移动,故而比画卷更形象、更生动。而且,影人、傀儡在影戏、傀儡戏中多表现为人物形象,这正与"相"之形象、状态意应合。

总之,在变文、影戏、傀儡戏三种伎艺中,图画、影人、傀儡子都是辅助故事讲唱的形体,但这三者本身之间并无联系,它们各有渊源,并非为故事讲唱而设,亦非仅为故事讲唱所用;但若着眼变文、影戏、傀儡戏三者与故事讲唱的关系,则它们之间却有着叙事思维上的渊源、承续关系——虽说影戏、傀儡戏中"相"的形态相较于变文中的图画有了发展变化,但其依相叙事的思维与格式未变。一方面,"相"的辅助故事讲唱的功能未变,不能言唱的特征未变;另一方面,"相"的形象表现功能与讲唱人的故事讲唱功能的配合关系未变,二者形体上分离,各具功能而相互配合。由此,我们可以看到影戏、傀儡戏与变文间所隐潜的依相叙事思维的承传关系及其不同的表现形态。

三 宋金大曲、连厢词的依相叙事形态

变文、影戏、傀儡戏和说话伎艺(后文详析)的依相叙事形态,都是在故事讲唱基础上发展起来的,而各种形态的"相"(图画、影人、傀儡子、说话人的形体动作)是对这个故事讲唱的缘饰,起辅助作用,主体部分是故事讲唱。如果我们仔细检视宋元时期的伎艺,不唯这些以故事讲唱为基础的伎艺体现出依相叙事思维,有些扮演伎艺的表演形态中也渗透了这

---

① 据《都城纪胜》"瓦舍众伎"条言:"凡影戏乃京师人初以素纸雕镞,后用彩色装皮为之。"吴自牧《梦粱录》卷二十"百戏伎艺"条云:"更有弄影戏者,元汴京初以素纸雕簇,自后人巧工精,以羊皮雕形,用以彩色妆饰,不致损坏。"见《东京梦华录(外四种)》,古典文学出版社 1956 年版,第 97、310 页。

种依相叙事思维,如宋大曲、金连厢词、元杂剧。

北宋时,随着影人、傀儡艺术的发展进化,用于伎艺表演的影人、傀儡出现了真人模仿。

据宋人笔记载录,北宋的傀儡戏有"肉傀儡",南宋的影戏有"大影戏",然皆未具体说明它们的表演形式。比如《都城纪胜》"瓦舍众伎"条说:"肉傀儡,以小儿后生辈为之。"《武林旧事》卷六"诸色伎艺人"条列举了杭州两位擅长肉傀儡表演的艺人姓名张逢喜、张逢贵;同书卷二"元夕"条记艺人"或戏于小楼,以人为大影戏,儿童喧呼,终夕不绝"①。"肉傀儡"和"大影戏"皆以真人装扮为傀儡、影人,肯定是让真人模拟傀儡、影人做出种种动作,然而是否用以辅助故事讲唱,并无明确记载。但宋时确有以真人为"傀儡"而配合故事讲唱的表演,进入了依相叙事的发展脉络。宋人史浩的《剑舞》可以作为以真人为"傀儡"辅助故事唱演的典型例证。

　　　　乐部唱曲子,作舞《剑器曲破》一段。(舞罢,二人分立两边。别两人汉装者出,对坐,卓上设酒果。)竹竿子念:伏以断蛇大泽,逐鹿中原。佩赤帝之真符,接苍姬之正统。皇威既振,天命有归。势虽盛于重瞳,德难胜于隆准。鸿门设会,亚父输谋。徒矜起舞之雄姿,厥有解纷之壮士。想当时之贾勇,激烈飞飏;宜后世之效颦,回旋宛转。双鸾奏技,四坐腾欢。

　　　　乐部唱曲子,舞《剑器曲破》一段。(一人左立者上袖舞,有欲刺右汉装者之势。又一人舞进前翼蔽之。舞罢,两舞者并退,汉装者亦退。复有两人唐装出,对坐。卓上设笔砚纸,舞者一人换妇人装立袖上。)竹竿子勾,念:伏以云鬟耸苍璧,雾縠罩香肌。袖翻紫电以连轩,手握青蛇而的皪。花影下、游龙自跃,锦袖上、跐凤来仪。轶态横生,瑰姿谲起。倾此入神之技,诚为骇目之观。巴女心惊,燕姬色沮。岂唯张长史草书大进,抑亦杜工部丽

---

　　①　孟元老等:《东京梦华录(外四种)》,古典文学出版社1956年版,第97、462、370页。

句新成。称妙一时,流芳万古。宜呈雅态,以洽浓欢。

乐部唱曲子,舞《剑器曲破》一段,(作龙蛇蜿蜒曼舞之势。两人唐装者起。二舞者、一男一女对舞,结《剑器曲破》彻。)竹竿子念:项伯有功扶帝业,大娘驰誉满文场。合兹二妙甚奇特,堪使佳宾醽一觞。霍如羿射九日落,矫如群帝骖龙翔。来如雷霆收震怒,罢如江海凝清光。歌舞既终,相将好去。

念了,二舞者出队。①

《剑舞》虽为歌舞表演,但却关联了鸿门宴舞剑和公孙大娘舞剑两个故事片断,其中"竹竿子"的情节讲述和扮演者的动作配合有故事表演的性质。在这段故事演述中有两组人物:一组是讲说者,即"竹竿子",他负责情节的叙述,一组是扮演者,即汉装者、舞者和唐装者,配合"竹竿子"的念白叙述而做动作表现。讲说者与扮演者在形体上分离,分别承担了这段故事演述的情节叙述任务与动作表现任务,王国维即指出:史浩《剑舞》"歌唱与动作,分为二事也"②。对于"竹竿子"所要完成的情节讲述任务来说,随念白做动作表现的扮演者起到了辅助作用,这种故事演述方式表现出明显的依相叙事思维。其中,只以动作表现配合"竹竿子"情节讲说的扮演者与变文讲唱所配之图画具有精神上的承继性,可视为"相"的一种变化形态。

宋时如史浩《剑舞》这种以真人为"相"辅助故事演述的方式,在金元时期的"连厢词"表演形态中更为清楚,且成为其代表性体制,李家瑞即认为打连厢是"一种用人做傀儡的戏剧"③,而郑明娴更是具体地称"连厢词"是"肉傀儡"的一种④。关于连厢词的起源年代,虽有不同意见,但仍

①　唐圭璋编:《全宋词》,中华书局 1965 年版,第 1259—1260 页。

②　王国维:《宋元戏曲史》,华东师范大学出版社 1995 年版,第 77 页。

③　李家瑞:《北平俗曲略》,上海文艺出版社 1990 年影印本,第 54 页。

④　郑明娴:《中国傀儡戏的演进及现代展望》,见张敬、曾永义等《中国古典戏剧论集》,台北幼狮文化事业公司 1985 年版,第 132 页。

以金代为妥，清初毛奇龄《西河词话》即持此论，今人李家瑞承之，定其"起于辽，仿于金，直到清盛时还没有亡"①，而王宁《"连厢"补证》一文更为确定：连厢词是由金人创制的一种歌舞演出形式，早期为合说演为一体、类乎说唱的表演类型②。关于"连厢词"的表演形态，清初毛奇龄在《西河词话》中记述颇详：

> 金作清乐，仿辽时大乐之制，有所谓"连厢词"者，则带唱带演，以司唱一人、琵琶一人、笙一人、笛一人，列坐唱词，而复以男名末泥、女名旦儿者，并杂色人等，入勾栏扮演，随唱词作举止，如"参了菩萨"，则末泥祗揖。"只将花笑撚"，则旦儿撚花类。北人至今谓之"连厢"，曰"打连厢""唱连厢"，又曰"连厢搬演"。大抵连四厢舞人而演其曲，故云。然犹舞者不唱，唱者不舞，与古人舞法无以异也。至元人造曲，则歌舞合作一人，使勾栏舞者自司歌唱，而第设笙、笛、琵琶以和其曲，每入场，以四折为度，谓之"杂剧"。……往先司马从宁庶人处得连厢词例，谓"司唱一人，代勾栏舞人执唱"。③

这段关于连厢词唱演之法的记载，被后人多次引录，如焦循《剧说》卷一、梁廷枏《曲话》卷四、姚燮《今乐考证》"连厢"条，有颇高的可靠性。据毛氏所记，他本人曾见到过连厢词的脚本，即所谓"先司马从宁庶人处得连厢词例"。

另外，毛氏还仿照连厢词例，创作了"拟连厢词"两种，即《放偷》《卖嫁》（见《西河合集》文集类连厢词一卷）。梁廷枏在《曲话》卷四载录此二

---

① 李家瑞：《北平俗曲略》，上海文艺出版社1990年影印本，第54页。
② 王宁：《"连厢"补证》，《戏剧》2004年第2期。
③ 毛奇龄：《西河词话》，《丛书集成续编》第164册，上海书店出版社1994年版，第12页。

目,称许其"古法犹存"①。由此我们可略窥连厢词的形态。如《卖嫁》表演中先由司唱者介绍情节,后由三个脚色出场,演一对夫妇要求他们十八岁的女儿利哥"卖嫁"(凡穷家十六岁以上女子,沿路唱曲,任凭中意者娶之,谓之"卖嫁"),其中有利哥"向前科""做掩面科""作顿足科","杂又吹弹,扮者各盘旋照演科,司唱云"等提示,这使我们能清楚地了解所谓"舞者不唱,唱者不舞"的唱演形态。这一形态与毛氏所记连厢词的体例应合。

结合毛氏所记与所作,可见连厢词是以故事讲唱为基础的,唱演中有两组人:一组是故事情节的讲唱者,即司唱者,"代勾栏舞人执唱";另一组是负责动作表现的扮演者,即司舞者,"入勾栏扮演,随唱词作举止"。叙事与扮演的任务分付于这两组人,各司其职。对于这个故事的讲唱任务来说,扮演者是辅助,其动作表现必须悉与讲唱者的唱词说白相应而互为动止。由此可见,这种演述形态仍是依相叙事的思维,"随唱词作举止"的扮演者辅助、配合司唱者的故事讲述,其功能、身份与影戏、傀儡戏中的影人、傀儡同,只是形态有了变化,因此,这个负责动作表现的扮演者亦可视为"相"的一种进化形态。

《剑舞》和连厢词以真人为"相"的依相叙事之法,应是我国早期戏剧的一种表演形态。这种形态可用古印度戏剧作为参照。德国学者布海歌指出:印度传统舞剧里,有一位领唱者和一组演员,这个领唱者只是一个歌唱性的叙述者,"整个剧情和不同角色之间的对白是由领唱者演唱的。……他一边注视着舞台上根据他演唱内容进行表演的演员,一边演唱",而"戏剧表演只由演员——舞蹈者担任……这些戏曲的表演者不能用语言和歌唱来充分表达自己,……这意味着演员是哑巴,而且只能把他的技巧全部都集中在那些能为视觉所领悟的表演上"②。曲六乙先生也

---

① 梁廷枏:《曲话》卷四,见《中国古典戏曲论著集成(八)》,中国戏剧出版社 1959 年版,第 285 页。

② [德]布海歌:《中国戏曲在亚洲的流变——印度、中国和日本的传统戏曲比较》,见牛枝慧编《东方艺术美学》,国际文化出版公司 1990 年版,第 284—285 页。

记述过印度的这种戏剧形态,他在 1991 年随中国戏剧家访问团在印度喀拉拉邦看到的名叫"库里亚坦"的演出,"一位歌唱家在台下左侧吟唱整个故事情节,一位女演员在台上运用舞蹈动作、细腻表情和极其丰富的手势(手语),进行哑剧表演,……似乎也可以说是由一人通篇说唱叙述和一人多角的哑剧表演完成了长诗片断的演出"①。布海歌在文章中总结说:"在中国戏曲中,演员表演、叙述和演唱他的角色,不存在领唱者。"其实,她并不了解中国古代戏剧中也有类似这种印度舞剧的表演形态,而且在当代的民间戏剧表演中仍有遗存。如山西固义村的哑队戏《吊黑虎》《吊掠马》《点鬼兵》等几个剧目的演出,都由名叫"掌竹"的戏外人"提调",以吟诵诗赞的方式介绍剧中人物和故事情节,而其他演员只以形体表演配合其讲说内容,并不开口说话②。"掌竹"手中拿的短竹竿,实际上是宋金杂剧演出时"竹竿子"的孑遗,同时他也有《剑舞》中"竹竿子"作为故事讲说者的形体和功能。当代民间古剧所具有的这种形态可作为金时连厢词表演形态的参照,从中能看到依相叙事思维、格式的影响与流变。这种循有依相叙事思维的哑队戏是宋金杂剧院本时期队舞向正队戏发展的一种过渡形态,而作为中国戏剧成熟形态之一的元杂剧也渗入了这种依相叙事的思维。

四　宋元"说话"伎艺的依相叙事形态

变文、影戏、傀儡戏和连厢词在故事讲唱的基础上,都有一个外在于讲唱人的辅助性形体,即画卷、影人、傀儡子、司舞者,它们都是辅助故事讲唱的各种形态的"相",对故事讲唱起到缘饰性的辅助作用。这些"相"的形态及其与讲唱人的关系格局,在宋元"说话"伎艺和元杂剧中出现了

---

① 曲六乙:《中国戏曲史里一种怪现象——说唱文学输入戏曲的独特形态》,《中国戏剧》1995 年第 11 期。

② 曲六乙:《祭礼·傩俗与民间戏剧》,《大舞台》1999 年第 3 期。

变化。

前文提及，受变文依相叙事思维的影响，唐宋之际的"说话"伎艺出现了以图画辅助故事讲唱的现象。但配图讲唱现象在唐时"说话"伎艺中已不是很普遍了，而在宋元"说话"伎艺中则总体上消失了。关于其消失的原因，胡士莹曾有解释："对说话艺术来说，画卷曾起过醒目的作用，但又是落后的形式，因为它远不如艺人绘声绘色的表演。"①此意是说画卷的辅助讲唱，虽增加了一定的形象性和趣味性，但没有说话人自己的形体表演生动灵活，因此，画卷在"说话"伎艺的表演中消失了。那么，是否这种无画卷配合的故事讲唱就摆脱了依相叙事的思维呢？这需要考察一下宋元"说话"伎艺的表演形态。

说话伎艺的发展经历了较为漫长的过程，它自有传统，其间受到了多种文艺因素的影响，其中俗讲转变等讲唱伎艺起了非常关键的作用，也因之在说话伎艺的文本及表演形态中留下了许多影响痕迹。比如，变文表演者在讲唱过程中展示变相的行为在变文中留下了痕迹，并形成了一些格式套语，而且在展示变相时还伴随着讲唱者的描述性韵语，韵文之前一般有"某某处，若为陈说""当尔之时，道何言语"之类的提示语。上文已论及，变文有"处""时"等提示语的地方，即是插入图画之处，因此，变文中有以"处""时"之类提起的韵语基本上可视为对所配图画内容的唱诵。变文的这些格式套语及其所领起的描述性韵语都是依相叙事形态的一部分，是在配图讲唱过程中形成的。

宋元叙事性"说话"中仍有这类格式套语和描述性韵语的配合形式。目前基本认定的宋元话本的"正话"中几乎每一篇都存有数首诗词，考察其作用，或描摹景物气象，或刻画人物形貌，或绘写场面情景，且多从讲唱者的角度着眼，韵文之前通常有"怎见得？有诗为证""但见""只见""怎生披挂"之类的提示语。提示语与描述性韵语的配合方式显然承续于变文讲唱。参照变文的表演形态，伴随着格式套语的是展示画卷以作为故事

---

① 胡士莹:《话本小说概论》，中华书局1980年版，第26—27页。

讲唱的辅助,那么,"说话"伎艺的表演形态在这类套语处是否也有与画卷相承的形体呢,是否蕴含有依相叙事的思维呢? 这就需要先了解一下说话伎艺的表演形态了。

南宋罗烨《醉翁谈录·小说开辟》中谈到小说家"说话"的表演时有言"举断模按,师表规模,靠敷演令看官清耳","讲论处不滞搭,不絮烦;敷演处有规模,有收拾"[1]。吴自牧《梦粱录》卷二十"小说讲经史"条记咸淳间说话艺人王六大夫"敷演《复华篇》及中兴名将传"[2]。称说话艺人的讲唱活动为"敷演",就表明是带有形体模仿动作的讲唱。说话人在讲唱表演过程中,为求得故事情节的清楚传达、动作场面的直观表现,用自己的形貌肢体做出一些模拟性、程序性的动作,以配合言语讲唱,"举断模按,师表规模",以此超语言的动作表现来传达故事信息,渲染场上气氛,调动"看官"的各种感觉以使其沉浸于故事讲唱中。说话人的"敷演"包括了模拟人物的声口、表情、动作,以及故事的场面、景象,它们对说话人的言语讲唱起到了极为有益的辅助作用,这正是宋元"说话"伎艺表演形态的特点之一。故而罗烨称"说话"伎艺有"讲论处"和"敷演处",王国维言宋代小说家说话"以讲演为事"[3],皆意指说话人在表演时有形体动作的模拟表现来配合、辅助其故事讲唱。

如果认识到宋元"说话"伎艺的表演形态,看到说话人以形象性动作对其故事讲唱的配合、辅助格式,就应该说"相"并未在"说话"伎艺中消失,而是转化了形态。胡士莹先生指出变文画卷的形象性不如说话人本身的形体表现灵活生动,可理解为说话人本身的形体表现取代了原来的平面、静止的画卷形态的"相"。如果认识到说话人本身的形体表现对画卷功能的继承性和发展性,就可以理解说话人在表演时配合故事讲唱所做的形貌动作表现就是"相"的一种形态。说话人一边讲唱故事,一边以自己的形体动作配合、辅助故事讲唱,因此,说话人在表演时兼负了两种

---

① 罗烨:《醉翁谈录》,古典文学出版社 1957 年版,第 3—4 页。
② 孟元老等:《东京梦华录(外四种)》,古典文学出版社 1956 年版,第 313 页。
③ 王国维:《宋元戏曲史》,华东师范大学出版社 1995 年版,第 35 页。

任务,也可以说他具有两种功能:一是故事情节的讲述,二是形貌动作的形象性表现。这两种功能又对应了说话人在表演中的两个身份:一是故事情节的讲唱者,二是形貌动作的表现者。说话人在表演中所具有的这两个身份、功能及其配合关系,与变文的依相叙事格式有着精神上的承继性。

基于此,"相"的功能在"说话"伎艺中并未消失,相对于变文、影戏、傀儡戏、连厢词等伎艺,"说话"伎艺没有一个外在于讲唱者的"相"的辅助,但它是在形体上把"相"并入说话人的身上,同时也把"相"辅助故事讲唱的功能移入说话人的身上,即说话人在讲唱过程中兼负了"相"的形貌动作表现任务,以辅助故事讲唱。

孙楷第认为,傀儡戏、影戏与"说话"伎艺比较,惟增假人扮演,其话本皆为故事讲唱。孙先生指出了"说话"伎艺与影戏、傀儡戏在故事讲唱上的相同,但却抛开了假人,只在故事讲唱方面看到了其间的关联。与其不同,王国维在考察宋元戏曲的发展脉络时,看到了宋之"说话"伎艺、傀儡戏、影戏"皆以演故事为事",只是各自的方式不同,"小说但以口演,傀儡、影戏则为其形象矣"①。此言即指出了这三种伎艺皆在故事讲唱时使用了形象化手段,此之谓"演故事"。在这三种伎艺中,假人的有无只是表面的区别,其实,它们在故事讲唱时都运用了假人模拟或真人模拟等形象性的辅助工具,也就是说,它们在依相叙事思维上是相同的,只是所使用的相能形态不同,所表现的讲唱形态不同而已。

所以说,宋元"说话"伎艺的表演形态中仍承续有依相叙事的思维,只是在形态上较变文、影戏、傀儡戏等有所变化。变文表演中的讲唱者与"相"在形体上是分离的,而"说话"伎艺中的讲唱者与"相"在形体上则是合一的。相对于变文表演中"相"有独立的形体,"说话"伎艺的"相"在形体上则失去了独立性,或者说,其形体在表面上是消失了,但是,"相"的功能并未消失,"相"与故事讲唱者的关系未变,依相叙事的思维未变,只是

---

① 王国维:《宋元戏曲史》,华东师范大学出版社 1995 年版,第 38 页。

以一种更为隐蔽的形态存在着罢了。

五　元杂剧演述形态中的依相叙事形态

"说话"伎艺在形体上是把"相"并入故事讲唱者身上,而元杂剧则是在形体上把讲唱者并入了"相"中。

前人对说书和戏曲演述形态的不同,有个经典的比较。清人马如飞《出道录》记沈伧洲有言:"书与戏不同,何也?盖现身中之说法,戏所以宜观也。说法中之现身,书所以宜听也。"①其实,说书与戏曲都是视听结合的艺术,只不过各有侧重而已。说书人在讲唱故事时,为了真切、形象地表现当时的人物和情境,时有模拟人物动作、声口、表情的形体表现相辅而行,此之谓"说法中之现身"。这里的"说法"就是故事讲唱,而"现身"则指形象性的形貌动作表现。依此意,"说话"伎艺中的讲唱者同时具有形貌动作表现的功用,而元杂剧的演员在形体表现的同时,也负责故事讲唱的任务,此之谓"现身中之说法"。说话人是以"说法者"身份出现,元杂剧演员则是以"现身者"身份出现,二者虽在形体上展现的身份不同,但都兼具了"说法者"和"现身者"的功能。这在元杂剧主唱人(主唱的那个扮演者)身上甚为明显。

元杂剧有着特殊的演述体制,它虽为戏剧,但并非严格的代言体演事,而是体现出一种叙事的思维和结构。杨绛曾以中西方戏剧比较的视角考察中国古代戏曲,认为中国戏曲的情节结构更接近于亚里士多德所说的"史诗的结构",而不是戏剧的结构,而这"史诗的结构"类似于中国章回小说的叙事结构,因此中国戏曲可称之为"小说式戏剧"②。周宁从话语模式角度,参照西方戏剧,指出中国古代戏剧的话语是以叙述为主,以

---

① 周良编:《苏州评弹旧闻钞》,江苏人民出版社 1983 年版,第 113 页。
② 杨绛:《李渔论戏剧结构》,见《杨绛作品集·3 卷》,中国社会科学出版社 1993 年版,第139 页。

对话为辅①。这一特征在元杂剧中甚为明显。元杂剧在总体上来说并不是通过人物的言谈和动作来推动情节的发展,而是要借助于扮演者跳出故事情境的讲述,从而表现出明显的叙事思维和叙事结构。对于一部杂剧来说,讲述一个故事是其最基本的目的,其他的伎艺表现都是在这个故事讲述的架构中。这个叙事任务是由剧中众脚色共同完成的,但元杂剧"一人主唱"的体制限制了其他脚色的叙事能力的发展,而突出了主唱人的叙事功能及其在杂剧故事演述中的地位。主唱人叙述情节,描述场面,也交代自己或他人的动作、心情和相貌。在此我们只撷拣主唱人叙述他人或自己动作的例证——

(一)《刘行首》第三折马丹阳对刘行首动作的叙述:"〔幺篇〕他将那头面揪,衣服扯,则见他玉佩狼籍,翠钿零落,云鬓歪斜。"

(二)《黄鹤楼》第二折主唱人禾俫对社火场景的描述:"〔叨叨令〕那秃二姑在井口上将辘轳儿乞留曲律的搅,瞎伴姐在麦场上将那碓臼儿急并各邦的捣,小厮儿他手拿着鞭杆子他嘶嘶飕飕的哨,那牧童儿便倒骑着个水牛呀呀的叫,一弄儿快活么哥,一弄儿快活么哥,正遇着风调雨顺民安乐。"

(三)《襄阳会》第二折主唱人王孙对自己偷盗刘备的卢马的叙述:"〔金蕉叶〕恰拌上一槽料草,喂饲的十分未饱,悄声儿潜踪蹑脚,我解放了缰绳绊索。"

(四)《抱妆盒》第一折陈琳对李美人相貌的描述:"〔寄生草〕则见他娇滴滴颜如玉,薄松松鬓似蝉,眼儿呵绿澄澄溜出秋波转。眉儿呵曲弯弯画出双蛾浅。脸儿呵汗津津显出桃花片,若不是昭阳宫粉黛美人图,争认做落伽山水月观音现。"

主唱人的这些唱词具有明显的叙述功能,它与脚色的动作表现的配合关系,说明元杂剧的演述形态中仍存在着如影戏、傀儡戏中故事讲唱者和动作表现者的配合关系,只是对应于影人、傀儡的那个形体表现者来说

---

① 周宁:《叙述与对话:中西戏剧话语模式比较》,《中国社会科学》1992 年第 5 期。

是真人扮演了。例一中，故事讲唱者是主唱人马丹阳，动作表现者是刘行首；例二中，故事讲唱者是主唱人禾侏，动作表现者是秃二姑、瞎伴姐等一群人；例三与此二者不同，故事讲唱者和动作表现者是合于主唱人王孙一体，他一边讲唱，一边以自己的动作表现来配合。

　　从这些例证中可见，元杂剧的脚色有两种身份，一种是形貌动作的表现者，一种是故事情节的讲唱者。这两种身份又对应了两种功能：形貌动作的表现，故事情节的讲述。从故事讲述的角度来看，表现者配合着讲唱者，应情节的讲唱而动，表现者的形体动作配合着讲唱者的言语讲述。立足于元杂剧的故事叙述目的，就脚色的讲唱者身份来说，动作表现者身份是辅助；就脚色身上的叙述功能来说，动作表现功能是辅助。需要注意的是，这两种身份在形体上有时合于主唱人身上（主唱人边讲述边表现动作，如例三），有时则分付于主唱人和其他脚色身上（主唱人故事讲说，其他脚色动作表现，如例一）。如例三中，主唱人王孙一边讲述自己偷马的行为，一边以动作表现加以配合。

　　这两个身份有时则分付于主唱人和其他脚色身上，即主唱人负责讲述，其他脚色负责动作表现。如例一，主唱人马丹阳描述刘行首的动作，刘行首则以动作表现相配合。

　　不论合、分形态之别，两个身份所司功能间的配合关系，也表现出"依相叙事"的思维，其中，脚色中的动作表现身份是"相"的形态，它有"相"的功能，只是脚色中这作为"相"的动作表现者身份兼负了故事讲唱者的责任。上文谈到元杂剧的演述形态中有"现身中之说法"的现象，这里的"说法"是指故事情节的讲唱，而"现身"则指扮演者的形貌动作表现。元杂剧演员就是以剧中人物的身份"现身"，即使他要"说法"，也是以他所"现身"的剧中人物身份来"说法"，因此，"说法"和"现身"这两个功能是集中于演员所扮的剧中人物一体了，即这个以剧中人物出现的扮演者兼具"说法者"和"现身者"的功能。

　　另外，元杂剧脚色中形貌动作表现者和故事情节讲唱者这两个身份所司功能间的配合关系，与变文、影戏、傀儡戏、连厢词等伎艺的依相叙事思维有承续性。若与变文的依相叙事格式比较,元杂剧脚色中的这两个身份可对应于变文唱演形态中的画卷和讲唱者,其关系也对应于画卷和讲唱者的配合关系,只是在元杂剧中讲唱者身份在形体上不独立,而是并入"相"中,即在形体上只有作为"相"的扮演者来出现。若与连厢词的唱演形态比较,元杂剧脚色的这两种身份,可对应于连厢词中的司舞者和司唱者,其关系也对应于司舞者和司唱者的配合关系,所以清人毛奇龄把元杂剧与连厢词放在一条发展线上阐述,在讲解连厢词的体例后,指出:"至元人造曲,则歌舞合作一人,使勾栏舞者自司歌唱,……"后来,梁廷枏承此观点进一步指出,元杂剧的唱演形态中"连厢之法未尽变也"①。毛、梁二人所表达的元杂剧唱演形态中"连厢之法未尽变"之论,意指司唱者与司舞者合于一人并以司舞者身份出现,且一人专唱的格式未变。但更深层的"连厢之法"则应指依相叙事思维下作为形貌动作表现者的司舞者与作为故事情节讲唱者的司唱者的形态、功能,以及二者的配合关系。如此,元杂剧与连厢词在依相叙事思维与格式方面有着精神上的承续性。不同的是,连厢词的唱演体例是司舞者和司唱者各具其形,各司其职,而元杂剧则是司唱者和司舞者在形体上合一而以司舞者的形体出现(即负责形貌动作表现的扮演者),但司唱者虽在形体上消失了,其故事讲述的功能却未消失,而是交付于做举止的司舞者了。于是,元杂剧的一个脚色就具有了两种身份、两种功能(演与述),这在主唱人身上尤为明显、典型。

可见,元杂剧的脚色表演体制中渗入了依相叙事的思维,其脚色所具有的两种身份、功能及其间关系是依相叙事的一种变异形态。变文、影戏、傀儡戏、连厢词的依相叙事格式都有故事讲唱者和动作表现者,二者在形体上分离,各具功能,各司其职。而元杂剧则出现了扮演者(相)与讲唱者在形体上的合一形态(如上文例三),讲唱者没有独立的形体,而是以扮演者的形体出现,即扮演者所呈现的那个人物既承担动作的表现,也承担故事的讲唱。相对于变文等伎艺中讲唱者有独立的形体,元杂剧的讲

① 梁廷枏:《曲话》,见《中国古典戏曲论著集成(八)》,中国戏剧出版社1959年版,第286页。

唱者在形体上退隐、消失了，但功能并未消失，而是转移、合并到"现身者"（剧中人物的扮演者）的身上了。另外，不同于"说话"伎艺中"相"与故事讲唱的关系——"相"在形体上并入讲唱者，元杂剧是"相"在形体上并入扮演者，即讲唱者在形体上退隐而并入作为"相"的动作表现者身上了，但讲唱者的功能并未消失，而是由作为"相"的脚色承担起来了。

由此可见，元杂剧与"说话"伎艺在唱演形态上都表现出"相"与讲唱者在形体上、功能上的合并，但立足点不同。"说话"伎艺是把"相"并入讲唱者，元杂剧则是把讲唱者并入"相"。在形体上，"说话"伎艺是"相"为虚，讲唱者为实；而元杂剧则是讲唱者为虚，"相"为实。正因为这种侧重点不同而形成了二者不同的依相叙事形态。但是，不论"相"与讲唱者在形体上何方退隐到另一方，"相"与讲唱者的功能并未消失，二者的配合关系仍然存在。

理解了这一点，有助于我们认识元杂剧的一些体制特点及其与前代伎艺的渊源联系。比如王国维先生在探讨中国戏曲的生成时，把元杂剧视为"真戏曲"的标志，其原因是元杂剧视前代戏曲进步之处有二：一为乐曲体制自由宏大，二为由叙事体而变为代言体。[①] 王国维在谈到第二点进步时是把元杂剧与宋人大曲置于一条发展脉络上，并视元杂剧较宋人大曲的进步是从叙事体而成为代言体的。确实，在对一个故事表述的能力和体制上，以及曲唱体制上，元杂剧较宋人大曲要进步许多。因此，即便要探讨元杂剧相较于宋人大曲的进步，也应先考察二者间的联系，如此才能明了元杂剧的进步何在，是否为由叙事体到代言体的进步。由上文的分析，元杂剧较《剑舞》在表述故事方面并不能严格地说是由叙事体到代言体的进化，只是在故事表述的基础上，增加了扮演者所承担的任务。《剑舞》的扮演者只以动作表现来辅助故事讲唱，而元杂剧则把"竹竿子"代装扮者言说的话语全付于脚色扮演者身上，但"竹竿子"的故事讲唱功能及其与装扮者动作表现的配合关系仍在元杂剧脚色中体现。所以，元

---

① 　王国维：《宋元戏曲史》，华东师范大学出版社 1995 年版，第 79—80 页。

杂剧与叙事体的宋人大曲的联系基点应在于依相叙事的思维和方式,元杂剧在总体上来说并不能说是通过人物的对话和动作来推动故事的代言体,而仍是叙事体。

总之,元杂剧的演述形态仍循有"依相叙事"的思维和格式,而非完全意义上的展示性演事。如果看到元杂剧演述形态中所具有的依相叙事思维及其表现形态与傀儡戏、影戏间的联系,就可以更好地理解元杂剧脚色的双重身份、双重功能及其间配合关系,同时,也可以更好地认识元杂剧脚色的这一特征的生成渊源。就元杂剧的故事表述来说,其演述形态仍未摆脱变文所创始的"依相叙事"思维,只是比较于变文、影戏、傀儡戏等伎艺的依相叙事形态,元杂剧在"相"的形态上有所变化,但在依相叙事思维上则是一脉相承的。这就是元杂剧与傀儡戏、影戏在唱演形态上的联系基点,也是它们共同的、基本的叙事思维架构,其他的讲唱因素、伎艺表演因素都在这个叙事思维架构中存在、变化。

六 小结

通过上面分析,我们看到了依相叙事的思维和方式在宋元叙事性伎艺中的渊源脉络和流变形态。上述宋元诸多伎艺虽各具形态,但其依相叙事的思维是一脉相承的,皆是变文的依相叙事思维的不同流变形态。这是它们在唱演形态上的联系基点。相对于变文表演中"相"的表现形态——图画,上述宋元叙事性伎艺在"相"的形态方面发生了进化,由平面走向立体,由静止走向运动,由假人走向真人,但是,"相"的功能未变,"相"与故事讲唱的配合关系未变,依相叙事的思路未变。这不同形态的"相"始终与故事讲唱相辅而行,皆未能独立于故事讲唱而存在,也未能超越故事讲唱而成为伎艺的主体。

另外,虽然在不同的叙事性伎艺中,"相"与讲唱者在形体上有分有合,但依相叙事的思维仍相承未变。在变文、影戏、傀儡戏、连厢词中,故事表述都是由两种独立的形体配合完成的，一是故事讲说者，二是动作表现者，二者在形体上是分离的，有说法者，也有现身者，各具功能，各负其责，双方一直未失去独立的形体。就二者的配合关系看，皆如连厢词之司舞者不唱，司唱者不舞，司舞者配合司唱者的故事讲唱，共同完成故事的叙述任务。即使"说话"伎艺和元杂剧的唱演形态中出现了"相"与讲唱者在形体上的不同形式的合并（说话伎艺为"说法中之现身"，元杂剧为"现身中之说法"），但"相"与讲唱者的功能并未消失，依相叙事的思维仍然存在。看到这一点，我们就会认识到元杂剧的叙事思维、脚色体制的生成渊源了。

　　总之，在这条依相叙事的发展脉络上，我们可以看到由变文所创始的依相叙事思维对宋元叙事性伎艺的深远影响及其表现形态，同时也更能理解这些宋元叙事性伎艺与变文在故事唱演形态上的血脉联系及其间的承续基点。而这些宋元叙事性伎艺的唱演形态中所表现出的诸多特征也大多可在依相叙事这条发展脉络上找到答案，它们大多是依相叙事思维发展的结果，是依相叙事方式不断进化的表现。

第六章 宋元话本与说话伎艺故事讲唱形态的文本化

　　谈到宋元话本，我们要面对的问题仍然不少，比如宋代有无"话本"，早期话本如何出现。而"话本"的名义界定则是一个更为基础的问题，学界对此存在着不同的说法，有的认为它是说话人的"底本"，有的认为它是与说话伎艺有关的通俗故事书，有的认为它是书录伎艺性故事的文本。但无论如何界定，各家都承认话本与说话伎艺具有直接关系，也都注目于话本的说话伎艺来源。对于话本小说、说话伎艺这两个关系体，如果我们不是立足于话本的来源，而是立足于说话伎艺的文本化，就会认识到所谓原于说话伎艺讲说内容的文本并非只有话本小说一种。那些遗存有说话伎艺的情节、程式诸成分的文本要早于话本小说的出现，比如南宋罗烨《醉翁谈录》中的《小说引子》，也是话本小说的近亲同类，它们与那些典型形态的话本小说一样，同是来自于说话伎艺讲说内容的书面作品，同属于说话伎艺文本化的结果，只是呈现的面貌不同而已。另外还有些口演内容在落实于文本时被转换成了文言表述，这正如《汉书·艺文志》所说的那些出于街谈巷语的小说家言，乃经过了文言体系的转换，而非口语白话的记录。在文言作为书面编写的权威语言的环境中，这是口演内容文本化的习惯做法。

　　另外，我们还看到，元代有些话本如《清平山堂话本·蓝桥记》虽有入话、散场诗组合的程式框架，但正话内容却以标准文言来表述。篇中入话、散场诗这些程式因素肯定是来自于说话伎艺，但它们并没有与口语白话的讲说内容相结合而落实于文本中，而是与文言叙述内容相混合而成篇的书面作品,这表明说话伎艺口演内容的诸多成分存在着可以分离而落实于文本的现象。

上述两种现象提示我们:(一)说话伎艺口讲内容的文本化并不必定出现话本小说;(二) 说话伎艺口讲内容的文本化并不必定内容齐备。也就是说,说话伎艺讲说内容落实于文本的结果并不必定出现同一形态的文本,也就不会必定出现话本;话本并不是说话伎艺文本化的唯一的、必然的结果。基于这一认识,我们可以立足于说话伎艺的文本化,把那些原于说话伎艺的书面作品置于说话伎艺文本化的过程中,进而思考早期话本的生成所基于的环境、观念问题,所展现的不同形态、面貌问题,所处于说话伎艺文本化的不同层面、阶段问题。

一　说话伎艺文本化的书面编写立场

早期话本小说存在着说话伎艺格式单独落实于文本的现象,比如《秦并六国平话》卷下多有以"话说"领起的文言叙述:"话说田儋者,故齐王族也。儋从弟田荣,荣弟田横,皆豪杰人。陈王令周市徇地,至狄,狄城太守。田儋佯缚其奴之廷,欲谒见狄令,因击杀狄令,而召豪吏子弟曰:'诸侯皆反秦自立,齐,古之建国也。'田儋遂自立为齐王,发兵以击周市。周市军还去。田儋率兵东略齐地。"①此段文言叙述乃抄录于史书原文②。又如《清平山堂话本·蓝桥记》的正话与《醉翁谈录·裴航遇云英于蓝桥》在文字叙述上几乎全同,且皆以文言表述(后文有详析),只是《蓝桥记》在开头加了以"入话"领起的四句诗,在结尾加了以"正是"领起的两句散场

---

①　丁锡根编:《宋元平话集》,上海古籍出版社 1990 年版,第 655—656 页。
②　《资治通鉴》卷七《秦纪·二世皇帝元年》记:"田儋者,故齐王族也。儋从弟荣,荣弟横,皆豪健,宗强,能得人。周市徇地至狄,狄城守。田儋佯为缚其奴,从少年之廷,欲谒杀奴,见狄令,因击杀令,而召豪吏子弟曰:'诸侯皆反秦自立。齐,古之建国也;儋,田氏,当王!'遂自立为齐王,发兵以击周市。周市军还去。田儋率兵东略定齐地。"(《资治通鉴》,中华书局 1956 年版,第 262 页)

诗。这种以说话伎艺格式框套文言叙述的文本编写体例,在语体、格调上并不协调,因为"话说"、入话、散场诗这样的格套属于口演体制的成分,此处却生硬地与文言叙述内容混合而成书面作品了。这一现象包含的问题很多,但我们首先可以判定,虽然这些文言叙述的内容不是来自说话伎艺的记录,但"话说"、入话、散场诗这些格套肯定来自于说话伎艺的讲唱程式,这是说话伎艺的口演格式单独落实于文本的一个实例。

立足于话本小说,我们会说它的情节、程式、套语、白话语体等各方面成分来自于说话伎艺。但对于《蓝桥记》这样的说话伎艺格式与文言叙述内容相组合的文本,我们明显不能说它整体上来自于说话伎艺口演内容的书录,然而其中的那些入话、散场诗格套则肯定是来源于说话伎艺,只是它们没有像典型的话本小说那样与白话叙述内容整合在一起,而是脱离口演内容的整体而单独地落实于文本了。

这一现象为我们认识宋代说话伎艺的文本化形态提供了考察路径。

宋代说话伎艺非常繁盛,但只有口演形态的呈现,王国维即指出"宋之小说,则不以著述为事,而以讲演为事",故而"为著述上之事,与宋之小说无与焉"①。而说话艺人的口演乃属于将各种成分临场"捏合"的口头创作。说话艺人的场下训练、场上表演并不依赖那些程式、格套、情节等成分齐备完整的白话文本②,而是在前期训练的基础上,临场将各方面成分进行有效的组合,即把情节、格套,按说话伎艺的程式,用口语白话表述出来,这就是南宋吴自牧《梦粱录》所说的"能讲一朝一代故事,顷刻间捏合"③,或是近人陈乃乾在《三国志平话跋》中所说的"各运匠心,随时生

---

① 王国维:《宋元戏曲史》,华东师范大学出版社 1995 年版,第 35 页。

② 卢世华《试论宋代说话人的底本》认为,书会才人参与编写的为说话艺人所用的"底本",如《醉翁谈录》《绿窗新话》,只是为艺人讲说而准备的参考材料,以文言出之,而非以白话出之,与后来的用于阅读的话本小说不同。参见《江汉大学学报(社科版)》2005 年第 6 期。

③ 吴自牧:《梦粱录》卷二〇"小说讲经史"条,见《东京梦华录(外四种)》,文化艺术出版社 1998 年版,第 306 页。

发,惟各守其家数师承而已"①,这属于口头创作的性质。南宋罗烨的《醉翁谈录》是一部为艺人讲说而准备的参考材料书②,反映了小说家说话人的艺能训练所需要的各方面知识——有"演史讲经并可通用"的入话,有传奇、烟粉之类的故事梗概,有常用的诗词赋赞,有笑话、绮语之类的诨语,这些都是艺人口演时需要临场组合的各种成分。而说话人的艺能训练则需要阅读历代史书,通晓各类诗词、各类故事题材,掌握大量的格式套语,熟练各种口演技能,比如《醉翁谈录·小说开辟》所说的"说收拾寻常有百万套,谈话头动辄是数千回","讲论处不杂搭、不絮烦,敷演处有规模、有收拾。冷淡处提掇得有家数,热闹处敷演得越久长。曰得词,念得诗,说得话,使得砌"③。说话人有了上面这些准备、积累,即熟练掌握了这些程式、套语、技巧,就能在口演时根据故事情境的需要,随意拈来组合,此即"顷刻捏合"。由此我们知道,说话人的口演内容是情节、程式、格套、语言等诸多成分的口头创作性临场组合。在说话人那里,这样的组合只存在于口演形态中,而不是存在于文本形态中。因此,艺人即使有"底本",也并不是后世用于阅读的话本形态。

那么,说话人的那些口演内容是怎样落实于文本的呢? 胡士莹曾指出,南宋罗烨《醉翁谈录·小说开辟》所载的一百十七种名目,都是口头的"话",而不是书面的"本"④。这里所说的有"话"而无"本",是指没有后世那种带有口演格式的书面白话作品,再参以章培恒所论"宋代话本"不存

---

①　陈乃乾在《三国志平话跋》中谈到了宋元说话伎艺与后世说书的不同:"宋元之际,市井间每有业说话者,演说古今惊听之事,杂以诨语以博笑噱,托之因果以寓劝惩,大抵与今之说书者相似。惟昔人以话为主,今人以书为主。今之说书人弹唱《玉蜻蜓》《珍珠塔》等,皆以前人已撰成之小说为依据,而穿插演述之。昔之说话人则各运匠心随时生发,惟各守其家数师承而已。"见《陈乃乾文集》,国家图书馆出版社 2009 年版,第 361 页。

②　胡士莹:《话本小说概论》,中华书局 1980 年版,第 152 页。董上德:《谈〈醉翁谈录〉的性质与旨趣》,《学术研究》2001 年第 3 期。

③　罗烨:《醉翁谈录》,古典文学出版社 1957 年版,第 3 页。

④　胡士莹:《话本小说概论》,中华书局 1980 年版,第 235 页。

在的观点①，则宋代说话伎艺没有落实于文本而出现话本小说的情况。如此，宋代没有针对说话伎艺口演内容的齐备的文本化形态，但它的口演内容是否有其他形态的文本化情况呢？上文所述元代《秦并六国平话》《蓝桥记》的情况提示我们，说话伎艺口演内容的诸种成分并非一定要完整地、齐备地落实于文本，而是可以把某一成分单独分离出来，落实于文本，这也是说话伎艺文本化的一种形态。既然元代存在着说话伎艺的格式可以脱离口演内容的整体而单独落实于文本的情况，那么，在说话伎艺已经非常繁盛的宋代，说话伎艺口演内容的诸种成分（故事情节、表述语言、叙事格套等），是否也存在着脱离整体而单独地落实于文本的情况呢？

南宋罗烨《醉翁谈录》辛集卷一有《裴航遇云英于蓝桥》一篇，它与《清平山堂话本》中的《蓝桥记》讲述了同一个故事，二者皆以文言呈现，文字叙述几乎全同，并且二者与原作《传奇·裴航》的不同之处亦相互一致，如二作中樊夫人对裴航所言"然亦与郎君有小小因缘，他日必得为姻懿"，云英母对裴航所言"君若的欲要娶此女，但要得玉杵臼，吾即与之，亦不雇其前时许人也"，皆不见于原作，这说明二者有明显的承续关系，只是"清平山堂版"在开头有以"入话"领起的四句诗，结尾有以"正是"领起的散场诗。对照《传奇·裴航》（《太平广记》卷五〇），"醉翁谈录版"虽在叙述话语、人物话语上明显据原作节略编写，但也有改动或添加之笔，比如下面二例：

> 例一：
> 航拜揖。夫人曰："妾有夫在汉南，幸无以谐谑为意。然亦与郎君有小小因缘，他日必得为姻懿。"后使袅烟持诗一首答航，诗曰……（《醉翁谈录·裴航遇云英于蓝桥》）
> 航再拜揖，愕眙良久之。夫人曰："妾有夫在汉南，将欲弃官

---

① 章培恒《关于现存的所谓"宋话本"》认为，所谓的"宋代话本"并不存在，宋人并无针对文本形态的白话小说的编写和刊刻，我们至今无法确定宋刊白话小说文本的实物存在。《上海大学学报（社科版）》1996年第1期。

而幽栖岩谷，召某一诀耳。深哀草扰，虑不及期，岂更有情留盼
他人，的不然耶？但喜与郎君同舟共济，无以谐谑为意耳。"航
曰："不敢。"饮讫而归。操比冰霜，不可干冒。夫人后使袅烟持
诗一章，曰……（《传奇·裴航》）

　　例二：

　　姬曰："君若的欲要娶此女，但要得玉杵臼，吾即与之，亦不
雇其前时许人也。其余金帛，吾无所用。"（《醉翁谈录·裴航遇
云英于蓝桥》）

　　姬曰："君约取此女者，得玉杵臼，吾当与之也。其余金帛，
吾无用处耳。"（《传奇·裴航》）①

　　比较上述两处文字，可见"醉翁谈录版"的情节叙述乃来自于原作《传
奇·裴航》，只是具体之处有所变异。例一叙裴航与樊夫人偶遇，樊夫人
话语中"然亦与郎君有小小因缘，他日必得为姻懿"一句，并不见于原作。
例二云英母所言"君若的欲要娶此女"是对原作"君约取此女者"的改动，
"亦不雇其前时许人也"一句则不见于原作，属于添加。至于这些异于原
作的内容源于何处，就其表现出的语言风格，以及《醉翁谈录》一书的说话
伎艺参考资料书性质来说，当是来自于当时的讲唱伎艺，只是它在被落实
于文本时作了文言体系的转换。

　　之所以这么认为，是因为南宋另一部说话艺人的参考资料书《绿窗新
话》②中也有同题材的《裴航遇蓝桥云英》一篇，可资参照。《绿窗新话》中
的篇章多为前代书面作品的节略，而此篇末尾有小注曰"出《传奇》"，其文
字叙述简短，但裴航与樊夫人偶遇一段，樊夫人所言"幸无谐谑，与郎君少

---

① 　周楞伽辑注：《裴铏传奇》，上海古籍出版社 1980 年版，第 54—55 页。

② 　《绿窗新话》大概编写于南宋初年，因为它所收的绝大多数是北宋以前的作品。南宋
罗烨《醉翁谈录·小说开辟》有"引倬底倬，须还《绿窗新话》"之语，据此而知"《绿窗新话》是说
话人必用的参考书"，"是供说话人据以敷演故事的资料汇编"（程毅中《宋元小说研究》，江苏古
籍出版社 1998 年版，第 187、188 页）。此前，胡士莹、陈汝衡都表达过相同的观点（参见《话本小
说概论》第 150 页，《宋代说书史》第 91 页）。

有因缘,他日必为配偶"一句,并不见于原作,而是与"醉翁谈录版"同属于添加,意近而文不同,当是不同书录者对同一内容的不同转述所致,但它们的材料来源是相同的,即当时的说话伎艺。

此例只是《绿窗新话》与当时讲唱伎艺关系密切的一斑。这部说话人参考资料书所收录的简略故事,其取材来源有二:一是前代的文言小说,二是当时说话伎艺讲唱的故事。

对于前代的文言小说,《绿窗新话》在辑录时作了删节,且删节得十分简略,并在篇末标有出处说明。而那些未标明出处的篇目,很多乃取自当时的说话伎艺,这从情节类型、语言风格方面可以看出,比如《杨生与秀奴共游》《章导与梁楚双恋》①《永娘配翠云洞仙》《孙丽娘爱慕蒋苇》《华春娘通徐君亮》《何会娘通张彦卿》《谢真真识韩贞卿》等篇,以及上卷《杨生私通孙玉娘》至《苏守判和尚犯奸》的连续十篇,其题材类型皆属于《醉翁谈录》所说的花判公案、私情公案,有的保留了宋元间市语,有的叙事有白话成分。

值得注意的是,即使《绿窗新话》中那些有着前代文言小说本事的篇目,其直接来源亦未必是文言小说,而是当时讲唱伎艺的口演内容,比如《张公子遇崔莺莺》一篇,其本事乃元稹的小说《莺莺传》,但其中张君瑞这个名字,则是源于宋代的讲唱伎艺。这种情况在《郭华买脂慕粉郎》和《张浩私通李莺莺》二篇中更为明显②(此二篇皆不注出处,虽然前代有其本事)。

《郭华买脂慕粉郎》一篇虽前代有刘义庆《幽明录·买粉儿》作为本事,但《绿窗新话》中的男主人公有了"郭华"这个姓名,情节有了留鞋、吞鞋一段,此皆未见于《幽明录》,乃采自当时的讲唱伎艺。后来元人曾瑞《王月英元夜留鞋记》杂剧、宋元南戏《王月英元夜留鞋》,皆演此故事,与《绿窗新话》版相同,它们都是同一故事的演绎。

---

① 程毅中《宋元小说研究》认为此二篇"可能就是当时说话故事的纪要",见第187页。
② 皇都风月主人编:《绿窗新话》,周楞伽笺注,上海古籍出版社1991年版,第51、61页。

又《张浩私通李莺莺》一篇,前有刘斧《青琐高议》别集卷四《张浩》①,
但对比二者,多有不同之处。(一)人名:李氏之名莺莺,老尼之名惠寂,皆
不见于《青琐高议》。(二)地名:《青琐高议》中,张浩与李氏相遇于花园小
轩,但未及"宿香亭"这一具体地点。(三)情节:张浩与李氏于花园中互赠
信物,《青琐高议》版提及李氏"原得一篇亲笔即可",而《绿窗新话》版有
"女以拥项香罗,令浩题诗"情节。(四)对话:《绿窗新话》中,莺莺在花园
中向张浩自表衷情("倘不嫌丑陋,愿奉箕帚"),老尼惠寂向张浩转达莺莺
的致意("君之东邻李氏小娘子莺莺致意,令无忘宿香亭之约"),以及二人
宿香亭相会后莺莺的告白("妾之此身,已为君有,幸终始成之")等语句,
皆不见于《青琐高议》。值得注意的是,上述这些不同于《青琐高议》之处,
皆见于《警世通言》卷二九《宿香亭张浩遇莺莺》,而此篇乃据宋元旧篇编
成,如此,则在《绿窗新话》编成之时,当时艺人已有对这一故事的讲演,
《张浩私通李莺莺》即取自当时的说话伎艺,只是南宋的《绿窗新话》作了
文言体系的述略,而明代的《警世通言》则作了白话体系的整理。

当然,有少量来自于说话伎艺的篇章在进行节略时保留了白话成分,
而未作彻底的文言转换。如:

> 一夕,月明,熊氏领妮子惠奴出帘前看月,问陈吉:"睡也
> 未?"又问:"你前随官人入蜀,知他与谁有约?"吉曰:"不知。"熊
> 氏遂入,一夜睡不着。……熊氏乃进抱陈吉曰:"我也不能管
> 得。"遂为吉所淫。(《陈吉私犯熊小娘》)
> (杨廷实与散乐妓汤秀奴)一见两情交契,海誓山盟。生亦
> 不顾家有双亲妻子,行与秀奴比肩,坐则叠股,日夕贪欢,无时或
> 弃。每相谓曰:"我两个真正可惜,但愿生同鸳被,死同棺椁。"
> (《杨生与秀奴共游》)②

① 刘斧:《青琐高议》,上海古籍出版社1983年版,第224—226页。
② 皇都风月主人编:《绿窗新话》,周楞伽笺注,上海古籍出版社1991年版,第70、116页。

在这些篇章中，它们的叙述语言、人物语言都表现出了口语白话的特色（人物语言尤明显），这是在对口演内容作文本化时保留了口演语言的格调所致，而非出于书面编写而主动使用口语白话所致。如果我们对于《绿窗新话》中那些前代文言小说的节录者、当时说话伎艺的纪略者从语言的角度予以比较（包括人物语言、叙述语言），这种差别就能看得更为清晰。那些节录于前代文言小说的篇章，如《李娃使郑子登科》（出自《李娃传》）、《柳毅娶洞庭龙女》（出自《柳毅传》）、《封陟拒上元夫人》（出自《传奇·封陟》）、《钱忠娶吴江仙女》（出自《青琐高议》前集卷五《长桥怨》）、《周簿切脉娶孙氏》（出自《青琐高议》前集卷七《孙氏记》），它们的叙述话语乃据原文节录，人物话语是据原文照录或节录。而对于那些来自于当时说话伎艺的篇章，它们的叙述话语、人物话语则有口语白话的格调，它们与《张浩私通李莺莺》一样都是对讲唱伎艺口演内容的节略，并且经过了或多或少文言体系的转化，以及书面作品体例的编辑。

据此而言，宋代已经出现了说话伎艺的文本化现象，只是这一文本化是立足于书面编写的立场而对口演内容的选择性取用，具体来讲就是针对口演内容的故事情节这一成分进行文本化。这一现象表明，在说话伎艺的文本化路途上，说话伎艺口演内容的多种成分并不必齐备地落实于文本，而是可以与口演内容的整体相分离而单独地落实于文本，这是对口演内容予以部分性文本化的一种形态，比如上述《绿窗新话》《醉翁谈录》中那些来自于说话伎艺的篇章所反映的文本化形态，就只是针对故事情节的节略，并做了文言体系的转换。由此可见，虽然说话伎艺口演内容的多种成分是互相适配的，比如它的叙事程式、口演格套是与白话讲唱相适配的，但它们并不一定要齐备地落实于文本中，而是可以各自分离而单独地落实于文本的，也就是说，人们可以选取口演内容的某一成分而把它落实于文本中。

二　小说话本编写对说话伎艺口演内容的主动选择

上述《绿窗新话》《醉翁谈录》所反映的说话伎艺的文本化形态,是立足于书面作品的编写而对口演内容的吸纳、取用,但它们对口演内容作了情节上的节略,并在表述上作了文言体系的转换。这说明这个文本化包含了编写者的主动性,而且是立足于书面编写的主动性,即编写者在面对说话伎艺的口演内容时在材料取舍、呈现方式上的选择态度,比如对于口演内容、表述语言的选择。上文所述《绿窗新话》《醉翁谈录》中的那些篇章是选择了说话伎艺的故事情节进行文本化,并在文字表述上作了文言体系的转化。同样作为说话伎艺文本化结果的《清平山堂话本·蓝桥记》也表现出了这种书面编写的主动性,它在书面编写时取用了说话伎艺的入话、散场诗程式因素,用以框套那个作为正话的文言版蓝桥故事,因此呈现出了说话伎艺格式与文言叙述内容的组合形态。《蓝桥记》所表现出的这种书面编写的主动性是元代话本小说成篇的普遍现象。

《清平山堂话本》作为早期话本小说集,也是元代话本小说的代表作品。辨析其中诸篇话本小说的形态,颇有令人困惑之处,比如它有《简帖和尚》《合同文字记》这样的典型的话本小说样式,其形态与元刻《新编红白蜘蛛小说》残页所示一致,有入话、散场诗组合的程式结构,有散体白话的叙述话语,有口演伎艺的格套语气。然而更需注意的是,《清平山堂话本》还有不同于此的两类话本形态:其一是文言叙述与说话程式组合的话本,如《蓝桥记》《汉李广世号飞将军》,虽有入话、散场诗组合的程式框架,但纳入其中的正话不是带有说话格套、语气的散体白话叙述,而是深浅不一的文言叙述;其二是词文叙述与说话程式组合的话本,如《快嘴李翠莲记》《张子房慕道记》,虽有入话、散场诗组合的程式框架,但纳入其中的正话是以人物话语出现的大段词文。虽然上述三类话本的具体形态有如此差异,但它们都有一个入话、散场诗组合的程式结构框架(这样的格套或是出于洪楩的编辑），由此而被统摄于"话本"名下。这样的属性认定，即是把这三类作品置于"话本"的同一层面，从而有意无意地模糊了其间的文本层次差异、内容来源差异，如果进而依据"书录说"①来认识这些话本，则这个观点在《蓝桥记》这类话本面前就显得颇为尴尬，也无法解释《清平山堂话本》所收话本的形态不一甚至有些杂乱的现象，比如，语言上，有文言的，有白话的；语体上，有散体的，有韵体的；故事来源上，有来自于小说家说话者，有来自诗赞体讲唱伎艺者，有来自书面作品者。

在语言方面，《简帖和尚》《合同文字记》《洛阳三怪记》等，是带有说话伎艺语气、格套的作品，属于典型的话本小说形态。而《蓝桥记》《羊角哀死战荆轲》《死生交范张鸡黍》《老冯唐直谏汉文帝》《汉李广世号飞将军》等，其正话则是文言叙述，虽然有的地方较为浅近，但仍属于文言体系。比如《汉李广世号飞将军》正话中夹杂了许多文言语句，尤其是人物话语。

广留军陆续进发，先与长子李敢引五十骑长驱大进，正如匈奴左贤王军马相迎，胡兵十万，旗旛蔽日而来，汉军大恐。广与子李敢曰："汝可持刃以遏其兵，如军士退者立斩。吾当以身先之。"左贤王乘大蘽车，于军中调遣。广引千余骑先冲隈中。匈奴掩面大呼曰："飞将军又来也！"李敢随军士攻击，胡兵四败奔走。②

而在语体方面，《刎颈鸳鸯会》的叙述中夹杂了十首商调〔醋葫芦〕曲，"因成商调〔醋葫芦〕小令十篇，系于事后，少述斯女始末之情"，并以"奉劳歌伴，先听格律，后听芜词"或"奉劳歌伴，再和前声"这样的套语领起这十

---

① 周兆新《"话本"释义》通过对现存的一些话本的考辨，指出"它们都不是底本，而是依据说书艺人口述整理而成、专供广大群众案头欣赏的通俗读物"（《国学研究》第二卷，北京大学出版社 1994 年）。纪德君《宋元"说话"的书面化与"说话"底本蠡测》认为："话本是纪录、整理、加工市井说话人的说话成果而形成的书面文本，主要供人案头阅读之需，似不宜简单地视为说话人的'底本'。"（《广东技术师范学院学报》2009 年第 1 期）

② 洪楩编：《清平山堂话本》，上海古籍出版社 1992 年版，第 156 页。

首〔醋葫芦〕曲。而《快嘴李翠莲记》《张子房慕道记》两篇的叙述话语是散体，但人物话语皆以大量的韵体词文来呈现，比如张良的话语中多有"臣有诗存证""有诗为证""有词存证"等字样，它们领起的诗词内容起到了回答汉高祖问话的作用。

> 高祖曰："卿要归山，你往那里修行?"张良曰："臣有诗存证：放我修行拂袖还，朝游峰顶卧苍田。渴饮蒲萄各醪酒，饥餐松柏壮阳丹。闲时观山游野景，闷来潇洒抱琴弹。若问小臣归何处?身心只在白云山。"……
>
> 高祖曰："卿若年老，寡人赐你俸米，月支钱钞，四季衣服，封妻荫子，有何不可?"张良曰："蒙赐衣钱米，老来如何替得? 有词存证：老来也，百病熬煎。一口牙疼，两臂风牵。腰驼难立，气急难言。吃酒饭，稠痰倒转；饮茶汤，口角流涎。手冷如钳，脚冷如砖。似这般百病，直不得两个沙模儿铜钱。"①

至于故事来源，《清平山堂话本》中的大部分作品是来自于当时的小说家说话伎艺，而《刎颈鸳鸯会》《快嘴李翠莲记》《张子房慕道记》这样的包含韵体叙述内容的作品，其内容则是来自于诗赞体的讲唱伎艺，只是在落实于文本时过于简略，有的文字组织未善，以致情节不完整，逻辑不合理，由此可以看出当时人们在书面白话叙事上的经验不足。比较而言，那些文言叙事的作品在情节安排、语言表述方面的表现则要好得多，这是因为其内容是根据前代书面作品的抄录，比如《蓝桥记》的正话内容即是来自于《醉翁谈录·裴航遇云英于蓝桥》或其他同类书面作品。

但是，无论文本形态如何杂乱，这些早期话本的叙述风格皆较为质实，甚至有些情节不完整，逻辑不周全，完全没有《醉翁谈录·小说开辟》所描述的说话人口演风采："讲论处不杂搭、不絮烦；敷演处有规模、有收

---

① 洪楩编：《清平山堂话本》，上海古籍出版社 1992 年版，第 58—59 页。

拾。冷淡处提掇得有家数,热闹处敷演得越久长。"①因此,这些早期话本明显担不起书录说话内容的成果这样的结论,也不适合艺人用以作为临场口演所依凭的底本。

另外,从总体上来看,除了几篇首尾残缺的话本,《清平山堂话本》中各篇的程式结构是统一的,开篇有"入话"领起的诗词,结尾有"正是"领起的散场诗,无论是白话叙述的话本,还是文言叙述的话本皆是如此。即使《洛阳三怪记》一篇没有"入话"二字标识,它实际上仍有作为"入话"的四句七言诗作为开篇。如果这些文本是艺人所用,则入话、散场诗本为艺人口演的格式,只呈现于艺人的口演形态之中,完全不必在他们参考的底本中出现。况且,宋元时期的说话艺人并不需要这种格式齐备的底本。当时社会对于说话伎艺的接受是场上讲听而非文本阅览;艺人的场下训练、场上表演亦不需要格式齐备的底本,甚至底本不会是白话形态,而是罗烨《醉翁谈录》那种文言形态的文本②。然而我们看到的这些早期话本,即使它们的表述语言不统一,正话形态不统一,但入话、散场诗的框架格式却是统一的,这说明这些早期话本并非据口演内容书录而成,而是经过了书面文本的有意识的统一编辑所致。正因为如此,在正话的形态不一致的情况下,其入话、散场诗组成的框架格式才会如此统一,这也体现了编写者在此文本化过程中的主动性。

编写者的这个主动性,是立足于文本编写对故事材料、呈现方式等方面的选择,由此出现了对讲唱伎艺的内容、格式的取用,而非是出于记录、整理说话伎艺口演内容的目的而要把某一讲唱伎艺口演内容落实于文本。如此,我们就会理解早期话本是基于通俗文本编写而要面对各种材料地选择了(口头的、书面的,文言的、白话的,散体的、韵体的),而所谓的语体不一、故事来源不同,即是编写者对各种材料主动选择后的结果。

---

① 罗烨:《醉翁谈录》,古典文学出版社 1957 年版,第 3 页。

② 卢世华《试论宋代说话人的底本》认为,书会才人参与编写的为说话艺人所用的"底本",如《醉翁谈录》《绿窗新话》,只是为艺人讲说而准备的参考材料,以文言出之,而非以白话出之,与后来的用于阅读的话本小说不同。《江汉大学学报(社科版)》2005 年第 6 期。

当然,立足于话本小说,言其内容的诸种成分与说话伎艺有关联肯定是不错的,因为话本小说中的情节、程式、格套、语体等因素确是来自于说话伎艺。但我们不能以此作为充分证据,简单地推定一篇话本的内容在整体上或者其中某一成分就是直接书录说话伎艺的口演内容而成。一者,因为口演内容的诸种成分是可以脱离整体而单独地落实于文本的;二者,因为说话伎艺的文本化具有多种形态,"书录说"无法解释这些早期话本形态杂乱的现象。但如果我们从说话伎艺的文本化这一角度来考察话本内容诸种成分的来源问题,就会理解早期话本的形态杂乱现象了。因为这些早期话本并非基于对说话伎艺口演内容的记录、整理,而是基于通俗故事文本的编写而出现了对口演内容诸种成分的吸纳、取用(编写者要面对的材料,不只说话伎艺的口演内容,还有各种书面材料)。《清平山堂话本》中那些正话形态杂乱而框架体例统一的话本,即是这一主动的材料选择、文本编辑后的结果。这种基于书面编写而取用口演内容的编写行为,与《绿窗新话》节略说话伎艺口演内容而作文言转换的编写行为一样,都体现了对说话伎艺口演内容的主动性文本化意识。

三　平话文本据史书编写的主动态度与表现方式

关于元代题名"平话"的通俗文本,无论是源于讲说内容的书录,还是基于白话文本的编写,它们的出现,皆非讲史伎艺(甚至说话伎艺)影响所致这么简单。

如果说元代有平话伎艺的繁兴,影响所及,有人书录其讲说内容而有平话文本。那么,当时是何因素推动了平话伎艺的口讲内容的文本化呢?要知道,当时社会对于讲史伎艺的接受是场上讲听而非文本阅览;艺人的场下训练、场上表演亦不需要格式齐全的底本,甚至底本不会是白话形态，而是罗烨《醉翁谈录》那种文言形态的文本①。

　　如果说有人在编写历史题材的白话文本时，基于平话伎艺的影响，而取用了它的内容和格式，从而有这些平话文本。那么，首要问题是为何会出现这类白话文本的编写？因为在文言著述和文言阅读已成习惯思维的环境中，自觉的书面白话作品的出现并非易事，文人们涉足此域需要相应观念的推动，相应环境的激发，否则不会有动力来涉足白话文本的编写，也不会有能力来从事白话文本的编写，即使那些来源于口讲的白话书录文本的出现，亦需要观念、环境的支持。

　　所以，这类白话文本的出现，无论是出于口讲内容的书录，还是出于书面文本的编创，都面临着一个基本的问题——是何因素推动了平话文本的出现，激励了时人参与平话文本的编写？这就牵涉到书面白话使用的环境和观念问题。若没有针对书面白话使用的有利的环境和观念，不会有人需要阅览这样的白话文本，也不会有人参与这类白话文本的编写。

　　对于这个问题，我们可考察一下元代的白话著述《直说通略》（郑镇孙）、《经筵讲义》（吴澄）所关联的书面白话使用的观念和环境。之所以选取它们，一是因为二书皆是历史题材的白话著述；二是因为二书的作者都是当时有着相当社会地位的文人，有明确材料表明他们参与此类白话著述的动因；三是因为有的学者认为二书是受讲史伎艺影响而出现的"平话体"作品。

　　　　元代严禁说唱词话，以讲说时事新闻为主的"小说"一家，似
　　乎已经衰落而逐渐归入讲史中去了。说书人为了不抵触功令，
　　都纷纷去讲说历史故事。影响所及，当时的道学先生吴澄给皇
　　帝讲《通鉴》时也用语录体，还有一位监察御史郑镇孙撷采了《资

---

　　①　卢世华《试论宋代说话人的底本》认为，书会才人参与编写的为说话艺人所用的"底本"，如《醉翁谈录》《绿窗新话》，只是为艺人讲说而准备的参考材料，以文言出之，而非以白话出之，与后来的用于阅读的话本小说不同。参见《江汉大学学报（社科版）》2005年第6期。

治通鉴》的内容写了一部白话体的《直说通略》。①

元代讲史在当时社会上造成极大影响，它超出了文艺的范畴，成为讲说历史通用的体裁和语言形式。据记载，当时的道学先生吴澄在给皇帝讲《通鉴》，监察御史郑镇孙撮录《资治通鉴》编写《直说通略》，都采用了这种受欢迎的平话体。②

上文提及的《直说通略》是郑镇孙于元英宗至治元年(1321)编成的一部通俗性白话通史，共有十三卷。所谓"通略"，意即《资治通鉴》之大略；所谓"直说"，乃指一种表述方式，语言上表现为俗语白话，即郑镇孙在自序中所强调的以"俚俗之言"来传达出圣贤文章的蕴奥(详见下文)。而吴澄之讲说《资治通鉴》，乃指他于元泰定年间(1324—1328)任职经筵讲官时所编写的白话文本《经筵讲义》。兹列二书演述刘邦入咸阳与父老约法三章一节，以见其白话叙事之形态：

子婴遣将敌沛公，秦兵大败，沛公遂入关，到霸上。子婴素车白马，颈上系着传国宝，出路傍投降。子婴立四十六日，秦亡。……太祖高皇帝受秦降时，未曾登位，只称沛公。西入咸阳，召众父老每、众豪杰每，抚谕他约法三章(杀人的死，伤人及盗抵罪)，除去秦时不好的法度。百姓每喜欢，都将牛羊酒食管待军马，沛公不受，百姓越喜。(《直说通略》卷三，秦·子婴—西汉·太祖高皇帝)③

汉高祖姓刘名邦，为秦始皇、二世皇帝的时分好生没体例的勾当做来，苦虐百姓来，汉高祖与一般诸侯只为救百姓，起兵收服了秦家。汉高祖的心只为救百姓，非为贪富贵来。汉高祖初

---

① 胡士莹：《话本小说概论》，中华书局1980年版，第703页。

② 中国艺术研究院曲艺研究所编：《说唱艺术简史》，文化艺术出版社1988年版，第83页。

③ 郑镇孙：《直说通略》，国家图书馆古籍部藏明成化庚子重刊本。下引《直说通略》皆依此版本。

到关中，唤集老的每、诸头目每来，说："你受秦家苦虐多时也，我先前与一般的诸侯说，先到关中者王之。我先来了也，与父老约法三章：杀人者死，伤人及盗者随他所犯轻重要罪过者，其余秦家的刑法都除了者。"当时做官的、做百姓的，心里很快活有。①

由此可见，此二书皆是以俗语白话述史的作品，就其历史题材、白话语体、编写时间来看，它们与现知编印于元英宗至治年间（1321—1323）的"全相平话五种"皆可视为同一时期用白话编成的历史题材通俗文本。但郑、吴二作之选择历史题材作白话文本编写，并非受到讲史伎艺的影响，而是另有其渊源和类属。

元英宗至治元年（1321），郑镇孙在《直说通略序》中叙及了此书的编写缘起。

> 鲁斋许先生为《朱文公大学直说》《唐太宗贞观政要直说》，皆以时语解其旧文，使人易于观览。愚尝以为《大学》一书，发明本末始终、修齐治平之事，紫阳《集注》至矣，尽矣，固未易以俚俗之言为能尽圣贤之蕴奥也。……两浙运使世杰公俾愚辑是编，乃撮《资治通鉴》之文，且以《外纪》诸书推衍上古之事加诸前，而以宋朝及辽金之录附于后，皆从而略节之，名曰《直说通略》，分为一十三卷。②

在此，郑镇孙明确指出《直说通略》是受到元初理学大家许衡（号鲁斋）"直说"《大学》《贞观政要》的启发而有"直说""通略"之编。当时，像郑镇孙这样追慕许衡"以时语解其旧文"而有仿作者并非个例，在郑作之前即有贯云石的《孝经直解》于尾题中标称"北庭成斋直说孝经"（贯以"成斋"为号，以"北庭"为郡望），并在自序中言及编写缘起：

---

① 吴澄：《吴文正集》卷九〇，《文渊阁四库全书》第1197册，第840页下。
② 郑镇孙：《直说通略自序》，第1页。

尝观鲁斋先生取世俗之言，直说《大学》，至于耘夫菀子皆可以明之。……愚末学辄不自□，僭效直说《孝经》，使匹夫匹妇皆可晓达，明于孝悌之道，庶几愚民稍知理义，不陷于不孝之□。①

由此可见，贯云石与郑镇孙同样是看到了许衡的直说之作，受此启发，才有心仿效其"直说"方式以成白话著述；而且二人还明确在题名中标举"直说"二字，以示追慕许衡之意。贯、郑二人在自序中提到的许衡"直说"之作，有《大学直说》《贞观政要直说》，现仅存前者，题《直说大学要略》②，乃以俗语白话阐述经史义理，意在通俗易晓。但是，许衡作为一代大儒，自有长期的文言创作训练，如何会涉足白话著述呢？根据明代郝缙《大学要略序》所言，《直说大学要略》是他在国子学任职时编写的白话讲义文本③。他一生以研习、传授程朱理学为己任，热心于讲学育才，为此而编写的讲义文本不在少数。但讲学之书大可不必非以白话出之，如他的《小学大义》即以文言出之，此乃"甲寅岁，在京兆教学者，小学口授之语"④，而他于《直说大学要略》却要使用白话来著述。这一选择除了说明他进行白话著述的有意和自觉，还透露了他主动使用白话著述的缘起和动力，乃基于他的这类著述所要面对的人群有了变化。据《元史》卷一五八《许衡传》记：

甲寅，世祖出王秦中，以姚枢为劝农使，教民耕植。又思所以化秦人，乃召衡为京兆提学。秦人新脱于兵，欲学无师，闻衡来，人人莫不喜幸来学。郡县皆建学校，民大化之。世祖南征，乃还怀，学者攀留之不得，从送之临潼而归。……帝久欲开太学，会衡

---

①　贯云石：《新刊全相成斋孝经直解》，北京来熏阁书店 1938 年影印元刊本。

②　明正德十三年(1518)刻本《鲁斋全书》、清同治五年(1866)正谊堂全书本《许鲁斋集》、乾隆四十六年(1781)四库全书本《鲁斋遗书·提要》，皆题为《直说大学要略》。另钱大昕《补元史艺文志》卷一(经类之"礼类")著录为《大学要略直说》。

③　郝缙《大学要略序》指出："是编，乃先生直言以教人者，其言切近精实，人所易晓。"(王成儒点校：《许衡集》卷一四，东方出版社 2007 年版，第 353 页)

④　王成儒点校：《许衡集》卷一三《考岁略》，第 315 页。

请罢益力,乃从其请。(至元)八年,以为集贤大学士,兼国子祭酒,亲为择蒙古弟子俾教之。衡闻命,喜曰:"此吾事也。国人子大朴未散,视听专一,若置之善类中涵养数年,将必为国用。"①

这里记述了许衡任职京兆提学、国子祭酒的两段经历。蒙古宪宗四年(1254),他在秦地讲学,讲授对象为汉人,编写的讲义《小学大义》即使用文言;而至元八年(1271),他被任为国子祭酒,教授蒙古贵族子弟,为了这些初涉汉文汉籍的蒙古生的易于理解、接受,许衡自觉地使用白话表述方式,编写了一批面向蒙古生的白话讲义文本,如《直说大学要略》《贞观政要直说》《大学直解》《中庸直解》②《孝经直说》③。以《直说大学要略》为例,其中渗透有明显的蒙式汉语的词汇(如"呵"字),即是因面向人群变化而使用白话表述方式的明证。

同样是针对蒙古权贵的接受能力和习惯,吴澄面向蒙古皇帝而编写的《经筵讲义》也使用了俗语白话。吴澄的《经筵讲义》现仅存《帝范君德》《通鉴》二篇,属于讲解《帝范》《资治通鉴》的白话著述。这是吴澄任职经筵时编写的白话文本。所谓"经筵",是"儒家的传统制度,即著名学者向皇帝讲解经典要义及其与日常事务关系的皇室咨询活动"④。据《元史》卷二九《泰定帝本纪》:"(泰定元年二月)甲戌,江浙行省左丞赵简,请开经筵及择师傅,令太子及诸王大臣子孙受学,遂命平章政事张珪、翰林学士承旨忽都鲁都儿迷失、学士吴澄、集贤直学士邓文原,以《帝范》《资治通鉴》《大学衍义》《贞观政要》等书进讲,复敕右丞相也先铁木儿领之。"⑤由于泰定帝不懂汉语,经筵讲官要通过翻译向他讲解经典,所以,吴澄的经

---

① 《元史》卷一五八,中华书局 1976 年版,第 3717、3727 页。

② 四库全书本《鲁斋遗书·提要》指出:《大学直解》《中庸直解》"皆课蒙之书,词求通俗,无所发明"。(《文渊阁四库全书》第 1198 册,第 274 页上)

③ 钱大昕:《补元史艺文志》卷一经类"孝经类",《丛书集成初编》第 14 册,第 11 页。

④ [德]傅海波、[英]崔瑞德编:《剑桥中国辽西夏金元史》,中国社会科学出版社 1998 年版,第 546 页。

⑤ 《元史》卷二九,中华书局 1976 年版,第 644 页。

筵讲义基本上是将文言的原文转为通俗浅近的白话,再通过蒙古语翻译讲给泰定帝听,由此使得蒙古君主初步了解一些汉地的政治观点和历朝史事。这样的白话文本虽与经筵讲读活动关系密切,但并不是据讲说内容记述的白话语录,而是需要先成文稿以方便翻译,并呈交备览。王祎《经筵录后序》曾指出:"故事:讲文月凡三进,每奏一篇,天子既以置诸左右,比三岁,又总每月所进为录以献,以备乙夜之览。"①在这种制度下,经筵讲读官的进呈文本数量当应很大,只是少有留存。

　　元代出现的这类立足于文本阅览的白话著述(下文通称为"直说作品"),与宋代的白话语录的属性明显不同。我们知道,宋代就出现了一些白话语录,如道原《景德传灯录》、张伯行《朱子语类辑略》、王守仁《传习录》、黎靖德《朱子语类》等,皆为禅宗大师、理学大师们的口讲内容的记录、编辑文本。而禅宗大师、理学大师的白话讲说内容之所以能被记录以成文本,乃是基于人们对于讲说者及其讲说内容本身的尊崇和信仰,而那些艺人们的讲说是难以有书录文本的②。宋人说话伎艺并不依赖于文本形态的话本而存在、流传,南宋罗烨《醉翁谈录·小说开辟》所载的一百十七种名目,可以认为都是口头的"话",却未必是书面的"本"③。所谓的"宋代话本"并不存在,宋人并无针对文本形态的白话小说的编写和刊刻,我们至今无法确定宋刊白话小说文本的实物存在④。

　　元代文人主动自觉地涉足经史内容的白话著述的现象,是在白话地位升高,蒙古统治者学习汉文化的大背景下出现的(后文详述)。蒙古人存在着快捷有效地了解汉文化的需求,汉人知识界也存在着向蒙古人快

①　王祎:《王忠文公集》卷三,《丛书集成初编》第 2422 册,第 65 页。
②　宋人说话伎艺并不依赖于文本形态的话本而存在、流传,南宋罗烨《醉翁谈录·小说开辟》所载的一百十七种名目,可以认为都是口头的"话",却未必是书面的"本"(胡士莹《话本小说概论》,中华书局 1980 年,第 235 页)。所谓的"宋代话本"并不存在,宋人并无针对文本形态的白话小说的编写和刊刻,我们至今无法确定宋刊白话小说文本的实物存在。章培恒:《关于现存的所谓"宋话本"》,《上海大学学报(社科版)》1996 年第 1 期。
③　胡士莹:《话本小说概论》,第 235 页。
④　章培恒:《关于现存的所谓"宋话本"》,《上海大学学报(社科版)》1996 年第 1 期。

捷有效地输入汉文化思想的意图。在这种情况下，白话被视为易于接受和理解的表述方式，既符合接受群体的需要，也符合输送群体的需要。许、吴、贯、郑等人以俗语白话"直说"经史典籍，就是因为当时有使用白话著述的环境——既有使用白话著述的基础，也有使用白话著述的必要。

元代的平话文本，作为历史题材的通俗作品，即是在这样的文化环境中出现的，它们的编写、刊印即得益于这一白话地位提升、白话著述自觉的文化环境的滋养。之所以这么说，一是因为它们与上述"直说作品"在同一时期出现，同是白话文本，同样是对经史典籍作通俗浅易的阐述，甚至在"全相平话五种"之前，直说作品已有面向普通民众阅览之用的白话文本，尤其是《直说通略》这样的历史题材者；二是因为平话文本所表现的据史书作通俗浅易化文本编写的宗旨、思路和方式，与直说作品有着明显的相通相同之处。

据经史典籍作通俗阐述，是元人编写直说作品的常规手法，具体的编写方式是据经史之书进行通俗浅易的剪辑简化或白话翻译、阐述。这种思路和方式在贯云石"直说孝经"中表现得最为直白，即先列《孝经》原文，再作白话的翻译或阐述，以冀达到他在自序中所说的"使匹夫匹妇皆可晓达"的目的。当然，郑镇孙《直说通略》、吴澄《经筵讲义》虽无原文的罗列，但其白话阐述之文亦隐有经史之书的参照，比如：《经筵讲义》现存《帝范君德》《通鉴》二篇，属于讲解《帝范》《资治通鉴》的白话著述；郑镇孙标题"直说通略"，意指对《资治通鉴》的略要予以"直说"，简言之即"按鉴直说"，明显有一个据史书作"直说"的思路。那么，《直说通略》如何依据"通略"作通俗浅易的演述呢？这就涉及对史书内容的处理方式了，最基本的就是语言上的通俗浅易化处理，即郑镇孙在自序中所说的"以时语解其旧文""以俚俗之言为能尽圣贤之蕴奥"，突出表现为"按鉴"作白话译述。

一方面，按鉴直译，即谨按《资治通鉴》的相关内容进行白话直译。如：

侠累与濮阳人严仲子有仇，仲子听得轵人聂政有勇力，将黄金百镒送与政母亲上寿，欲为报仇。聂政说道："老母在，政的己身未敢许人。"及至母卒，仲子遂使政。侠累正在府上坐的，兵卫甚严，聂政直入，刺杀侠累，政遂自裂了面皮，剜了眼睛，破肚出肠。韩人将聂政尸首暴露街市上，挨问，皆无人识认。政的姐姐前去哭他，说道："这是深井里聂政，为我在这里的上头，自绝了踪迹。我怎生爱惜己身埋没了贤弟的名。"遂死在尸的边头。（《直说通略》卷二，韩国）

此段叙战国时期聂政刺杀韩相侠累一事，对照《资治通鉴》卷一《周纪·安王五年》所记①，《直说通略》无论是叙述语言，还是对话语言，皆是谨按《通鉴》的白话译述。

另一方面，"按鉴"剪裁并作白话转述，即对《资治通鉴》的相关内容进行剪裁编辑后再作白话译述，这在《直说通略》中最为普遍。比如卷三述子婴杀赵高以及楚怀王遣刘邦西征一节：

　　赵高既弑二世，欲立子婴。子婴设计不肯去，赵高亲自来请，子婴遂使人刺杀高，灭三族。子婴立，称秦王。先时楚怀王与诸侯相约，先入关的教他为王。此时秦兵强，诸将皆不可先去，惟有项羽怨秦兵杀项梁，欲与沛公先入。众老的每都说项羽为人慓悍猾贼，只有沛公宽大长者，遂令沛公先去。（《直说通略》卷三，秦·子婴）

此段叙述的史实，《资治通鉴》已作了很好的编排，情节简洁，线索清晰，系于卷八之二世皇帝二年、三年，以及卷九之太祖高皇帝元年，《直说通略》即据此编写。一是对叙述顺序作了调整。在《资治通鉴》卷八中，先叙二世皇帝二年楚怀王与众诸侯约定，先入关中者为王，后叙二世皇帝三

---

① 　司马光：《资治通鉴》卷一，中华书局 1956 年版，第 24—25 页。

年子婴设计刺杀赵高;而《直说通略》则先叙子婴设计刺杀赵高,后以"先时"插叙楚怀王与众诸侯的约定。二是对情节内容作了剪裁、简化,继以俗语白话出之。所有这些都反映出编写者依据史书内容作通俗浅易化编写的意图和努力。

需要指出的是,在普遍的白话叙述中,《直说通略》仍有少量内容是以文言出之。这有两种情况。一是直接抄录《通鉴》的原文,如卷九叙隋太子杨勇曰:"帝使太子勇参决政事,时有损益,帝皆听从。太子性宽厚,凡事任意,并无矫饰。"又同卷叙李世民曰:"世民为人聪明勇决,识量过人,见隋朝国乱,有志安天下。"①二是剪裁《通鉴》内容以文言叙述,如卷三项羽、刘邦陈兵对峙一节:"项羽诸侯军四十万,亦欲西入关,军在鸿门。沛公军十万,在霸上。范增劝项羽急击沛公,项羽叔项伯与张良有旧,星夜到沛公军里报与张良得知,因与沛公相见,约做婚姻。"即是对《通鉴》卷九太祖高皇帝元年所系相关内容的节略。

另外,郑镇孙《直说通略》虽以"按鉴"为基础,但依循通俗浅易的编写宗旨,内容上兼取传说和小说材料,并间有少量的虚构发挥。如上文所引子婴投降刘邦一节:"子婴素车白马,颈上系着传国宝,出路傍投降。"即把《通鉴》卷九中"秦王子婴素车白马,系颈以组,封皇帝玺、符、节,降轵道旁"的叙述,作了富有民间趣味的虚构发挥,让子婴脖子上挂着皇帝玺符,伏道投降。而卷一叙周穆王事:"世人传说穆王到瑶池上遇西王母,同宴,喜欢,忘了归来。"卷二晋国一节叙介子推事:"子推躲在绵上山中,文公使人烧山,要他出来,子推终是不肯出来,被烧死了。"卷四蜀汉后主一节叙诸葛亮死时天有异象:"亮病,有大星光芒赤色坠落亮营中,不多时亮在营中薨。"皆采自民间传说。至于卷三西汉一节叙孝元皇帝"选后宫妇女王嫱赐与单于",言及昭君不贿画工毛延寿,使汉元帝误选其和亲匈奴,以及

---

① 《资治通鉴》卷一七九《隋纪·高祖文皇帝》开皇二十年记:"上使太子勇参决军国政事,时有损益,上皆纳之。勇性宽厚,率意任情,无矫饰之行。"卷一八三《隋纪·恭皇帝》义宁元年记:"世民聪明勇决,识量过人,见隋室方乱,阴有安天下之志。"(《资治通鉴》,中华书局1956年版,第5573、5728页)

后来服药而死等情节,皆不见于《通鉴》或其他史载,而是取用了葛洪《西京杂记》、蔡邕《琴操》之小说家言①。

《直说通略》依据史书内容的文言抄录、白话直译,体现了它对史书材料的依赖;而它按鉴剪辑并作白话转述,又在史书的叙事框架中间作民间趣味的虚构发挥,并兼取传说和小说材料,则体现了它据史书作通俗浅易化编写的思路和方式。此即郑镇孙《直说通略》"按鉴直说"的基本形态,既有取材方面的,也有表述方式方面的。

直说作品所表现的这些依据史书,杂取众材以作通俗浅易化编写的思路和方式,也体现在元代的平话文本中。

关于元代平话文本的据史书编写的事实、思路,前人在探析其取材来源时已有涉论②,即使普遍认为说话伎艺特征明显、传奇色彩显著、民间趣味浓厚的《三国志平话》《七国春秋后集》,亦有书史文传的抄录段落,甚至尽引原文,不加增饰。程毅中即指出:"《七国春秋后集》的幻想成分很多,可是又有一些段落照抄了《孟子》和史书。如《孟子至齐》一节直抄自《孟子·梁惠王上》,《孙子回朝》一节也抄自《孟子·梁惠王下》;《燕王筑黄金台招贤》一节则大体上抄自《战国策·燕策》和《史记·燕召公世家》。"③而《三国志平话》结尾处刘渊复汉一节叙刘渊之子刘聪"骁勇绝人,博涉经史,善属文,弯弓三百斤,京师名士与之交结,聚英豪数十万众";叙刘渊称帝,"改元元熙,追尊刘禅为孝怀皇帝,作汉三祖五宗神主而祭之。立其妻呼延氏为后",皆谨按《通鉴》卷八五《晋纪·孝惠皇帝》永兴

---

① 葛洪:《西京杂记》,中华书局 1985 年版,第 9 页。吉联抗辑:《琴操》,人民音乐出版社 1990 年版,第 20 页。

② 关于《五代史平话》《秦并六国平话》《武王伐纣书》《前汉书续集》的分析,可参见胡士莹《话本小说概论》(中华书局 1980 年版,第 713、721、725 页)、程毅中《宋元小说研究》(江苏古籍出版社 1998 年版,第 291、270、272 页)、李梦生《秦并六国平话·前言》(古本小说集成本)、周贻白《武王伐纣平话的历史根据》(沈燮元编《周贻白小说戏曲论集》,齐鲁书社 1986 年版)。

③ 程毅中:《宋元小说研究》,江苏古籍出版社 1998 年版,第 269 页。

元年的记述抄录①。这些来源于史书的文言叙述部分是平话文本据史书编写的有力证明。

当然，元代平话文本的形态表现比较复杂。语体上，有白话，有文言；取材上，有史书，有讲唱伎艺、民间传说；表述上，有史书叙事的程式，有讲史伎艺的格式。这是元代平话文本所表现出的基本形态。其中，语体上存在的文言叙述、白话叙述，是判断平话文本的题材来源或文本性质的最直观的依据，比如：白话叙述的内容，讲唱伎艺的格套，是其与讲史伎艺相关的最有力证据；文言叙述的内容，是寻找其据史书编写的有效指引。需要注意的是，现存六部元代平话文本在文言叙述的数量上并不一致，《五代史平话》于抄录史书原文方面甚为明显，《三国志平话》的白话叙述最为普遍，但即使如此，它也有明显抄录于史书的文言叙述内容，《秦并六国平话》则居此二者之间。比如《秦并六国平话》卷下叙述田儋事迹一段：

> 话说田儋者，故齐王族也。儋从弟田荣，荣弟田横，皆豪杰人。陈王令周市徇地，至狄，狄城太守。田儋佯缚其奴之廷，欲谒见狄令，因击杀狄令，而召豪吏子弟曰："诸侯皆反秦自立，齐，古之建国也。"田儋遂自立为齐王，发兵以击周市。周市军还去。田儋率兵东略齐地。②

此段叙述以"话说"领起，其下相从者为纯正的文言，考其来源，见于

---

① 《资治通鉴》卷八五记："渊子聪，骁勇绝人，博涉经史，善属文，弯弓三百斤；弱冠游京师，名士莫不与交。……(刘渊)于是即汉王位，大赦，改元曰元熙。追尊安乐公禅为孝怀皇帝，作汉三祖五宗神主而祭之。立其妻呼延氏为王后。"(《资治通鉴》，中华书局1956年版，第2698、2702页)

② 丁锡根编：《宋元平话集》，上海古籍出版社1990年版，第655—656页。

《史记·田儋列传》或《资治通鉴》卷七《秦纪·二世皇帝元年》,而更近后者①,明显是据史书原文的抄录和剪辑。如此,文中"话说"这种说话伎艺特有的格套语,就不能充分说明此平话文本是来自于讲史伎艺的书录或底本;而平话文本的文言叙述部分也就不是讲史伎艺的书录,而是依据史书的文本编写,如果具体到所据史书为《通鉴》,则即可视为"按鉴编写",这当是后世"按鉴演义"的先导。

至于平话文本的白话叙述部分,一般认为是来自于讲史伎艺的内容,但《秦并六国平话》(卷下)中"话说"领起纯正文言叙述,提示我们这类有着说话伎艺风格的内容,并不是编写者依据说话人口讲的书录,而是文本编写立场上的模拟或借用,这正如《宣和遗事》中的梁山泊故事一节,乃是编写者在杂取众材进行书面编写立场上取用了民间说话的材料,故而会在普遍的文言叙述中插入这段具有说话伎艺风格的白话叙述内容。另外,如果具体梳理平话文本的材料来源,便会发现其白话叙述部分有相当数量者乃出于依据史书的白话翻译。如《秦并六国平话》卷下叙刘邦受降秦王子婴及与关中父老约法三章事。

> 子婴为秦王四十六日,沛公破秦军,至灞上,子婴以系颈以组,白马素车,奉天子玺符,到轵道旁,归降沛公。当时,诸将请杀子婴。沛公道:"始怀王遣我,故以我为人宽容大度。且它人已降服,杀降不祥,吾不为也。"乃以子婴属吏。沛公西入咸阳,还兵灞上,召父老豪杰,来与之约。问父老曰:"尔等苦秦苛虐之法已久,诸侯当来约:先入关者,得为王。今吾先入关,当为关中王。今与尔等约法令三章:有杀人者,教尔者如杀;伤人底及做

---

① 《资治通鉴》卷七《秦纪·二世皇帝元年》记:"田儋者,故齐王族也。儋从弟荣,荣弟横,皆豪健,宗强,能得人。周市徇地至狄,狄城守。田儋佯为缚其奴,从少年之廷,欲谒杀奴,见狄令,因击杀令,而召豪吏子弟曰:'诸侯皆反秦自立。齐,古之建国也;儋,田氏,当王!'遂自立为齐王,发兵以击周市。周市军还去。田儋率兵东略定齐地。"(《资治通鉴》,中华书局1956年版,第262页)

盗贼底，各以其罪治之。其余秦王严法，一回除去。凡我之兴师
此来，为诛无道秦，与尔父老除害，非敢有所侵夺，尔父老每休怕
惧。"父老听得此言，喜欢之甚。各牵牛扛酒，来沛公军前犒军，
只怕沛公不来关中为王也。①

对照《通鉴》卷九之太祖高皇帝元年所记②，这段白话叙述中，子婴降
刘一节基本上是谨按史书的白话直译，而刘邦与关中父老约法三章一
节则是依据史书剪裁、编辑后的白话译述。这两种据史编写的方式在现存
六种元代平话文本中占有相当数量。据此我们可以看到，平话文本中的
白话叙述部分有许多是依据史书内容的白话译述，而非源于讲史伎艺的
书录。

由此可见，元代的平话文本明显存在着白话叙述和文言叙述的混杂
现象。其中那些来源于史书的文言叙述部分是平话文本据史书编写的有
力证明；至于白话叙述部分，则存在着据史书的白话直译或剪辑后的白话
译述。这些据史书的抄录、剪辑、白话翻译内容，表明平话文本存在着据
史书作通俗阐述的成分，其依循史书者有情节内容、语句表述，甚至叙事
框架③，于此可见其据史书编写的思路和方式。

而这些据史书编写的思路、方法的存在，则说明平话文本有着据史书
作通俗文本编写的成分。若不论平话文本与直说作品之间存在文学属
性、史学属性的区别，它们首先皆可视为历史题材的通俗浅易性文本编
写，有着明显的据史书编写的成分。平话文本对历史典籍的通俗浅易化
阐述，就与直说作品有诸多相同相通之处：语言上追求通俗浅易，内容上
对经史典籍作通俗浅易化改造，基本的方法包括文言剪辑、白话翻译，间

---

① 丁锡根编：《宋元平话集》，上海古籍出版社 1990 年版，第 661 页。

② 司马光：《资治通鉴》卷九，中华书局 1956 年版，第 296—299 页。

③ 胡士莹指出讲史话本的体制特点有三，其一为"断代编年的叙事方法"（《话本小说概
论》，第 710 页）；丁锡根指出《五代史平话》"主要内容皆取材《通鉴》，其结构脉络亦多依傍《通
鉴》的体例"。参见《〈五代史平话〉成书考述》，《复旦学报（社科版）》1991 年第 5 期。这是平话
文本据史书编写的思路、方式在叙事结构上的体现。

有取材传说或小说,并作民间趣味的发挥。这些皆体现出当时文人致力于书面白话叙事的努力。

正因如此,一直有学者认为元代的平话文本具有通俗史著的性质,可归属于通俗史著的范畴。周兆新即认为《五代史平话》"在很大程度上带有通俗历史读物的性质。也就是说,它还不能算作纯粹的文学作品,而是处在由历史著作向文学作品过渡的中间状态"①;更有学者认为这些平话文本就是一种平民化的通俗史学作品,胡适即认为从《五代史平话》到《三国志演义》"起初本是一种通俗历史教科书"②,舒焚《两宋说话人讲史的史学意义》一文更明确认为,讲史是一种史学的普及活动,讲史话本是一种通俗史学作品,"说话人的讲史,他们以及与他们有着密切联系的文人的抄录和编写讲史话本,就不仅仅是一种文艺活动,同时也是一种史学活动"③。这种观点虽遭批评,但一直有支持者④。这些解读虽有偏颇,但也说明,这类供下层民众阅览之用的白话文本编写活动,与当时文人阶层中更为流行的直说作品有着直接的关联,类同于《直说通略》那样的向广大民众普及历史的白话文本。

四　话本生成所需要的书面白话编写的观念和环境

上文所述《绿窗新话》《醉翁谈录》中那些来自于说话伎艺的篇章,以及《清平山堂话本》中的元代话本皆属于说话伎艺文本化的结果,它们分别处于说话伎艺文本化的不同阶段、不同层面。虽然它们在编写时选择

---

① 周兆新:《讲史话本的两大流派》,程毅中编《神怪情侠的艺术世界:中国古代小说流派漫话》,中共中央党校出版社 1994 年版,第 121 页。

② 胡适:《国语文学史》第七章,见欧阳哲生编《胡适文集》第 8 卷,北京大学出版社第 126 页。

③ 舒焚:《两宋说话人讲史的史学意义》,《历史研究》1987 年第 4 期,第 99 页。

④ 李小树:《宋代商业性讲史的兴起与通俗史学的发展》,《史学月刊》2000 年第 1 期。钱茂伟:《从庙堂之高到江湖之远:历史知识在民间的传播》,《光明日报》2000 年 9 月 1 日。邓锐:《宋元讲史平话的史学史研究价值》,《江淮论坛》2008 年第 4 期。

的说话伎艺的成分不同,最终呈现的书面文本的形态不同,但对于说话伎艺来说,都表现了相同的说话伎艺文本化的属性,以及编写者在这个文本化过程中基于书面编写的主动性。具体看《清平山堂话本》中的这些早期话本,编写者是立足于文本编写而要面对各种材料(口头的,书面的;文言的,白话的),并要做出选择的,其中就有说话伎艺的入话、散场诗格式,编写者用它们组构成一个框架格式,在文本形态上统一了语体不同、故事来源不同的叙述内容,客观上形成了一种书面文本的体例规范。这种文本形态虽与说话伎艺的繁盛有关,但最终要通过编写者的编写而起作用,是编写者基于通俗文本编写的选择,而不是出于对说话伎艺口演内容的被动记录。

所以,当我们依据说话伎艺文本化的不同形态的结果,考虑是何因素促动这个文本化的演进时,应该要落实到这个文本化的书面编写的主动性,具体对于话本这种通俗故事文本,就要考虑到各种物质因素也是要通过这个文本编写的主动性而起作用的,比如一般论及话本出现问题时所要列出的条件——市民阶层的扩大,市井文化的兴盛,印刷业的发达,等。首先,话本的出现是在一个各种因素不断累加的动态过程中完成的,而这些因素能影响到这个文本化过程,并被落实于书面文本中,是需要适合条件的,并不是有了这些因素说话伎艺口演内容就会被落实于文本中,呈现为话本这个书面文体形态。比如上文论及话本并不是口演内容文本化的唯一形态,也不是最初结果,所以说话伎艺的文本化并不会因为说话伎艺繁盛、市民阶层壮大,印刷业发达这些因素的存在,就能必然地催生出供阅读之用的话本,否则,在宋代说话伎艺如此繁盛的情况下,同时也有来自于说话内容的文本编写,为何没有话本的出现呢? 又比如白话作为说话伎艺口演的表述语言,是说话伎艺文本化一开始就要面对的,但口语白话在文本化过程中,并非一开始就能落实于书面作品中,因为在当时的社会环境中,白话在书面编写中地位不高,民众没有白话阅读的需求,编写者缺少白话著述的动力、经验和能力,所以,《绿窗新话》在面对说话伎艺的口演内容而进行文本呈现时就作了文言体系的转化。那么,又是什么因素促使编写者在这种通俗文本编写时取用了白话叙述、讲唱格式等口讲伎艺的因素呢？

我们知道,在说话伎艺的文本化过程中出现的不同形态、不同结果,乃是出于文本编写的主动性选择。编写者面对说话伎艺口演内容而作文本呈现时是拥有选择权的,而他在面对说话伎艺口演内容时以何种形态、何种结果呈现,这个选择又根由编写者的观念以及其所处环境对此观念的影响和促动。因此,在考察什么条件的促进才会有话本的出现时,就涉及一个基本问题:这样的文本谁需要,又为何需要？因为如果社会没有需求,则无人会涉足此域来编写、刊印,话本小说也就不会出现。而在文言著述和文言阅读已成习惯思维的环境中,阅读、编写都是文言的思维习惯(艺人不需要,因为艺人有阅读文言的能力),自觉的书面白话作品的出现并非易事,文人们涉足此领域需要相应观念的推动,相应环境的激发,否则不会有动力来涉足白话文本的编写,也不会有能力来从事白话文本的编写,即使那些来源于口讲的白话书录文本的出现,亦需要适合的观念、环境的支持。

在宋代,口头讲说内容的文本化现象并不只表现在那些来源于说话伎艺的书面作品中,我们看到了不少的口讲内容落实于文本的情况,这也是宋代文化、文学具有俗化倾向的表现。但这些口讲内容落实于文本时多会作文言体系的转换,比如《夷坚志》往往在篇末注明"某某说",即是依据耳闻记录,耳听口语白话,手记为文言,由"语"而成"文",即是由口语白话转换为文言的过程。这一事实表明,在文言占绝对优势的文化环境中,文人对于口讲内容进行文本化的习惯思维。

另外,即使那些保留人物口语白话的极致表现是禅宗大师、理学大师们的白话语录,如道原《景德传灯录》、张伯行《朱子语类辑略》、王守仁《传习录》等,仍以"某某曰""某某云"来领起,实际上其文本形态仍有一个大的文言叙述的框架。因此,这类作品无论如何的语言通俗浅易,口语白话无论保留得量多量少,皆处于文言叙述的框架之中,即使大段的白话语录，也是以"某某曰"领起，其表述的整体框架仍是文言的①，其著述的立场、态度仍是文言的②，而白话在其中的出现、使用，乃是以文言著述为立场的人物刻画的修辞考虑，或是对史家求真实录观念的追求。而且，这些白话语录无论篇幅如何长，仍属于口语讲说的文本记录，并非阅览之用的白话文本创作，也就不是意在白话著述了。所以，这类文本中的白话使用，是在文言框架内的白话使用，是以文言创作立场或态度来使用白话，而不是以白话创作立场来使用白话，无论它的白话成分如何多，亦不属于白话著述或白话作品。

但也需要注意，虽说白话语录是记录讲说内容的白话文本，但并不是所有的讲说者的口语讲说都会被这样地白话语录。我们看到，无论是禅宗大师的白话语录，还是理学大师的白话语录，它们的内容都有教义上的权威性、严肃性，在信众眼中，这些讲说内容已成为思想学说的经典，并因而得到信众的信奉和尊重。虽说这些白话语录的存在有史家求真实录观念的支持，但更主要的是基于人们对讲说者及其讲说内容本身的尊崇和信仰，编写者才会记录大师们的白话讲说内容，以成白话语录。所以，这些白话口讲内容能落实于文本，仍是处于文言编写的思维和架构之中，而白话只是处于这个架构中的一部分，是文言编写思维下的补充。

因此，在宋代，虽然说话伎艺繁盛，但对于这种属于末技的、娱乐的说话伎艺，是不会有人以口语白话来书录其内容的，况且当时人们对于说话伎艺的接受，也是口耳关系。即使艺人自身，亦不需要这样的有讲说格式的白话文本。所以，在宋代说话伎艺十分繁盛的情况下，虽然也有来自说

---

① 张中行《文言和白话》谈到划分文言和白话的界限，提出要"重视格局"，"就是看基本架子是文言还是白话。如元杂剧的曲词，有些吸收文言词语不少，可是格局是白话，文言成分是拿来放在白话的格局里，所以总的可以算作白话"。黑龙江人民出版社1988年版，第201页。

② 吴康《我的白话文学研究》指出："我们首要认明'做那一种文章，就应该取那一种文章的态度'。做文言文，就应该取文言文的态度，做白话文，就应该取白话文的态度。……我们做白话文的时候，用的什么'意思之间'哪，'毫无意味'哪，形式何尝不是文言？然而他的态度，终是白话，不是文言。这一层认清楚了，那么当我人作文的时候，兴之所到，要借用文言的地方，也不妨借来一用。但要知道那我们借来用在白话文中的文言，精神上已经变为白话，失掉他文言的本质了。"《新潮》第二卷第三号，1920年2月。

话内容的文本编写,但没有话本的出现,就是因为在面对口演内容时,影响编写者以话本形态呈现的观念、环境并未出现,比如白话在书面叙事的使用,就需要书面白话使用的观念,书面白话著述的经验、能力,社会对于书面白话作品的需求等因素的促进。而当时没有书面白话编写、阅读的观念和环境,自然也就不会有书面白话文本的编写了,至于说话伎艺口演所负载的程式、格套、白话等因素,在文言编写的思维习惯及其形成书面文本体例面前,也就不可能在文本形态中得到落实、呈现。因此,即使那些记录讲说内容的书面作品,也作了文言体系的转换。比如《绿窗新话》采纳了讲说伎艺的情节内容,也是纳入文言叙述的结构中,或是作了文言体系的转换。而在文言体系的转换中,在文言文本的编写体例中,口演伎艺的白话叙述因素、程式格套是无法立足的。

但在元代,书面白话的编写、阅读的观念和环境发生了较大的变化。

比如,元代的书面白话著述则与此白话语录有明显变化。其一,已非口讲内容的记录,而是立意于阅览之用的书面著述。虽然亦有与口讲有关者,但那并非口讲内容的书录,而是口讲前的文本编写以备阅览。到了郑镇孙、贯云石那里,则是为了纯粹的阅览而编写了。其二,不但人物语言用俗语白话,叙述语言亦用白话。宋人书录禅宗大师、理学大师们的口讲内容以成文本,乃出于忠实传达他们的宏旨大义,这是史家实录观念的体现。但实录观念只体现于人物语言,白话语录仍有一个文言的叙述框架,常以"某某曰"出之,虽然它在总量上比人物语言要少得多。其三,元代文人参与白话文本的编写,不是如白话语录那样遵从讲说者之意的忠实传达需要,而是出于照顾接受者的理解能力而有白话文本的主动编写。郑、吴二作取用俗语白话作为文本著述的表述语言,间而带有当时蒙式汉语的词汇句法特征,即是出于服务蒙古皇帝阅览需要而力尽平易的语言修辞手段,而非来自于仪式性白话讲说的书录。

元代的直说作品与宋代白话语录的这些不同,昭示了元代关于白话的品格、地位的观念有了变化,关于书面白话使用、书面白话著述的环境也有了变化。其一,元代的蒙古皇帝和皇子、国子学蒙古生都在主动地阅览白话文本;其二,当时有"南吴北许"之称的理学大儒国子祭酒许衡、经筵讲读官吴澄都自觉使用白话著述;其三,当时文人如贯云石、郑镇孙明确表示他们赞赏许衡的白话著述并有仿作。这些表明,文人涉足白话著述有了内在的动力(这个动力来自于蒙古权贵的需求),白话在元代的地位有了很大的提升,并非如张中行所说的那样品格低贱,为下层人所用①。与此相应,处于社会顶层的蒙古权贵主动地阅览白话著述,受到文言典籍严格训练、长期熏陶的文人自觉使用白话著述,而且,白话还出现在朝廷的公文中(如圣旨、《元典章》、《通制条格》)、官修的正史中(如脱脱等撰《宋史》)。② 这些现象提示我们,元代白话著述的环境有了很大的改变。对此,胡适曾经归因于元时科举废止的促进③。事情当然不会如此简单,但元代独特的社会状况确实改变了人们使用白话的环境和观念。

一方面,蒙古权贵在入主中原的过程中,以及混一四海之后,为了有效地征服与统治,非常重视自身的汉语言、汉文化教育,尤其是儒家经典和汉地历史的学习。但蒙古人的汉语言、汉文化水平低下,而文言又艰深难懂,这阻碍了蒙古人对汉文化的快速有效接受,因此不但需要简要方便的汉文化知识读本,也需要易于接受和理解的表述方式。我们看到元代出现了不少汉文经史典籍的节略本,以及有着或轻或重的蒙式汉语的白话本,就是这一需求的反映。

另一方面,在蒙元统治下,明显存在的民族歧视政策,造成了严格的

---

① 张中行认为:在中国传统社会,"与文言有牵连的人大多是上层的,与白话(现代白话例外)有牵连的人大多是下层的。原因很简单,是在旧时代人的眼里,文言和白话有雅俗之分,庙堂和士林要用雅的,引车卖浆者流只能用俗的"(《文言和白话》,黑龙江人民出版社 1988 年版,第 159 页)。

② 元泰定帝的即位诏书即用俗语白话(《元史》卷二九,第 638—639 页)。元代白话碑皆为元代蒙古语公牍的白话译文,其中相当一部分是元朝皇帝颁布给道观寺院的圣旨(参见蔡美彪编《元代白话碑集录》,科学出版社 1955 年)。赵翼《陔余丛考》卷一四《史传俗语》指出:"史传中有用极俗语者,《唐书》以前不多见……此数语皆以俗吻入文,此外不复见也。至宋、辽史乃渐多……《宋史》俗语尤多。"(中华书局 2006 年,第 263 页)

③ 胡适《国语文学史》指出:"元朝把科举停了近八十年,白话的文学就蓬蓬勃勃的兴起来了;科举回来了,古文的势力也回来了,直到现在,科举废了十几年了,国语文学的运方才起来。科举若不废止,国语的运动决不能这样容易胜利。"(欧阳哲生编:《胡适文集》第 8 卷,第 2 页)

种族等级之分，以及社会权力分配的不平等，进而强化了以蒙古人为中心的社会心理。因此，面对蒙古权贵的快捷有效地学习汉文化的需求，汉族文人也在思考这些蒙古人的接受能力，考虑怎样用最少日力向这个统治群体输入儒家思想。许衡、吴澄以理学大儒的身份，在面向蒙古人的知识传授时弃文言而用白话，就说明了汉人知识界的这种思考与实践。

由此可见，元代的社会环境确实改变了白话地位低下的观念，也改变了书面白话使用的环境，这为文人涉足白话文本的编写营造了一个非常好的氛围。尤其是蒙古权贵阶层存在着阅览白话著述的环境，这个特殊群体的需求，引导了下层社会对于白话著述的需求，也激发了社会更普遍人群对于白话文本编写、阅览的参与热情，比如许衡、吴澄这样的硕学大儒涉足白话著述，就是一个很好的表现，这对于更多文人参与白话文本的编创，具有积极的激励、推动和示范作用，从而涌现出了立足于普通民众易晓易解的阅读需要而自觉编写的白话文本。郑、贯之作就是受此影响下的面向下层社会的白话著述。这些白话著述来自于蒙古权贵的需要，来自于硕学大儒的参与，体现了当时知识界对于白话著述的价值的认可，这不但激励了更多的文人涉足于此，而且还把它引入面向下层民众的思想教化、知识普及之中，这对于当时白话作品的编刻既具有精神上的激励作用，也具有方法上的示范作用。这些因素的相互累积、推拥，共同营造了编刻、阅览白话作品的良好氛围，从而促进了当时社会编写、刊刻白话作品的潮流的兴起。

元代出现的早期话本，作为面向普通民众阅读的通俗文本，即是在这样的文化环境中出现的，它们的编写、刊印即得益于这一白话地位提升、白话著述自觉的文化环境的滋养。

在白话阅读的环境中，元代的蒙古权贵对于白话阅读的需求，以及上层文人的书面白话文本的编写实践，激发了下层社会对白话文本阅读、编写的诉求，白话故事文本即是其中一大宗。立足于白话故事文本的编写需求，必然会面临着选择何种材料内容、呈现方式的问题。而在当时，白话叙述故事的能力、经验有两个来源，一是文人据史书的白话翻译文本，二是艺人的叙事性讲唱伎艺。前者是书面形态，后者是口讲形态。前者典型的如郑镇孙的《直说通略》、吴澄的《经筵讲义》。它们还被有的学者视为受讲史伎艺影响而出现的"平话体"作品①，实际上与讲史伎艺没有关系，但它们为阅读而编写的白话历史作品，关联了当时社会上存在的白话阅读的需求，也为当时的下层社会营造了一个编写白话故事作品的氛围。在这个编写、阅读白话故事文本的环境中，那些有着深厚民众基础的口演故事就引起了编写者的注意，于是社会上有了把说话伎艺内容文本化的需求，这就激发了有人来编写、刊刻这类来自说话伎艺的文本作品。

但同样是把口演内容落实于文本，由于书面白话使用的观念、环境有了很大的改变，编写者已不再像《绿窗新话》的"皇都风月主人"那样作文言体系的转换，而是可以直接以口演时所使用的白话来呈现。这样的白话文本的编写，因为以口演时使用的白话为文本编写的语言，这对于当时文言编写的习惯思维、体例必定有所冲击，并为讲唱格式的文本化提供了条件，由此，在这种书面白话编写的体例中，口演时的程式、格套也就有了落实于文本的可能。说话伎艺如此文本化而形成的书面作品，保留了口演的程式和语气，这不但体现了这种来自口演内容的文本的特色，而且也渐而成为通俗叙事文本的一个模式，甚至是一种体例，就如元刻《红白蜘蛛》那样的标准形态的话本小说，有说话人口演的结构程式、白话语气以及格套用语。

但是，在这类文本的具体呈现上，编写者有时并不打算严格按照这种模式、体例来编写一篇话本，有时为了图方便，会直接把文言故事套入这种讲唱程式中以结构成篇，由此而出现了文言叙述框套说话伎艺格式的话本小说，如《蓝桥记》，它有入话、散场诗这样的通用程式，但叙述话语、人物话语皆用文言。当然，这些文言故事也多是来自于一些与说话伎艺

①　中国艺术研究院曲艺研究所编《说唱艺术简史》认为："元代讲史在当时社会上造成极大影响，它超出了文艺的范畴，成为讲说历史通用的体裁和语言形式。据记载，当时的道学先生吴澄在给皇帝讲《通鉴》，监察御史郑镇孙摭录《资治通鉴》编写《直说通略》，都采用了这种受欢迎的平话体。"（文化艺术出版社1988年版，第83页）

关系密切的书面作品,如《绿窗新话》《醉翁谈录》这样的说话人的参考资料书,它们本就是与说话伎艺有密切关联的故事文本。

在当时的社会文化环境中,这种通俗故事文本的编写成为一种风尚,而它们所呈现的文本体例也渐而成为通俗故事文本编写的一种通用形态。于是,在这种编写通俗故事作品的风尚中,那些非小说家讲唱伎艺的口演内容也会被落实于文本,有人即以这种通行的文本体例把非小说家讲唱伎艺的口演内容予以书面呈现。虽然其正话的文字表述不是小说家说话的格调,但就我们所见到的文本来看,它们的叙述体例与小说家话本是一致的。如《快嘴李翠莲记》《张子房慕道记》,有说话伎艺的结构程式、格套用语,只是人物话语为韵体词文;还有的如《刎颈鸳鸯会》,在白话叙述中夹杂了十首商调〔醋葫芦〕曲,这是取用了鼓子词伎艺的格套。它们虽不是来自小说家说话伎艺,但在文本化时,编写者就以当时通俗故事文本编写的通行叙事体例把这些非小说家伎艺的口演内容进行书面呈现。

上述元代这些早期话本的出现,表明了说话伎艺的文本化在宋代之后有了进一步的深化,而这种深化是伴随着书面白话编写的观念、环境的变化而进行的。因为书面白话著述的出现,打破了文言体系的书面著述的思维、规则、体例,为文本编写开掘出另一种路径,由此,书面编写可以在文本中呈现、接受的内容和成分有了变化。一是人们在书面呈现说话伎艺的口演内容时,可以不用作文言体系的转换,而直接以艺人口演时的白话、词汇、语气、格套等来表述。二是白话文本的编写,冲破了文言编写的体例、思维的禁锢,编写者可以在白话文本编写时吸收新的质素。这些条件为讲唱格式落实于文本提供了观念上的支持,营造了良好的生成环境,由此锻炼出了不同于文言编写的叙事文本体例。

五　小结

在文言编写的思维和体例一统天下的环境中,说话伎艺的口演内容落实于文本,都需要进行文言体系的转换,至于负载于口头讲说的程式、格套等因素则在文言文本中没有立足之地。只有书面白话文本的编写有了存在可能,破除文言编写的习惯思维和固定体例,才能激发说话伎艺口演内容的诸种成分进一步落实于文本。因此,说话伎艺的文本化演进,并非简单地凭讲唱伎艺兴盛、印刷业发达、市民阶层壮大这些物质条件就能促成,还需要书面白话著述的阅读、编写所关联的观念和环境的激发、促进。在这一过程中,说话伎艺口演内容的文本化,并非一蹴而就,能够齐备地落实于文本而出现话本小说,而是会基于不同的条件而有不同的文本化形态,由此出现不同性质的文本化结果——

《绿窗新话》《醉翁谈录》中的那些来自于说话伎艺的篇章,节略了说话伎艺的故事情节,并作了文言的转换。

元刻《新编红白蜘蛛小说》及《清平山堂话本》中《简帖和尚》《合同文字记》这样的典型的话本小说样式,是对说话伎艺的情节、程式进行了文本化,以散体白话呈现。

《清平山堂话本》中《蓝桥记》《汉李广世号飞将军》这样的文言叙述内容与说话伎艺程式组合的话本小说,是基于通俗故事文本的编写而取用了现成通俗故事书和说话伎艺讲唱格式。

《清平山堂话本》中《快嘴李翠莲记》《张子房慕道记》这样的韵体词文叙述内容与说话伎艺程式组合的话本小说,是基于通俗故事文本的编写而取用了非小说家伎艺的口演内容和说话伎艺讲唱格式。

这些文本处于说话伎艺文本化的不同阶段、不同层面,而它们所勾连起的说话伎艺文本化的进程,对于故事讲唱形态来说,出现了从口头到文本的生存状态的变化;对于书面编创来说,则是出现了从文言到白话的编写体例的变化。那些典型的小说家话本作品的文本体例和叙事格式,对于其他口头艺术的文本化具有示范、引导作用,比如有人把其他讲唱伎艺落实于文本时,也使用了这种为人们所熟悉的叙述体例,《张子房慕道记》《快嘴李翠莲记》《刎颈鸳鸯会》即如此。

因此,宋元时期那些具有讲唱格式、语气的文本,并非就是来自说话伎艺口演内容的直接记录、整理，它们生成的情况并不一致，但都牵涉到了说话伎艺文本化的演化进程，都是处于与说话伎艺有直接关系的口演文体到作家文体的发展脉络上的产物。基于此，我们现在所见到的这些与说话伎艺有关的文本资料，并不能先验地把它们放在同一层面上来看待，而是要看到它们是处于说话伎艺文本化过程的不同阶段、不同层面的文本。这样才能认识到它们之间所蕴含的说话伎艺的文本化进程及其关联的书面白话著述的观念、环境问题。如果认为说话伎艺的文本化只是简单的"书录"这一形态，则不会看到这一文本化过程所牵连的众多文本的阶段、层面、属性问题，也不可避免地会对早期话本的出现、性质、形态有认识上的偏差或误解。

第七章　元杂剧演述体制中的故事讲唱质素

虽然元杂剧有较重的抒情性，但仍是以叙述作为其情节结构基础的①。当然，元杂剧的叙述不是如话本小说、诸宫调那样以说书人于虚构故事域外进行叙述，而是以剧中人物在虚构故事域内进行代言性的叙述，共同承担着杂剧故事的叙述任务，但他们的叙述地位是不同的。比如，由于元杂剧"一人主唱"（一个脚色主唱）的体制规定了每本戏只能以一种固定的脚色主唱（一般是正末或正旦），且可变换剧中具体的主唱人物（这种现象在表演上称为"改扮"），则主唱人物承担着杂剧故事的主要叙述任务。元杂剧所表现的独特的演述体制中蕴含着讲唱伎艺的故事讲唱质素及其形态，这是由于其演述体制形成过程中受到讲唱伎艺的叙事思维和叙事方式的浸润和滋养，而在演述体制中不可避免地留下或隐或显的影响痕迹。元杂剧独特的演述体制就是这些影响的集中体现，其中的小说因素正是宋金杂剧演进过程中所受小说影响而未能溶解、消化的结果。

---

① 杨绛在《李渔论戏剧结构》一文中比较了亚里士多德和李渔关于戏剧结构的理论，指出："我国传统戏剧的结构，不符合亚里士多德所谓戏剧的结构，而接近于他所谓史诗的结构。"参见《杨绛作品集·3卷》，中国社会科学出版社1993年，第139页。因为亚里士多德一再从文本上强调戏剧与史诗文类区分的尺度就是展示与叙述。（《诗学》第三章，人民文学出版社1982年版）据此而言，叙述仍是中国戏曲基本的情节结构基础，这在元杂剧中甚为明显。

一　元杂剧"一人主唱"体制中的说书人叙事质素

元杂剧主唱人物的功用是什么？他在元杂剧故事叙述中的地位又怎样？

有一种观点认为，元杂剧"一人主唱"的体制有利于主唱人物（剧中主唱的人物）的形象塑造和心理刻画。道理上，这主唱人物处于杂剧故事演述的中心，全剧或整折只有他一人能充分地抒发情感，展示心灵，表达其对周围人事的观点，而其他人物则无此机会，则主唱人物应为故事的主人公，应是杂剧着力塑造的人物，但实际情况并非如此。《争报恩三虎下山》应着意的人物是杨雄、燕青和鲁智深，可主唱人却是李千娇；《千里独行》的主人公应是关羽，可主唱人却是甘夫人。其他如《隔江斗智》的主唱人非诸葛亮或周瑜、《薛仁贵衣锦还乡》非薛仁贵、《哭存孝》非李存孝、《襄阳会》非刘备、《陈季卿悟道竹叶舟》非陈季卿等等。另外，元杂剧还出现了许多"探子"式人物作为主唱人，出场就是为了报告在舞台上无法表现的场面，如《单鞭夺槊》第四折的探子、《存孝打虎》第四折的探子、《柳毅传书》第二折的电母、《火烧介子推》第四折的樵夫、《哭存孝》第三折的莽古歹等，这类主唱人物的设置只是为了完成对难以在舞台上表现的场面或事件的叙述交代，是一个功能性的人物（叙述的工具）。这种在元杂剧中普遍存在的情况说明主唱人物的设置不是以塑造性格为旨归的（客观上，有时主唱人物对表现自己心灵、情感有一定的优势），而是为了更好地叙述杂剧故事。

读析元杂剧文本，主唱人物的叙述功能主要表现如下：

（一）叙述自己的行动、心情。如《朱砂担》第三折主唱人物东岳太尉的唱词：

〔呆骨朵〕我将这唾津儿润破窗儿盼，我探着手将小鬼揪翻，三吊脚捉腰,两个指可便掐眼,只一拳直打的他天灵烂。这一回倒做的我浑身汗。

再如《襄阳会》第二折主唱人物王孙对自己偷盗刘备的卢马的叙述:

〔金蕉叶〕恰拌上一槽料草,喂饲的十分未饱,悄声儿潜踪蹑脚,我解放了缰绳绊索。

主唱人物叙述自己的动作,以向观众详细说明、交代动作的过程。而像《汉宫秋》第四折、《梧桐雨》第四折都有主唱人物大段叙述其心绪的唱词,无此则观众是难以明了人物当时的心情。

(二)叙述或描绘他人的行动、外貌、神态,甚至心情。《哭存孝》叙写了李存孝忠而被谗,含冤惨死的遭遇。剧中冲突双方是李存孝和康君立、李存信,但本剧却以一个处于事件之外的旁观者邓夫人作为主唱人物,从她与此事的关系看,其叙述角度是第三人称叙述。当然,作为本剧的主唱人物,她还是以第一人称叙述其所见所感,但她竟能叙述李存孝的内心情感:

〔梁州〕又不曾相趁着狂朋怪友,又不曾关节做九故十亲。俺破黄巢血战到三千阵,经了些十生九死,万苦千辛。俺出身入仕,荫子封妻,大人家踏地知根,前后军捺袴摩裙。俺俺俺投至得画堂中列鼎重裀,是是是投至向衙院里束杖理民,呀呀呀俺可经了些个杀场上恶狠狠捉将擒人。常好是不依本分。俺这里忠言不信,他则把谗言信;俺割股的倒做了生忿,杀爹娘的无徒说他孝顺。不辨清浑!(《哭存孝》第二折)

这明显溢出了邓夫人的叙述视角,不符合她在剧中的叙述地位,此时,她已具有了说书人的叙述能力。这一现象正表明了在元杂剧主唱人物的叙述中遗存有说书人叙述手法的痕迹。

其他如《刘行首》第三折主唱人物马丹阳对刘行首动作的叙述：

〔幺篇〕他将那头面揪，衣服扯，则见他玉佩狼籍，翠钿零落，云鬟歪斜。

《抱妆盒》第一折主唱人物陈琳对李美人相貌描述：

〔寄生草〕则见他娇滴滴颜如玉，薄松松鬓似蝉，眼儿呵绿澄澄溜出秋波转。眉儿呵曲弯弯画出双蛾浅。脸儿呵汗津津显出桃花片，若不是昭阳宫粉黛美人图，争认做落伽山水月观音现。

而在《隔江斗智》第二折中，则以主唱人物孙夫人的视角检阅了刘备的将士：

〔普天乐〕我则见玳筵前摆列着英雄辈，一个个精神抖擞，一个个礼度委蛇。那军师有冠世才，堪可称龙德，觑他这道貌非常仙家气，稳称了星履霞衣。待道他是齐管仲多习些战策。待道他是周吕望大减些年纪。待道他是汉张良还广有神机。……〔十二月〕看了他（指张飞）形容动履，端的是虎将神威。……〔尧民哥〕呀！我见他（指关羽）曲躬躬双手捧金杯，喜孜孜一团儿和气蔼庭闱。……

这时主唱人物以旁观者的身份叙述描绘，其唱词虽多多少少有个性化的成分，但实质上是地地道道的叙述体。唱词中的"但见""只见""我见他"之类的语词标识与说唱文学中说书人的叙述套语无甚区别。

（三）描绘故事发生的环境和难于在舞台上表现的动作场面。元杂剧的舞台陈设简单，无多实物布置，不像西方戏剧讲究写实性，所以故事情节所需的一切环境都要由人物的叙述话语来交代。观众通过主唱人物的描述就可以领会故事所发生的环境。如《西厢记》第四本第三折中莺莺送别张生的那段著名景色描写："碧云天,黄花地,西风紧,北雁南飞。晓来谁染霜林醉?总是离人泪。"再如《替杀妻》第一折中主唱人物张千于上坟途中对春色的描绘:

> 〔混江龙〕莎针柳线,凤城春色满娇园。红馥馥夭桃喷火,绿茸茸芳草堆烟,桃杏枝边斗蹴鞠,绿杨楼外打秋千。莺声恰恰,燕语喧喧,蝉声历历,蝶翅翩翩,不由人待把春留恋。绮罗交错,车马骈阗。

至于动作场面,有些是很难在有限的舞台时空中展现的,如战争场面、集会场面等,这时则由主唱人物从第三者角度叙述,这在元杂剧中常见。如《渑池会》第四折主唱人物蔺相如描述赵秦两国军兵交战的场面:

> 〔雁儿落〕旗开云影飘,炮响雷霆噪,弓开秋月园,箭发流星落。〔得胜令〕霎时间尸首积山高,鲜血滚波涛,觅子寻爷叫,呼兄唤弟号。俺将帅雄骁,恰便似撞雾天边鹞。他军马奔逃,恰便似飘风云外鹤。

《黄鹤楼》第二折主唱人物禾俫对社火场景的描述:

> 〔叨叨令〕那秃二姑在井口上将辘轳儿乞留曲律的搅,瞎伴姐在麦场上将那碓白儿急并各邦的捣,小厮儿他手拿着鞭杆子他嘶嘶飕飕的哨,那牧童儿便倒骑着个水牛呀呀的叫,一弄儿快活也么哥,一弄儿快活也么哥,正遇着风调雨顺民安乐。

这些场面由主唱人物作为旁观者予以叙述,有效地弥补了杂剧舞台时空的不足，方便地延拓了舞台时空的有限性。在这种情景下，主唱人物和说书人的叙述功能是相同的。

（四）对某一事件、现象的评述。主唱人物是剧中人物，应严格按照限知视角来叙述，不应说出不合本人身份和能力的话语。可实际情况是，他有时会溢出自己的视角，看到他不可能看到的事，或对一些现象做出超出他身份或能力的议论。在关汉卿的杂剧作品中，我们常会读到主唱人物对一些社会现象的评论，如《救风尘》第一折中赵盼儿对妓女爱情的清醒思考；《鲁斋郎》第一折张珪对官虎吏狼的揭露；《单刀会》第四折关羽对"二十年流不尽的英雄血"的深沉感喟……这里，主唱人物本应具有的叙述视角的限制已形同虚设。在这种情况下，主唱人物不仅仅是剧中的一个人物，他还是剧作者的化身，代其立言。

因此可以说，主唱人物是化身为剧中人物的一个叙述者，具有双重身份：杂剧故事虚构域中的人物，与剧中其他人物进行语言上的交流；游离于虚构故事域外第三人称视角的叙述者，担负着场上动作、场境、事件的叙述。他不但向观众叙述台上以外发生的事，也叙述台上正在发生的事，有时也向剧中其他不知情的人物叙述已演述过的事情（如《西厢记》卷五第三折红娘对郑恒叙述张生下书解围事；《窦娥冤》第四折窦娥的鬼魂向窦天章叙述她受屈的始末）；他不但能表现自身，也担当着杂剧故事叙述者的职责，对剧中的故事情节、人物行动、环境做出其或限知或全知视角的叙述，有时还像说书人那样对故事中的人物或事件加以评说。

应该说明的是，主唱人物的代言性叙述，是戏剧角色扮演的代言方式和话本小说等说唱文学叙述方式的混合（或扭合），它既不单纯是现代戏剧的代言体，也不单纯是说唱文学的叙述体。以这种混合方式，杂剧作者把故事叙述的任务落实到剧中人物身上，让他们替自己表达；而剧中人物虽自己说话，但很多时候其所言之语或不合其身份，或不合逻辑，他们就像艺人手中的傀儡，要受到艺人的意志支配，这种代言很大程度上是指向作者本人的叙述目的，而没有顾及故事或人物本身的逻辑。如《单刀会》要在关羽出场前交代其大智大勇，于是第一、二折安排了乔国老和司马徽

为主唱人向鲁肃描述了关羽的大大小小英雄业绩。第一折中鲁肃说关羽兵微将寡,乔国老道:

〔油葫芦〕你道他弟兄虽多兵将少。(云)大夫,你知博望烧屯那一事么?(鲁云)小官不知,老相公试说者。(末唱)……

就历史实际或故事逻辑而言,鲁肃作为与蜀军对阵的一个东吴军事首领,不知关羽的英雄业绩是不可能。但此剧中鲁肃的"小官不知,老相公试说者"之语,却是从情节设置出发,以便挑动主唱人物乔国老叙述出关羽的英雄业绩来。于是以这种不合人物和历史逻辑的方式,乔国老就完成了剧作者的叙述目的,向观众叙述了"隔江斗智""赤壁之战""取西川""诛文丑""斩颜良"等情节。乔国老作为东吴重臣,不但扬他人志气,灭自己威风,还表现出浓厚的汉家意识,在政治立场上站在蜀汉一边。这种配角宾白与主唱人曲词间的生硬配合现象,正是他在剧中所担当的职责(化身为剧中人物的一个叙述者)造成的。乔国老作为主唱人物的特殊身份就是这种混合关系最好的体现。

当主唱人物叙述他人的动作、相貌、性情,或叙述一些场面时,这种混合关系是十分明显的。因为作为剧中人物,若是与他人进行交流时,是不必把对方的这些信息告诉他的。主唱人物的这些"他述",其假定的对象只能是观众,而不是剧中人物,而当此时,主唱人物其实是以当时事件的旁观者身份而存在的,他所进行的叙述行为有作者的视角。而当主唱人物进行"自述"时,是让代言与叙述有机叠合,以促成戏剧式代言体的绝好机会,只要对自己的心灵进行细腻深刻的展现,是能有效地揭示出性格的。但事实上代言和叙述在此情况下还是难以弥合。不说那些以其视角描绘的景物场面未能着其之色,就是进行心灵情感的抒发也存在这种混合特征,《李逵下山》中李逵不仅能引经据典、出口成章,而且有着诗人般的雅趣和敏感,对于李逵此人物来说,这些安排是不合乎逻辑的。剧作者选择李逵为主唱人物,把描述梁山美景和抒发自己诗人情怀的任务赋予他,还只是代言和叙述的简单混合,由此也造成了李逵性格中的不合逻辑(以粗中有细解释,实属牵强),虽然曲辞本身很好。所以说,元杂剧主唱人物的这种代言性叙述特性未能指向人物性格的塑造,而只是以剧中人物代言的形式完成作者对杂剧故事的叙述任务。

当然,主唱人物并不是承担了杂剧故事全部的叙述任务,剧中其他次要人物也参与了杂剧故事的叙述任务,他们面向观众,以自家声口,叙述交代他人或自己的动作、品性等,如:

> (张千云)理会的。我出的这衙门,转过隔头,抹过里角,来到李顺家里。也无一个人,我自进去看,来到这院后。怎么静悄悄的,好怕人也,我开开这后门。(《后庭花》第四折)
>
> (搽旦云)我撇枝秀元不是良家,是个中人。如今嫁这盆罐赵,做了浑家,两口儿做些不恰好的勾当。(《盆儿鬼》第一折)
>
> (净扮毛延寿上诗云)为人雕心雁爪,做事欺大压小。全凭谄佞奸贪,一生受用不了。……因我百般巧诈,一味谄谀,哄的皇帝老头儿十分欢喜。(《汉宫秋》楔子)

因为古典戏曲虚拟性太强,舞台上没有多少布置,如衙门、隔头、里角、李顺家、院后、后门等地点只能靠剧中人物的叙述予以交代说明,否则观众肯定对人物动作摸不着头脑。而后二例中人物对自己品行的这种带有明显反讽性的叙述,从形式上看是以剧中人的声口在叙述,但叙述的内容却隐藏着作家对此人物的褒贬评价。这种静止地叙述出自己或他人品性的手法,在元杂剧中常见,尤其是一些反面角色,他们一出场就讲出自己的劣品恶行。

可见,这些次要人物和主唱人物是共同承担着杂剧故事的叙述任务的。但由于元杂剧"一人主唱"的体制,使得他们所承担的叙述任务各自不同。

分析元杂剧的文本构成,主要为两部分:一是人物的台词;二是"科介"。元杂剧的"科介"主要用来指明动作、人物表情、舞台效果等,对故事的叙述起到陪衬作用,在元剧文本构成中占很少部分。人物的台词包括曲辞和宾白,是元杂剧叙述的主要媒介。对于"宾白"的命名,徐渭有言:"唱为主,白为宾,故曰宾白。"①毛奇龄亦言元曲:"司唱犹属一人……他若杂色入场,第有白无唱,谓之宾白。"②由于它们在杂剧中的这一地位,故李渔指出:"北曲之介白者,每折不过数言,即抹去宾白而止阅填词,亦皆一气呵成,无有断续,似并此数言亦可略而不备者。"③所以元杂剧的主要叙述手段是曲辞,宾白处于陪衬地位。而元杂剧体制是"每一篇为四折,每折止用一人独唱,而同场诸人,仅以科白从旁挑动承接之"④。可见,主唱人物承担了整折甚至整剧绝大部分的故事叙述,由其视角向观众传达其所见所闻及所感,所有曲辞只由主唱人物一人唱出,其他脚色人物只能从旁以宾白对主唱人物的曲辞予以承接勾连。如此,则杂剧的叙述任务大部落在主唱人物身上,而其他人物处于次要叙述者的地位。元杂剧的这一体制,从根本上限制了宾白的发展,从而也强调了元杂剧曲辞的叙述性和主唱人物的叙述功能及其在杂剧故事叙述中的重要地位。

既然主唱人物作为杂剧故事叙述任务的主要承担者,那么选择剧中何人作为主唱人物才能利于杂剧故事的叙述,适合创作主旨的表达? 这就使得杂剧面临着主唱人物的选择问题。

由于主唱人物在元杂剧中的特殊叙述功能,选择某一人物作为主唱人物,就明确了这部剧作的叙述角度,即主唱人物与其所叙之事间的关系,也就意味着杂剧故事情节、场景、感情基调不可避免地着其之色。譬如元杂剧以主唱人性别的不同,有"旦本""末本"之分,"旦本女人为之",

---

①　徐渭:《南词叙录》,《中国古典戏曲论著集成(三)》,中国戏剧出版社1959年版,第246页。

②　毛奇龄:《西河词话》卷二"词曲转变",见唐圭璋编《词话丛编》第1册,中华书局1986年版,第583页。

③　李渔:《闲情偶寄》之《词曲部·宾白第四》,上海古籍出版社2000年版,第61页。

④　金圣叹评点:《第五才子书施耐庵水浒传》第三十三回评语,中州古籍出版社1985年版,第543页。

"末本男子为之"①。一个故事题材可能有旦本和末本两种剧作。不同性别的主唱人物对同一故事的叙述,由于叙述视角的不同,定有不同的光彩风景,作品也会表现出不同的人物情绪和其视角下的事件特色。比如,王实甫、梁进之、王仲元各自有以"东海孝妇"的传说为题材创作的同名剧作《东海郡于公高门》(佚。《录鬼簿》有存目),其中梁作下标有"旦本"二字,应是以东海孝妇为主唱人,她是剧作的主要叙述对象,应类关汉卿的《窦娥冤》,着重表现她被屈枉的怨恨及对清官的渴望;而王作或为"末本",应是以于公为主唱人物,以一个勘查此案的官吏的视角来叙述这件冤案,表现他作为一个能吏的清廉、正直品质。可以说,主唱人物的选择是叙述视角的设定问题,它影响到一部杂剧的主题、情节结构布局、人物关系的安排等诸多因素。

比如《汉宫秋》的主唱人选择,作品不是如以前的叙事文学那样,把昭君放于叙述的中心,旨在表现昭君的美貌见弃,红颜薄命(如《西京杂记》卷二"画工弃市");或抒写其强烈的思亲怀乡情绪(如《王昭君变文》);而是让汉元帝担当主唱人物的任务,由其视角叙写自己迫于不可抗拒的压力致不能庇护爱人的痛苦、无奈心绪,这是我们从作品中所能强烈感觉到的。由作品实际来看,汉元帝处于故事叙述的中心,关于昭君的情节只是为元帝的情绪抒发和行动推进提供了适当的情境。剧作主要以元帝的视角叙述故事,写他处于痛苦、无奈的境地:在匈奴单于逼索、大臣苦苦劝谏的情况下,自己身为大汉皇帝,竟无力保护自己的妻子,"我那里是大汉皇帝",这是一种多么深切的痛苦和无奈。另外,剧中昭君已不是以前作品中的宫女身份,而是以汉元帝爱妃身份出现,这更加重了汉元帝的尴尬:贵为天子,以妻和番,情何以堪,已无半点尊严与气概,一如《鲁斋郎》中张珪送自己妻子给权豪鲁斋郎时的心境。这些感受、情绪及与此相关的行动,是昭君的视角所难以叙述出的。相对于汉元帝的行动与言说,昭君在剧中的情节分量是很少的。若跨过汉元帝而直接评说昭君如何如何,则

---

①　夏庭芝:《青楼集志》,见《中国古典戏曲论著集成(二)》,中国戏剧出版社 1959 年版,第 7 页。

有避重就轻之嫌。就是说昭君形象的高大,也不是本剧实际创作的重点。重点是通过主唱人物汉元帝处于此情境下的痛苦与尴尬,映照出了元代文人处于沉抑、落魄境遇中的情绪。我们不应把以前昭君形象的光辉引入对此剧的批评。由此剧主唱人物的选择所产生的叙述效果,可见主唱人物的选择在故事主题的表达以及作者意图的实现过程中的有力作用。

既然元杂剧是在叙述一个故事,就面临着为故事的叙述而选择一个方便有力的主唱人物的任务。主唱人物处于杂剧叙述的中心,应为故事的主人公,但情况有时并非如此(参见前文举例)。在方便叙述的原则下,杂剧不选择故事主要人物为主唱人物,而是让一些与事件有关联的旁观者或见证人作为主唱人物分担故事的叙述。实际上这还是说书人叙述思维的惯性使然,是一种说书人叙述的虚拟。而当固定主唱人物难以充分叙述出全剧较为复杂的故事情节或特殊的动作、场面时,如情节变化多,时空有闪换,以一个人物的视角难以实现叙述的欲期目的,于是便考虑变换主唱人物进行叙述,如:《单刀会》有了乔国老(第一折)、司马徽(第二折)对关羽智勇果敢的介绍,才有三、四折关羽单刀赴会的合理发展;《小尉迟》先以宇文庆为主唱人物(第一折),在尉迟恭父子将因不明身份而交战之前向小尉迟交代了他的身世,劝他应认祖归宗,投奔大唐,才有后面以主角尉迟恭为主唱人物的合理叙述;《合同文字》先以刘天瑞(第一折)为主唱人物叙述他因饥荒出外趁熟而客死他乡,留下幼小的儿子刘安住(后三折的主唱人物)于他人,有了这个情节铺垫,才有刘安住与伯父母的纠葛的合理发展;等等。这些为杂剧故事必不可少的情节是整个故事的一部分,又不适合以固定的主唱人物叙述,这时变换一个恰当的主唱人物就合情合理,也方便某些故事情节的叙述交代。另外,杂剧中有一些特殊的动作或场面处理,就变换成"探子"式人物为主唱人物予以叙述,如《单鞭夺槊》的第四折、《飞刀对箭》的第三折、《气英布》的第四折、《老君堂》的第三折、《存孝打虎》的第四折、《锁魔镜》的第四折等都是这种情况。这类主唱人物变换的现象,从脚色登场看,是一种脚色的"改扮";从剧中人物的设置看,是更换了主唱人物;从杂剧故事的叙述看,则是变换了叙述角度。考察现存的 162 种杂剧(依《元曲选》《元曲选外编》杂剧数目),大约有 54 种存在着主唱人物变换的现象,约占元杂剧总数的三分之一。而考察"元刊杂剧三十种",主唱人变换的剧作有 13 种,几近二分之一。相对于元杂剧"一人主唱"的体制,这一变体正也体现了主唱人物叙述功能的意义。

当然,由于杂剧主唱人物是以其所见所闻所感所行来叙述,则其叙述多多少少有情绪化、个性化的成分。由这些叙述,我们可以反观其性格、感情和心理,如《汉宫秋》中的汉元帝、《梧桐雨》中的唐明皇、《窦娥冤》中的窦娥。但很多时候所选择的主唱人物不能作为一个故事的主角出现,其表述并未能完成一个人物的性格塑造,这时候,主唱人物只是一个功能性人物——故事的叙述者(如"探子"式人物),这种情况在元杂剧中常见。

正是在创作主旨和方便叙述的需要原则下,元杂剧主唱人物的选择出现了两种情况:主唱人物为主要人物;主唱人物为次要人物。

主唱人物为主要人物的情况在元剧中占多数。主人公居于杂剧故事的中心,是要重点表现的人物,处于主唱人物的位置是理所当然的。这时他担当起杂剧故事的主要叙述任务,由他所叙述的事与景,能反观其行动、心情、观点,以及在此心情下、观点下的人与事。

而选择次要人物作为主唱人物,旨在能找到一个恰当的视角,把杂剧所要表现的故事情节更方便地叙述出来。在此,主唱人物承担起故事的叙述任务,报道式地交代必要的故事情节,这类主唱人物在元杂剧中并不少见,报告战争场面的探子即为典型。

总之,元杂剧主唱人物的选择对作品意图的实现和故事情节的叙述起到直接且重要的作用,主唱人物的选择过程也是剧作酝酿、故事叙述视角筛选的过程。

二 元杂剧宾白叙事中的说书人讲唱形态

"说书体"是指说话人以第三人称视角面向"看官"的讲说行为所具有的体制,表现在叙述人称上是第三人称,叙述视角上是全知视角,叙述语气上是面向看官的讲述腔调。它形成于宋元叙事性"说话"中,并在宋元话本中得到典型的体现。这种"说书体"在元杂剧中有许多变体,如元杂剧常用的"探子式"报告军情战况的唱述,《柳毅传书》第二折电母对二龙争斗过程的描述,还有《货郎旦》第四折张三姑的那段"货郎旦"说唱,都是典型的说书体,只不过说话人化身为剧中人物罢了,可称之为"化装说书"。但对于一种戏剧来讲,这种静止地面向观众的大段唱述,并不符合戏剧的体制,明显是一种说书格式的借用。元杂剧中这类"说书体"的借用,源起于杂剧场上表现手段的限制。我们知道,元杂剧的舞台布置非常简单、写意,许多的情景、场面、动作都要依靠人物的语言说明,典型如《西厢记》"长亭送别"一段,观众所获得的凄凉秋景完全来自于莺莺的描绘,杨显之《潇湘雨》中翠鸾被押解途中的雨天行进的场景也全部来自于人物的语言交代。那么,对于杂剧故事所需要的,但又难以在场上直接呈现的情节和场面来说,选择剧中人物的唱述是一个不得已的变通手段,是杂剧演述体制对某些难于场上表现的场景或情节的权变方法,当然,它从格式上来讲明显是借用说话人的叙述手法。元杂剧的宾白中即遗存有许多说书体的化用痕迹。

其一,元杂剧中有许多面向观众的静止性叙述话语,明显的如人物上场时对自己或他人的介绍、说明。它不是对白,因其没有面向剧中人物并与之产生交流;也不是独白,独白是人物心理的表露。它是面向观众的话语。这有三种情况。一是介绍自己的姓名、履历、社会关系,如《倩女离魂》的楔子中张倩女的母亲上场说道:

> 老身姓李,夫主姓张,早年间亡化已过。只有一个女孩儿,小字倩女,年长一十七岁。孩儿针指女工,饮食茶水,无所不会。先夫在日,曾与王同知家指腹成亲。王家生的是男,名唤王文举。此生年纪今已长成了。闻他满腹文章,尚未娶妻。老身也曾数次寄书去,孩儿说要来探望老身,说成此亲事。……

有了这些交代,观众就基本上厘清了张母的身份及其家庭情况、社会关系。

第二种情况是介绍自己的性情、品格和抱负。

> (冲末扮赵大舍引净扮郑恩上,诗云)志量恢弘纳百川,邀游四海结英贤。夜来剑气冲牛斗,犹是男儿未遇年。自家赵玄郎是也。祖居洛阳夹马营人氏。父乃洪殷,为殿前点检指挥使。某生时异香三月不绝,人皆呼为香孩儿。某生来颇有奇志,幼年间略读诗书,兼持枪棒,逢场作戏,遇博争雄。每纵酒,路见不平,拔刀相助,颇生事端。因避难远游关之东西、河之南北,也结识了许多未遇的英雄。(《陈抟高卧》第一折)

> (净扮毛延寿上,诗云)为人雕心雁爪,做事欺大压小。全凭谄佞奸贪,一生受用不了。某非别人,毛延寿的便是。现在汉朝驾下,为中大夫之职。因我百般巧诈,一味谄谀,哄的皇帝老头儿十分欢喜,言听计从。(《汉宫秋》第一折)

赵匡胤上场就交代了自己的性格抱负和基本个人信息,而《汉宫秋》的毛延寿在介绍自己时竟然说自己"百般巧诈,一味谄谀",明显不应是他自己的语气,而是一种第三者的语气,就像说话人在向听众介绍人物时的口吻,杂剧只是把说话人身份换成了剧中人物,把说话人语气的人物介绍变通了一下人称代词。

第三种情况是人物上场时介绍同场人的姓名、履历等信息。

（净扮罗大户同搽旦上，罗诗云）……老汉罗大户的便是，这是我的婆婆，我有个女孩儿，唤做梅英，嫁与秋胡为妻，昨日过门……（《秋胡戏妻》第一折）

（正末同专诸上云）某是伍员，这是专诸。……（《伍员吹箫》第四折）

这明显是面向观众的介绍性语言，尤其以"某是……""这是……"等领起的话语，应是面向观众的介绍、交代，极类话本小说的正话故事开始前的人物简介。话本小说与唐传奇等文言小说一样，受史传影响，开篇往往先把主要人物的姓名、身份及社会关系等情况简介一下，如《戒指儿记》正话开首言："自家今日说个丞相，家住西京河南府梧桐街兔演巷，姓陈名太常。自是小小出身，历升相位。年将半百，娶妾无子，止生一女，叫名玉兰。"元杂剧中的人物自报家门即化用了这种格式和语气，只是把话本中说话人的间接引语改成直接引语而已。

其二，元杂剧宾白中有一些明显是说话人语调、套语的借用，如《杜蕊娘》第二折韩辅臣被鸨母赶出门后的一段说白：

你道我为何不去，还在济南府淹阁。倒也不是盼俺哥哥复任，思量告他，只为杜蕊娘他把俺赤心相待……

韩辅臣作为剧中人物，活动于虚构故事域中，但他却跳出这个虚构故事域，直接与观众交流，对其行为做出解释说明，其"你道我为何不去"一语明显是说话人的讲说腔调。相同语调的说白还有《度柳翠》第一折观音上场的说白和《合同文字》第四折开头包待制的上场说白。

且说我那净瓶内杨柳叶上偶污微尘，罚住人世，打一遭轮回，在杭州抱鉴营街积妓墙下，化作风尘匪妓，名为柳翠，直等三十年之后，填满宿债，那时着第十六尊罗汉月明尊者，直至人间点化柳翠,返本还元,同登佛会。

老夫包拯,自十日前西延边赏军回来,打西关里过,有一火告状的是刘安住。老夫将一行人都下在开封府南衙牢里,只不审问。你道为何?只为刘安住告的那词因上说道……以此老夫十日不问。

另外,《裴度还带》第二折王员外交代自己到白马寺央及长老相助以激发裴度的斗志,然后有一段交代:"我为何不留着裴度在我家里住?我则怕此人堕落了功名。"这类语气和套语显露出说话人面向看官的讲说格式的影响痕迹。另外,元杂剧中引入景色描绘时常用的"但见""只见""则见"等词语,也是宋元话本中典型的领起描述节段的标识词。

其三,在全剧开头或某折戏开端处的交代性叙述,其主要功能是交代故事的来龙去脉或剧情在暗场中的演进,这段叙述无剧中人物作为对象,而是面向观众的话语,明显是说话人第三人称叙述的变体。这种交代性叙述出现在全剧开头者,是向观众提示故事来由,以便于引领观众入戏,如关汉卿《单刀会》第一折鲁肃上场交代道:

小官姓鲁,名肃,字子敬。见在吴王麾下为中大夫之职。想当日俺主公孙仲谋占了江东,魏王曹操占了中原,蜀王刘备占了西川。有我荆州,乃四冲用武之地,保守无虞,分天下为鼎足之形。想当日周瑜死于江陵,小官为保,劝主公以荆州借与刘备,共拒曹操。主公又以妹妻刘备。不料此人外亲内疏,挟诈而取益州,遂并汉中,有霸业兴隆之志。我今欲索取荆州,料关公在那里镇守,必不肯还我。今差守将黄文,先设下三计,……虽则三计已定,先交黄文请的乔公来商议则个。

有了这一番交代,人们更可以得其要领,对戏剧情境有一个明确的了解。

至于出现在某折开端者,则是对前后剧情起到承上启下、穿针引线的作用,如《秋胡戏妻》第三折写秋胡离别故里十年后重返家乡的登场亮相:

> (秋胡冠带上,云)小官秋胡是也。自当军去见了元帅,道我通文达武,甚是见喜;在他麾下,累立奇功,官加中大夫之职。小官诉说离家十年,有老母在堂,久缺侍养,乞赐给假还家。谢得鲁昭公可怜,赐小官黄金一饼,以充膳母之资。如今衣锦荣归,见母亲走一遭去。(诗云)想当日哭啼啼远去从军,今日个笑吟吟荣转家门。捧着这赤资资黄金奉母,安慰了我那娇滴滴年少夫人。

这段上场白简述了秋胡十年在外的主要经历,交代了秋胡这一条情节线索在"暗场"中的演进,并为紧接而来的桑园戏妻情节做了铺垫。而其中的"诗云",犹如说话人口中念念有词的"正是……"套语,是说书格式的一种变通形态。

其四,元杂剧的宾白中还有许多第三人称视角的干预性叙述、评论。说话人在面对观众讲说的过程中会不时地跳出虚构故事域,中断情节的讲说,直接面向观众对故事中的人或事予以解释、评论。这种"干预性叙述"在元杂剧中的演述形态中也有表现。杂剧中的人物已作"代言性"唱述,应该把脚色与剧中人物统一到虚拟故事域中,然实际情况并非如此,脚色常常脱离其所扮演的剧中人物的身份限制,与观众自由地进行话语的直接交流。比如《隔江斗智》第二折的长段散白,人物轮番上场,向观众交代事件的缘由经过。对于他们讲述的那段情节来说,虽然讲述者以剧中人物的面貌出现,但仍明显地表现出第三人称视角的唱述思维,是说书人讲述格式的一种变相,如凌统讲述完毕的下场诗云:"周公瑾用尽心机,诸葛亮未动先知。"这样的客观性评述话语明显是第三人称腔调,是典型的说话人讲说格式。

另外，还有一些跳出杂剧虚构故事情境的评述性话语，极类话本中以说话人口吻面向观众的评论、解释文字。如《气英布》第二折在演述刘邦濯足气英布之后，随何对此事的一段面向观众的评论：

> 适才汉王濯足见英布，非是故意轻他，使这嫚骂的科段。只因为英布自恃英勇无敌，怕他有藐视汉家之心，故以此折挫其锐气。况他元是鄱阳大盗出身，无甚么高识远见。待他回归营寨，自有牢络之术，乃汉王颠倒豪杰之处，想此时英布已到营了，我再看他去波。

随何是虚构故事域中的人物，却游离这一虚构域对刚发生的事件面向观众做出解释、评论，然后再回到那个虚构域中。这类游离杂剧虚构故事域的评述性话语与说话人跳出虚构故事情境的评说在精神上、方式上相通，有效地拓宽了杂剧的表现领域。与说书人的干预性叙述相比较，元杂剧中的这种干预性评论是脚色游离虚构故事域以讲说者身份来表达观点、情感，因其是通过剧中人物之口表达出的，可称之为"代言性干预"。与之相类，《救风尘》第二折赵盼儿读了宋引章的求救信，准备亲赴解救，并向观众预述了她设计的解救手段。这也是一种叙事干预方式。从情节叙述的方式来看，这是讲说者的预述，只不过这个讲说者是以剧中人物赵盼儿的身份出现，并面向观众表达情节、观点和意绪。

其五，元杂剧宾白中还借用了许多词话体诗赞。"词话"是元代盛行的一种说唱伎艺，往往以七言或十言韵语排列叙事、抒情，也是一种说书体。据叶德均《宋元明讲唱文学》统计，《元曲选》一百种中，有诗赞词者计有92种，每种不止一见，每折亦不止一处，如此则共计188处，其中见于剧末者计87种，共119处[①]。元杂剧中的这些词话体诗赞多以"诗云""词云""诉词云""断云"等标识词领起，其作用主要是叙述、总结、描绘。

---

① 叶德均：《戏曲小说丛考》，中华书局1979年版，第663页。

总结者一般是用于剧末的断词,以对剧中事件做一总结,收束全剧。描绘者较为少见,如《博望烧屯》第二折刘备对诸葛亮挂帅升帐的一段场景描绘:

> 军师升帐,威势偏别。阵云缭绕望空苍,杀气腾腾遮红日。列能征猛将数千员,敢勇英雄千百队。人人攒竹竿上挑红缨,个个方天戟上悬豹尾。飞鱼袋内,铁胎弓上虎筋弦;走兽壶中,插雕翎狼牙凿子箭。前排五百雁翎刀,后摆三千傍牌手。左列千队铁衣郎,右排万余金甲将。辕门列五运转光旗,中军搠顺天八封盖。八卦盖者,是乾、坎、艮、震、巽、离、坤、兑。东方旗青如蓝靛,上有日月星辰;西方旗雪色金色,隔天河锁南辰北斗;南方旗烈火烧天,上有十二员神将;北方旗摆似乌云,上有九曜星官;中方杏黄旗上,蛟龙戏二十八宿。俺这里军随印转行直正,罪若当刑先言定。休误在朝天子宣,莫违阃外将军令。

而更多的则是叙述性的词话体诗赞,如《魔合罗》第三折旦扮刘玉娘在官府公堂上对自己冤情的倾诉:

> 哥哥停嗔息怒,听妾身从头分诉。李德昌本为躲灾,贩南昌多有钱物。他来到庙中困歇,不承望感的病促。到家中七窍内迸流鲜血,知他是怎生服毒。进入门当下身亡,慌的我去叫小叔叔。他道我暗地里养着奸夫,将毒药药的亲夫身故。不明白拖到官司,吃棍棒打拷无数。我是个妇人家怎熬这六问三推,葫芦提屈画了招状。我须是李德昌绾角儿夫妻,怎下的胡行乱做。小叔叔李文道暗使计谋,我委实的衔冤负屈。

其他如《潇湘夜雨》第四折、《王粲登楼》第四折、《留鞋记》第四折、《博望烧屯》第二折、《千里独行》第三折等处皆有此类词话体的插用。由此可见元杂剧对当时流行的词话伎艺的承袭和借用,明显有将叙述体改作代言体的痕迹。

以上对于遗存在元杂剧宾白中的说书体因素的梳理,足可说明宋元话本对元杂剧演述体制的影响。这些说书体因素是元杂剧在接受说书人叙述手段和体制的过程中所遗留下的非戏剧因素,显示出元杂剧取用说书体叙述格式而未能充分消化、融合的痕迹。

三　元杂剧"断词"叙事中的说书人讲唱形态

元杂剧的剧末一般都有以"词云"领起的一段七言诗词(有时没有"词云"标识),对本剧的内容、主旨做出概括或总结,称之为"断词"。如《秋胡戏妻》的结尾"断词":

> (秋胡云)天下喜事,无过子母完备,夫妇谐和,便当杀羊造酒,做个庆喜筵席。(词云)想当日刚赴佳期,被勾军蓦地分离,苦伤心抛妻弃母,早十年物换星移。幸时来得成功业,着锦衣脱去戎衣。荷君恩赐金一饼,为高堂供膳甘肥,到桑园糟糠相遇,强求欢假作痴迷。守贞烈端然无改,真堪与青史标题。至今人过巨野寻他故老,犹能说鲁秋胡调戏其妻。

这段"词云"是以第三人称视角总结全剧,而且明显地溢出了剧中人物的限知视角。秋胡作为剧中人物,不应说出"至今"之类的话。这种腔调的话语只能是扮演秋胡的脚色跳出杂剧虚构故事域,跳出他所装扮的剧中人物身份,以剧外人的视角而做出的总结。这种格式在元杂剧中已成统例,《陈州粜米》《范张鸡黍》《焚儿救母》《曲江池》《破窑记》《东堂老》《生金阁》《柳毅传书》等剧的结末词皆有这种跳出虚构故事情境的总结性话语。某一脚色出面总结剧情,评点人物,宣告剧名,对于杂剧的故事虚构域来说,这个脚色此时已是旁观者,而不是剧中人物了;从语义上来讲,这些结末语体现的是编演者的意图。

另外,还有一些杂剧的结末语虽与此功能相同,但在形式上与此不同,比如以下诸例:

> (刘二公云)天下喜事,无过夫妇团圆。今日既是认了,便当杀羊造酒,做一个庆贺的筵席。(词云)玉天仙容貌多娇媚,恋恩情进取偏无意。假乖张故逼写休书,到长安果得登高第。除太守即在会稽城,显威风谁不惊回避。怀旧恨夫妇两参商,覆盆水险做傍州例,若不是严司徒帛敕再重来,怎结末朱买臣风雪渔樵记。(《渔樵记》)
>
> (崔子玉云)兄弟你直待今日,方才省悟,可是迟了。兄弟,你听者,听下官从头细数:犯天条合应受苦,则为你是五台山僧,寄银两在你家收取,他到来索讨之时,你婆婆混赖不与。捻指过三十余春,生二子明彰报复……才使你张善友识破了冤家债主。(《冤家债主》)
>
> (生扮马彬唱)〔鸳鸯煞〕佳人才子心留恋,东墙花下成姻眷,标写青编,唱道一举登科将名姓显。男儿得志共赏在琼林宴,玉堂中千古名贤。似这等金榜题名万代显。(《东墙记》)
>
> (任继图诗云)夫妻守节事堪怜,仗义施恩宰相贤。金榜挂名双及第,洞房花烛两团圆。(《梧桐叶》)

《渔樵记》的结末词并不是通常所见的七言句,而是八言句。《梧桐叶》的结末语是一首类似话本散场诗的七言绝句。《冤家债主》的结末词句子不整齐,以七言为基础,夹杂了八言,并且此断词无"词云"领起,只用"兄弟,你听者,听下官从头细数"这句话予以提示。《东墙记》的结末词是一段唱词,明显是对剧情的总括、评述,它在内容和语气上与马彬作为剧中人物的身份并不匹配。此等曲词式的结末语在元杂剧中还有元刊本

《焚儿救母》剧末的〔水仙子〕、元刊本《霍光鬼谏》剧末的〔落梅风〕、元刊本《魔合罗》剧末〔煞尾〕等。由此看来,元杂剧的结末词在形式上是比较多样的,然而其功能和视角基本上是一致的,可以看出这种结末语的表述方式与说话人的叙述程式有很大的关联,体现出元杂剧对说话人叙述程式的模拟。

首先,话本叙述程式一般以诗词作结,并以"诗云""有诗云""有诗为证""正是"等标识词予以领起,如:

> 正是:李社长不悔婚姻事,刘晚妻欲损相公嗣,刘安住孝义两双全,包待制断合同文字。(《合同文字记》)
>
> 有诗云:昔时柳毅传书信,今日李元逢称心。恻隐仁慈行善事,自然天降福星临。(《李元吴江救朱蛇》)
>
> 有诗为证:少负情痴长更狂,却将情字感潮王。钟情若到真深处,生死风波总不妨。(《乐小舍拚生觅偶》)
>
> 诗云:世情宜假不宜真,信假疑真害正人。若是世人能辨假,真人不用诉明神。(《皂角林大王假形》)

元杂剧结末也是以"词云"领起的诗词韵语,而且其内容已溢出了剧中人物的限知视角,明显的是第三人称叙述语调。这类跳出虚拟故事情境的总结、评论性话语正是说话人叙述的习惯做法。

其次,就结末语的结构功能言,它在宋元话本中的作用之一是"总结全篇大旨,或对听众加以劝戒"①,如:

> 只因湖内生三怪,至使真人到此间。今日捉来藏箧内,万年千载得平安。(《西湖三塔记》)
>
> 善恶无分总丧躯,只因戏语酿灾危。劝君出语须诚实,口舌

---

①　胡士莹:《话本小说概论》,中华书局1980年版,第145页。

从来是祸基。(《错斩崔宁》)

少负情痴长更狂,却将情字感潮王。钟情若到真深处,生死风波总不妨。(《乐小舍拚生觅偶》)

另一作用是作为正话结束的标志,有时直以"话本说彻,权做散场"道出,其意更明确,这在《新编红白蜘蛛小说》《合同文字记》《简帖和尚》《陈巡检梅岭失妻记》等话本中皆有表现。元杂剧剧末的"词云"同样是起到收束全篇的作用,一般在它之后杂剧的正戏即收场(有时在"词云"后还有一段唱词,是剧中人物对此断词的反映,如《合同文字》剧末的〔水仙子〕),并且它亦如话本的散场诗那样具有总结全篇大意、劝喻世人的功用,如《陈州粜米》剧末包待制的"词云":

为陈州亢旱不收,穷百姓四散飘流。刘衙内原非令器,杨金吾更是油头,奉敕旨陈州粜米,改官价擅自征收,紫金锤屈打良善,声冤处地惨天愁。范学士岂容奸蠹,奏君王不赦亡囚。今日个从公勘问,遣小敝古手报亲仇。方才见无私王法,留传与万古千秋。

这类包待制"词云"亦见于《合同文字》剧末("圣天子抚世安民,尤加意孝子顺孙……")。另外,元刊本《焚儿救母》结末语"莫谩天地莫谩神,远在儿孙近在身",元刊本《魔合罗》结末语"劝君休将神天昧,善恶事休言不报,恰须是,只争个来早共来迟",同样具有劝喻和总结的功能。

再者,在话本小说的结末语中,直接由说话人出场,以虚构故事情境外的立场交代故事的影响或它在当时的遗踪。如下数例:

直到如今,留下这跳橙弩儿。后来身□□次阴功护国,敕封官至皮场明灵昭惠大王。到□□迹遗踪尚在。(元刻本《新编红

白蜘蛛小说》①)

　　奚真人化缘,造成三个石塔,镇住三怪于湖内,至今古迹遗踪尚在。宣赞随了叔叔,与母亲在俗出家,百年而终。(《西湖三塔记》)

　　到今风月江湖上,万古渔樵作话文。(《柳耆卿诗酒玩江楼记》)

　　至今临安说婚姻配合故事,还传"喜乐和顺"四字。(《乐小舍拚生觅偶》)

　　此时道教方当盛行,降一道圣旨,逢州遇县,都盖九子母娘娘神庙。至今庙宇犹有存者。(《皂角林大王假形》)

　　直到如今,吴江西门外有龙王庙尚存,乃李元旧日所立。(《李元吴江救朱蛇》)

考察元杂剧的结末词,亦存在这种格式的说话人话语。元杂剧作为戏剧,不应有类似说话人的第三人称话语,但其剧末收场部分却杂有第三人称的视角和腔调,以剧中人物的身份讲述本剧故事的影响和遗迹。

　　才留的这鸡黍深盟与那后人讲。(《范张鸡黍》)
　　方才见无私王法,留传与万古千秋。(《陈州粜米》)
　　倒与他后世流传,道这风雪渔樵也只落的做一场故事儿演。(《渔樵记》)
　　至今人过巨野寻他故老,犹能说鲁秋胡调戏其妻。(《秋胡戏妻》)
　　早遂了跳龙门桂枝高折,空余下莲花落乐府流传。(《曲江池》)

----

　　① 1979年,西安市文物管理委员会清理出了一张元刻本《新编红白蜘蛛小说》残页,它显示了宋元小说话本的原始面貌,在文体特征、语言习惯上为宋元话本提供了一个标尺。

这些结末语虽以剧中人物之口道出，却放弃了剧中人物对限知视角的要求。实际上是剧中人物以虚构故事情境外的身份道出虚构故事域中人或事的影响及其在现实中的遗迹，明显有说话人第三人称的视角和声音。

需要说明的是，宋元话本的散场诗不是情节发展的必然结果，而是附加的，具有相对的独立性，而元杂剧的"词云"则置放于故事的情节中，由剧中人物在适当的场合道出。只是杂剧没有完全保持住对戏剧情境的控制，从而显露出了说话人的口吻，并明显有溢出其限知视角的痕迹。

四 元杂剧演述体制与说书人故事讲唱思维的关联

元杂剧在发展过程中受到了说唱伎艺的巨大滋养，比如宋元"说话"伎艺及话本小说，其故事题材为元杂剧的成熟起到了显著的推动作用。对此，王国维即指出："宋之滑稽戏，虽托故事以讽时事；然不以演事实为主，而以所含之意义为主。至其变为演事实之戏剧，则当时之小说，实有力焉。"[1]但是，杂剧所接受、取用的话本小说故事已不是生活形态的素材，而是具有一定的叙述形式，那么，它们在接受话本小说的故事题材时，这种叙述体制就必然潜相地影响或内化于其叙述体制中。所以，后来成熟的元杂剧才会表现出与话本小说诸多相同或相似的结构形态、话语形态。并且，话本小说等说唱伎艺与戏曲在相同的文化环境中同生共长，彼此依托，且早期的艺人或"书会才人"对戏曲和话本等说唱伎艺都有所染指，这不可避免地有手法技巧交叉使用的现象。元杂剧中"说书情境"的存在、说书人声音的遗留正可说明这一点。

（一）面向观众的静止叙述话语。现代戏剧的观念认为：在戏剧中，一般是最忌让人物用台词静止地叙述。但元杂剧中却常有面向观众的叙述

---

① 王国维：《宋元戏曲史》，华东师范大学出版社 1995 年版，第 35 页。

话语,明显的如人物上场时对事件的静止叙述。它不是对白,因其没有面向剧中人物,与之产生交流;也不是独白,独白是人物心理的表露。它是面向观众的话语,如:

> (净扮罗大户同搽旦上,罗诗云)……老汉罗大户的便是,这是我的婆婆,我有个女孩儿,唤做梅英,嫁与秋胡为妻,昨日过门……(《秋胡戏妻》第一折)

这是面向观众的介绍性语言,极类宋元话本中故事开始前的背景简介,只不过把话本中说书人的间接引语改成直接引语。

(二)跳出戏剧情境的评述性文字。如《气英布》第二折在刘邦濯足气英布之后,随何对此事的一段面向观众的评说:

> 适才汉王濯足见英布,非是故意轻他,使这谩骂的科段。只因为英布自恃英勇无敌,怕他有藐视汉家之心,故以此折挫其锐气。况他元是鄱阳大盗出身,无甚么高识远见,待他回归营寨,自有牢络之术,乃汉王颠倒豪杰之处,想此时英布已到营了,我再看他去波。

随何是剧中虚构故事域中的人物,却游离这一虚构域对刚发生的事件面向观众做出解释、评论,然后再回到那个虚构域中。这些游离虚构域的评述语言和说书人跳出说书情境对故事的评说无多差别,同时它也极大地拓宽了杂剧的叙述领域。

(三)说书人的语调、套语。如《杜蕊娘》中韩辅臣被鸨母赶出门,第二折开场时韩辅臣上场的一段白:

> 你道我为何不去,还在济南府淹阁。倒也不是盼俺哥哥复任,思量告他,只为杜蕊娘他把俺赤心相待……

《度柳翠》第一折观音上场云：

> 且说我那净瓶内杨柳叶上偶污微尘，罚住人世，打一遭轮回，在杭州抱鉴营街积妓墙下，化作风尘匪妓，名为柳翠，直等三十年之后，填满宿债，那时着第十六尊罗汉月明尊者，直至人间点化柳翠，返本还元，同登佛会。

这些都是明显的说书人面向观众的说书习语。另外，元杂剧中描绘景色时常以"但见""只见""则见"等词语引入，也正是宋元话本中典型的提起描绘性文字的标识词。

以上这些对元杂剧中说书人声音的简略梳理，即可说明话本小说等说唱文学对元杂剧叙述体制的影响，或者说，是元杂剧在接受说唱文学叙述手段或体制的过程中所遗留下的非戏剧因素。

基于此认识，笔者认为，欲求得对主唱人物的叙述功能和选择原则的解释，主唱人物与说书人的诸多关系是一个很好的切入点。

首先，说书人和主唱人物共同表现出代言和叙述混合的演述特征。文学有三大体式：抒情诗、戏剧和叙事文学。若以叙述者作为区分此三大文类的重要依据，则"抒情诗有叙述人但没有故事，戏剧有场面和故事而无叙述人，只有叙事文学既有故事又有叙述人"[①]。可见，戏剧只应以人物的动作而非叙述人话语展示故事。然而元杂剧既有故事又有叙述人，所以更接近"叙事文学"，本质上仍然是故事叙述模式。读析杂剧文本，在故事和观众之间始终存在着一个讲故事的人，这个人不会出现，但他无时不在，隐蔽而灵活地附身于剧中人物。在话本小说中，说书人与受众面对面，有时他也会模拟故事中人物的声口进行一番表演，可称"说法中现身"；在元杂剧中，人物也与受众面对面，而且在很多场合，不是以动作向观众展示故事，而是成为故事的叙述者，营造出一个虚拟的说书情境，进

---

① ［美］浦安迪：《中国叙事学》，北京大学出版社1996年版，第18页。

行"现身中说法"①。杂剧中人物既在演中述,又在述中演,其"现身中说法"就具有了叙述的特性,而说书人的"说法中现身"即体现出代言的特性。如《董西厢》中说书人对"长亭送别"的叙述:

> 后数日,生行,夫人暨莺送于道,法聪与焉。经于蒲西十里小亭置酒。悲欢离合一尊酒,南北东西十里程。
> 〔大石调玉翼蝉〕蟾宫客,赴帝阙,相送临郊野。恰俺与莺莺,鸳怖暂相守,被功名使人离缺。好缘业,空恒怏,频嗟叹,不忍轻离别。……(《董西厢》卷六)

开头说书人是以第三人称叙述,接着没有任何说明,说书人就转而以第一人称模拟张生的口吻进行内心的独白。若不考虑元杂剧与诸宫调的差别,直是元杂剧中人物的登场敷演。由此可见说书人叙述中所蕴含的代言质素,直待催发。而元杂剧主唱人物的叙述中,也存在着第一人称与第三人称叙述交错变换的现象,特殊者如《哭存孝》第二折邓夫人以李存孝口吻所唱的〔梁州〕一曲(详见前文)则与《董西厢》的说书人叙述何其相似。当然,与说书人叙述不同的是,杂剧把说书人承担的叙述任务分解到各个人物身上,于是,说书人的全知视角就被分化为剧中各个人物的限知视角,并以其视角进行代言性的叙述,当然,主唱人物承担了其中的大部。在这点上,反映出元杂剧在话本小说等叙述手法与叙述思维的影响下,对其叙述体制不自觉的潜相模仿。

再者,说书人和主唱人物进行演述时有着相同的话语形态——说唱结合。说唱结合是一种表演体式,反映到文本上,"说"的部分为散文形式,"唱"的部分为韵文形式。考察这一表达方式可分为两个方面:一是韵散组合的整体格局,二是组合这一格局的各个部分(散文和韵文)的功能。诸宫调中说唱结合的话语形态是个明显的事实,其实宋元话本的演述也

---

① 安葵:《"说法中现身"与"现身中说法"》,《中华戏曲》第十三辑,山西古籍出版社1993年版,第297页。

表现出成熟的韵散（说唱）结合形态。南宋罗烨所编《醉翁谈录·小说开辟》描述当时的"说话"伎艺："藏蕴满怀风与月，吐谈万卷曲和诗。""曲"是供唱的，参以《刎颈鸳鸯会》（见《清平山堂话本》）及《水浒传》第五十一回所叙"白秀英说书"一段："（白秀英）说了开话又唱，唱了又说，合棚介众人喝彩不绝。"可知，"说话"是一门说与唱并重的伎艺，"说话人演出时，是讲说、歌唱和朗诵并用的"①。再具体看主唱人物的曲词，它有较重的抒情性，但不能否认它也有明显的叙述性。若考察戏曲曲辞的功能构成和渊源，诗词的抒情传统当然是重要的一脉，但也要看到敦煌变文及话本、宋元话本、诸宫调等说唱文学对其韵文叙述功能的锻炼和促进。敦煌变文的韵文就表现出成熟的叙述功能，它已能加入到故事情节的叙述进程，成为情节发展的一部分，起着塑造人物、推动情节发展的作用，如《李陵变文》中就以韵文叙述了李陵请降、单于纳降、李陵封王的情节。韵文的叙述功能在诸宫调、鼓子词等说唱文学中更是得到发扬，如《商调蝶恋花鼓子词》（北宋赵令畤）、《董西厢》、《刘知远诸宫调》等。

还有，说书人和主唱人物都使用假定性动作与解释性语言相结合的演述方式。毋庸置疑，元杂剧是一种表演艺术。其实说书人在表述过程中，也带有极强的表演性质，与元杂剧同样是既诉诸听觉，又诉诸视觉的艺术。把说书人的演述活动只视为单纯的听觉艺术，是不符合实际的。宋元话本中显示的说书人用语，从来谓"看官听说"，而无"听官"之说，如《刎颈鸳鸯会》中即有"在座看官，要备细，请看叙大略，漫听秋山一本《刎颈鸳鸯会》"。《水浒传》第五十一回白秀英说书亦称"看官"。"看"者，即谓观其表演。所以，宋代的"说话"有如此要求："举断模按，师表规模，靠敷演令看官清耳。"②话本说唱中有表演，于此可见。

与主唱人物登场表演不同，说书人"讲论只凭三寸舌"，但他以一人之口，模拟多人之声，以一己之身，承担众人之形，这其中包括人物的声口和动作。故而在具体的说书过程中，说书人为求得故事或人物的清楚传达、

---

① 程千帆、吴新雷：《两宋文学史》，上海古籍出版社1991年版，第576页。
② 罗烨：《醉翁谈录·小说开辟》，古典文学出版社1957年版。

某些动作和场面的直观表现，可以现身说法，用身体做出一些模拟性的动作（带有假定性、程式性）配合言辞讲述，"举断模按，师表规模"，以渲染说书场上的气氛，调动"看官"的各种感觉以使其沉浸于说书的故事情节中，其动作对讲说起到了极为有益的辅助作用。故而《醉翁谈录》中话及说书技巧时言："讲论处不滞搭、不絮烦；敷演处有规模、有收拾。"说书有"讲论处"，有"敷演处"，这也是说书的特点之一。

　　同样，主唱人物也是以动作与语言相结合的方式演述，登场敷演时既有一些虚拟性的动作，又有对这些动作予以解释的话语，如：

　　　　（正末云）我和你往后面走一遭去。我拽上这门，来到后面。
（《朱砂担》第二折）
　　　　〔鹊踏枝〕俺如今行过这海棠轩，荡散了这绿杨烟，细细的拂
开了这满径苍苔，和那遍地榆钱。俺这里行一步堪图一个扇面，
有丹青巧笔难传。（《抱妆盒》第一折）

　　虽然我们已无法看到元杂剧的演出情况，但由这文字的叙述可以推想，主唱人物应是一边行走着，一边用语言对其动作做出解释、说明。因为古典戏曲虚拟性太强（包括动作和舞台布置），只能靠演员的话语来精确说明、交代，否则观众肯定对空旷无物的舞台上演员所做的动作摸不着头脑。这种以解释性语言配合假定性动作的演述方式是主唱人物叙述的一个特色。现代戏剧理论认为戏剧以动作叙事，但主唱人物却有很多动作要借助于语言的解释才能存在，才能为观众所理解。这正是元杂剧脱胎于讲唱文学的痕迹。只是主唱人物是以语言叙述来配合假定性动作，而说书人则是以假定性动作来配合语言叙述，"敷演处"是对"讲论处"某些细节所做的渲染、发挥。故而可以说，说书人和主唱人物都有以解释性语言和假定性动作相结合的方式来表述故事的特征，只是二者的侧重点不同。

　　以上这些说书人和主唱人物所共同享有的表述方式及主唱人物演述

方式中所滞留的如许说书人的叙述质素,正是主唱人物叙述方式脱胎于早于其成熟的说书人叙述的遗迹和明证,昭示着说书人叙述方式与思维习惯对主唱人的叙述功能的深刻影响与渗透。由此,我们就会理解,为什么元杂剧中有许多以探子作为主唱人物报告式的叙述段落;许多并不是主要人物而被用作主唱人物以叙述故事的功能性人物;等等。这些都说明元杂剧与唐宋以来说唱文学的叙述形式有着千丝万缕的联系。

于是,我们便可对元杂剧主唱人物的选择、变换做如下解释。在宋元话本、诸宫调等说唱文学中,都有一个说书人以全知视角对整个故事予以无所不知、无所不能的叙述,这种视角可称之为"上帝的眼睛",宇宙之大,芥尘之微,上下几千年,纵横几万里,它都能驰骋无碍。这种视角给说唱文学带来了自由的时空表达。而元杂剧故事的叙述者只能化为剧中人物以限知视角叙述。当杂剧面临把全知叙述转化为多个人物的视角来限知叙述,又要把故事不受时空限制地叙述出来时,就须选用某个适当的人物视角来叙述。典型的,《风雨像生货郎旦》第四折以张三姑的视角用〔货郎儿〕八支说唱结合地叙述了当铺老板李彦和因娶娼妓张玉娥而家败人亡的故事,实质上就是地地道道的叙述体,是从说书人叙述方式衍化而来的,只不过叙述者由说书人变换为剧中的人物罢了。如此,则剧中人物的叙述实际上是作者(或故事叙述者)叙述的变体,所要实现的是作者对故事的叙述理念。剧中人物虽然是走到前台的叙述者,但作者才是最终的叙述控制者。而元杂剧"一人主唱"的基本叙述架构要求一折或一本只能选取一个适当的主唱人物来完成剧作的叙述目的和叙述理念。

但是,主唱人物所具有的双重身份要求他既要遵守作为剧中角色的限知视角,不能擅自离开虚构故事域,又要完成故事叙述者的任务,以实现作者的理念。当主唱人物以代言性的叙述不能完全实现作者的理念,即不能把一个情节、一种情感、一种观念叙述表达出来时,作者就会让他溢出其限知视角说出不合其身份的话语,或更换主唱人物,以完成其叙述理念。所以,元杂剧的叙述控制者(作者)仍然是高于剧中所有人物的一个全知全能的叙述者,他控制着杂剧故事的叙述视点及表达方式,他会选定一个能完成他叙述理念的人物来担当主唱人物,而当他的叙述理念与主唱人物的叙述能力产生矛盾时,他会以自己的权力进行调整,寻找一个可以从第三者角度叙述的主唱人物来作假性限知视角叙述,或者不用固定的主唱人物,而以变换主唱人物来完成这一目的和任务,这就出现了主唱人物变换的现象,及主唱人物为非故事主要人物的现象。这一叙述操作手段与说书人叙述策略的密切关联于此可见一斑。

五　小结

这些元杂剧演述体制中所留存的诸多说话人讲唱的叙述格式,表现出元杂剧在表述故事方面与宋元说话伎艺叙述体制间的密切关联,昭示着说话人叙事的方式与思维对元杂剧演述体制的深刻影响与潜相渗透。王国维即认为宋滑稽戏能演进成叙事的杂剧,当时的小说家、讲史家"说话"资之发达者实不少,"后世戏剧之题目,多取诸此,其结构亦多依仿为之"①。通过元杂剧演述体制与说话人叙述方式间的密切关系,我们就会理解,为何元杂剧有许多以探子作为主唱人的报告式唱述段落,为何有许多并不是剧中主人公而被用作主唱人以叙述故事的功能性人物。当然,元杂剧演述体制中所存在的戏剧体和说书体的矛盾,以及脚色人物身上扭合的代言和叙述的矛盾,也正反映出元杂剧演述体制与说话人讲唱叙述思维间曾有过的斗争、妥协过程,反映出元杂剧在面对说话人叙述经验、故事讲唱习惯所形成的巨大思维惯性下的无奈与权变。

---

①　王国维:《宋元戏曲史》,上海古籍出版社1998年版,第28—29页。

第八章　明清传奇戏曲演述体制中的故事讲唱质素

中国古代戏曲在其发展过程中，一直受到书面的话本小说、口头的说话伎艺的影响。戏曲在故事题材的借用、演述体制的引入、艺术手法的模仿、叙事技巧的借鉴等方面，都能看到话本小说的影响之功。金元杂剧中故事讲唱质素的遗存状况毋庸多言，即使戏曲发展到明清传奇阶段，其演述体制中仍然驻留有许多深刻的话本小说记忆，这是话本小说所代表的故事讲唱成就在叙述体制方面对明清传奇戏曲的影响、渗透痕迹，可以由此看出传奇戏曲在借鉴、学习话本小说叙事经验、叙事成就的过程中所留下的深刻记忆。

一　开场程式中的说书人话语格式

话本小说临场说唱，都有开话，通常是以一首诗（或词）为开头。《水浒传》第五十一回所叙"白秀英说书"一段就记录了一次说书场景[①]：

[①]　关于白秀英说唱为诸宫调一说，单纯从此段文字来推断理由似显单薄。而白秀英明确指出她所说唱的是话本小说。徐朔方师即指出："我想小说对白秀英说书的描写已经够清楚了，然而囿于旧说，冯沅君《古剧说汇》（北京作家出版社）第 164 页《水浒中白秀英所演奏的是诸宫调》，叶德均《戏曲小说丛考》（中华书局）第 649 页都毫无根据地认为白秀英唱演的是诸宫调。"（《小说戏曲在明代文学史中的地位》，见《文学遗产》1999 第 1 期，第 74 页）

（白秀英）拍下一声界方，念了四句七言诗，便说道："今日秀英招牌上明写着这场话本小说，是一段风流酝籍的格范，唤做'豫章城双渐赶苏卿'。"说了开话又唱，唱了又说，合棚价众人喝采不绝。①

此段文字已明白指出话本表演的开场是"念了四句七言诗"，然后说明所要讲说的内容和题目是"豫章城双渐赶苏卿"。另外，《警世通言》卷三九《福禄寿三星度世》也叙述了一次说书场景：

本道起身，去瓦左瓦右都看过，无甚事。走出瓦子来，大街上但见一伙人围着。本道走来人丛外打一看时，只见一个先生，把着一个药瓢在手，开科道："五里亭亭一小峰，自知南北与西东。世间多少迷途客，不指还归大道中。看官听说：贫道乃是皖公山修行人。……"

这段叙述指出说书人以诗词开篇的套路称为"开科"。在现存的一些宋元话本中，大多有这种"开科"诗词，《清平山堂话本》各篇只有《羹关姚卞吊诸葛》开首无诗词。胡士莹认为，这些诗词的作用或"点明主题，概括全篇大意"，或"造成意境，烘托特定的情绪"，或"抒发感叹，从正面或反面陪衬故事内容"②。程千帆、吴新雷《两宋文学史》认为：话本小说"以诗起的作用在于说出全篇大意，或概述全部故事的主题思想"③。如《错斩崔宁》的篇首诗：

聪明伶俐自天生，懵懂痴呆未必真。嫉妒每因眉睫浅，戈矛时起笑谈深。九曲黄河心较险，十重铁甲面堪憎。时因酒色忘

①　施耐庵、罗贯中：《水浒传》，中华书局1998年版，第678页。
②　胡士莹：《话本小说概论》，中华书局1980年版，第135页。
③　程千帆、吴新雷：《两宋文学史》，上海古籍出版社1991年版，第573页。

家国,几见诗书误好人。①

再如元代《新编五代史平话》的开场诗是:

> 龙争虎战几春秋,五代梁唐晋汉周;兴废风灯明灭里,易君变国若传邮。②

《错斩崔宁》的篇首诗是对世事的清醒认识,语带劝诫。而《新编五代史平话》的开场诗虽短短四句,却道出了五代数十年间争战变乱的大端。

但在话本小说的临场演述程序上,说书人表演时,往往会由某一人上场主持开场仪式,如《水浒传》第五十一回的白秀英说书,有人先上台来开呵以招呼"看官",引入正式说书:

> 只见一个老儿裹着碌脑儿头巾,穿着一领茶褐罗衫,系一条皂绦,拿把扇子,上来开呵道:"老汉是东京人氏白玉乔的便是。如今年迈,只凭女儿秀英歌舞吹弹,普天下伏侍看官。"锣声响处,那白秀英早上戏台,参拜四方。③

关于"开呵",徐渭《南词叙录》指出:"宋人凡勾栏未出,一老者先出,夸说大意,以求赏,谓之开呵。"④引证《水浒传》五十一回中白秀英说书,是先由其父白玉乔"持扇上开呵",介绍了一番之后,白秀英才开始说唱。这里提到的白玉乔,其身份、作用,即相当于徐渭所说的那个"夸说大意"的"老者",是引导脚色上场的人物。

可见,话本小说临场演述的开场程序,一是有人主持介绍以引导说书

---

① 无名氏:《京本通俗小说》,江苏古籍出版社 1991 年版,第 64 页。
② 丁锡根点校:《宋元平话集》,上海古籍出版社 1990 年版,第 23 页。
③ 施耐庵、罗贯中:《水浒传》,中华书局 1998 年版,第 678 页。
④ 徐渭:《南词叙录》,《中国古典戏曲论著集成(三)》,中国戏剧出版社 1959 年版,第 246 页。

人上场,二是说书人以诗词开篇,并介绍自己所要讲说的故事大义。这就是话本说唱的"开呵"程式。这种程式也是源发于"说话"伎艺,后被引入戏曲演出中,徐渭在解释"开呵"后指出:"今戏文首一出,谓之'开场',亦遗意也。"胡忌即指出:"'开'意源出于开讲、开话是很对的,应用于戏剧中首见'元刊本杂剧三十种'。"①元杂剧人物首次出场,一般都有"开"词,孙楷第先生于《也是园古今杂剧考》"附录"之《元曲新考》中解释云:"乃知开者脚色初上场时开端之语也。"②元刊杂剧中用"开"字最多,惜没有对"开"的文辞做出详细记录。息机子《元人杂剧选》中的《陈抟高卧》有"冲末赵大上开",下文为七绝一首:"志量恢宏纳百川,遨游四海结英贤。夜来剑气冲牛斗,犹是男儿未遇年。"元杂剧中人物上场开首大多有诗词念诵。这些"开"词,大抵都是念白而不是唱词,其功能也与话本小说的开场诗词同。明清传奇中的"副末开场"情况与此同。

宋元南戏、明清传奇的第一出皆有"副末开场"程式,也称"开场始末"或"开宗",明清传奇普遍标为"家门"。这一程式要求南戏、传奇在正戏展开之前,由副末上场,用诗词形式唱出写作缘起或剧情概要。一般有两支曲词,一为交代创作缘起,一为报告剧情概要;有时则只用一支曲子直接报告剧情概要。在明清传奇戏的文本创作中,这种作为演述程式的"副末开场"已成为固定的结构体制。如《六十种曲》本《白兔记》第一出"开宗"的〔满庭芳〕曲。

> 五代残唐,汉刘知远,生时紫雾红光。李家庄上,招赘做东床。二舅不容完聚,生巧计拆散鸳行。三娘受苦,产下咬脐郎。知远投军,卒发迹到边疆,得遇绣英岳氏,愿配与鸾凤。一十六岁,咬脐生长,因出猎识认亲娘。知远加官进职,九州安抚,衣锦还乡。③

---

① 胡忌:《宋金杂剧考》,古典文学出版社 1957 年版,第 102 页。
② 孙楷第:《也是园古今杂剧考》,上杂出版社 1953 年版,第 379 页。
③ 毛晋编:《六十种曲》第十一册,中华书局 1996 年版,第 1 页。

而汤显祖《牡丹亭》第一出"标目"则有两支曲词。

〔蝶恋花〕忙处抛人闲处住。百计思量，没个为欢处。白日消磨肠断句，世间只有情难诉。玉茗堂前朝复暮，红烛迎人，俊得江山助。但是相思莫相负，牡丹亭上三生路。

〔汉宫春〕杜宝黄堂，生丽娘小姐，爱踏春阳。感梦书生折柳，竟为情伤。写真留记，葬梅花道院凄凉。三年上，有梦梅柳子，于此赴高唐。果尔回生定配。赴临安取试，寇起淮扬。正把杜公围困，小姐惊惶。教柳郎行探，反遭疑激恼平章。风流况，施行正苦，报中状元郎。①

其中，第一支曲词点明本剧的创作缘起，第二支曲词概述了杜丽娘因情感梦而与柳梦梅生生死死的爱情故事。这种由副末作为叙述人，以两支曲词概述创作缘起和故事梗概的程式，已成为明清传奇戏曲的基本演述结构。虽然这种程式在传奇文本中的标称各有变化，如《牡丹亭》称之为"标目"，《长生殿》称之为"传概"，《桃花扇》称之为"先声"，但在精神内涵上皆是"副末开场"的思维。

那么，传奇戏曲中这种"副末开场"与"开呵"有何关系，又是如何表演的呢？《金瓶梅词话》第三十一回叙及一段"笑乐的院本"演出言：

当先是外扮节级上开："法正天心顺，官清民自安。妻贤夫祸少，子孝父心宽。小人不是别人，乃是上厅节级是也。……我如今叫副末抓寻着，请得他来，见他一见，有何不可。副末的在哪里？"（末云）堂上一呼，阶下百诺。禀复节级，有何使令？……②

---

① 汤显祖：《牡丹亭》，人民文学出版社1993年版，第1页。

② 兰陵笑笑生：《金瓶梅词话》，人民文学出版社2000年版，第401—402页。

这段笑乐院本中的节级,其身份、作用,即如白秀英说书中的白玉乔,是引导角色上场的人物,他以念诗说白主持演出。考诸戏曲文本,演员上场时,往往是有"上开"的提示语。这"开",就是"开呵",或写作"开和""开喝"。元刊杂剧《紫云亭》第三折〔尧民歌〕有"你这般浪子何须自开呵"之句,明朱有燉《八仙庆寿》有"替那鼓弄每开呵些也好",《雍熙乐府》卷十八〔寨儿令〕曲有"开硬呵,发干科"之言,可见,"开呵"是一种有特定含义的演出术语,也是戏曲演出程序中的一种仪式,明清传奇中的"副末开场"程式就是这种仪式的延续和变体。在传奇戏曲的开篇时,也会安排这类文字,并且也设置了脚色来负责此职,如明成化本《刘知远还乡白兔记》第一出副末上场开科,念唱一通诗词后,说:

> 今日戾家子弟搬演一本传奇,不插科,不打诨,不为之传奇。倘或中间字迹差讹,马音等字,香谈别字,其腔列调中间,间有同名同字,万望众位、做一床锦被遮盖。天色非早,而即晚了也。不须多道撒说,借问后行子弟,戏文搬下不曾?……诗曰:剪烛生光彩,开筵列绮罗。来是刘知远,哑静看如何。(下)①

这一脚色是以第三者的身份处于戏曲演出的现场,他招呼观众,夸说技艺以吸引观众,引入故事的正式演述,这些功能与说书人的开场入话是相同的。而"借问后行子弟,戏文搬下不曾"这句话则很好地引导脚色上场正式演出。从这一脚色的功能来看,他的设置与今天舞台上的节目主持人近似。主持人虽活动于舞台上,但并非正式节目演出的脚色,而是游离于剧情之外,以第三者的身份沟通演员与观众,向观众简介演员或节目内容,引导观众注意剧情的关键点和发展线。明清传奇中专司开场的副末脚色的设置,就是话本小说演述程式中那个专司宣赞引导的"开呵"人。

孔尚任《桃花扇》也是把"副末开场"置于这种"开呵"程式中,只不过

---

① 　佚名:《成化新编刘知远还乡白兔记》,江苏广陵古籍刻印社 1997 年影印本。

它的"开呵"使用了戏曲的"挑白"方式,然后把"副末开场"放在虚设的挑白形式问答中,这不但蕴含了话本小说设问自答的格式,还承袭了话本小说由入话引入正话的设问自答的程式功能。该剧"试一出"例设副末开场,有副末扮一个老赞礼与后台不出场的"内"进行了一段对话:

> (内)今日冠裳雅会,就要演这本传奇。你老既系旧人,又且听过新曲,何不把传奇始末,预先铺叙一番,大家洗耳?(答)有张道士的〔满庭芳〕词,歌来请教罢:
> 〔满庭芳〕公子侯生,秣陵侨寓,恰偕南国佳人;谗言暗害,鸾凤一宵分。又值天翻地覆,据江淮藩镇纷纭。立昏主,征歌选舞,党祸起奸臣。良缘难再续,楼头激烈,狱底沉沦。却赖苏翁柳老,解救殷勤。半夜君逃相走,望烟波谁吊忠魂?桃花扇、斋坛揉碎,我与指迷津。①

传奇戏曲的副末开场体例一般是由副末一人独任,完成交代创作缘起和剧情梗概的任务。《桃花扇》对此体例略作创新,虚拟了副末与"内"的对话来完成这个任务。实际上,"内"所挑起的问题,是为了引出副末的叙述交代,以提醒观众的注意。这种挑白形式的问答只是表面的对话,但并非真正的戏剧性对话,而是叙述话语的变体,在语调和格式上与戏曲取用的说书人设问自答形式精神相通,尤其是话本小说由入话引入正话的设问自答形式,比如《喻世明言》中《新桥市韩五卖春情》一篇以"说话的,你说那戒色欲则甚"一问提起对正话所叙故事的简介,提醒读者正话讲述的是一个青年子弟因不戒色欲而招致祸端的故事②。而《桃花扇》"试一出"的那段挑白形式的问答,除了具有提醒观众注意观看的作用之外,也引入了〔满庭芳〕词"把传奇始末,预先铺叙一番",其中仍然寓有浓厚的说书情境,也遗留了说书话语的语调、功用和技巧,完全可以视为话本小说

---

① 孔尚任:《桃花扇》,人民文学出版社 1993 年版,第 2 页。
② 冯梦龙:《喻世明言》,上海古籍出版社 1998 年版,第 50 页。

设问自答格式的变体。

绾结上述,可以说,明清传奇戏曲演出的开场程式及开场人物的设置与话本小说演述开场程序在功能和内容上的类同,显然是受话本小说的影响所致,是对话本小说叙述程式、习惯袭而未化的遗迹。

二　演述体制中的说书情境

说书人和听众的关系构成了话本故事讲述的情境,这是话本小说叙述模式的基本点。说书人以虚拟故事情境之外的身份控制着故事的情节叙述,并以绝对权力介入虚构故事:他知道人物最隐秘的心灵,也了解故事发展的结局;他能引导"看官"进入故事,也能中断故事叙述予以解释和说明,还能不时地表明主观的价值判断和道德认识。说书人的讲说形态所体现的这种"说书情境"也反映在与之关系密切的话本小说、章回小说的叙述体制中。在这一说书情境中,说书人直接面向"看官"讲说,并时时与观众交流,"看官听说""说话的"等套语时时地引领着"看官"的思路,召唤着"看官"的注意,由此形成了许多格式套语——设问句、提示语,提供背景材料,预述人物命运和故事结局,等等。

比如,为了强调某一人物出场或某一场面呈现,说话人就会出面提出设问,以"只见""但见""有诗为证"等套语引出一串诗词韵语进行描绘。或是为了密切与"看官"的交流,强化说书情境,说话人会从"看官"的角度设置问题,如《水浒传》第十六回叙及晁盖等七人劫走生辰纲后向读者提问:"我且问你,这七人端的是谁?"第二十三回叙及宋江在柴进处结识武松后向读者提问:"说话的,柴进因何不喜武松?"第三十八回叙及宋江发配江州牢城营结识戴宗时向读者发问:"说话的,那人是谁?"这些格式套语皆有效地召唤"看官"加入说书情境中,引领"看官"对关键情节的注意。总之,说书情境所具有的特征,一是说话人要直接与"看官"交流,二是说话人要对叙事有绝对的控制权。

相比较而言,戏曲的演述要依靠人物自己的话语和行动,而人物又不能说出或做出超越其身份的话和事。这是戏曲作为代言体所要守住的基本标准,也是其发展、努力的方向。但在这个发展方向上,戏曲仍未褪掉说书情境:元杂剧的演述体制中就有明显的说书情境,由此遗留了许多说话人的讲唱思维和格式;虽然明清传奇在这方面较元杂剧有所改进,但其演述体制中仍然留有深刻的说话记忆,未能完全褪去说书情境的痕迹。

戏曲给观众呈现一个虚构故事域,脚色所装扮的剧中人物就应活动于其中,彼此交流,相互作用,推进故事演述,然而脚色并未严守此限,仍要不时地跳出这个虚构故事域,向观众诉说,与观众交流。比如传奇戏曲第一出例设家门,副末登场,向观众介绍剧情梗概和创作意图;剧中人物出场时例有自报家门,面向观众介绍自己的身份、家世、志向、心情、处境等;脚色以剧中人物面貌在对话情境中描述许多在舞台上不易直接表现的复杂场面和背景情节。在这种情况下,这些脚色虽是以剧中人物的形象出现,但其话语却并未守住剧中人物的限知视角,实际上已跳出了虚构故事域,成为故事的叙述人,明显带有说书情境中的说书人功能,只是他的形貌与说话伎艺的说书人不同而已,可以说是以脚色面貌出现的说书人。由此,他们的话语便有许多说书情境中的口吻、格式及其变体。

首先是脚色话语中说书情境的表述语调,明显者是直面观众,设问自答,如汤显祖《牡丹亭》第二十出"闹殇"中丫鬟春香陈述杜丽娘病逝一节:

> (贴哭上)我的小姐,我的小姐,"天有不测之风云,人有无常之祸福",我小姐一病伤春死了。痛杀了我家老爷、我家奶奶。列位看官们,怎了也?! 待我哭他一会。

剧中叙杜丽娘于病榻淹留之际向父母倾诉,一恸而逝,此时剧中有人物"并下"的提示,然后有"贴哭上"的说明。这段春香哭诉的文字明显不是面对剧中人物,而是面向观众,语中"列位看官们,怎了也"显示了这段话语的说书情境和腔调。这时的脚色"贴"虽然是以剧中人物春香的面貌出现,但却具有了叙述人的身份和功能,当然,她是向观众叙述自己的动作和心情,而且是以说书人惯用的设问自答形式进行了提醒、强调,先是向"看官们"提问"怎了也",然后交代"待我哭他一会"。

这种说书人的表述语调在《琵琶记》第二十出末扮张大公的上场白中亦有表现:

> (末上白)福无双至犹难信,祸不单行却是真。自家为甚说这两句? 为邻家蔡伯喈妻房,名唤做赵氏五娘子,嫁得伯喈秀才,方才两月,丈夫便出动赴选。自去之后,连年饥荒,家里只有公婆两口,年纪八十之上,甘旨之奉,亏杀这赵五娘子,把些衣服首饰之类尽皆典卖,籴些粮米做饭与公婆吃,他却背地里把些细米皮糠逼罗充饥。唧唧,这般荒年饥岁,少什么有三五个孩儿的人家,供膳不得爹娘。这个小娘子,真个今人中少有,古人中难得。那公婆不知道,颠倒把他埋冤;今来听得他公婆知道,却又痛心都害了病。俺如今去他家里探取消息则个。

很明显,张大公这段宾白的叙述不是面向剧中人物,而是面向观众,静止地讲述了一遍饥荒下五娘吃糠、公婆生病的情节。这在情节叙述上属于重复,是对剧中业已发生事件的复述,只是前面是由脚色口说身行地表演出来,而此处则由剧中人物张大公之口道出,并且采用了设问自答的说书语调,以"自家为甚说这两句"领起了这些静止性叙述话语。这与话本小说所体现的说书人设问自答语调完全相同。

话本小说的叙述体制与说话伎艺密切相关,早期话本小说有的是"小说""讲史"家说话的简要记录本,叙述中有说话人的讲说语调、话语格式和演述程式,这在《清平山堂话本》中有清晰的表现;后来文人利用这些体制编写的话本小说虽已消减了场上讲唱目的,甚至完全与场上讲唱割裂,但仍然遗存了这些说书情境和话语格式,设问自答语调和格式即是其中之一。

　　说话的,你说那戒色欲则甚?自家今日说一个青年子弟,只因不把色欲警戒,去恋着一个妇人,险些儿坏了堂堂六尺之躯,丢了泼天的家计,惊动新桥市上,变成一本风流说话。(《喻世明言》卷三《新桥市韩五卖春情》)

　　说话的,你因甚的,头回说这"八难龙笛词"?自家今日不说别的,说两个客人将一对龙笛蕲材,来东峰东岱岳烧献。只因烧这蕲材,却教郑州奉宁军一个上厅行首,有分做两国夫人,嫁一个好汉,后来为当朝四镇令公,名标青史。(《喻世明言》卷十五《史弘肇龙虎君臣会》)

　　说话的,为何道这两桩故事?只因亦有一人,曾还遗金,后来虽不能如二公这等大富大贵,却也免了一个大难,享个大大家事。(《醒世恒言》卷十八《施润泽滩阙遇友》)

　　这种设问自答形式在叙述功能上起到了提醒读者注意的作用,一为引入下文的叙述,二为透露下文的大意。比如《新桥市韩五卖春情》一篇先简述了春秋陈灵公、六朝陈后主以及隋炀帝、唐明皇贪恋女色以致亡国的史实,然后承以"说话的,你说那戒色欲则甚"一语提醒读者,下面所要讲述的也是一个因不戒色欲而招惹祸端的故事。参照话本小说所表现的这种说书人设问自答形式,上文所述《琵琶记》第二十出末扮张大公的那段上场白的语调和格式与此承袭之迹十分明显,末脚先以"福无双至犹难信,祸不单行却是真"开场,接以"自家为甚说这两句"引入对赵五娘窘迫生活的交代,同时也是对"祸不单行却是真"一语的承接。

　　此外,戏曲演述体制中还有这种设问自答格式的变体,同样蕴含了说书情境和叙述功用。比如元杂剧常以一个人物的提问和探子的回答来描述复杂的战争场面,而关汉卿《单刀会》第一折则以鲁肃的提问和乔国老的回答交代了关羽的非凡英雄业绩。这些挑白形式的问答只是表面上的对话,实际上是说书人叙述话语的变体,其格式和功用与说书人的设问自答形式一脉相承,是在话本小说设问自答式叙述话语基础上虚拟的二人问答。而在孔尚任《桃花扇》"试一出"中虚设的挑白形式问答中,不但蕴含了话本小说设问自答的格式,还承袭了话本小说由入话引入正话的设问自答的程式功能。"试一出"例设副末开场,有副末扮一个老赞礼与后台不出场的"内"进行了一段对话:

> (内)今日冠裳雅会,就要演这本传奇。你老既系旧人,又且听过新曲,何不把传奇始末,预先铺叙一番,大家洗耳?(答)有张道士的〔满庭芳〕词,歌来请教罢:〔满庭芳〕……

　　传奇戏曲的副末开场体例一般是由副末一人独任,完成交代创作缘起和剧情梗概的任务。《桃花扇》对此体例略作创新,虚拟了副末与"内"的对话来完成这个任务。实际上,"内"所挑起的问题,是为了引出副末的叙述交代,以提醒观众的注意。这种挑白形式的问答只是表面的对话,并非真正的戏剧性对话,而是叙述话语的变体,在语调和格式上与戏曲取用的说书人设问自答形式精神相通,尤其是话本小说由入话引入正话的设问自答形式。上文所述《新桥市韩五卖春情》一篇以"说话的,你说那戒色欲则甚"一问提起对正话所叙故事的简介,提醒读者正话讲述的是一个青年子弟因不戒色欲而招致祸端的故事。《桃花扇》"试一出"的那段挑白形式的问答,除了具有提醒观众注意观看的作用之外,也引入了〔满庭芳〕词"把传奇始末,预先铺叙一番",其中仍然寓有浓厚的说书情境,也遗留了说书话语的语调、功用和技巧,完全可以视为话本小说设问自答格式的变体。

　　除了设问自答格式,明清传奇戏曲中还在场景描述、人物描述、讲述转换、自报家门等话语格式中体现了明显的说书情境和说书人语调。

　　《琵琶记》就遗存有许多说书人话语的语调和格式,表现出浓厚的说书情境。第三出末扮牛太师府里一个院子,出场即有一大段静止性描述话语:

> 小人不是别人，却是牛太师府里一个院子。若论我那太师富贵，真个：只有天在上，更无山与齐；举头红日近，回首白云低。怎见得那富贵？只见势压中朝，富倾上苑，……这般福地洞天，可知有仙姝玉女。休言富贵牛太师，且说贤德小娘子。看他仪容娇媚，一个没包弹的俊脸，似一片美玉无瑕；体态幽娴，半点难勾引的芳心，似几寸清冰彻底。……

这段人物口中的叙述话语，有"只见"领起的对牛太师府富贵豪奢的描述，有"看他"领起的对牛小姐的相貌德行的介绍。其中"怎见得那富贵""休言富贵牛太师，且说贤德小娘子"明显有说书人的讲说语调：前者是常见的设问自答格式，这在《琵琶记》他处亦见，如第十五出末扮小黄门对宫廷早朝景象的描述、第三十三出末扮五戒对弥陀寺及寺中道场的描述、第三十五出末扮堂候官对蔡伯喈书房的描述；后者则采用了讲述转换的套语，表示讲述内容由此及彼的承接，与这种情况类似的还有如《琵琶记》第十五出末扮小黄门描述宫廷早朝景象完毕后言"道犹未了，一个奏事官人早来"，由此引入了生扮蔡伯喈登场，第三十三出末扮五戒描述弥陀寺及寺中道场完毕后言"道犹未了，远远望见两个舍人来到"，由此引入净丑登场，而《牡丹亭》第四出"腐叹"末扮陈最良登场自报家门一节更为明显。

> 自家南安府儒学生员陈最良，表字伯粹。祖父行医。小子自幼习儒。……这都不在话下。昨日听见本府杜太守，有个小姐，要请先生。好些奔竞的钻去。……他们都不知官衙可是好踏的！况且女学生一发难教，轻不得，重不得。倘然间礼面有些不臻，啼不得，笑不得。似我老人家罢了。正是有书遮老眼，不妨无药散闲愁。

陈最良上场自报家门前段介绍了自己的行迹以及诨名"陈绝粮""百

杂碎"的来历,然后以"这都不在话下"转换到对聘任官宦府第家庭教师好处与坏处的看法,此语亦表明这是面对观众的讲述。

对于人物的描述、介绍,除了如《琵琶记》那样以"看他"领起的第三人称描述牛小姐相貌德行,更多的是如《牡丹亭》中陈最良那样的自我介绍。戏曲中人物登场的自报家门,要对自己的姓名乡籍、社会关系、性情思想等予以介绍。这种介绍不是面对剧中人物,而是面对观众。虽然是第一人称自述,其实是第三人称他述的变体。陈最良自述"观场"(参加科举考试)十五次未中,已近六旬,又被"停廪",又两年失馆,生计无着,科场蹭蹬,陈最良如此一番自述即把自己的人生不幸交代出来。而有些人物自报家门却要暴露自己的恶品劣行,如明李梅实《精忠旗》第六出中秦桧的一段上场白:

> 自家秦桧,字会之,本贯江宁人也。材略过人,机谋盖世。用多少心奉承金主,遂得放回故乡;凭两个策耸动朝廷,便尔备位丞相。两双手生姜煮过,舒来拿住权纲;一条肠砒霜制成,用着摧残侪辈。……

此时戏剧情境中只有秦桧一个人,没有其他人物与之交流,所以,这段上场白不是戏剧情境中面向剧中其他人物的对话,而是脚色以秦桧面貌直接面向观众的讲述。更可注意的是,这段上场白里的不少信息并非来自秦桧这个人物的限制视角,它所包含的对秦桧的德行品质判断,如"两只手姜煮过""一条肠砒霜制成"等都是第三者立场对人物的评价,显系故事讲述人的视角介入,是讲述人把自己的情感和思想直接通过剧中人物的口舌表达出来。在这种情况下,脚色虽以剧中人物面貌出场,但其功能首先是叙述者,其次才是剧中人物,而其话语所依据的基础不是戏剧情境,而是说书情境,因此,这段人物介绍明显地带有说书人的视角和口吻。这与话本小说中人物介绍的语调和格式相近,把它转换为说书人的话语十分方便,比如《喻世明言》卷四〇《沈小霞相会出师表》一篇对严嵩

的这段介绍:

> 那奸臣是谁？姓严名嵩,号介溪,江西分宜人氏,以柔媚得幸,交通宦官,先意迎合,精勤斋醮,供奉青词,由此骤致贵显。为人外装曲谨,内实猜刻。谗害了大学士夏言,自己代为首相,权尊势重,朝野侧目。

两相比照,除了叙述人称的差别,其他之处的表述套路十分相似,二者在说书情境、戏剧情境的互相转换十分方便。《精忠旗》中秦桧的那段自我介绍应是说书人话语格式的变体,它不具有戏剧情境,而有明显的说书情境,是作者把自己的思想情感、价值判断置入剧中人物口中的一种叙述话语。

传奇戏曲演述体制中这些说书情境的存在,说书人话语格式的存在,体现了其演述体制中脚色代言叙述的形态。脚色代言叙述功能的存在从体制上为小说叙述方式的引入或遗存提供了保证。同时,脚色代言叙述功能的存在,也为戏曲提供了故事叙述的自由度和情节结构的开放度。

三　脚色代言中的故事讲唱叙述思维

戏曲发展到明清传奇,已具备了非常成熟的演述体制,其长大的形态和复杂的脚色足可承担复杂故事的表述,而作为戏曲成熟标志之一的"代言体"也有了进一步的发展。但是,这一代言体并不包含西方古典戏剧所要求的具有冲突性、行动力的"对话",也不会做出严守人物视角的限制性代言,而是渗透着说话人的叙事思维和话语格式,表现出本土的传统和自己的特色。

戏曲作为戏剧的一种,应该遵守戏剧的基本原则。戏剧需要依靠人物的话语和行动来展示故事,而人物不能说出超越其身份的话,做出超越其能力的事,这应该是戏曲作为代言体演述体制所要守住的基本标准,也是其发展的方向,努力的目标。然而,戏曲人物的话语、行动与故事表述的关系却并不如此,这种情况与戏曲的脚色体制有着密切的关系。戏曲以脚色为主体来演述故事,每个脚色对应于剧中的一个人物形象。脚色以剧中人物的面貌出现,理应说出这个剧中人物的话语,但是,装扮成剧中人物的脚色并不完全限制在他所对应的剧中人物身上,而是会溢出剧中人物的限制视角,说出一些不符合其身份的话语,做出一些不符合其能力的动作。

　　王骥德《曲律》"论引子"云:"引子,须以自己之肾肠,代他人之口吻。盖一人登场,必有几句紧要说话。我设以身处其地,模写其似,却调停句法,点检字面,使一折之事头,先以数语该括尽之,勿晦勿泛,此是上谛。"①传奇戏曲的"引子"需要脚色"代他人之口吻",设身处地模拟人物说话,比如"副末开场"即是一剧之"引子",一般由两支曲词组成,一述创作缘起,二明故事梗概,这已成为传奇戏曲的固定体制。至于王骥德所说的人物"登场"式"引子",除了要求口吻"模写其似",还应以数语简要概括"一折之事头"。王骥德推崇《琵琶记》的引子"首首皆佳",即是因为能"开门见山",如第八出赵五娘的上场白:"奴家嫁与伯喈,才方两月。指望与他同侍双亲,偕老百年。谁知公公严命,强他赴选。自从去后,到今并无一个消息。把公婆抛撇在家,教奴家独自应承。奴家一来要成丈夫之孝,二来要尽为妇之道,尽心竭力,朝夕奉养。正是:天涯海角有穷时,只有此情无尽处。"考察赵五娘登场后的这段宾白,一方面赵五娘是剧中人物,她的话语属于虚构故事域;另一方面,赵五娘此时没有其他剧中人物的承接互动,则她的话语面对的不是虚构故事域中的人物,而是虚构故事之外的观众。就剧中人物而言,这段上场白是她面向观众表述自己的心情和处境;就上场白本身而言,它是剧作者代人物口吻以数语赅括一折之事头的"引子",虽然这"引子"是由剧中人物出面道出的第一人称话语,但实际上

---

① 王骥德:《曲律》卷三,陈多、叶长海注释,上海古籍出版社 2012 年版,第 210 页。

并不具备对话的功能,它与"副末开场"一样是叙述话语的性质和格式。

那么,剧中人物之间的话语是否彼此面对、互相交锋呢?高则诚《琵琶记》第二十七出"中秋望月"一节,蔡伯喈与牛氏各怀心事,由于心境不同,二人所描述的月景各具风貌,蕴含了二人不同的心情。在此过程中,戏曲对人物心情的展示并没有依靠二人的对话交锋,而是通过二人对同一景色的不同感受来交叉推进。虽然二人在同一环境下递相说出关于月景的描绘话语,但二人的话语之间没有明确的相互承接挑动作用,各自的月景描绘并不是为了告诉对方,而是在向观众倾诉,向观众展示自己的心境情思。因此,二人的这段处于同一情境下的话语并不是对话,而是代言性叙述。而在第四十出蔡伯喈携赵五娘、牛小姐回乡祭墓一节,出场人物虽有所增多,但人物话语间的关系并未变。

> (生上唱)〔梅花引〕伤心满目故人疏,看郊墟尽荒芜。(旦贴上唱)惟有青山,添得个坟墓。(合)恸哭无声长夜晓,问泉下有人还听得无?
> (生白)〔玉楼春〕他乡万点思亲泪,不能滴向家山里。如今有泪滴家山,山里双亲见无计。(贴)荒荒衰草连寒烟,苍苔黄叶飞蘋蘩。欲听鸡声来向寝,忽惊蚁梦先归泉。(旦)人生自古谁无死?嗟君此恨凭谁语?(合)可怜衰经拜坟茔,不作锦衣归故里。

蔡伯喈、赵五娘、牛小姐三人间杂咏唱,各有话语,然并非相互承接,彼此诉说,仍是直接向观众表述其心境("伤心")、动作("恸哭无声")以及周围的环境("郊墟尽荒芜""惟有青山,添得个坟墓")。接下来生、旦、贴每个脚色各咏唱一段,表述的对象仍是观众,而非同一情境下的其他剧中人物。这种由剧中人物出面道出的第一人称话语完全是代言性的叙述话语。这些分付于不同人物身上的叙述话语在功能上与小说叙述者的话语一样,可以叙述情节、表达心情、描绘环境等,不同人物的叙述话语组合起来，即可共同表述一段故事。

再看孟称舜《娇红记》第三出"会娇"叙写申纯、娇娘一见钟情一节。

（旦把酒，生接介）呀，这妹子长的恁般好也！

〔玉交枝〕蓦见天仙来降，美花容，云霞满裳。天然国色非凡相，看他瘦凌波步至中堂。翠脸生春玉有香，则那美人图画出都非谎。猛教人，魂飞魄扬。猛教人，心迷意狂。

（旦）申家哥哥好一表人材也。

〔前腔〕神清玉朗，转明眸，流辉满堂。他虽是当筵醉饮葡萄酿，全不露半米儿疏狂。淹润温和性格良，尽风流都在他身上。不争他显峥嵘，珠宫画廊，也不枉巧温存，锦帷绣床。

（生）我见了那妹子，可忘了与舅妗扳话。请问舅妗，平日也饮些酒么？（末）我与你舅母居常饮酒不过数爵。（生）贤妹也饮些么？（外旦）他天性不饮。（旦低头介，生）

〔前腔〕可人模样，天生就，春风艳妆。他妹妹，我哥哥，则是侧身偷眼低低望。想他是年少娇娘，蓦然间翠靥红生两颊傍。怕道不关情，怎便把春情扬。猛教我，神飞醉乡。猛教我，魂飞翠乡。

······

（旦）我看他

〔前腔〕停杯相向，言笑处，风生画堂。他那壁，我这壁，偷睛两下频来往。爱他个年少才郎。虽然阻隔筵前花数行，则乍相逢早已私相傍。敢一样，神飞醉乡。敢一样，魂飞翠乡。

申、娇二人于酒宴上初次相见，彼此间没有对话上的交流，只是"一个待眉传雁字过潇湘，一个待眼送鱼书到洛阳"，眉目传情中，戏曲却给二人安排了大段的曲唱，但二人的这些曲唱并非面向对方的相互倾诉，而是面向观众的叙述交代，既表达了人物自己的内心情思，又描述了对方的形貌神态。娇娘的美丽相貌,申纯的风流神态,都从这些通过人物之口道出的描述话语中得到展示。这种话语格式仍是戏曲体制常用的"我见他如何如何"之类的叙述套路,但比王实甫《西厢记》张生佛殿惊艳一节有所进步。《西厢记》全是以张生视角静止地描绘了莺莺的相貌形态,而《娇红记》则在申纯与娇娘眉眼交流的互动视角中描述了二人的相貌神态。但申、娇二人的这些描述话语仍然没有超越张生的那段描述话语的性质和体制,二人的描述话语虽是交互展现,但却无相互的承接挑动作用,即二人的话语不会必然地启动对方的话语。

由此可见,以剧中人物形象出现的脚色并不完全限制在其所对应的剧中人物身上,而是会灵动地溢出剧中人物的视角,说出一些并不符合剧中人物身份的话语,承担一些并不属于剧中人物的任务。从脚色与这个故事表述的关系看,它有时处于虚构故事域之内,有时则处于虚构故事域之外;从脚色与剧中人物的关系看,它有时要面对剧中人物,有时则要面对剧外观众。因此,脚色常常具有双重身份:一是置身于虚构故事域的人物,与剧中其他人物进行语言和动作上的交流;一是游离于虚构故事域的叙述者,担负着剧中动作、场境、事件的叙述。这种双重身份使得脚色不但要面向剧中人物交流,还要面向观众介绍自己或他人的身份、家世、心情,叙述正在发生的事或已经发生的事。

脚色以剧中人物形象出现,应要设身处地模拟人物说话,此为"代言",但其所代之言又担负着剧中动作、场境、事件的叙述,于是,就出现了代言与叙述的混合形态。当脚色描述剧中其他人物的动作、相貌、神态、性情时,实际上并没有产生人物间的交流。脚色的这种"他述",其假定的对象是观众,而不是剧中人物,此时的脚色其实是以虚构故事域外的旁观者身份而存在的,他所进行的描述有编写者的视角。而当脚色进行"自述"时,即以剧中人物身份对自己的动作、心情、形貌进行描述,此时代言与叙述出现了叠合,人物既可对自己的心灵进行细腻深刻的展现,从而有效地揭示其性格特征,又可借助代言对虚构故事域中的人和事进行叙述和评说。然而,代言和叙述之间的矛盾有时确实难以弥合。元人康进之

《李逵负荆》杂剧叙李逵下山一节,李逵不但能引经据典、出口成章,而且有着诗人般的雅趣和敏感。编写者选择李逵作为主唱人,把描述梁山美景和抒发自己诗人情怀的任务赋予他,难免导致了李逵形象与品性的矛盾,粗中有细之论实属牵强。这种代言与叙述的简单混合,对于李逵这个人物形象的表现来说是不合逻辑的。

　　所以说,戏曲的这种代言性叙述体制并不必然地指向人物性格的塑造,很多情况下也达不到人物性格塑造的标准,而只是达成了编写者对戏曲故事的叙述目的。编写者把故事叙述的任务分付于脚色身上,让他们替自己讲述情节,评说人事;而脚色虽以剧中人物形貌出面唱述,但其所言之语很多时候或不合人物身份,或不合叙述逻辑,这一现象正是脚色的双重身份所蕴含的矛盾不断运作的表现。这种情况下,脚色就像编写者手中的傀儡,受到编写者的意志支配,如此,这种代言体制很大程度上是指向编写者本人的叙述目的,而没有充分顾及情节建构与人物塑造本身的逻辑。可见,在戏曲的演述体制中脚色与所述故事、所扮人物都有一定的疏离度,这个疏离度就是脚色的叙述者身份不断活动的表现。

　　脚色要采用自述、他述等方式直接向观众叙述、交代、说明。对于戏曲的故事演述任务来说,人物之口的代言性叙述是主导,这是戏曲与现代意义戏剧的本质区别之一。戏曲把配置好的脚色各自的代言叙述话语组合起来,共同表述一段情节、一个故事。在这过程中,脚色虽是以剧中人物形象出现,但它并未严守其身份与视角的限制,而是时常以故事讲述者身份行动。戏曲脚色所具有的双重身份的功能及其配合关系:就好像连厢词中歌者与舞者的功能及其配合关系,歌者不舞,舞者不歌;舞者应歌者的讲唱而动(第五章第三节有详述)。参照连厢词的这一体例,戏曲脚色的双重身份可以对应于歌者与舞者,虽然二者在形象上合并成脚色一体,以脚色的面貌出现,但二者的功能及其配合关系并未消失,而是混合在脚色的双重身份上了。比如脚色以剧中人物形象出现,有这个人物的动作与表情,也有对这些动作、表情的说明交代;同时,也可以对剧中其他人物的动作、表情进行描述(如"你看他"之类),但是,脚色的这些针对动作、表情的描述性话语对应的不是剧情本身的展示,而是对剧情的叙述行为。

因此,戏曲所表现出的"代言体"并不是严格意义上的代言体。所谓代言体,是要求脚色要为人物代言——以人物的身份、口吻说话,以人物对话的相互作用来展现人物动作,推动情节发展,而不应是以脚色扮演的人物形象来作第三人称的故事讲唱。比照而言,戏曲演述体制中的"代言",只是要求脚色模拟剧中人物的声口,面向观众叙述自己或他人、外在或内在的动作,而非要求人物间有相互承接的对话且在此中产生动作、冲突以推动故事发展。这种"代言"只是脚色的代人物立言,正如王季烈所说:戏曲不同于诗词曲的自抒胸臆,而"全是代人立言,忠奸异其口吻,生旦殊其吐属,总须设身处地,而后可以下笔"①。依照这个原则,脚色只要装扮成剧中人物向观众说话,而不必与剧中其他人物彼此交流、相互作用,于是,脚色可以代剧中人物说话,也可以代故事讲述者说话,即以剧中人物形象作第三人称的故事讲唱。

由此可见,戏曲演述体制中仍有非常明显、深刻的叙述思维。文学有三大文类:抒情诗、戏剧和叙事文学。若以叙述人作为区分此三大文类的依据,则"抒情诗有叙述人但没有故事,戏剧有场面和故事而无叙述人,只有叙事文学既有故事又有叙述人"②。可见,现代观念的戏剧只应以人物的动作而非叙述人的话语来展示故事。然而,作为戏剧种类之一的戏曲却既有故事又有叙述人,所以更接近"叙事文学"。冯沅君即指出戏曲的叙述思维与说话伎艺的关联:"说书与戏剧的区别自然很多,就中最重要的一个便是:前者用叙述体,后者用代言体。说书因为是叙述体,故说者始终置身于故事外。……戏剧因为是代言体,故演者必须置身于故事中。然而这两种表面上看去截然不同的技艺,实际上却是彼此关连着的;我们纵不敢大胆的说说书是戏剧的前身,至少我们也该承认它在戏剧的完成

---

① 王季烈:《螾庐曲谈》,秦学人、侯作卿编《中国古典编剧理论资料汇辑》,中国戏剧出版社1984年版,第427页。
② [美]浦安迪:《中国叙事学》,北京大学出版社1996年版,第18页。

上有重要的贡献。"①说话伎艺是由一个置身虚构故事域外的叙述人以旁观者身份向观众讲述故事，而戏曲则是由脚色装扮成虚构故事域中的人物以自家声口向观众讲述故事，其叙述话语有代言性质，但仍是一种叙述话语的变体。这种代言性叙述话语一直在戏曲的演述体制中占有很大比重，虽然明清传奇戏曲中对话的因素逐渐增加，但远未成为戏曲中唯一的、主导的话语形式。相对于说书人的叙述行为，戏曲演述体制中有以剧中人物面貌出现的叙述人，其代言性叙述话语有着说书人的叙事思维，以及说书人话语的口吻和格式。

四　小结

杨绛曾以西方戏剧与史诗的结构分野为参照，指出："我国传统戏剧的结构，不符合亚里士多德所谓戏剧的结构，而接近于他所谓史诗的结构。"她由此认为，我国的传统戏剧采用的是幅度广而密度松的史诗结构，可以称为"小说式的戏剧"②。这是对戏曲情节结构特征的认识和把握。在故事的表述结构方面，中国古典戏曲没有严格的时间、地点限制，大多用若干场次，按照事件进程的时间顺序，将故事完整地展示出来。这种故事结构形式与中国古典小说的情节结构和表述方式如出一辙，所以可称之为"小说式的戏剧"。这在明清传奇中表现突出。

明清传奇的长度形式，与中国古典小说和欧洲史诗，都不存在质的差别。它们不必在一个单位时间内演完或说完，可以连续地演，连续地说，就如话本小说一样，说书人很少用倒叙手法，而是按事件生活原生态的时间顺序按部就班地娓娓道来，结构安排上也非常自由。这是由"说话"伎艺的口传形态所形成的。由于话本早期是滚动于说书人的口唇间而达于

① 冯沅君：《古剧说汇》，作家出版社1956年版，第366页。
② 杨绛：《李渔论戏剧结构》，《杨绛作品集·3卷》，中国社会科学出版社1993年版，第139—140页。

"看官"耳中的,说书人为了听众的接受方便,不能打乱事件的顺序,作一些技巧性很强的安排,以免影响听众的接受效果,所以话本小说在大的情节安排上不会改变事件发展的自然顺序。即使在这大的情节安排中有一些小的情节穿插,也会由说书人做出明确的说明,以引起听众注意,引导听众更好地接受,如《刎颈鸳鸯会》有言:"说话的,你道这妇人住居何处?姓甚名谁?元来是……"①而在遇有头绪繁乱、人物关系复杂之时,说书人更会出面说明、解释,提醒听众抓住关键,如《水浒传》第四十九回写宋江两打祝家庄不下,吴用献连环计,宋江大喜,说书人介入插言道:"说话的,却是甚么计策?下来便见。看官牢记这话头,原来和宋公明初打祝家庄时,一同事发。却难这边说一句,那边说一回,因此权记下这两打祝家庄的话头,却先说那一回来投入伙的人乘机会的话,下来接着关目。"②可见,说书人的这些跳出故事情境的主观介入,其目的是要召唤听众的注意,使其明白易懂,以获得清晰的接受效果。

戏曲有取材小说的传统习惯,我们很少看到有专为戏曲而独创的故事,许多戏曲直接把小说故事搬上戏曲舞台。如元无名氏杂剧《合同文字》之于宋元话本小说《合同文字记》,明刘东生杂剧《娇红记》和孟称舜传奇《娇红记》之于元传奇小说《娇红记》(宋梅洞作),清李渔更把自己创作的许多话本小说改编为戏曲,等等。

李渔曾提出"稗官为传奇蓝本"③的观点,此言并不单指把小说作为戏曲的题材来源、创作依据,还包括把小说的情节结构艺术作为戏曲结构的借鉴。这是李渔自己的经验之谈,更是他对元明清三代戏曲创作中取材习惯的经验总结,也是对小说与戏曲关系的一个基本的认识。我们看到戏曲史上有许多以小说为蓝本改编成戏曲的例子,可以说,元杂剧与明

---

① 洪楩编:《清平山堂话本》,上海古籍出版社 1992 年版,第 83 页。
② 施耐庵、罗贯中:《水浒传》,中华书局 1998 年版,第 648 页。
③ 题为"笠翁先生原本,铁华山人重辑"的《绣像合锦回文传》第二卷卷末,有署名"素轩"的回评:"稗官为传奇蓝本。""素轩"是李渔的别号。《李渔全集·绣像合锦回文传》,浙江古籍出版社 1991 年版。

清传奇中大部分作品都可以在前代的小说（尤其是话本小说）中找到本事依据或故事蓝本。

李渔清楚地看到这一戏曲创作的规律，同时也自觉地实践着这一规律。他的"李笠翁十种曲"就有四种是以自己的话本小说为蓝本改编而成，这四种传奇是《比目鱼》《奈何天》《凰求凤》《巧团圆》，它们分别翻自《连城璧》中的《谭楚玉戏里传情　刘藐姑曲终死节》《美妇同遭花烛冤　村郎偏享温柔福》《寡妇设计赘新郎　众美齐心夺才子》和《十二楼》中的《生我楼》。除此之外，日本尊经阁所藏《无声戏》第二回《美男子避惑反生疑》和第十二回《妻妾抱琵琶梅香守节》目录下均有"此回有传奇嗣出"字样，可能李渔另有对应此两篇话本的戏曲改编作品。如此，李渔就有六部戏曲是依据于话本小说的故事题材了。当然，由于李渔话本创作的"无声戏"观念，已经自觉地运用其戏曲创作理论来规范其话本的人物、情节设置和叙述体制，把它们改编为戏曲当是方便之举。而如果再把这戏曲改为话本小说也是同样方便，如凌濛初《初刻拍案惊奇》有《张员外义抚螟蛉子　包龙图智赚合同文》，即为元杂剧《合同文字》的话本改编本，清佚名《章台柳》系据明代梅鼎祚《玉合记》传奇改编而成，而李渔由他自己话本改编的戏曲《比目鱼》又被别人改编为话本。《中国通俗小说总目提要》（中国文联出版公司）著录有小说《戏中戏》和《比目鱼》，北京大学图书馆藏有《新刻比目鱼》一种，十六回，不题作者，据其所列回目知，这两部话本小说完全脱胎于李渔的《比目鱼》传奇。由于话本小说与明清传奇戏曲在情节结构上存在着诸多相同的特质，相互改编十分方便。

当然，明清传奇戏曲在情节结构上的这一特质首先是在小说的长期影响、渗透下形成的。前文说过，戏曲有取材小说（尤其是话本小说）故事的习惯、传统，由于戏曲所取材的这些话本故事并非原生形态的素材，而是已经负载了话本小说结构的故事，戏曲在取用这些话本小说故事作为其故事题材时，就会潜相地受到话本小说结构形态和表述方式的影响和渗透。考察这些传奇戏曲，其主导的情节结构与话本小说无异，从不会打破故事发展的顺向时间流进行情节的调整安排，而是严格按照时间的流向来结构情节，表述故事。这正是杨绛所说"小说式戏剧"的特性。而明清传奇所具有的这种与话本小说同质的情节结构基础，客观上也扩大了明清传奇对话本小说故事题材的接受领域，促进了二者的交流。

通过掇拣、理析明清传奇戏曲演述体制中的故事讲唱质素，可以看出戏曲发展到明清传奇阶段，虽音乐体制、叙述体制已臻成熟完善，但由于早期阶段所受到的话本小说、说话伎艺的深刻影响，以及后来发展过程中话本叙事因素的不断渗透，仍然难免在其严整的演述体制中遗留有不少深刻的话本记忆。这不但显示了在明清传奇戏曲的发展进程中话本小说、说话伎艺的影响、渗透之力，也体现了戏曲在话本深刻影响下意欲摆脱其早期影响的不断努力。

第九章 《金瓶梅词话》叙事中的利用戏曲现象

　　《金瓶梅词话》（以下简称《金》）的伟大之处，表现于它在中国小说发展史上劈山拓路的开创功力和承上启下的桥梁作用，后世所谓的家庭小说、风情小说、世情小说等品类，皆是白话小说穿越它所开启的门径而前行的结果。这种开拓之功也表现在《金》对小说艺术表现手法的开掘与锻炼方面，比如它在情节叙述中利用大量的戏曲材料来建构小说。对于小说叙述中出现的这些戏曲材料，有些学者简单地把它们视为情节叙述的附加物，一种无意义的插引，继而把它们视为戏曲史料。这种考察视角、立场或思路一方面忽视了小说虚构创作对戏曲材料的合目的性改造，另一方面则有意无意地忽略了它们在小说情节叙述中的文学意义，其主要原因是未能充分厘清这些戏曲材料的内涵及其与小说情节建构的关系。如果我们把这种关系置于《金》情节建构的视域中，则会看到这些戏曲材料在小说情节叙述中的出现大多有着特意地考虑，体现出小说主动使用戏曲材料以达成创作目标的意图。因此，笔者以"利用戏曲"来强调小说取用戏曲材料以建构情节、刻画人物、表达情志和揭示主题的有意识性、有目的性。而如果我们再把这种关系置于《金》前后小说发展的脉线上，则会看到《金》叙事中的利用戏曲现象的典型意义——它所表现出的利用戏曲的思路和方法不仅对《金》本身有着积极的建构作用，而且在中国古代小说艺术史上有着承前启后的过渡性、开创性意义。

一 《金瓶梅词话》利用戏曲的基本情实

有一种观点认为,《金》是由主体故事情节和一些无情节意义的小说佐料组成的混合体。确实,《金》在取用市语、留文和曲文时,许多情况下并没有很好地与主体情节融合,如:第八回写潘金莲多日苦盼西门庆不来,郁闷之际脱下红绣鞋打相思卦,但下文以"正是"领起的评述却说是以金钱占卜("逢人不敢高声语,暗卜金钱问远人");第六回叙王婆上街打酒买肉,"那时正值五月初旬天气",大雨倾盆而下,但下文的一段韵文描述却说此雨"洗炎驱暑"①。这种混合体现象也涉及《金》中出现的那些戏曲材料,所以有的学者把《金》视为戏曲史料的宝库。当然,《金》中出现如此多的戏曲材料,确能反映当时社会文化中戏曲发展的繁荣度和戏曲在民众生活中的普及度,但小说利用戏曲材料的主要目的,并不是呈现这种社会生活的真实性,而是表现小说的情节、人物和主题。如果我们在充分认识相关戏曲材料的基础上,仔细理析它们与小说情节的关系,就会发现许多戏曲材料并不是混杂在《金》主体故事情节中的无情节意义的佐料,而是被一个统一的主题有目的地结构在小说故事中(虽然有些未能与小说叙事充分融合),作为小说的有机组成部分而获得新的生命。也就是说,这些戏曲材料在小说叙述中的出现并不是无意义的插引,而是有着特意地考虑,是有意识的,有目的的。

有意识是指《金》利用戏曲的主动性,这表现在两个方面:小说人物有意识地利用戏曲材料表情达意;小说叙述者有意识地安排、改造戏曲材料以为我所用。前者如第二十一回西门庆与吴月娘斗气后在一个雪夜里重新和好,此后的一次家宴中丫鬟弹唱了一套〔南石榴花〕"佳期重会",西门庆因而询问何人指使,丫鬟玉箫便说是五娘潘金莲的吩咐。后来西门庆

---

① 戴鸿森校点:《金瓶梅词话》,人民文学出版社 1985 年版,第 83、67 页。

对孟玉楼解释了潘的意图："他说吴家的不是正经相会,是私下相会,恰似烧夜香有意等着我一般。"这就道出了潘金莲是有意地以此曲来讥讽吴月娘耍小伎俩暗地里和西门庆和好。又第九十六回吴月娘宴请已成为守备夫人的春梅,席间春梅点唱〔懒画眉〕"冤家为你几时休",此时小说叙事者跳出来解释道："看官听说,当时春梅为甚教妓女唱此词? 一向心中牵挂陈经济在外,不得相会,情种心苗,故有所感,发于吟咏。"小说借人物或叙述者之口明确指出人物有意识地按自己的意图来点唱曲文,这就说明小说中这类戏曲材料的出现是有意识的选择和安排,而非无情节意义的插引。

另外,小说在选择、安排戏曲材料时,并非死板地抄录,而会根据人物、情境作相应的改造。如第七十回铺陈朱太尉加官晋爵后的豪侈时便利用了《宝剑记》第三出描述高太尉富贵权势的韵文,其中"督择花石""进献黄杨"二句,是据朱太尉行实而作的增益。又第七十九回吴月娘请吴神仙圆梦一节,就利用了《宝剑记》第十出林冲请算命先生解析不祥之梦一节材料,并进行了符合吴月娘身份、遭际的改动,即把林冲所梦的"鹰投罗网,虎陷深坑,损折了雀画弓,跌破了菱花镜",改为"大厦将颓,红衣罩体,撅折碧玉簪,跌破了菱花镜",预示吴月娘的命运是夫君有厄、孝服临身、姊妹失散、夫妻分离。这种能根据人物身份特征的改造,即说明小说有意识利用戏曲材料。如果这是戏曲影响渗透下的被动接受,就不会有按小说具体情境的合目的性改造,而《金》对戏曲材料有意识的主动利用,实际上是一种为我所用的再创造。这些戏曲材料在进入《金》的情节叙述后,被作者创造性地重新组织在具有同一时空和主题的故事中,虽不能如张竹坡所言的那样每支曲的出现皆有特殊深意①,但就戏曲材料的内涵与小说情节建构的关系来看,这些戏曲材料在小说情节叙述中的出现,并非作者信手拈来聊以点缀,而是结合小说情节有所斟酌的。

以上所述《金》中戏曲材料的出现是经过了小说编写者适合情境需要

①　张竹坡批评《第一奇书金瓶梅》第二十七回回前评有言："凡各回内清曲小调,皆有深意,切合一回之意。"(齐鲁书社 1991 年版,第 407 页)

的选择、安排和改造,这除了说明小说在利用戏曲材料上的有意识外,更重要的是体现了这些戏曲材料的被利用皆有一定的针对性和目的性。小说作者有意识地利用戏曲就是为了达成自己的创作目的,实现自己的创作意图。这种利用戏曲的目的性即表现在《金》所开拓出的利用戏曲的方式及其所蕴涵的思路中。

(一)利用戏曲烘托情境,渲染气氛。《金》对戏曲的曲文、情节的引入或化用多与小说当时的情境气氛应合,起到了很好的渲染、烘托作用。这情境或为自然景色,或为活动场面,或为二者的结合。如第六十七回西门庆在书房与应伯爵、温秀才饮酒赏雪,小厮春鸿拍手唱南曲〔驻马听〕"寒夜无茶""四野彤霞"二曲,其中有"这雪轻飘僧舍,密洒歌楼,遥阻归槎。江边乘兴探梅花,庭中欢赏烧银蜡。一望无涯,一望无涯,有似灞桥柳絮满天飞下"。此曲乃《宝剑记》第三十三出林冲流配沧州时所唱的一段雪景描写,小说取用于此,很适合当时的赏雪情境。另外,小说中叙及庆寿、宴欢场面时,也多以曲应合,如第七十回朱太尉新加光禄大夫,群僚前来庆贺的场面描述("官居一品,位列三台。赫赫公堂,昼长铃索静;潭潭相府,漏定戟杖齐。林花散彩赛长春,帘影垂虹光不夜。……"),即利用了《宝剑记》第三出一段描述高太尉富贵权势的韵文,十分契合当时的宴庆气氛。当然,小说中也有一些宴欢场合中所点曲唱不合其时其境,但会有人出面指明,如第三十一回叙西门庆"生子喜加官"后开宴吃喜酒,宴席上刘太监令优伶唱"叹浮生有如一梦里",周守备马上劝止:"老太监,此是这归隐叹世之词,今日西门大人喜事,又是华诞,唱不的。"后刘、薛二太监点唱杂剧《陈琳抱妆盒》"虽不是八位中紫绶臣,管领的六宫中金钗女"一曲和〔普天乐〕"想人生最苦是离别",皆被周守备和夏提刑指出不适配当时的庆贺情境。此例从另一角度说明小说利用戏曲是考虑到要适配当时情境的,也就是要用合其时,用合其境。

在更多情况下,小说利用戏曲以烘托、渲染情境既契合自然景色也适配活动场面。如第二十七回叙西门庆与众妻妾于一夏日雨后的傍晚在花园翡翠轩内饮酒宴欢,大家弹唱〔梁州序〕"向晚来雨过南轩"。此曲出高明《琵琶记》第二十一出,乃蔡伯喈与牛小姐夫妇所唱,描写了夏日傍晚时分雷雨过后的清凉爽朗景色,以及夫妻良宵欢宴、笙歌喧笑的情形。小说在此利用此曲正合情境,当时西门庆正与潘金莲、孟玉楼、李瓶儿在花园翡翠轩内宴乐,雷雨突至,"少顷雨止,天外残虹,西边透出日色来。得多少微雨过碧矼之润,晚风凉院落之清",于是,西门庆领着妻妾们向花园外走去,边走边唱《琵琶记》中的这套曲子:"向晚来雨过南轩,见池面红妆凌乱。听春雷隐隐,雨收云散。"同是夏日傍晚,轻雷阵阵,雨过天晴;同是花园南轩,夫妻欢宴。此曲所关联的戏曲情境与小说此时的情境恰合,表达了人物骤雨过后的清凉感受和夫妻欢宴的愉悦心情。

（二）利用戏曲比类人物行为。《金》不只利用戏曲烘托情境,还利用戏曲材料所关联的剧情以为人物行为的映照,让读者在比类中理解人物。第十一回叙西门庆在一群帮闲的怂恿下梳笼李桂姐,李在欢宴中所唱〔驻云飞〕曲为《玉环记》第六出韦皋嫖院时所唱,赞赏了妓女的才艺和美貌:"举止从容,压尽构栏占上风。行动香风送,频使人钦重。嗻,玉杵污泥中,岂凡庸。一曲清商,满座皆惊动。何似襄王一梦中,何似襄王一梦中。"（此为《金》中所引,与《六十种曲》本略异）[1]小说安排李桂姐唱此曲,除了用以描写同是妓女的李桂姐的才艺美貌,还利用此曲所关联的剧情来比类西门庆的行为,映照西门庆的心情,烘托当时欢宴的情境,因为西门庆与《玉环记》中的韦皋一样,同是在帮闲朋友的簇拥下嫖院,且此时西门庆也如韦皋般有"何似襄王一梦中"的恍惚快感。又第三十七回叙及西门庆私会王六儿时,特别交代了王六儿房里炕床上挂着四扇各种颜色绫段剪贴成的"张生遇莺莺"吊屏。"张生遇莺莺"是王实甫《西厢记》杂剧的核心情节。这个吊屏上的故事图案一方面说明当时人们对《西厢记》的喜爱风气和熟悉程度,另一方面,若联系到小说中经常把西门庆比类为张生,把其偷情对象比类为莺莺的情况（后文详述）,则此处的这一特意交代正有为西门庆私会王六儿这一行为作映照之意,有效地点染了西门庆、王

---

[1] 毛晋编:《六十种曲》(八),中华书局 1958 年版,第 21 页。

六儿二人当时的幽会情状,有暗喻风月艳情之意。这类同于《红楼梦》第五回以唐伯虎的画、同昌公主制的联珠帐、红娘抱过的鸳枕等摆设来喻示秦可卿闺房里的月意风情。这种借戏曲材料比类人物行为的思路在《金》中是常见的,比如第五十九回西门庆于妓院中初会郑爱月儿,席间爱月儿唱了《西厢记》"佳期"一节张生月下相会莺莺时所唱套曲"兜的上心来",就很好地点染了当时西门庆与郑爱月儿相会的情境,因为对于二人来说,这也是一个佳期;第八十二回潘金莲偷约陈经济,月下等候陈赴约之时,取用了《西厢记》第三本第二折莺莺约期张生的一首诗:"待月西厢下,迎风户半开,隔墙花影动,疑是玉人来。"借以点染潘、陈二人月夜幽期的情景,甚合潘、陈二人诗简相约、月夜佳期的情境。这些戏曲材料由于其所关联的故事情节,而成为一个有着丰富意义能量的载体,小说对其的取用就有了一个情节和主题的背景,能在读者那里唤起形象生动的联想,达到有效地映照小说人物形象、行为的目的。

(三)利用戏曲表现人物的内心情感。上文提及《金》借人物或叙述者之口明确指出潘金莲以〔南石榴花〕"佳期重会"来讥讽吴月娘(第二十一回),春梅以〔懒画眉〕"冤家为你几时休"表达对陈经济的牵挂(第九十六回),但《金》在更多情况下并没有如此指明人物有意识地利用戏曲表达情志的动机,然分析这些戏曲材料与小说情节建构的关系,《金》对戏曲材料的这些选择、安排皆有其特意地考虑,并非是无意的、随意的插引。如第三十六回叙西门庆迎请辞朝回乡省亲的蔡状元和安进士,席间蔡状元点唱〔朝元歌〕"花边柳边",此曲为明邵璨《香囊记》传奇第六出张九成进京赴试途中所唱,表达了自己十载青灯黄卷的苦读以及期盼文场成功、姓显名扬的心情。结合蔡状元的身份和此时的心情,小说利用此曲表明了他对自己往日苦读的回思,更主要的是表明他现在身为状元而能扬名天下、光宗耀祖的志得意满心情。而安进士席间点唱〔画眉序〕"恩德浩无边""弱质始笄年",乃《玉环记》第十二出"延赏赘皋"叙韦皋被张节度使招赘为婿,韦及张女感谢父母之恩时所唱,中有"风云际异日飞腾,鸾凤配今谐缱绻"之语①。安进士点此曲,正合其当时心情:一是自己科举高中,飞黄腾达;二是此行是辞朝省亲,顺便续亲,即小说所说的"辞朝还家续亲"。其所点之曲既有对父母的感恩("恩德浩无边"),也有对自己科举高中的得意("风云际异日飞腾"),还有对能得到一门理想亲事的希望("鸾凤配今谐缱绻")。所以,此处的曲唱很贴切地表达出人物的志得意满心情,小说利用蔡、安二人的戏曲点唱传达了他们对自己往日苦读的追思和科场高中、奉旨省亲的得意。其他如第二十回西门庆娶李瓶儿吃会亲酒时安排的曲唱"喜得功名遂",第二十一回西门庆与妻妾猜枚行令时各自取用的西厢曲词,皆能反映出人物的处境和心情②。这些认识需要厘清小说人物的身份、心情、行为等与这些戏曲材料所关联内容的关系。

(四)利用戏曲推动情节发展。《金》把一些特意选择的戏曲材料与小说的情节演进融合起来,通过这些特意安排的戏曲材料,展现人物的言行、情绪上的反应,由此起到推进情节发展的效果。第二十回叙西门庆新娶李瓶儿而请客吃会亲酒,席间唱"喜得功名遂"(出自明无名氏《彩楼记》传奇),引有"天之配合一对儿,如鸾似凤夫共妻""永团圆世世夫妻"之句(此为《金》中所引,与《六十种曲》本略异)③。此曲用得其时,也用得其境,贴切地烘托了当时的喜庆气氛,描述了西门庆娶到李瓶儿的志得意满,更重要的是小说利用这段曲唱安排,引出了吴月娘、潘金莲的言行和情绪方面的反应。先是潘金莲向吴月娘诉说:"大姐姐,你听唱的。小老婆今日不该唱这一套。他做了一对鱼水团圆,世世夫妻,把姐姐放到那里?"由此使得吴月娘"未免有几分动意,恼在心中",归房后"甚是怏怏不乐"。在此,小说把戏曲材料与情节演进融合在一起,不但引出潘金莲的嫉妒、吴月娘的醋意,还表现出这个家庭妻妾间的矛盾,预示了李瓶儿将要面临的不利处境。

---

① 毛晋编:《六十种曲》(八),中华书局 1958 年,第 41 页。

② 徐大军:《〈金瓶梅词话〉中有关〈西厢记〉杂剧资料析论》,《中国典籍与文化》2003 年第 3 期。

③ 无名氏:《彩楼记》第二十出,《古本戏曲丛刊》影印北京图书馆藏旧抄本。

又第六十三回李瓶儿死后首七之时，亲朋祭奠开筵，安排了海盐子弟搬演"韦皋、玉箫女两世姻缘《玉环记》"。小说在叙述此戏的演出过程中特别交代了相关人物的反映，由此推动情节的发展。比如小说在叙及《玉环记》演到第六出帮闲包知水陪韦皋嫖院时，引出了应伯爵与李桂姐拌嘴打趣的闹骂；又叙及此剧演至第十一出"寄真容"一节玉箫思念韦皋时所唱"今生难会，因此上寄丹青"一句之际，引出西门庆的反应，"忽想起李瓶儿病时模样，不觉心中感触起来，止不住眼中泪落，袖中不住取汗巾儿擦拭"。而西门庆的这一反应，又引起了潘金莲、孟玉楼的反应，如潘金莲的讥讽（"打唉的吊眼泪，替古人耽忧"），孟玉楼的理解（"他觑物思人，见鞍思马，才落泪来"）。二人一是讥讽，一是理解，各自的性格可见一斑。小说在李瓶儿首七这一特定情境下特别安排了《玉环记》的演出叙述，不但揭示了西门庆对李瓶儿的思念眷恋之情，更利用《玉环记》的演出引出其他人物的言行反应，由此推进小说情节的演进发展。

（五）利用戏曲预示结局，揭示题旨。《金》在情节叙述中有意识地设置一些曲唱、点戏细节以寓意，或暗示小说情节的关联和照应，具有情节意义；或喻指小说题旨，点明小说情节的发展结局，具有结构意义。第三十一回在西门庆生子加官的庆宴上，刘太监点唱"叹浮生有如一梦里"这样的归隐叹世之曲，薛太监点〔普天乐〕"想人生最苦是离别"这样的离别之词；第三十二回在西门庆为生子而摆的宴席上，薛内相点了四折《韩湘子升仙记》；第五十八回在西门庆的庆生宴上，刘、薛二太监点了一段"韩湘子度陈半街"《升仙会》杂剧。综合这三处，在西门庆的喜庆欢宴上，反复出现这种否定尘世的不和谐之音，体现出小说利用戏曲材料预示人物命运和故事结局的思路。对于小说利用戏曲揭示题旨的思路，清人张竹坡在《金瓶梅》评点中多有发明，如第六十一回在叙及西门庆让申二姐唱"四梦八空"时，夹批曰："《金瓶》点题，每在曲名小令，是又一大章法。"即指出《金瓶梅》在叙述中普遍有借曲文剧名点染情境、揭示主旨的意图；又如第二十七回回前评中张竹坡认为："此回内'赤帝当权'则关系全部，言其炎热无多，而煞尾二句，已明明说出矣。"联系钱南扬《宋元戏文辑佚》所辑宋元南戏《唐伯亨因祸致福》残曲数套①，知《金》中所引的〔雁过声〕"赤帝当权耀太虚"是写一对夫妻在一个夏日傍晚乘凉时所唱，这与小说中的情境相契合。而张竹坡所认为的此曲在小说结构中"关系全部"之意，乃是指他所主张的《金瓶梅》是一部炎凉书的具体体现：那热的意象中埋伏着热极而冷的趋势，因此，这首应景合境的描写酷暑的曲词在此就预示着冷之将至，其煞尾二句"只恐西风又惊秋，暗中不觉流年换"已经明示。如此，小说对此曲的选择、安排在情节结构上就有了一个故事发展趋向的预示和埋伏，可作为后来情节发展的关联和照应。所以，张竹坡坚信《金瓶梅》中每一支曲子的引入都有寓意性"《金瓶》内，即一笑谈，一小曲，皆因时致宜，或直出本回之意，或足前回，或透下回，当于其下另自分注也"（"读法"第四十九则）；"凡各回内清曲小调，皆有深意，切合一回之意"（第二十七回回前评）。② 虽然张竹坡的解读并非完全契合小说原意，但他按自己的理解指出了小说引入曲文、剧名并非无意、随意之举，而是有着情节意义和结构意义的考虑。这一思路对于我们探析《金》利用戏曲材料的意图、作用和意义甚有启发。

二 《金瓶梅词话》利用戏曲现象生成的文学渊源

《金》利用戏曲的思路和方式如此集中、丰富地出现并非空穴来风，而是有着文学发展的基础和渊源：一方面是戏曲的艺术进步和广泛传播，一方面是小说与戏曲交流关系的发展。

关于小说与戏曲的交流关系，戏曲对世代累积型小说成书过程的促进之力是一大宗。这种促进之力一方面表现在同一故事系统内戏曲在人物、情节、主旨、趣味等方面的累积与开掘，如杂剧《西游记》之于后世百回

---

① 钱南扬：《宋元戏文辑佚》，上海古典文学出版社 1956 年版，第 116—119 页。
② 兰陵笑笑生：《张竹坡批评第一奇书金瓶梅》，齐鲁书社 1991 年版，第 913、407、41（序评部分）页。

本小说《西游记》；另一方面是同一故事系统内戏曲的大量编演、传播为小说增加了民众关注度，为其进一步发展完善营造了文化氛围。二者关系的这一形态主要表现在同一故事系统内的故事题材方面的累积与开掘，这种同一故事系统内的戏曲对小说的影响关系，并不以戏曲的艺术成就为前提，而是以戏曲是否与小说属于同一故事系统为基础。就累积型小说的成书来看，同一故事系统内的戏曲作为小说成书过程中一个累积阶段的体现，只起到了故事题材上的累积与开掘作用。

与之不同，《金》是以一个新创的故事框架来吸纳、统帅各种非同一故事系统的戏曲材料，由此可以看出《金》的编创者对戏曲的熟悉程度。这种熟悉程度不只表现在单纯地插引戏曲的剧目、曲词，或模拟戏曲的人物、情节，更重要的是有意识、有目的地把它们吸纳、融入小说的情节叙述中，以为小说叙述者表情达意的重要材料，成为小说情节的有效成分，对小说的艺术手法和情节建构都起到了不可忽视的作用，尤其在小说的语言表达、人物刻画、情境渲染等方面，由此体现出戏曲对《金》的深刻影响力。

《金》所表现出的这种对戏曲的利用思路和方式，必须建立在戏曲的艺术进步和广泛传播基础上。而宋元以来的戏曲，沿着敷演长大故事的方向，在故事题材、叙述能力、叙事思维等方面不断取鉴当时众多的文艺形式（包括小说），经过长期的文学锻炼、舞台实践，其文学性、艺术性皆有了很好的提升，在人物、情节、语言方面锤炼出许多优秀作品。而广泛的传播不但使戏曲获得了深厚的民众基础，也使它得到了文学层面的认可，文人士大夫由鲜有着眼，到转而厕身其间操刀一试，创作出一些千古名剧。戏曲只有摆脱了唐戏弄、宋杂剧的滑稽性，走向进步、成熟、繁荣，并能发扬它在文学性上的特质和长处，才会在文学层面上具备对小说等文艺样式产生影响的基础。再加上戏曲的广泛传播在社会文化上形成了良好的艺术氛围，当时许多文艺样式开始借鉴戏曲艺术的优长。

在这种文学背景和文化氛围中，小说因自身发展的需要而吸收其他文艺的营养时，自然会看到与其相伴发展、有着相同品格的戏曲在叙事艺术上的成就,萌生取法、借鉴戏曲艺术成就的内在需求,不但利用戏曲的剧名、曲名、曲词、人物、情节以为其刻画人物、建构情节、渲染环境服务,而且在自身发展求新求变的背景下,还出现了取法戏曲的演述体制和剧本形态的现象。于是,戏曲对小说的影响方面逐渐溢出了大规模的同一故事系统内的情节累积与开掘。由此,小说与戏曲的关系出现了新变,即在戏曲的艺术进步和广泛传播的基础上,小说在创作上注意借鉴、吸收非同一故事系统内戏曲的成果和优长。这不但表现在小说对戏曲故事情节、人物形象、演述体制的模拟,还表现在小说利用戏曲的剧名、曲词、人物形象、故事情节等来建构情节、刻画人物、渲染环境。这已不是同一故事系统内的故事源流关系,而是戏曲对一个新创小说的影响关系,是小说对非同一故事系统内戏曲的有意识、有选择的利用。当然,二者的这种非同一故事系统内的关系最明显的、也是最初步的表现形态是小说叙述中夹杂着戏曲材料(如曲文的插入),这是戏曲在广泛传播情况下对小说的渗透,很多情况下这些戏曲材料是无情节建构意义的插引。比如《水浒传》第五十一回提及的"笑乐院本"的演出,第八十二回对杂剧搬演过程的大段描述,《金》第三十一回对《王勃》院本完整演出内容的引录,皆只是小说主体情节叙述的点缀而已,虽有助于小说对当时社会环境的渲染,但没有写人表意的目的,对小说情节的建构无多关涉。小说利用戏曲更为重要的目的是为情节建构服务,这是戏曲材料出现在小说情节叙述中最可称道的价值,也是戏曲材料与小说情节建构之间最有意义的关系,这种关系形态的萌芽较早出现于《水浒传》(以容与堂本为据)①。

首先,《水浒传》在叙述中化用戏曲曲词来刻画人物。这有两种情况。第一种是在人物语言中取用戏曲的曲词,如第二十四回潘金莲因武松的劝言而恼怒自辩:"我是一个不带头巾男子汉,叮叮当当响的婆娘,拳头上立得人,胳膊上走的马,人面上行的人!"②这段话来自元李文蔚《燕青博鱼》杂剧,此剧第三折写燕大之妻王腊梅与杨衙内通奸,遭燕大质问,王腊

---

① 以《水浒传》李永祜点校本为据,中华书局1997年版。
② 李永祜点校:《水浒传》,中华书局1997年版,第302页。

梅强言反驳:"我是个拳头上站的人,胳膊上走的马,不带头巾男子汉,丁丁当当响的老婆。燕大,我与你要见一个明白。"①此语表现出王腊梅的泼辣性格和胆虚心理,而《水浒传》取其用于潘金莲的话语中,十分契合她勾引武松不成反被抢白的情境。第二种情况是在叙述语言中化用戏曲曲词以刻画人物,如第二十四回叙述西门庆帘下偶遇潘金莲,意乱神迷,小说于此点评曰:"只因临去秋波转,惹起春心不肯休。"②此乃化用《西厢记》的话语与情节,此剧第一本第一折写张生偶遇莺莺,描述其"惊艳"而相思情状曰:"怎当他临去秋波那一转,休道是小生,便是铁石人也意惹情牵。"③《水浒传》化用此语把西门庆初遇潘金莲比类成张生之"惊艳",非常契合西门庆当时的艳羡情态;又如第四十五回叙潘巧云买通迎儿与海阇黎通奸时,有"请看当日红娘事,却把莺莺哄得来"之语,这也是化用《西厢记》情节对小说人物行为的点评。

其次,《水浒传》在叙述中化用戏曲术语以表情达意。如小说中多处出现"瞧科""撒科"这样的语词——

> 唐牛儿闪将入来,看着阎婆和宋江、婆惜,唱了三个喏,立在边头。宋江寻思道:"这厮来得最好。"把嘴望下一努。唐牛儿是个乖的人,便瞧科,看着宋江便说道……(第二十一回)
>
> 石秀道:"缘来恁地。"自肚里已有些瞧科。那妇人便下楼来见和尚。石秀却背叉着手,随后跟出来,布帘里张看。(第四十五回)
>
> 西门庆便跪下道:"干娘休要撒科,你作成我则个!"(第二十四回)④

---

① 臧晋叔编:《元曲选》,中华书局1989年版,第241页。
② 李永祜点校:《水浒传》,中华书局1997年版,第305页。
③ 隋树森编:《元曲选外编》,中华书局1959年版,第262页。
④ 李永祜点校:《水浒传》,中华书局1997年版,第259、596、309页。

"科"是戏曲术语,指表演动作。元陶宗仪《南村辍耕录》记宋教坊艺人魏、武、刘三人,言"刘长于科泛"①。后用作戏曲剧本中对动作、表情和效果等的舞台提示语,北杂剧多用"科",南戏、传奇多用"介"。如关汉卿《窦娥冤》杂剧第三折有这样的表述:"(刽子做喝科,云)兀那婆子靠后,时辰到了也。(正旦跪科)(刽子手开枷科)……"②可见,"科"是剧本中对演员动作、表情的提示性语言。在《水浒传》中,"科"作为人物动作、表情的提示语的功能仍在,但其与一些动作词语搭配后的意思则有了变化,如上文所列数例:"瞧科"就不是指戏曲中的看的动作,而是指看破内情,有明白意;而"撒科"则指卖弄、打趣。

《水浒传》中出现的这些戏曲材料,在功用上已不是点缀,而是融入小说情节中,成为小说的血肉。从它们出现在《水浒传》中的方式来看,已不是同一故事系统内的累积式汇入,而是非同一故事系统内的渗透式汇入,如上文所列戏曲材料,已经成为小说写人、叙事和表意的有效成分。这种非同一故事系统内的戏曲与小说间的影响关系现象,只有在戏曲成熟繁荣和广泛传播的基础上才会出现。但是,这些戏曲材料在《水浒传》中的出现,是否为小说有意识地主动引入、利用呢?考虑到《水浒传》的世代累积型成书过程,很多材料都是在此过程中汇入到小说叙述框架中的,其中就包括当时通俗文艺中常见的市语、留文。如第二十四回夸说王婆巧舌如簧是"开言欺陆贾,出口胜随何",以随何、陆贾并列形容能言善辩,元杂剧多有成例,如马致远《邯郸道省悟黄粱梦》第二折吕洞宾有言:"夫人你便有随何、陆贾舌,张仪、苏秦才,百般难免这场灾。"孟汉卿《张孔目智勘魔合罗》第三折府尹说:"将你个赛随何,欺陆贾,挺曹司,翻旧案,赤瓦不剌海猢狲头,尝我那明晃晃的势剑铜铡。"③再如第二十、二十四回称媒人为"撮合山",也常见于元杂剧,关汉卿《望江亭》第一折谭记儿与姑姑的对话中,无名氏《隔江斗智》第二折鲁肃与诸葛亮的对话中皆有此称。而

① 陶宗仪:《南村辍耕录》卷二五"院本名目"条,文化艺术出版社1998年版,第346页。
② 臧晋叔编:《元曲选》,中华书局1989年版,第1510页。
③ 臧晋叔编:《元曲选》,中华书局1989年版,第783、1381页。

一些与戏曲有关者则是在戏曲广泛传播而有一定民众基础的环境中形成的,比如上文所列与《西厢记》有关的点评性话语,就是在《西厢记》广泛传播基础上形成的"留文",类似的在《金》中还有许多①。因此,《水浒传》中汇入的这些戏曲材料与其世代累积型成书过程有着密切的关系。随着戏曲的艺术进步和广泛传播,戏曲逐渐渗入人们的社会生活中,也对当时的许多文艺样式产生影响。在这种文化环境中,戏曲的曲词、剧名及其相关习语、术语就会通过各种渠道汇入、渗入小说中。如此,戏曲材料在《水浒传》中的出现,乃得力于《水浒传》累积成书的过程中戏曲在广泛传播情况下对其的不断渗入,而不是小说对戏曲的有意识利用,但它所蕴含的使用戏曲材料的思路却给后来小说以有效的启示和直接的影响。

《金》是由《水浒传》的一段情节衍生而来的,由此也继承、发扬了《水浒传》情节叙述所表现出的使用戏曲材料的思路。当然,这种承续是有其文学背景的,即戏曲成熟繁荣和广泛传播的文化环境,加上小说、戏曲的密切关系,以及当时众多文艺样式对戏曲的借鉴氛围,在这种情况下,戏曲必然会进入小说创作的领域。站在构建、叙述一个新创故事的立场看,这些戏曲材料进入小说叙述的过程是以新创故事为立足点的主动引入,而就这些戏曲材料在小说叙述中的功用看,则是以建构新故事为目的的利用。所以,《金》中戏曲材料的出现,是以叙述一个新创故事为目的的有意识利用,而非戏曲对《水浒传》那样世代累积型小说的不自觉汇入、渗透。从这个意义上讲,以建构一个新创故事的立场、目的来对待戏曲材料,是出现小说有意识、有目的利用戏曲的思路和方法的基础。《金》是一部伟大的个人独创小说,它以一个新创故事的构建、叙述为目的来对待戏曲材料,这一基础渐趋催生出主动利用戏曲的思路和方法。在这种情况下,戏曲的引入是以小说的情节、主题为主导的有意识、有目的引入,即在小说的故事架构中利用戏曲材料,并以小说的叙事目的对戏曲材料进行必要的改造,注

---

① 《金》第七十一回有"不能得与莺莺会,且把红娘去解馋",第七十八回有"未曾得遇莺莺面,且把红娘去解馋",第八十三回有"无缘得会莺莺面,且把红娘去解馋",皆是化用《西厢记》情节来评述书中人物行为的"留文"。

意与小说叙事的融合,使之成为小说的有机组成部分。这种现象在《金》中得到了集中、系统的体现,其所表现出的利用戏曲的思路与手法,是在继承《水浒传》相关思路的基础上做了进一步的发扬光大、开拓创新。

三　《金瓶梅词话》利用戏曲现象的小说史意义

《金》利用戏曲以推动情节、刻画人物、渲染情境、表达主题,在增强小说中社会环境的生活气息、时代色彩的同时,也有效地丰富了小说的艺术表现手法,这是《金》利用戏曲的思路和方式对于小说本身的意义。如若着眼于小说与戏曲的关系这条发展脉线,则会看到《金》利用戏曲的实践在小说艺术史上所具有的开创性和过渡性意义。这一意义在《金》《水浒传》《红楼梦》这三部关系密切的小说关于利用戏曲的思路、方法的承续关系中有着清晰的表现。

《水浒传》中的戏曲材料是其在世代累积成书过程中不自觉汇入的,这是小说在戏曲广泛传播影响下的被动接受,基本上没有对戏曲材料的合目的性改造。而《金》则以一个新创故事为立场对非同一故事系统内的戏曲材料予以主动利用,并以这个新创故事的建构为目的对戏曲材料进行了适当的改造,带有创作的性质。我们知道,《金》虽以水浒故事中武松打虎、遇兄、杀嫂情节作为开场,但属于借题发挥的思路,《金》并不以此情节作为小说主体故事的基本架构,更不是对《水浒传》作同一主题的故事发展,所以,武松打虎、遇兄、杀嫂情节对于《金》而言并不是同一故事系统的累积,《金》对于《水浒传》也不是同一故事系统内的承袭,而《水浒传》则是同一故事系统内多种文艺形式创作长期累积的结果,其汇入的各段英雄故事皆是在同一主题下被组合到这个作品中的。由于成书的世代累积性,《水浒传》把戏曲材料汇入、连缀到主体故事的过程是在水浒故事同一故事系统内进行的,即使有些并非如此,也是在小说累积成书过程中受到戏曲的影响渗入所致,比如上文所列《水浒传》中一些与元杂剧相关的市语或留文。这些话语有的是当时的通俗小说、戏曲通用的"市语",有的是因戏曲广泛传播影响而生成的"留文"。戏曲材料在《水浒传》叙述中出现的原因和方式与其世代累积型的成书类型是相应的。

与《水浒传》不同,《金》中的戏曲材料不是在累积成书过程中被动地汇入的,而是小说编创者在主题统一的情节框架中有意识地利用,有目的地改造的,它们是小说叙述结构的有机组成部分,为小说的主题表达服务,而不仅仅是为了环境描写的真实和生动。在利用戏曲的思路上,《金》是在一个主体故事的复杂结构中按小说主题表达、人物刻画和情节建构的目的利用戏曲材料,是以一个新创故事为立场有意识、有目的地改造戏曲,以为我所用。这在小说艺术史上具有开创意义,因为此前从未有哪一部小说表现出对戏曲如此的借鉴热情和利用思路。

在此思路的基础上,《金》在利用戏曲的方式上进行了广泛、深入的开掘。《金》利用戏曲材料,涉及戏曲的曲词、人物、情节、曲名、剧名,而它在对这些戏曲材料的具体利用方式上也非常灵活,如对戏曲曲词的利用,即有全曲、片段、首句和曲牌名等形态,小说对这些戏曲材料进行情节意义的利用,不但在小说人物间据以表情传意,也在结构上和情节上利用曲文、剧名向读者暗示,让读者在对戏曲材料的理解中体会编写者的良苦用心。这些融入小说情节中的戏曲材料都关联着一定的戏曲情节,它们在当时戏曲广泛传播的基础上,依托着民众熟知的故事背景,深蕴着丰富的意义能量,成为表达有力的语词。这些利用戏曲的方式不但丰富了小说的艺术表现手法,也表现出对《金》情节叙述的建构意义。编创者对这些戏曲材料有时只是一语带过,但在当时的社会文化环境中,对于熟悉这些戏曲材料的读者来说,其所包含的信息能在他们那里唤起形象生动的联想,足以让他们明白小说利用这些戏曲材料的用意及其对小说情节叙述的建构作用。

需要注意的是,《金》在利用戏曲的思路、方式上做出开创性贡献的同时,不可避免地带有草创期的缺陷,在具体的实践中表现出一些过渡性特征——

（一）叙述中混杂了一些无情节建构意义的戏曲材料，如第三十一回对《王勃》院本的演出内容作了完整抄录，造成了叙述上、阅读上的阻塞感。

（二）利用戏曲材料时剪裁不够精练，有些曲词的引入过于烦冗，造成了叙述上的累赘感。

（三）利用戏曲的格式很突兀，如小说叙述中多次出现戏曲人物自报家门式的自暴自贬话语（第七、三十、四十、六十一、九十回），以及人物对话中的以曲代言格式（第二十、五十九、七十九、八十三回）。这与小说的整体叙述风格有剥离感。

（四）利用的戏曲材料与小说情节叙述在审美趣味上不协调，格调上不融合。如第六十七回西门庆与应伯爵、温秀才饮酒赏雪时小厮春鸿所唱的《宝剑记》第三十三出一段〔驻马听〕，乃林冲流配沧州时所唱的一段雪景描写，曲中有浓重的悲凉气氛，与小说中西门庆心情闲适、聚友饮酒作乐的情和境皆不符。又第七十六回西门庆招待吴大舅等人夜宴，赏梅、饮酒、听戏，此时海盐子弟所唱《四节记》之冬景"韩熙载夜宴"，虽有烘托环境气氛的作用，但西门庆、吴大舅等一帮恶俗之人，与曲中表现的韩熙载、陶学士风雅夜宴在精神格调上并不契合。

当然，《金》利用戏曲方式的这种过渡性并不妨碍其对后世小说的影响，最具典型者就是《红楼梦》。庚辰本第十三回"秦可卿死封龙禁尉"一段有脂砚斋的批语曰："深得《金》壶奥。"①（甲戌本为"深得《金瓶》壶奥"。）此语不止针对于此段情节，也从总体上点出《金》对《红楼梦》在题材、情节、人物、结构、表现手法等诸多方面的启示与影响，利用戏曲一端亦在其中。《红楼梦》在利用戏曲的思路与方式上深得《金瓶梅》之精神，而且在《金》所开辟的道路上做出了进一步的发展、提升。这种发展与提升是以上文所述《金》利用戏曲的那些过渡性特征为起点、基础的。

《红楼梦》第二十三回林黛玉在以"葬花"姿态出场时，正处于她对爱

---

① 曹雪芹：《脂砚斋重评石头记（庚辰本）》，人民文学出版社 2006 年影印本，第 275 页。

情琢磨不定的苦闷、伤感情绪中，而且无人倾诉、无处遣发。就在这苦闷难遣难诉之际，《西厢记》出现在她的面前。小说中详细描写了她与宝玉二人阅读《西厢记》后的感受是"自觉词藻警人，余香满口"。此后，《西厢记》的曲文就经常出现在二人的口中（第二十六、三十五、四十、四十九回），据以表达心曲，交流情感。这些用于宝、黛二人身上的《西厢》曲文，给二人的情感发展提供了一个有着经典意义的故事情境和人物性格的参照。我们能从这些曲文联想起《西厢记》所营造的崔、张爱情的有关情节、情境，同样，宝、黛二人也在崔、张爱情中读到了自己为之魂牵梦绕的理想化爱情状态。

黛玉在阅读《西厢记》之后，就被莺莺因张生而伤春的苦闷情思深深地感染，自然地，她把自己的情思自觉地依附于《西厢记》所营造的曲文意境和莺莺的情感上，如：第二十三回想到"花落水流红，闲愁万种"时的"心痛神痴，眼中落泪"；第三十五回看到自己居所时想起"幽僻处可有人行，点苍苔白露泠泠"，由此流露出心境的孤寂凄凉，并比类莺莺而自叹自怜"何命薄胜于双文哉！"此外，黛玉还以莺莺的情感表达来修饰自己的情感，如第二十六回她午睡倦起时忘情吟出的"每日家情思睡昏昏"之句。①

同时，宝玉在读到《西厢记》之后，也开始用张生的语言向黛玉表白心迹。虽然在这之前宝、黛二人已经有"两个一桌吃，一床睡，长的这么大了"（第二十回）的亲密关系，宝玉也有什么你心我心的含蓄表达，但从未有如张生般对情感的直白表露。自从读到《西厢记》后，他也好像遇到了知音，在张生那里得到了精神鼓励，找到了对待爱情的行动指南。于是，我们看到宝玉不断地用张生的那种"疯痴"语言来表达自己对黛玉的爱情，以试探黛玉的心思，如第二十三回在二人共同读完《西厢记》后就对黛玉说："我就是个多愁多病的身，你就是那倾国倾城貌。"第二十六回有黛玉在场时对紫鹃说："好丫头，'若共你多情小姐同鸳帐，怎舍得叠被铺床'。"②这种表达爱情的语言是他自己难以想到的。正是他读到了《西厢

---

① 曹雪芹、高鹗：《红楼梦》，人民文学出版社 1982 年版，第 328、474、366 页。
② 曹雪芹、高鹗：《红楼梦》，人民文学出版社 1982 年版，第 325、367 页。

记》，被其中的崔、张爱情深深打动，才会自觉地以之修饰自己的爱情和语言。在这一过程中，宝玉对待爱情的态度向前迈出了一大步。

由此分析，可见《红楼梦》利用西厢曲文表达人物情思意绪，利用西厢人物、情节进行比类描写的思路。曹雪芹让《西厢记》在黛玉的世界中出现，把宝黛爱情的发展架设在崔张爱情的发展历程中，借崔张爱情映照宝黛爱情。这一借崔张爱情以映照宝黛爱情的思路，与《金》利用崔张二人的行为比类、品评、描写人物的思路是一脉相承的。

《金》多次把西门庆与其情人的偷情行为比类为崔张二人的爱情行为，如第二回说西门庆是"张生般庞儿"，把西门庆初遇潘金莲比类成张生之"惊艳"："只因临去秋波转，惹起春心不肯休。"第十三回通过丫鬟迎春的眼睛描述西门庆与李瓶儿偷情，说是"好似君瑞遇莺娘，犹若宋玉偷神女"，还把西门庆扒墙与李瓶儿幽会的行为总结性地说是"两个隔墙酬和，窃玉偷香"。第三十七回描写西门庆与王六儿幽会，说是"一撞一冲，君瑞追陪崔氏女"，还把王六儿形容成"偷期崔氏女"。这些评述都是以《西厢记》的人物行为作为映照的。其用意或是把西门庆及其情人们比类为张生和崔莺莺，或是借崔、张的爱情行为来映照西门庆、潘金莲等人的滥情行为。尤其在第八十二、八十三回中，更是把潘金莲、陈经济二人的偷情行为架设在崔张爱情的发展进程中，以崔张爱情行为映照潘陈的偷情行为。如第八十二回潘陈的第一次月夜偷期，潘金莲先是将写有〔寄生草〕词的汗巾香袋儿投进陈经济的房中，中有"休负了夜深潜等荼蘼架"一语，"许他在荼蘼架下等候私会佳期"。到了晚上，潘金莲打扮一番，身穿翠纹裙，"脚衬凌波罗袜"，"独立木香棚下，专等经济今晚来赴佳期"。而陈经济则来到月光下花园中的荼蘼架下赴约。我们以此情节对照《西厢记》中张生月夜跳墙赴约一段（第四本第一折），会发现二者在此情节设置上十分相类。

但是，这种比类、映照有一个值得注意的问题。《西厢记》的艺术感染力，以及它能成为千古绝调、北曲压卷之作的原因，很重要的一个方面是其所表现的崔张二人大胆追求纯真爱情的行为，它与西门庆等人的滥情、

淫乱行为品质雅俗迥然不同，格调高下天壤有别，一在情，一在欲。但
《金》在化用《西厢记》人物行为、故事情节以比类映照西门庆、潘金莲等人
的滥情行为时，则只注目于崔张的违背正统礼义的密约偷期，而不论其爱
情的真挚与格调的高雅，或者说，只注目其"欲"的表面，而不顾其"情"的
内涵，并且《金》在以崔张比类西门庆、潘金莲等人的过程中把这"欲"的一
面发挥到了极致。《金》中频繁的这种比类确实突兀，颇显荒唐。

　　而《红楼梦》则有意识、有目的地以崔、张比类宝、黛，以崔张爱情映照
宝黛爱情，在性质、格调和精神上就非常融洽相符。二者皆注目于情。
《红楼梦》中反复出现《西厢记》曲文，并假宝黛之口予以高度评价，说明作
者曹雪芹对《西厢记》的喜爱，也说明小说所受《西厢记》的深刻影响。王
实甫、曹雪芹二人皆把对理想生活的追求和渴望寄寓在自己的作品中，正
如刘鹗在《老残游记·自叙》中所说："王实甫寄哭泣于《西厢》，曹雪芹寄
哭泣于《红楼梦》。"①王实甫通过崔、张爱情，抨击了封建礼教对青年男女
爱情婚姻的束缚，歌颂了崔、张二人为争取爱情婚姻自主而对封建礼法的
大胆反抗，真实地反映了那个时代人们对"普天下有情的人都成了眷属"
的渴望。《红楼梦》的主题虽然是多维的，但以宝黛为代表的青年男女对
爱情自由、婚姻自主的向往和追求，仍然是小说叙述的重要内容。

　　因此，《红楼梦》的这一映照在人物刻画、艺术精神和主题表达上都要
比《金》精到高超。它让宝、黛在崔、张爱情中找到了自己的情感参照。从
黛玉的情感依附、宝玉的情感表白，可见二人对崔张爱情有了情感上的共
鸣，他们看到的是《西厢记》，想到的是自己的心事、处境，流露出的是他们
对爱情的渴望和苦闷。可以说，《西厢记》在《红楼梦》情节中的登场促进
了宝、黛爱情的发展，相应地也推动了故事情节的前进。《红楼梦》对《西
厢记》戏曲材料的这一利用，让崔、张的情感发展为宝、黛二人的情感发展
提供了一个经典爱情故事的映照，使宝、黛爱情的表现更富张力，更为饱
满。《红楼梦》的这一映照读来有精神重逢之感，因为曹雪芹看到了崔张

---

　　①　刘鹗：《老残游记·自叙》，人民文学出版社 1982 年版。

爱情的精神实质,所以他才会把宝黛比类为大胆追求爱情的崔张,于此既表达了对《西厢记》的推重,也表达了对崔张爱情的尊敬。这一点要比《金》以"欲"与违礼来解读崔张爱情行为的视角进步得多,也消除了《金》以崔张情事映照潘陈滥情行为的精神隔阂之感,在爱情行为的精神实质和格调境界上互为映照、互为丰富。但《红楼梦》让人物使用《西厢》曲文表情达意,以及借其人物作为映照的思路和手法还是明显受到了《金》的启发与影响。

由此可见,《红楼梦》利用戏曲的实践,没有因利用戏曲而冲淡甚至破坏小说情节发展流的大段插引;在利用戏曲表现人物心理、情感等方面,也较《金》更为细腻深刻;对戏曲剧目、曲文的利用,已与小说的情节叙述、结构安排取得了更好地融合。这是自《金》在利用戏曲的思路和方式进行大力开拓之后,最为优秀的继承和发扬,树立起小说利用戏曲这一创作实践的一个标杆。

四　小结

众多戏曲材料在《金》中的出现并非是随意的、无情节意义的抄引,而是作为小说情节叙述的有效成分,具有情节建构意义。从小说编创的角度看,《金》是以自己的情节构架和主题表达需要而统纳了这些戏曲材料,并按小说的具体情境对其进行合目的性的选择、安排和改造。笔者称之为"利用戏曲",是为了突出《金》在使用戏曲材料(剧名、曲名、曲词、人物、情节等)上的有意识和有目的,强调的是《金》以自身的建构目的而对戏曲材料的"用",而非单纯的"引"、被动的"抄"。而"抄引""援引""引用"等强调"引"的说法难以表达《金》的这种利用戏曲的思路①,因为它们未能反

---

① 周钧韬《〈金瓶梅〉抄引话本、戏曲考探》(《金瓶梅新探》,百花文艺出版社1987年版)、张进德《略论〈金瓶梅〉对戏曲的援用及其价值》(《明清小说研究》2004年第4期),认为这些戏曲材料的援用具有重要的史料价值和民俗价值,对于求索《金》的作者有意义。

映出戏曲在小说叙述中出现的有意识性和有目的性,也就遮蔽了《金》在利用戏曲的思路和方式上的开创性,模糊了这种思路与无情节意义抄引的区别,这在研究思路上就忽略了这些戏曲材料与小说情节叙述间的建构关系,而只是把这些戏曲材料当成戏曲史料来看待,由此也就未能充分地、有效地理析《金》以情节建构、人物刻画、主题表达为出发点,对戏曲材料的有目的、有意识利用,更无意于考察这种利用戏曲的思路和方式在明清小说艺术史上的意义。

如果我们看到戏曲词曲及其演唱在《金》叙事中的出现,那么这不是戏曲艺术影响、渗透背景下小说的被动接受,而是小说创作对戏曲材料有意识的主动利用,是按小说具体情境的合目的性改造,实际上是一种为我所用的再创造。这些戏曲材料在进入《金》的情节叙述后,被作者创造性地重新组织在具有同一时空和主题的故事中,虽不能如张竹坡所言的那样每支曲的出现皆有特殊深意①,但就戏曲材料的内涵与小说情节建构的关系来看,这些戏曲材料在小说情节叙述中的出现,并非作者信手拈来聊以点缀,而是结合小说情节有所斟酌的。

而在《水浒传》《金》《红楼梦》之间,我们又进一步看到了小说利用戏曲的思路、方式上的承续、提升轨迹,由此而呈现出《金》利用戏曲的开创性、过渡性意义。《金》在利用《水浒传》的一段情节以生发成书的基础上,也对其在累积成书过程中积淀的使用戏曲材料的思路作了开创性的提炼与发挥。而《金》所表现出的对戏曲的有意借鉴态度以及其间所锻炼出的利用戏曲材料的思路、方式,在《红楼梦》中得到了全面的继承和发扬。在这一发展脉线上,《金》利用戏曲这一艺术实践在小说艺术史上体现出了承前启后的开拓贡献和桥梁作用。

---

① 张竹坡批评《第一奇书金瓶梅》第二十七回回前评有言:"凡各回内清曲小调,皆有深意,切合一回之意。"(齐鲁书社 1991 年版,第 407 页)

第十章 《红楼梦》叙事中的利用戏曲体制因素

　　《红楼梦》之所以能成为中国白话小说发展的高峰，很大程度上得益于它对历代诸多文艺成就的吸收、消化与融通，其中，它对戏曲艺术因素的吸收就颇为丰富而精细。这一方面得益于戏曲的艺术进步和深广传播，另一方面则得益于前代小说在吸纳戏曲艺术方面的实践经验。明清小说取鉴戏曲艺术的创作实践，虽然并不始于《红楼梦》，但却以《红楼梦》最为成熟。这表现在它能以小说的故事系统和叙述体制有目的、有意识地选择、剪裁、熔铸戏曲材料，以为情节建构、人物刻画、主题表达服务，而不是简单地在情节叙述中直白地、突兀地穿插戏曲材料、模拟戏曲情节。故而，笔者以"利用戏曲"来强调《红楼梦》的这一创作实践，即它在吸纳、借鉴戏曲艺术方面的有意识性、有目的性。

　　《红楼梦》利用戏曲的艺术实践表现在许多方面，比如小说常会有意识地在情节叙述中安排读戏、看戏、点戏、评戏等活动，有目的地引入戏曲的剧目、曲文、人物、情节等材料，以预示故事结局，揭示人物性格，点染环境氛围，推动情节发展。对此，徐扶明《红楼梦与戏曲比较研究》之"《红楼梦》中戏曲剧目的作用"一章颇有阐发①。就在小说主动吸纳戏曲的这些故事题材方面的材料过程中，一方面由于戏曲艺术广泛传播而形成的深刻影响，一方面由于小说自身发展求新求变的内在要求，这些戏曲材料所负载、蕴含的叙述体制、表达方式和艺术思维便会潜移默化地影响、渗透

---

　　① 徐扶明：《红楼梦与戏曲比较研究》，上海古籍出版社1984年版，第79—91页。

到小说的构思和创作中,并在小说叙述中留下或隐或显、程度不一的痕迹。

本章即着重理析《红楼梦》对戏曲体制因素的利用现象,以考察它是如何以小说自身的故事系统和叙述体制来消化、融合戏曲体制因素,而为构建小说情节、刻画小说人物、表达小说主旨、丰富小说艺术表现手法而服务的,进而探讨《红楼梦》的这一艺术实践在明清小说艺术发展进程中的价值和意义。

一 《红楼梦》对杂剧楔子体制的化用

明清章回小说在情节结构中引入杂剧的楔子体制,首见于金圣叹于明崇祯十四年(1641)完成的批改本《水浒传》,后来《儒林外史》的叙事结构中亦有表现,而《红楼梦》在继承它们的创作思路的基础上,注意以小说的文体规范消化楔子体制,使楔子体制能与小说的叙事结构更为密切地融合起来,化影于无形,而神韵犹存。

楔子体制来源于金元杂剧。元人杂剧的演述体制多在四折外另加一个楔子,或居一剧之首,或处两折之间,而以居剧首者为多。处折间者在杂剧演述结构中起到过渡作用,而居剧首者在演述结构中具有引入正场的功能,在情节结构中则有情节引入的作用,即金圣叹所说的"以物出物"①。楔子在杂剧演述结构中所包含的这个意义,较早地被引入到小说的评点中,如张竹坡评点《金瓶梅》,第六十七回回前评有言:"接言黄四,盖为后爱月家楔子也。爱月儿,又为王招宣林氏楔子也。林氏,又为金莲故也。"第八十三回回前评有言:"此回方是结果金莲之楔子。"又《读法》第四十七条有言:"故卜志道虽为子虚署缺,又为瓶儿做楔子也。"②这些评点中的楔子概念包含了小说的人物安排之法,意指小说叙述先以一个人

---

① 金圣叹评点:《第五才子书施耐庵水浒传》,中州古籍出版社1985年版,第28页。
② 兰陵笑笑生:《张竹坡批评第一奇书金瓶梅》,齐鲁书社1991年版,第1002、1332、39页。

物为楔子，引出下一个所要描写的人物，在此，楔子表达的是连接、过渡的意思。另外，《红楼梦》庚辰本第二十五回叙及贾环用热灯油故意烫伤宝玉，引来王夫人对赵姨娘的数落、斥责，此处有脂评曰："总是为楔紧五鬼一回文字。"①此语意指王夫人对赵姨娘的斥责，加深了赵姨娘对宝玉的嫉恨，于是就引出后来赵姨娘指使马道婆施魔法让宝玉遭受五鬼折磨的一段情节。如此，小说通过王夫人斥责赵姨娘一段引入宝玉受五鬼折磨一段，便在情节结构上使得此"五鬼一回文字"事出有因，事出必然，故脂评有"楔紧"之说。在这些小说评点中，楔子已不是杂剧演述体制中的程式概念，而是这个程式的功能所引申出来的含义，意指引入、关联。

金圣叹在批改《水浒传》时按自己的意图和观念对施耐庵本进行了明显的改动，其中一点就是在小说的情节结构中主动引入了杂剧的"楔子"概念。在施本中，"引首"和第一回"张天师祈禳瘟疫　洪太尉误走妖魔"是小说主体故事的导引部分，从第二回"王教头私走延安府　九纹龙大闹史家村"才开始转入到主体故事的叙述。而金圣叹批改时把施本的"引首"和第一回予以融合、改易，贯以"楔子"标识，并由此而引出主体故事的叙述。金圣叹在小说情节结构上的这一改动乃是看到施本第一回并不是小说的主体故事，而是主体故事的引入部分；并且它在情节结构上不同于话本小说的入话功能，而类似于元杂剧的楔子功能。这正是金圣叹引入杂剧的楔子体制来改写《水浒传》开篇的用意。金批本把施本第二回改为第一回，意指此回才是小说主体故事的开始，而它所单列的楔子则是这个主体故事的引入部分，为主体故事提示情节大纲（群雄作乱），简介人物关系（一百单八个魔君），由此而引入主体故事的叙述，即如金圣叹的解释："以瘟疫为楔，楔出祈禳；以祈禳为楔，楔出天师；以天师为楔，楔出洪信；以洪信为楔，楔出游山；以游山为楔，楔出开碣；以开碣为楔，楔出三十六天罡、七十二地煞。"②小说的这个"楔子"部分就这样一步步地引出了水浒英雄的主体故事。正是看到了《水浒传》情节叙述所存在的这种结构关

---

① 曹雪芹：《脂砚斋重评石头记（庚辰本）》，人民文学出版社 2006 年影印本，第 562 页。
② 金圣叹评点：《第五才子书施耐庵水浒传》，中州古籍出版社 1985 年版，第 28 页。

系,金圣叹才会在批改《水浒传》时引入杂剧的楔子概念并以"楔子"标显其意。

金圣叹批改《水浒传》而引入杂剧楔子体制的思路,在吴敬梓《儒林外史》那里有明显的承接。《儒林外史》第一回标目为"说楔子敷陈大义 借名流隐括全文",特别指明此回乃是小说的"楔子"。小说把第一回情节称为楔子,并指出其"敷陈大义"的作用,又在本回结尾处特别交代:"这不过是个楔子,下面还有正文。"此处"楔子""正文"之说即表明小说是取用杂剧的楔子体制,以第一回情节作为楔子以引入主体故事。而小说利用"楔子"敷陈大义的方式就是"借名流隐括全文",即通过社会名流王冕以及他的对照形象危素、时仁等官宦士绅来照应小说"正文"的各类人物及其行为,同时也寓示了作者吴敬梓的创作主旨。

与此二者不同,《红楼梦》虽然也取鉴了杂剧的楔子体制,但它并没有以"楔子"标识。即在情节结构中没有标显明确的"楔子"节段,但其结构布局中却蕴含了楔子体制的精神内涵。小说以一个石头神话故事开篇,叙说《石头记》的来历,由此引入小说的主体故事。这在叙事结构上与金批本《水浒传》设置"楔子"的思路在精神上是一致的。《水浒传》以"洪太尉误走妖魔"楔出主体故事,《红楼梦》以石头神话楔出主体故事,而且二者皆在楔子部分寄寓了小说主要人物的命运和结局,蕴含了作者自己的观念和意绪。其一,小说以青埂峰顽石的神话作为主体故事的缘起。此顽石乃是女娲补天的遗弃之物,它"自经锻炼之后,灵性已通",因凡心已炽、不甘寂寞而幻形入世,化身为通灵宝玉与小说主人公贾宝玉相随,"历尽悲欢离合、炎凉世态",并根据自己的这一尘世经历写成《石头记》一书,由空空道人抄录问世流传。如此小说就沟通了这个楔子与主体故事的关联。其二,石头神话故事作为小说叙事结构的楔子,在对顽石的设置上寄寓了作者的人生观念和社会评价。这块顽石颇有"性灵"却又如此"质蠢",不成材也不成器,因落堕"情根"而无补天之用,这一品质被落实到它的幻化者贾宝玉的身上,就是作者对贾宝玉这一形象的设置,他秉正邪两赋之性,聪明灵秀而又乖僻邪谬,鄙弃功名利禄而拒绝补救代表那个社会的家族命运之天。通过这一人物的叛逆性格，作者表达了对人生、对家庭、对社会的反思与醒悟。其三，石头神话故事所关联的木石前盟情节概括并预示了主体故事的一个重要内容——宝黛爱情悲剧。小说在甄士隐的梦中让那携带顽石投奔红尘的一僧一道叙述了神瑛与绛珠的木石前盟，构思了绛珠仙子要以一生眼泪来偿还神瑛侍者甘露之爱的神话。在小说的构思中，这青埂峰顽石、神瑛侍者和贾宝玉是三位一体的关系，而绛珠草、绛珠仙子和林黛玉也是如此。所以，木石前盟的纠葛就象征了主体故事中的宝黛爱情悲剧，也预示了小说主干情节发展的轮廓，而且为小说主体故事的叙述奠定了"悲凉之雾，遍被华林"①的基调。而小说构思的这些内涵和主旨都寓含在石头神话故事中，并由此引入、关联到小说的主体故事之中。

　　所以，脂砚斋认为这个石头神话在叙事结构上就是小说的"楔子"，因而他在小说第一回石头神话结尾处批曰："若云雪芹'披阅增删'，然则开卷至此这一篇'楔子'又系谁撰？足见作者之笔狡猾之甚。"②又在第五十四回回前评中再次重申："首回楔子内云：古今小说'千部共成一套'云云，犹未泄真；今借老太君一写，是劝后来胸中无机轴之诸君子不可动笔作书。"③这说明脂砚斋已经看到了《红楼梦》的石头神话故事与主体故事的结构关系乃是继承了杂剧楔子体制的精神内涵。这种由一段情节"楔出"主体故事的叙事思路，正如金圣叹《读第五才子书法》所言之"弄引法"——"谓有一段大文字，不好突然便起，且先作一段小文字在前引之"④。《红楼梦》化用杂剧楔子体制，其目的就是以"一段小文字"引入"一段大文字"，其间的结构关系正如杂剧演述体制中楔子与正戏的关系。

　　而且，在化用楔子体制的手法上，《红楼梦》也与其故事情节和叙述结构更为融合。金圣叹把施本的"引首"与第一回改易为"楔子"，吴敬梓把

---

① 鲁迅：《中国小说史略》，上海古籍出版社 1998 年版，第 165 页。
② 曹雪芹：《脂砚斋重评石头记甲戌校本》，邓遂夫校订，作家出版社 2005 年版，第 82 页。
③ 曹雪芹：《脂砚斋重评石头记（庚辰本）》，人民文学出版社 2006 年影印本，第 1255 页。
④ 金圣叹评点：《第五才子书施耐庵水浒传》，中州古籍出版社 1985 年版，第 23 页。

《儒林外史》第一回明标为"楔子",它们借用杂剧楔子的概念、体制,而把小说叙述结构中引入主体故事的情节段落标称为楔子,乃是借鉴了楔子程式在杂剧演述体制和情节结构中所具有的功能,以此彰显楔子部分与主体故事的结构关系,以及小说的情节建构意图。比较于金批本《水浒传》、吴敬梓《儒林外史》,《红楼梦》利用杂剧楔子体制的手法更为隐蔽,使之与小说情节叙述的融合更为精细,它虽未对"楔子"节段明文标识,但却更为完美地继承了杂剧楔子体制的精神内涵,由此可见出作者对小说叙述结构的精心设计。

二 《红楼梦》对戏曲副末开场程式的化用

《红楼梦》在叙述结构中还融入了传奇戏曲"副末开场"程式的结构思维和表达方式。

古典戏曲的演述程式一般会在正场开始之前安排一段诗词韵文以总括大意,引入正戏,杂剧称之为"题目正名"、传奇称之为"家门"。杂剧的题目正名,在文本中被编辑在剧末,但"就舞台演出程序而言,题目正名应是放在正戏开演之前,'报幕'式地向观众介绍剧情提要,使观众预先对即将演出的剧目内容有所了解"①。如关汉卿《救风尘》的"安秀才花柳成花烛,赵盼儿风月救风尘",白朴《墙头马上》的"李千金月下花前,裴少俊墙头马上",郑光祖《倩女离魂》的"调素琴王生写恨,迷青琐倩女离魂",等等,皆是用七言韵文言简意赅地点出杂剧的重点关目和主旨倾向。在演出程式上,它们被置于剧首,作介绍剧情、广告宣传之用。宋元南戏也有这种"题目"程式,如"永乐大典戏文三种"和元本《琵琶记》,后来则出现了"副末开场"这一固定的演述程式。

宋元南戏、明清传奇的第一出皆有"副末开场"程式,也称"开场始末"

---

① 徐扶明:《元代杂剧艺术》,上海文艺出版社1981年版,第3页。

或"开宗",明清传奇则普遍标为"家门"。这一程式要求南戏、传奇在正戏展开之前,由副末上场,用诗词形式唱出写作缘起或剧情概要,一般有两支曲词,一为交代创作缘起,一为报告剧情概要,有时则只用一支曲子直接报告剧情概要,如《六十种曲》本《白兔记》第一出"开宗"的〔满庭芳〕。徐渭《南词叙录》即指出南戏演述程式中开场的功用:"宋人凡勾栏未出,一老者先出夸说大意以求赏,谓之开呵。今戏文首一出谓之开场,亦遗意也。"①而在明清传奇戏曲的文本创作中,这种作为演述程式的"副末开场"已成为固定的结构体制,如汤显祖《牡丹亭》第一出"标目"即有〔蝶恋花〕和〔汉宫春〕两支曲词,其中第一支曲词点明本剧的创作缘起,第二支曲词概述了杜丽娘因情感梦而与柳梦梅生生死死的爱情故事。这种由副末作为叙述人,以两支曲词概述创作缘起和故事梗概的程式,已成为明清传奇戏曲的基本演述结构。虽然这种程式在传奇文本中的标称各有变化,如《牡丹亭》称之为"标目",《长生殿》称之为"传概",《桃花扇》称之为"先声",但在精神内涵上皆是"副末开场"的思维。

《红楼梦》在叙述结构中正是借鉴、化用了这种"副末开场"程式,一是在石头神话部分融入了"副末开场"的交代创作缘起的功能;二是在第五回宝玉听赏《红楼梦曲》一节化用了"副末开场"的报告剧情概要的功能。

《红楼梦》第一回作为小说叙述结构的引入部分,交代了主体故事的来历:"列位看官,你道此书从何而来? 说起根由虽近荒唐,细按则深有趣味。待在下将此来历注明,方使阅者了然不惑。原来……出则既明,且看石上是何故事。"此段情节虽是虚构了小说故事的来历,但在结构功能上起到了交代创作缘起的作用,其思路正同于戏曲的副末开场程式,如《牡丹亭》第一出〔蝶恋花〕曲词就交代作者于"白日消磨肠断句"之时,深感"世间只有情难诉",因此要以"牡丹亭上三生路"的故事告诉人们"但是相思莫相负"。当然,《红楼梦》并没有如此直接地表白,而是以一个石头神话故事修饰小说对创作缘起的交代意图,并于此寓含了作者的创作主旨。

---

① 徐渭:《南词叙录》,《中国古典戏曲论著集成(三)》,中国戏剧出版社1959年版,第246页。

所以,脂砚斋在批点此段时提醒读者:"这正是作者用画家'烟云模糊法'处,观者万不可被作者瞒蔽了去,方是巨眼。"①

而小说第五回警幻仙子请宝玉听赏《红楼梦曲》一节更是隐晦地化用了这种副末开场程式,而且经过作者的精心改造和设计,较之戏曲程式更显含义丰富、功能多样、形式活泼。宝玉梦游太虚幻境,警幻仙子于宴席间让十二个舞女演唱了新制的《红楼梦》十二支曲。此套曲词所表达的内容,概括了十二个贵族女子的命运,关联了小说的主要情节,并预示了贾府由盛而衰的结局。就其与小说主体故事的关系来看,可视为小说情节叙述的总纲;就其在小说叙述结构中的作用来看,与副末开场程式的功能、形式有着精神上的相通性。

在形式上,这套《红楼梦曲》用的是十二支韵文曲词,由太虚幻境中的十二个舞女演唱。而在功能上,这套曲词即如戏曲演述体制中的副末开场程式一样,在小说的主体故事充分展开之初,统摄了人物、情节和主旨三个方面。甲戌本《红楼梦·凡例》有言:"宝玉作梦,梦中有曲,名曰《红楼梦十二支》。此则《红楼梦》之点睛。"②此即指出《红楼梦曲》在小说叙事的总体构思中的作用和地位。它首先对小说中主要人物的性格和命运予以设定,而对主要人物命运的设定必然伴随着对小说情节框架的设定,在此基础上,进而为小说主体故事做出凄凉结局的预示和悲剧主题的隐喻。首先,曲词的题目皆寓意哀婉,如"终身误""枉凝眉""恨无常""分骨肉""乐中悲""好事终"等。其次,曲词的内容皆主旨悲凉,如〔飞鸟各投林〕中"看破的,遁入空门;痴迷的,枉送了性命。好一似食尽鸟投林,落了片白茫茫大地真干净"。所以,这套曲词作为小说的总纲不但规定了主要人物的性格和命运,也设定了小说叙事的主旨和基调,它于主要人物命运的咏叹中寄寓了"怀金悼玉"的凄婉情绪和"树倒猢狲散"的悲凉意味。由此而言,这套曲词在情节叙述中的出现虽然是警幻仙子特意为警醒宝玉而作的酒宴上的安排,同时也是小说作者特意为提示读者而作的结构上

---

① 曹雪芹:《脂砚斋重评石头记甲戌校本》,邓遂夫校订,作家出版社 2005 年版,第 82 页。

② 曹雪芹:《脂砚斋重评石头记甲戌校本》,邓遂夫校订,作家出版社 2005 年版,第 75 页。

的安排,让读者在主体故事充分展开之初就能大致把握人物的性格与命运,领悟小说的主旨和结局。这种思路正与明清传奇设置副末开场程式让接受者在戏曲开场之初即可大致明白创作缘起与情节梗概的意图是一样的。由此可以说,《红楼梦》的这些叙事设置在思路和手法上是对副末开场程式的借鉴、化用。

对于《红楼梦曲》与副末开场程式的关系,曹雪芹与脂砚斋已各有隐显不同的表述。曹雪芹在小说第五回借警幻仙子之口指出:"此曲不比尘世中所填传奇之曲,必有生旦净末丑之则,又有南北九宫之限。此或咏叹一人,或感怀一事,偶成一曲,即可谱入管弦。若非个中人,不知其中之妙。"语中把《红楼梦曲》与"传奇之曲"联系起来,已经提示了此套曲词与传奇戏曲的关联,并明言有"其中之妙"。而脂砚斋则明确看到了这"其中之妙",他在此评点道:"读此几句,翻厌近之传奇中,必用开场副末等套,累赘太甚。"①语中明确指出了《红楼梦曲》与副末开场程式的关联——二者皆是以韵文曲唱的形式,在主体故事展开之初,预示情节发展、人物命运和故事结局,故而脂砚斋于此指出:"此结是读《红楼》之要法。"②

而让脂砚斋对这套曲词颇有新鲜感的原因,就是它在《红楼梦》叙述中的呈现并不是像副末开场程式那样由副末脚色面对观众静止地交代出来,而是在小说的情节发展进程中伴随着人物的行动展示出来,即是以宝玉梦游太虚幻境而听赏《红楼梦曲》演唱的形式呈现出来,如此就避免了传奇戏曲"副末开场"那样单调、呆板的程式化呈现。而且,这套曲词的形式也比较活泼,它是以十四支曲词的组合形式来呈现,有的用第一人称倾诉,如第二、四、五、十一支曲,有的用第三人称交代,如第七、八、九支曲,但皆是关于一人一事的咏叹,即警幻仙子所说的"或咏叹一人,或感怀一事"。这与副末开场程式只用两支曲词的形式有所不同。由于小说对副末开场程式的如此灵活运用,《红楼梦曲》的设置与戏曲中千部一套的副末开场程式相比,确实颇有新意。正是由于这些创变,脂砚斋才会感到它

① 曹雪芹:《脂砚斋重评石头记甲戌校本》,邓遂夫校订,作家出版社 2005 年版,第 159 页。
② 曹雪芹:《脂砚斋重评石头记甲戌校本》,邓遂夫校订,作家出版社 2005 年版,第 160 页。

的新颖别致,而传奇戏曲的格套化呈现方式则显得拘泥呆板,让他觉得"累赘太甚",心生厌烦之感。

但是,《红楼梦曲》所表述的内容,所呈现的套曲组合形式,以及它在小说叙述结构中的作用,仍是脱胎于传奇戏曲的副末开场程式。《红楼梦》在情节叙述中以多种方式预示了人物的命运和故事的结局,但这种在主体故事充分展开之初用曲唱形式预示故事概要、情节发展、人物命运的手法,并不见于此前小说的叙事结构中,而是来自于传奇戏曲演述体制中普遍存在的副末开场程式。《红楼梦曲》的设置即是对这一戏曲程式借鉴、化用的结果,只是小说对这一戏曲程式进行了很好的消化和融合,使人在耳目一新之后,感悟到警幻仙子所说的"其中之妙"。

三 《红楼梦》对戏曲科诨体制的化用

科诨是戏曲表演体制中重要的组成部分,而净、丑即是戏曲为呈现科诨而设置的脚色。李渔《合锦回文传》卷二末尾有署名"素轩"的评语:"稗官为传奇蓝本。传奇,有生、旦,不能无净、丑。故文中科诨处,不过借笔成趣。"①意指净、丑是传奇戏曲中必不可少的脚色配置。所以,小说在被改编为戏曲时,为了适应戏曲演述体制中的净、丑脚色设置,往往会增加一些科诨情节;而戏曲在被改写为小说时,则往往会相应地删除与净、丑脚色相配的科诨情节。比如李渔把其小说《连城璧》子集《谭楚玉戏里传情 刘藐姑曲终死节》改编为戏曲《比目鱼》时就因增设净、丑脚色而添加了一些科诨情节,但后来据此剧改写的小说《戏中戏》《比目鱼》(署名"松竹草庐爱月主人编次")则又把这些科诨情节删除。当然,明清时期有许多据戏曲改编的小说中会有意无意、隐显不同地遗留一些净、丑脚色的科诨情节,如据梅鼎祚《玉合记》改编的小说《章台柳》即是,其第三回叙丫鬟

---

① 李渔:《李渔全集》(九),浙江古籍出版社 1991 年版,第 326 页。

轻娥奉柳姬之命到法灵寺还愿时,有一段和尚法云、慧月的打诨:

> (法云)随将法器动了一回,说:"轻娥姐拈香,待我宣疏跪读
> ……又愿轻娥,就为厮养妇,也偕鸾凤之欢;若近主人翁,常跐鹭
> 鹚之步。"轻娥道:"佛前休得取笑。"慧月道:"好好,幡挂起了,再
> 与你祝赞祝赞。四天神女献花来,八部龙王大会斋。小姐今春
> 还捉对,轻娥明岁定怀胎。"轻娥道:"经上那里说怀胎。"慧月道:
> "我念的胎骨经。"礼佛已毕。①

这段科诨是小说直接从戏曲移植而来,因为与小说主干情节并未很
好地融合,在小说叙述情境中显得颇为生硬。这类戏曲科诨格式在小说
的第一、八、十二、十三、十五各回皆有表现。当然,这些科诨格式在《章台
柳》情节叙述中的出现并不是小说对戏曲科诨体制的有意模拟,而是小说
在改写戏曲过程中未能对戏曲格式按小说文体规范予以充分改造、消化
而出现的遗留。相对于此,《红楼梦》则是在情节叙述中主动地模拟、化用
戏曲的科诨手法。

戏曲演述体制中的科诨手法有很多形式,如谐音错听、语意错接即是
净、丑科诨的常用手法。这一科诨手法在元杂剧中就被广泛使用②,兹列
举南戏《白兔记》第四出净、末二脚色的一段谐音打诨:

> (末白)我员外在这里,上前相见。(净)老员外稽首。(外)
> 庙官少礼。(末)见了大婆。(净)三钱一只。(末)怎的说?(净)
> 大鹅。(末)不是,是大婆。(净)嘎,大婆稽首。(末)见了三娘。
> (净)五钱一只。(末)怎的说?(净)你说是山羊。③

---

① 潇湘迷津渡者编:《章台柳》第三回,《古本小说集成》本,上海古籍出版社 1994 年版。
② 郭伟廷:《元杂剧科诨艺术技巧研究》,《中山大学学报(社科版)》2000 年第 4 期。
③ 王季思主编:《全元戏曲:第 9 卷》,人民文学出版社 1999 年版,第 360 页。

此处即是运用了戏曲科诨的谐音错听、语意错接手法。这里的"大婆""三娘"被误听为谐音的"大鹅""山羊",误听者以此穿插在对话中,营造了诙谐戏乐的效果。《红楼梦》第三十三回即化用了这种戏曲科诨手法。由于贾环对宝玉的暗中诽谤,贾政气愤之下要严惩宝玉。宝玉得到消息后,为了避免挨打,便着急找人传信贾母以求庇护,偏偏在这紧要关头,碰上的是个聋子婆婆——

> 宝玉如得了珍宝,便赶上来拉他,说道:"快进去告诉:老爷要打死我呢! 快去,快去! 要紧,要紧!"宝玉一则急了,说话不明白;二则老婆子偏生又聋,竟不曾听见是什么话,把"要紧"二字只听作"跳井"二字,便笑道:"跳井让他跳去,二爷怕什么?"宝玉见是个聋子,便着急道:"你出去叫我的小厮来罢。"那婆子道:"有什么不了的事? 老早的完了。太太又赏了衣服,又赏了银子,怎么不了事的!"

这段惹人发笑的人物对话显然是化用了谐音错听的戏曲科诨手法,只是作者化用的手段已比较圆熟灵活,将其与小说的叙事融为一体,并照应了此前发生的情节,这已不是戏曲净丑科诨那样只是简单穿插于主体故事中的调笑戏乐,也不再像《章台柳》叙述中的科诨格式那样与情节叙述相互剥离,让人觉得突兀与生硬,而与《金瓶梅词话》对净、丑人物自贬自讽手法的生硬模拟相比(见第七、三十、四十、六十一、九十各回),也是更上了一个层次。

除了在人物对话中化用戏曲的科诨手法,《红楼梦》还在人物刻画上借鉴了戏曲净、丑脚色的夸张诙谐方式。曹雪芹在刻画刘姥姥这个人物时即借鉴了戏曲净、丑的脚色功能和表现手法。作为熟谙人情世事而又生存于社会底层的村妪,刘姥姥走进了富丽奢华的大观园,其身份与环境的冲突已非常自然地导致了她言谈举止的笑料百出,更何况她又想主动讨好贾府上下,尤其是"哄着老太太开个心",由此更产生出一些滑稽言行。与此同时,凤姐等人也想以高贵的地位和俯视的心态在刘姥姥身上得到社会底层群体所带来的戏弄调笑,于是就有了第四十回"史太君两宴大观园"一节刘姥姥的诙谐调笑。在凤姐和鸳鸯的授意、安排下,刘姥姥在宴会上主动自觉地混充丑角,插科打诨,炮制笑料,当她插了满头的鲜花,突然起身高声说出"老刘,老刘,食量大似牛,吃一个老母猪不抬头"时,她的表演达到了高潮。满堂众人千姿百态的纵情大笑,就是她这次故作科诨表演获得成功的明证。这个深观世务、历练人情的村妪在贾府宴席上的夸张、诙谐言行,非常符合戏曲演述体制中净、丑科诨的脚色功能,她以夸张的装扮和诙谐的言行,营造出净丑脚色插科打诨的戏谑调笑效果。《读花人论赞》称刘姥姥"出其余技,作游戏法,如登傀儡场,忽而星娥月姐,忽而牛鬼蛇神,忽而痴人说梦,忽而老吏断狱,喜笑怒骂,无不动中窾要,会如人意"[①]。语中把刘姥姥视作粉墨登场的戏曲脚色,无疑是看到了刘姥姥在酒宴上滑稽夸张言行的表演形态与戏曲净丑脚色功能间的关联性,由此可见曹雪芹在此处化用戏曲净丑功能和科诨手法以刻画刘姥姥这个人物的意图和作为了。在此,《红楼梦》已把戏曲净丑的脚色功能融入小说叙述体制中的人物刻画上。刘姥姥夸张诙谐的装扮、动作、语言无不带有戏曲净丑科诨表演的借鉴痕迹,而且是经过了小说文体规范和创作意图的熔铸,在小说的情节叙述和人物刻画方面显得十分自然、协调,可谓得到了戏曲净丑脚色功能的精神实质。

由此可见,《红楼梦》对戏曲科诨体制的借鉴与化用,使得小说对喜剧人物的刻画更为生动,为小说的情节叙述营造了活泼气氛,同时也丰富了小说的艺术表现手法。相比较于《章台柳》类改写戏曲而大量遗留戏曲科诨格式的现象,《红楼梦》对戏曲科诨体制的化用,已能有效地融入情节发展的建构和人物形象的刻画之中,这比《金瓶梅词话》只是生硬地模拟戏曲科诨的格式要进步得多。

---

① 曹雪芹、高鹗:《红楼梦(三家评本)》,上海古籍出版社 1988 年版,第 39 页。

四 《红楼梦》利用戏曲体制因素的文学意义

小说吸纳戏曲体制因素的思路和手法并非《红楼梦》首创,此前的小说早有一些实践,《红楼梦》是继承了它们利用戏曲体制因素的思路和方式,而在创作实践上表现得更为精致和成熟了。上文所述《红楼梦》消化、融合戏曲体制因素的创作实践,正体现了明清小说在利用戏曲体制因素方面的进步。而要充分认识《红楼梦》的这一艺术实践所具有的价值和意义,则需要首先了解明清小说吸纳、借鉴戏曲体制因素的发展进程。

宋元以来,戏曲经过无数艺人和文人长期不断的探索与实践,至元杂剧时终成"一代之文学",形成了独特的演述体制和表达格式,其荦荦大势与辉煌成就,足得与其他文艺形式争锋竞艺,已远非唐宋杂剧的滑稽调笑性质、短小即兴形态。戏曲的艺术进步和广泛传播,使得其生动的人物形象、经典的故事情节、独特的形制因素,在当时的社会文化中产生了深刻的社会影响,营造了浓厚的文化氛围,从而吸引了其他文艺样式对它的模仿、取鉴,明清小说利用、模拟戏曲故事情节的现象即是表现之一。小说所模拟的戏曲情节,所利用的戏曲材料,已不是原生态的素材,而是负载或包含了一定戏曲形制因素的材料,当它们被引入小说叙述中时,如果作者不能以小说的文体规范改造、消化、融合它所蕴含的戏曲格式,就必然会在小说叙述中留下或隐或显的痕迹。戏曲体制因素由于进入小说的方式各有不同,与小说叙述体制的融合程度各有不同,而在小说叙述中表现出不同的形态。

(一)小说在模拟戏曲故事情节的过程中带入一些戏曲体制因素

明代有些小说在叙述中表现出隐显不同的戏曲形制因素,从其表现的结果来看皆可视为小说对戏曲体制因素的模拟，但其形成缘由却因小说成书方式的不同而有差异，有的是被动汇入，有的是有意模拟。小说叙述中那些被动汇入的戏曲形制因素，基本上是伴随着戏曲故事题材而汇入小说过程中遗而未化的结果。比如《金瓶梅词话》虽然按自己的意旨构筑了新的故事体系，但也汇聚、改造了不少戏曲材料，其中第六十一回西门庆因李瓶儿病重而请赵太医诊病一节，即借用了李开先《宝剑记》第二十八出的情节。在《宝剑记》中，高朋因羡林冲之妻美貌而相思成疾，遂延请赵太医诊治，于是发生了庸医诊病的一段滑稽调笑情节。《金瓶梅词话》化用此段赵太医诊病情节，只是把病人换成了李瓶儿，但赵太医诊病的过程、细节、话语皆来自此剧。值得注意的是，在《金瓶梅词话》引入、改造《宝剑记》的这一情节时，明显地在叙述中遗留了一个戏曲格式，即赵太医上场时的一段自我介绍的韵白：

> 我做太医姓赵，门前常有人叫。只会卖杖摇铃，那有真材实料。行医不按良方，看脉全凭嘴调。撮药治病无能，下手取积儿妙。头疼须用绳箍，害眼全凭艾醮。心疼定敢刀剜，耳聋宜将针套。得钱一味胡医，图利不图见效。寻我的少吉多凶，到人家有哭无笑。正是：半积阴功半养身，古来医道通仙道。①

这种自我贬抑品格、暴露劣行的人物介绍格式在小说叙述中显得不适合、不协调，十分突兀，从语言风格和叙述体制上并不合乎小说的叙述体例，即使置于那些源于讲唱体制的话本小说叙述中也是如此。但这种人物自我介绍的格式在戏曲中却属惯常手法，乃是净、丑脚色上场时自揭其丑、自曝其短的自报家门格式，如元刘唐卿《降桑椹蔡顺奉母》杂剧第二折有宋太医上场自赞："我做太医最胎孩，深知方脉广文才，人家请我去看病，着他准备棺材往外抬。……那害病的人请我，我下药就着他沉疴。活

---

① 兰陵笑笑生：《金瓶梅词话》，戴鸿森校点，人民文学出版社1992年版，第832页。

的较少,死者较多。"又元人施惠《拜月亭》南戏第二十八出有李太医上场自赞:"我做郎中是惯,一街医了一半。说卢医从来不晓,讲扁鹊只是胡乱。我的药方相传,一年医死千万。……不知何人叫我,这个又是死汉。"①如果我们联系到戏曲中净丑脚色的这种自报家门格式,就会理解《金瓶梅词话》中赵太医那种自我贬抑品格、暴露劣行的人物介绍格式,乃是小说取用戏曲故事情节因未能以小说叙述体制有效地改造、消化它所负载的戏曲格式而遗留的结果。

(二)小说在改编戏曲故事的过程中遗留一些戏曲体制因素

明清之际还有许多据戏曲改编而来的小说,由于改编者对小说、戏曲之间的体制界限不清或者没有功力或耐心来进行体制的转换与梳理,因此小说叙述中触目可见明显的戏曲格式、戏曲体例。比如明末清初小说《章台柳》乃改编自明人梅鼎祚的传奇戏曲《玉合记》。参照《玉合记》,小说的改写在人物、情节、语言等方面多是直接移植,少有改动,基本上是以戏曲宾白为据建构情节,而把戏曲脚色领起的话语改为人物姓名领起的人物话语,或是第三人称的叙述语话。如第二回中女主人公柳姬出场时的言语,就完全来自《玉合记》第三出"怀春"中柳姬的自报家门。

> 柳姬道:"奴家柳氏,长安人也,从小养育在李生家。他交游任侠,声色自娱。奴家年方二八,方在待年。我女侍数人,只有轻娥粗通文义,颇识人情,却也那晓我心事来。"(《古本小说集成》本《章台柳》)
> (旦)奴家柳氏,长安人也,从小养育在李生家。李生他本籍天潢,藏身地肺,交游任侠,声色自污。奴家生来二八,方且待

---

① 王季思主编:《全元戏曲》,人民文学出版社1999年版,第2卷第577页,第9卷第501页。

年,长在绮罗,尽堪永日。轻娥,我女侍数人,只有你粗通文义,颇识人情,却也那里晓我心事来。(《六十种曲》本《玉合记》)

由此来看,小说在改写过程中未能很好地对戏曲格式的宾白予以小说叙述体制的改造与消化,因此在小说叙述中遗留了大量的戏曲格式的人物话语。这种情况在《蕉叶帕》(据明单本《蕉帕记》改写)、《燕子笺》(据明阮大铖《燕子笺》改写)、《比目鱼》(据清李渔《比目鱼》改写)、《春秋配》(据清无名氏《春秋配》改写)中皆有存在。这些小说叙述中遗留有如许戏曲格式的人物宾白,当是它们在改写戏曲的过程中未能以小说的文体规范对戏曲格式予以消化、融合的结果和表现。

(三)小说在故事叙述中有意识地引入戏曲体制因素

明清小说的情节叙述中所表现出的戏曲格式,既有因戏曲材料汇入小说叙述时的遗留所致,也有因小说对戏曲体制因素的主动模拟、利用所致。相比较于小说累积成书过程中戏曲体制因素的汇入以及小说改写戏曲过程中戏曲格式的遗留,小说有意识地引入戏曲形制因素则是在一个新创故事的架构中主动地、有目的地模拟、借用一些戏曲格式,以达成自己的叙述目的,实践自己的审美追求。这在《金瓶梅词话》的叙述话语和人物话语中表现得比较典型,比如其人物对话语境中的曲唱格式即是由于模拟戏曲的以曲代言格式所致。

在戏曲演述体制中,人物表情达意的话语格式有宾白和曲唱两类。曲唱出现在戏曲体制中显得很自然,这是因为戏曲体制具有的虚拟情境赋予了它存在的合理性。而小说的话语表达方式接近于现实生活,没有像戏曲那样赋予曲唱以体制上的合理性,所以曲唱形式出现在小说人物的对话语境中就显得非常突兀,除非这是一种戏谑式的修辞,或者包含着其他的艺术考虑。很明显,《金瓶梅词话》中出现在人物对话语境中的曲唱与小说整体风格并不融合、协调。比如第二十回西门庆因李桂姐背着他私自接客而与鸨母的对骂。

> 西门庆心中越怒起来,指着骂道,有〔满庭芳〕为证:"虔婆你不良,迎新送旧,靠色为娼。巧言词将咱诓,说短论长。我在你家使勾有黄金千两,怎禁卖狗悬羊?我骂你句真伎俩媚人狐党,衔一片假心肠!"虔婆亦答道:"官人听知:你若不来,我接下别的,一家儿指望他为活计。吃饭穿衣,全凭他供柴籴米。没来由暴叫如雷,你怪俺全无意。不思量自己,不是你凭媒娶的妻。"①

这种对话语境中的曲唱形式在《金瓶梅词话》中并非偶然一见,而是反复出现。如第八回潘金莲与西门庆书童玳安的对话,第五十九回李瓶儿因失子的痛哭,第七十九回西门庆临死前对吴月娘的嘱托,第九十一回李衙内家丫头玉簪儿哭诉内心的委曲。《金瓶梅词话》在对话语境中出现如此多的曲唱格式的人物话语,表明编写者是在有意识地模拟戏曲演述体制的以曲代言格式。从艺术表现效果上看,《金瓶梅词话》是有意识地借鉴这种曲唱格式以冀更好地表达人物当时的心情,因为编写者认为这种曲唱形式更能有利于表达人物当时处境下的情感意绪。但这些对话中曲唱形式的表达,处于小说整体的语言风格中显得生硬而不协调,突兀而不融合。因为这部小说并没有为这些戏曲格式的话语提供一个合适的情境,而小说的叙述体制也不能为这些曲唱格式的存在提供文体上的合理支持。

上面简要列述了明清小说叙述中存在的这些明显的戏曲形制因素,反映了戏曲在艺术发展和广泛传播后对小说的深刻影响力,它不但吸引小说利用、模拟其人物、情节和语言,还唤起了小说取用其体制因素的兴趣。综合戏曲体制因素进入小说叙述的途径来看,有的是被动渗入的遗留,有的是主动取鉴的反映,然而就它们与小说情节建构的关系来看,皆

---

① 兰陵笑笑生:《金瓶梅词话》,戴鸿森校点,人民文学出版社 1992 年版,第 242—243 页。

在小说叙述中显得生硬突兀,此乃小说在汇入、引入戏曲故事材料过程中改而未化的遗留结果。这是因为小说编写者对于二者文体规范的界别不清,或是能力不足,掌控不严,未能在吸纳戏曲体制因素的过程中根据小说文体规范进行适当的改造、消化和融合,由此使得这些戏曲格式在小说叙述中显得非常突兀、生硬。

但值得注意的是,《金瓶梅词话》所表现的对戏曲体制因素的使用性质明显不同于《水浒传》《章台柳》等小说。《水浒传》中戏曲形制因素的出现是其长期累积成书过程中的被动汇入所致,《章台柳》中戏曲形制因素的存在乃是其改写戏曲故事过程中的被动遗留所致,而《金瓶梅词话》则是有意识地模拟戏曲形制因素,虽然它并未能以小说的文体规范对这些戏曲格式予以有效的改造和消化。

五 小结

我们结合明清小说吸纳戏曲体制因素的发展进程,以及上文对《红楼梦》利用戏曲体制因素的情况的理析,可以看到《红楼梦》的这一艺术实践在明清小说艺术发展进程中的意义和价值。

首先,《红楼梦》在有意识地取鉴戏曲体制因素时,已经能够注意根据小说的情节建构和文体规范对戏曲体制因素进行有目的的改造、消化和融合,使得戏曲体制因素与小说的情节叙述、故事结构密切结合,化影于无形,从而使得小说叙述中未留下《金瓶梅词话》中的戏曲格式痕迹,也无因戏曲格式遗留而造成的叙事节奏上的阻塞感、生硬感和突兀感。

其次,《红楼梦》之前的小说在叙事形态中表现出的这些戏曲格式,虽然未能以小说文体规范进行必要的改造、消化和融合,但客观上在艺术表现方面对后来小说创作具有潜在的启发、促进之功,而《红楼梦》对戏曲体制因素的有效利用正是在这一思路上的合理深化和优秀实践。它在利用戏曲形制因素以求艺术创变时,能够有意识地以小说文体规范对戏曲格式进行提炼、熔铸,使之在小说叙述中起到有效的修辞作用,从而更好地达成了自己的叙事目的,实践了自己的审美追求。

此外,《红楼梦》的这一优秀实践也很好地体现了小说利用戏曲体制因素以丰富表现手法,实现艺术追求的创作思路,完美地实践了《金瓶梅词话》模拟戏曲形制因素的建构思路和艺术追求,使得小说在取鉴戏曲体制因素时注意到进行小说叙事思维的消化与融合,以及小说文体规范的改造和熔铸。

总之,《红楼梦》利用戏曲体制因素的创作实践承续了前代白话小说吸纳、取鉴戏曲艺术营养以求变革创新的思路,代表了明清小说利用戏曲体制因素的艺术实践所能达到的理想标高,进一步丰富了古代小说的艺术表现手法,同时,也体现了小说与戏曲同生共长、相互促进的关系对于古代小说艺术创新的促进意义。

余　论

　　人们追溯后生文艺的渊源，会狠求前世，以寻绎本源，或附傍正宗。以故事讲唱之体来说，清人卢文弨就把《荀子·成相篇》视为弹词之祖（"审此篇音节，即后世弹词之祖"），但这类"大约托于瞽矇讽诵之词，亦古诗之流"的"成相杂辞"，唐人杨倞则认为"盖亦赋之流"①；清人贺贻孙把《卫风·氓》视为传奇之祖，"其列叙事情，如首章幽约，次章私奔，三章自叹，四章被斥，五章反目，六章悲往，明是一本分出传奇，曲白关目悉备"②；叶桂桐则认为《孔雀东南飞》是一篇文人赋，因为它在文字呈现和文本形态上与讲诵体杂赋很接近③；伏俊琏《俗赋研究》追溯后世辞赋之源至于先秦，并把汉大赋、小说的某些表现方式附于先秦故事赋，"先秦时期就已经有成熟的民间故事赋，并且影响了文人的创作。但文人继承了民间赋的故事框架，而把故事情节逐渐淡化，发展成为汉大赋'述客主以首引'的格局，真正的故事赋则由另一种文体'小说'来继承，所以探讨汉魏六朝的民间故事赋是很困难的"④。

　　这些文类区分上的溯源，文体属性上的追认，无论是为了寻宗，还是为了正本，都有两个基本的原则：一是以书面文本为依据，二是以书面文体为立场，就是把它们纳入一个文类之中来定位定性。其实，这些所谓的

---

①　王先谦：《荀子集解》卷一八，中华书局1988年版，第455页。

②　贺贻孙：《诗触》卷一，《续修四库全书》第61册，上海古籍出版社2002年版，第521页。

③　叶桂桐：《论〈孔雀东南飞〉为文人赋》，《中国韵文学刊》2000年第2期。

④　伏俊琏：《俗赋研究》，中华书局2008年版，第165页。

歌诗、俗赋、乐府、弹词、传奇的类属之分，都有着故事呈现的目的、韵语唱诵的形态，都有着口头传诵甚至口头创作的本原面貌。而立足于韵语唱诵为表述手段的故事呈现形态来看，它们则有着超越体分、体限的属性，可以会通概览，勾连出一条韵语故事唱诵形态发展演进的线脉。

如果我们立足于后世，会对这些韵语故事唱诵的内容做出各种属性上、体制上的类分，比如四言体韵语故事唱诵，就有不同的归类：歌诗、俗赋、乐府、词文、变文等等。称说它们属于某一文体，这是以其文本化的结果来归类的，按此思路，口头领域里的那些作品，就好像一个等待认领的孩子，一旦得到认领，就会以书面呈现的形态，归为一种文类，其间肯定要经过书面体例规范的编订和改造，由此而呈现出书面文字转化之后的韵语故事唱诵形态。《卫风·氓》是按情节发展而递进唱诵，而不是如《诗经》中的大多歌诗那样重章叠句、回环往复地咏唱。相较于《诗经》的其他篇章，《卫风·氓》是一个长篇叙事，唱诵形式自由，不重章叠句。参照而言，如果《荀子·成相篇》之类的"成相杂辞"、《宋王见神龟》之类的故事赋被采入《诗经》亦无不可，但《荀子·成相篇》《宋王见神龟》在汉代是被归于杂赋之属的，由此推想，如果《卫风·氓》并未被《诗经》采入而流播于后世，在汉代亦可归于杂赋。所以，如果当时没有《诗经》作文类范围的框定，它们都是同一属性的韵语故事唱诵之作，以不同的韵调节奏活跃于人们的口头传事活动之中。

这种因时赋类、因时赋体的现象，就是着眼于韵语故事唱诵的文本化结果而进行后世文类观念的体类归纳，并对它们的书面呈现形态予以文类属性上的追认。比如《卫风·氓》被视为传奇之祖，《荀子·成相篇》被视为弹词之祖，甚至宋元的讲史伎艺，也被溯至先秦，称言当时早有讲史之伎，当然先秦并无此名称的文艺活动或叙事伎艺，此乃后人以今律古的追认、追称。然而，无论文人如何模拟仿作，对口头唱诵如何书面呈现，由此造成了书面领域与口头领域之间的割裂与遮蔽，我们都应该认识到，这种韵语故事唱诵在早期、在民间是十分必要的、流行的、丰富的，其叙述框架、表达技巧虽被后来的叙事文体如故事赋、讲唱文学、小说戏曲所继承、吸收、消化，但其韵语唱诵形态的早期使用并非是有意以文体行之，并不是要把这种格式视为一种叙事文体的体例规范，并按此体例规范来创作，有意为诗为赋为乐府为戏曲的，它实是一种通用的口头创作、传播的语言表达格式，可用于叙事、抒情、议论。我们可以把这些韵语故事唱诵与后世的辞赋、小说、戏曲、讲唱联系起来，梳理其承续、发展的线脉，但以后律前，以今律古，把这些韵语故事唱诵归为后世的文类，则是以它们传于后世、形于书面的文本化结果来框定的，只不过这些文本化结果并不是谨按口传形态的实录，而是按照后世的书面文体规范对前代的口头唱诵内容作了改造的结果。实际上，这些口头故事唱诵的内容，并不必归于这些书面文类，因为它们的讲唱格式是后世许多文类表述体制的渊源，也孕育了许多书面文体的成分因素，如叙事、歌唱、韵语等，它们的会通、关联、参照、互动，可以勾连起一个韵语故事讲唱形态的发展线脉。

这条韵语故事讲唱形态的发展线脉，关联了中国文学的故事讲唱形态，有口头的，有书面的，书面的是口头故事讲唱形态的文本化结果。需要指出的是，这些落实于书面作品、归属于书面文体的故事讲唱形态，不独体现在那些被后世文类划分出的典型性讲唱文学之中，还寄生在那些非典型性讲唱文学或非讲唱文学属性的文体作品之中。

这些落实于书面作品的文本化了的故事讲唱形态，共同构建了中国文学的故事讲唱传统，只是这个传统是书面形态的故事讲唱传统，虽然它也关联了本原的口头形态的故事讲唱传统，但毕竟经过了书面体例规范的转换、变异与改造，所以我们看到的就是落实于书面作品的故事讲唱传统，这是韵语故事讲唱的口头形态、书面形态冲突、调和后的结果。

故而，这个落实于书面作品的故事讲唱传统，就蕴含了两个密切联系的问题：一是口头呈现形态与书面呈现形态之间的关系问题，尤其是对于口头呈现形态来说，它有一个如何文本化的问题；二是寻绎韵语故事讲唱的口头形态问题。虽然书面呈现形态是源自于口头呈现形态的，但这个文本化了的故事讲唱形态业已经过了书面呈现规范的改造与变异,以之逆推那个故事讲唱的口头形态是需要谨慎的。

但可以确信的是,这个落实于书面作品的文本化了的故事讲唱形态,关联了丰富、悠远的中国文学的故事讲唱传统;在口头呈现的故事讲唱形态无存的情况下,对于中国文学的故事讲唱传统,不只显在于那些典型性故事讲唱的文体之中,也隐在于那些非典型性故事讲唱的文体之中,其中所蕴含的诸多问题还有待于我们进一步地思索和探寻。

参考文献

一 作品文献

徐元诰:《国语集解》,王树民、沈长云点校,中华书局 2002 年版。

孔颖达:《尚书正义》,黄怀信整理,上海古籍出版社 2007 年版。

杨伯峻:《春秋左传注》,中华书局 1990 年版。

杨伯峻:《论语译注》,中华书局 2006 年版。

孔颖达:《毛诗正义》,中华书局 1980 年版。

高亨:《诗经今注》,上海古籍出版社 2009 年版。

郭庆藩:《庄子集释》,中华书局 1961 年版。

王先谦:《庄子集解》,中华书局 1978 年版。

王先谦:《荀子集解》,中华书局 1988 年版。

黄怀信、张懋镕、田旭东:《逸周书汇校集注》,上海古籍出版社 2007 年版。

屈守元:《韩诗外传笺疏》,巴蜀书社 2012 年版。

傅亚庶:《孔丛子校释》,中华书局 2011 年版。

高诱注:《吕氏春秋》,上海书店 1986 年版。

赵善诒:《说苑疏证》,华东师范大学出版社 1985 年版。

赵晔:《吴越春秋》,江苏古籍出版社 1999 年版。

袁康:《越绝书》,上海古籍出版社 1985 年版。

李学勤主编:《清华大学藏战国竹简(叁)》,中西书局2012年版。

姜书阁:《先秦辞赋原论》,齐鲁书社1983年版。

逯钦立辑校:《先秦汉魏晋南北朝诗》,中华书局1983年版。

严可均辑:《全上古三代文》,清光绪二十年黄冈王氏刻本。

严可均辑:《全晋文》,商务印书馆1999年版。

严可均辑:《先唐文》,商务印书馆1999年版。

睡虎地秦墓竹简整理小组:《睡虎地秦墓竹简》,文物出版社1990年版。

甘肃省文物考古研究所:《敦煌汉简》,中华书局1991年版。

郭茂倩:《乐府诗集》,中华书局1979年版。

费振刚、仇仲谦、刘南平:《全汉赋校注》,广东教育出版社2005年版。

滕昭宗《尹湾汉墓简牍释文选》之《神乌傅(赋)》简牍释文,《文物》1996年第8期,第31页。

何晋:《北大汉简〈妄稽〉简述》,《文物》2011年第6期。

裘锡圭:《汉简中所见韩朋故事的新资料》,《复旦学报(社科版)》1999年第3期。

李昉:《太平御览》,中华书局1960年版。

干宝:《搜神记》,汪绍楹校注,中华书局1979年版。

项楚:《敦煌变文选注》,中华书局2006年版。

张鸿勋:《说唱艺术奇葩:敦煌变文选评》,甘肃人民出版社2000年版。

周楞伽辑注:《裴铏传奇》,上海古籍出版社1980年版。

刘斧:《青琐高议》,上海古籍出版社1983年版。

皇都风月主人编:《绿窗新话》,周楞伽笺注,上海古籍出版社1991年版。

洪楩编:《清平山堂话本》,上海古籍出版社1992年版。

丁锡根编:《宋元平话集》,上海古籍出版社1990年版。

无名氏:《京本通俗小说》,江苏古籍出版社1991年版。

施耐庵、罗贯中:《水浒传》,中华书局 1998 年版。

金圣叹评点:《第五才子书施耐庵水浒传》,中州古籍出版社 1985 年版。

戴鸿森校点:《金瓶梅词话》,人民文学出版社 1985 年版。

兰陵笑笑生:《张竹坡批评第一奇书金瓶梅》,齐鲁书社 1991 年版。

曹雪芹:《脂砚斋重评石头记(庚辰本)》,人民文学出版社 2006 年影印本。

曹雪芹、高鹗:《红楼梦》,人民文学出版社 1982 年版。

臧晋叔编:《元曲选》,中华书局 1989 年版。

隋树森编:《元曲选外编》,中华书局 1959 年版。

王季思主编:《全元戏曲》,人民文学出版社 1999 年版。

钱南扬:《宋元戏文辑佚》,上海古典文学出版社 1956 年版。

毛晋编:《六十种曲》,中华书局 1958 年版。

无名氏:《成化新编刘知远还乡白兔记》,江苏广陵古籍刻印社 1997 年影印本。

陈与郊:《鹦鹉洲》,南京图书馆藏明刊本,见《古本戏曲丛刊》二集。

无名氏:《彩楼记》,《古本戏曲丛刊》影印北京图书馆藏旧抄本。

二　研究文献

廖元度编:《楚风补校注》,湖北人民出版社 1998 年版。

朱熹:《楚辞集注·楚辞后语》,蒋立甫校点,上海古籍出版社 2001 年版。

杨慎:《风雅逸篇》,《丛书集成初编》本,中华书局 1985 年版。

徐师曾:《文体明辨序说》,人民文学出版社 1962 年版。

范文澜:《文心雕龙注》,人民文学出版社 2001 年版。

吕德申:《钟嵘〈诗品〉校释》,北京大学出版社 2000 年版。

冯惟讷:《古诗纪》,文渊阁四库全书本,台湾商务印书馆 1986 年版。

贺贻孙:《诗触》,《续修四库全书》第 61 册,上海古籍出版社 2002 年版。

陆时雍:《诗镜总论》,周维德集校《全明诗话》第 6 册,齐鲁书社 2005 年版。

陆侃如、冯沅君:《中国诗史》,百花文艺出版社 2008 年版。

赵逵夫:《〈荀子·赋篇〉包括荀卿不同时期两篇作品考》,人民文学出版社 1996 年版。

伏俊琏:《俗赋研究》,中华书局 2008 年版。

陈多、谢明:《先秦古剧考略(宋元以前戏曲新探之一)》,《戏剧艺术》1978 年第 2 期。

王小盾:《中国韵文的传播方式及其体制变迁》,《中国社会科学》1996 年第 1 期。

姚小鸥:《"成相"杂辞考》,《文艺研究》2000 年第 1 期。

姚小鸥、孟祥笑:《试论清华简〈周公之琴舞〉的文本性质》,《文艺研究》2014 年第 6 期。

叶桂桐:《论〈孔雀东南飞〉为文人赋》,《中国韵文学刊》2000 年第 2 期。

孟元老等:《东京梦华录(外四种)》,古典文学出版社 1956 年版。

罗烨:《醉翁谈录》,古典文学出版社 1957 年版。

徐渭:《南词叙录》,《中国古典戏曲论著集成(三)》,中国戏剧出版社 1959 年版。

王骥德:《曲律》,陈多、叶长海注释,上海古籍出版社 2012 年版。

李渔:《闲情偶寄》,上海古籍出版社 2000 年版。

毛奇龄:《西河词话》,《丛书集成续编》第 164 册,上海书店 1994 年版。

梁廷枏:《曲话》,《中国古典戏曲论著集成(八)》,中国戏剧出版社,1959 年版。

王国维:《宋元戏曲史》,华东师范大学出版社 1995 年版。

冯沅君:《古剧说汇》,作家出版社 1956 年版。

孙楷第:《傀儡戏考原》,上杂出版社 1952 年版。

孙楷第:《沧州集》,中华书局 1965 年版。

孙楷第:《也是园古今杂剧考》,上杂出版社 1953 年版。

任半塘:《唐戏弄》,上海古籍出版社 1984 年版。

王秋桂编:《李家瑞先生通俗文学论文集》,台湾学生书局 1982 年版。

李家瑞:《北平俗曲略》,上海文艺出版社 1990 年影印本。

叶德均:《戏曲小说丛考》,中华书局 1979 年版。

胡忌:《宋金杂剧考》,古典文学出版社 1957 年版。

周贻白:《中国戏曲论集》,中国戏剧出版社 1960 年版。

胡士莹:《话本小说概论》,中华书局 1980 年版。

程毅中:《宋元小说研究》,江苏古籍出版社 1998 年版。

陆永峰:《敦煌变文研究》,巴蜀书社 2000 年版。

李小荣:《变文讲唱与华梵宗教艺术》,上海三联书店 2002 年版。

张敬、曾永义等:《中国古典戏剧论集》,台北幼狮文化事业公司 1985
年版。

[德]布海歌:《中国戏曲在亚洲的流变——印度、中国和日本的传统
戏曲比较》,牛枝慧编《东方艺术美学》,国际文化出版公司 1990 年版。

周良编:《苏州评弹旧闻钞》,江苏人民出版社 1983 年版。

刘知幾:《史通》,浦起龙通释,上海古籍出版社 2008 年版。

郑樵:《通志二十略》,王树民点校,中华书局 2009 年版。

阮元:《揅经室三集》,《丛书集成初编》第 2204 册,商务印书馆 1936
年版。

章太炎:《国故论衡》,商务印书馆 2010 年版。

叶瑛:《文史通义校注》,中华书局 1985 年版。

梁玉绳:《史记志疑》,中华书局 1981 年版。

凌稚隆辑:《史记评林》,天津古籍出版社 1998 年影印本。

徐中舒:《左传选·左传的作者及其成书年代》,中华书局 2009 年版。

杨宽:《战国史(增订本)》,上海人民出版社1998年版。

阎步克:《乐师与史官》,生活·读书·新知三联书店2001年版。

[日]内藤湖南:《中国史学史》,马彪译,上海古籍出版社2008年版。

王树民:《中国史学史纲要》,中华书局1997年版。

后　记

　　我在书名中排出"中国文学"四个字，并不是想显示自己眼界多么宏阔，思路多么缭绕，而是因为我书中探讨的对象是故事讲唱形态，但由于古时记录工具的限制，这种口舌传事未能留存，因此，所谓的故事讲唱形态，就只有那些落实于书面文本上的信息了，这应该说是书面文本上呈现出来的故事讲唱形态。所以，我也只能用这些反映在中国古代文学作品中的故事讲唱材料来探讨问题。这么说来，书名中的"中国文学"，是表示我探讨故事讲唱形态问题的通道。

　　当然，"中国文学"这四个字，确实也表示了一个宏大的时空，一个庞大的体系，一批繁杂的文献材料，一批海量的文学作品，还寓含着什么传统性、民族性等各种问题。当我以事后诸葛亮的聪明作些文献勾连、逻辑归纳时，确实感到头绪纷繁，众说纷纭，疑惑纷扰，如果深陷其中，什么都想捞一把，可能会像荀子《劝学》中所说的那个鼫鼠一样"五技而穷"。因此，我就想揪住一根绳子——我们的祖先是怎么呈现故事的。纵而观之，我们的祖先在故事呈现这个问题上，一直是很努力地，比如时兴的表达方式，他们会及时地用到故事讲唱中，为的是增加故事呈现的表现力、趣味性。当然，比这些表达方式更有趣味的，是早在上古时期就已经丰富多彩的那些故事唱诵作品，考虑到文学作品可以包括书面形态的、口头形态的，则它们的数量应该更多，所以，并不是闻一多所说的中国文学到南宋起才转向了小说戏剧的时代，而之前只有教诲的寓言、纪实的历史。而且，这些故事唱诵作品所表现出的想象能力、叙事能力以及娱乐精神，确实令人惊喜，这要比我书中讨论的故事讲唱形态更有趣味。

比如,早在先秦时期,除了唱诵爱情故事、英雄传奇、家国历史之外,人们喜欢讲的就是谁见谁的故事。师旷见太子晋,宋王见神龟,优孟见楚庄王,孔子见盗跖,孔子见阿谷处女,还有那个伊尹背着一口锅去见商汤,等等。好像这些人一见面就有好戏上演,而人们也就等着这些人多见面以便有好戏可看。

但很多时候,故事中的主人公并不像我们等着看好戏那样享受着快乐的心情,而是心里憋着各种不爽、委屈。《卫风·氓》中的女子就直接说"女也不爽",因为当年那个屁颠屁颠来求爱求婚的家伙"二三其德"了。战国竹简《赤鹄》中的小臣也挺倒霉的,就因为与汤王老婆合谋一起偷喝了一口那锅用赤鹄做的羹汤,被汤王发现了,惧而逃亡,路上因受到汤王的诅咒,"昧而寝于路,视而不能言",要不是有巫鸟相救,肯定死于道旁,成为乌鸦的口中食,那死相就太难看了。西汉竹书《妄稽》则讲了一个名叫周春的帅哥的委屈。周春有很好的家世、品行和相貌,但父母为他谋了一个名叫妄稽的妻子,门当户对但貌不配。貌不配到什么程度呢?"目若别杏,蓬发颇白。年始十五,面尽鲐腊。足若悬姜,胫若椓株。身若猬棘,必好抱躯。口臭腐鼠,必欲钳须"。就是说妄稽这个女子虽然年纪才十五,可是要身材没身材,要相貌没相貌,头发花白,脸色蜡黄,皮肤粗粝像刺猬,口中恶臭像腐鼠,反正是全身上下没有一丁点能升华出美感的零件儿。当此之际,周春顿感痛不欲生——"坐兴太息,出入流涕","必与妇生,不若早死"。

那时的故事唱诵不只是讲人类的委屈。也讲动物的委屈。在《宋王见神龟》中,江神派神龟使于河。我们知道,神道出场都是自带灯光舞美的,这神龟也是,"正昼无见,风雨晦冥。云盖其上,五采青黄。雷雨并起,风将而行"。可太招摇、太嘚瑟了也不好,它行至泉阳就哑火了,因为被渔夫豫且网住,置于笼中。于是神龟就托梦于宋元王求救,宋元王救是派人救了,但也是他叫人把神龟剖了,理由就是这个神龟的龟壳是个占卜灵验的绝佳材料。有时候信仰真可怕。《豳风·鸱鸮》则讲了一只善良、孤弱的母鸟的委屈。她是一只好鸟,可总是受到恶鸟的欺凌,恶鸟"鸱鸮"洗劫了它的巢窝,掠去了它的雏鸟,还在高空得意盘旋;她要趁着天晴之际,赶快修复破巢,可又遭到可恨的"下民"来骚扰;她为了辛苦修巢,爪子拘挛,喙角损坏,羽毛也失去了往日的细密和柔润而变得稀疏、枯槁,但即使如此,它仍未能修筑好自己的巢窝,恰恰在这时,无情的"风雨"突袭,给她带来了更大的伤害,她无奈地发出了痛苦的哀号:"予室翘翘,风雨所漂摇,予维音晓晓。"西汉时期的故事赋《神乌赋》、唐代敦煌遗书中的《燕子赋》(有四言体、五言体两种),都是这种好鸟总被恶鸟欺负的故事。

还有一个能见出上古先民娱乐精神的故事唱诵题材,就是拿名人开涮,比如对孔子。估计是孔子周游列国太刷存在感了,引起了一些人的不爽,就编派一些关于他的故事,这让孔子很委屈,可也承认自己"累累若丧家之犬"。于是乎,这些人就按"丧家之犬"的格调、姿态来编派他——他不是喜欢见各种大王嘛,那就说他去见黑道大哥,去见漂亮姑娘。如此一来,在这种故事场景中,孔子就有了另外的窘迫、可笑模样,为何?因为孔子见各种大王时的套路都不好使了。

孔子去见的黑道大哥是盗跖(《庄子·盗跖》篇),这人是孔子朋友柳下季的弟弟,业务做得很宽广,业绩也显得很亮丽,"从卒九千人,横行天下,侵暴诸侯",抢钱也抢人,既有固定经营,也有流动作案。孔子觉得于公于私都有责任来劝导他,就是想给人家讲讲正确的世界观、人生观、价值观,希望盗跖能改邪归正,找一个有前途的正经工作。没料到,盗跖"三观"的体系性、严密性比孔子还厉害,且口才了得,激扬文字,声情并茂,一场辩论下来,孔子毫无招架之力,心堵气闷得差点憋死,"目茫然无见,色若死灰",出门上车,手脚发抖,三次都抓不到缰绳,上了马车后,只能身子伏靠在横木上,低头吁吁喘气不止。

孔子去见的漂亮姑娘是阿谷处女(《韩诗外传》卷一),这故事编派的孔子不但有家国情怀,还挺有个人情怀的。故事说孔子带着学生南游楚国经过阿谷这个地方,在河边遇到一个漂亮姑娘正在洗衣服,大概孔子想调节一个旅途的单调生活吧,便生轻薄戏弄之意,想与人家聊聊,于是就把这个任务交给善于言辞的学生子贡了。子贡先是拿着老师给的酒杯凑上前说我内心似火，希望你给点儿水喝，人家姑娘说这不科学啊，河里水多着呢，浑的清的都有。子贡回报败绩，孔子说别灰心，来，换道具，先是抽出一把琴，后是拽出了五匹葛布（鬼知道孔子带着这些布干吗），但都未果。最后姑娘直接对蹭到身边的子贡说：人家可还是小孩子哦，"子不早去"，我就喊人，我家可有比大狗还凶的二愣子哥呢！这个故事编写的立意对孔子确实不恭敬，让孔子带着学生子贡一起对人家小姑娘反复陈词挑逗戏谑，因而受到姑娘一次次的回击和奚落，但这是不是也说明了当时民众的娱乐精神呢，估计是孔子当时太红了，大家就拿他当娱乐明星了。

虽然，我们看到的这些反映在书面作品中的故事唱诵已经颇具规模了，但想到更多的口传故事唱诵作品未能进入书面领域，那个数量应该更为庞大。这些作品勾连起来，能够让我们认识到故事讲唱无论是书面形态的还是口头形态的，都有一条连绵延续的脉线，或有间歇，但从未断绝，它不仅关联了丰富、悠远的中国文学的故事讲唱传统，而且隐显不一地搏动于我们中国叙事文学的血脉之中，至今犹然。

徐大军

2016 年 6 月 8 日

图书在版编目(CIP)数据

中国文学故事讲唱形态研究 / 徐大军著. —杭州：
浙江大学出版社,2020.4
ISBN 978-7-308-16658-4

Ⅰ.①中… Ⅱ.①徐… Ⅲ.①故事－文学研究－中国
Ⅳ.①I207.427

中国版本图书馆 CIP 数据核字(2017)第 020776 号

中国文学故事讲唱形态研究

徐大军　著

责任编辑	宋旭华
文字编辑	吴　超
责任校对	赵　珏
封面设计	周　灵
出版发行	浙江大学出版社
	（杭州市天目山路 148 号　邮政编码 310007）
	（网址：http://www.zjupress.com）
排　　版	浙江时代出版服务有限公司
印　　刷	虎彩印艺股份有限公司
开　　本	710mm×1000mm　1/16
印　　张	21.5
字　　数	299 千
版 印 次	2020 年 4 月第 1 版　2020 年 4 月第 1 次印刷
书　　号	ISBN 978-7-308-16658-4
定　　价	78.00 元